庫

昭和史発掘

1

松本清張

文藝春秋

目次

陸軍機密費問題

前頁写真　田中義一首相（当時）

1

田中義一といっても、今の若い読者には名前になじみがうすかろう。

田中義一は元治元年（一八六四）に長州萩に生れた。萩といえば、明治維新元勲のメッカだ。伊藤博文も、山県有朋も、井上馨も、その少年時代をこの町で送っている。

田中は明治十六年に陸軍士官学校に入学して以来、陸軍の出世街道を驀進《ばくしん》し、日露戦争には満州軍参謀として中佐で従軍、同じ長州出身の児玉源太郎総参謀長の許に仕えた。爾来《じらい》、陸軍省軍事課長、同軍務局長、参謀次長となって、原内閣のときには陸軍大臣となり、シベリヤ出兵を敢行し、大正十年に陸軍大将となっている。その後も山本権兵衛内閣で二度目の陸軍大臣をつとめた。

これでも想像されるとおり、田中の出世の背後には長州軍閥の元老山県有朋のあと押しがあった。

長州の軍人は不思議に政治に色気をもっていて、山県有朋をはじめ、桂太郎、寺内正毅など、みんな内閣を組織している。児玉源太郎が長生きしていたら、彼も児玉内閣を組織していたかもしれない。

この長州閥の中で山県の推輓《すいばん》をうけながら政治に携わらなかったのに乃木希典《まれすけ》がある。それは乃木の融通のきかない不器用が政治と無縁にさせたのであろう。

田中義一は乃木が自刃する数日前、乃木に招かれている。当時、彼は軍務局長だったが、赤坂の乃木邸に行くと、酒が一本とソバが一膳だけだされた。田中は、この冷遇にむっとして帰り、

「おらも今は少将じゃから、いつまでも少尉待遇はかなわん」

と、他人に不平をもらしていた。しかし、御大葬の参列諸兵参謀長として代々木の原頭に参列中、田中は乃木の自刃の報をきき、先夜の招待を思い出し、

「おらは幕末に微禄の家に生れたが、武士が切腹を覚悟するとき、ソバ以外の食物をとらんちゅう作法を知らなんだのは残念である」

と、乃木の意中を推測できなかった不明を口惜しがったという。

田中は生来が単純な男で、しかも、あけすけな性格だった。この点、山県とは対照的である。山県は深沈重厚の策謀家だが、その性格の相違がかえって田中を愛する理由だったかもしれない。山県は保守主義の塊りで、民主主義が大嫌いな男だから、元老として引込んでいても、たえず日本の政界を操縦した。桂や寺内を総理大臣にしたのも彼の操縦である。しかも、遠隔操縦《リモコン》ではなく至近操縦だった。

その山県は宮中にも絶大な発言力をもっていたが、久邇宮《くにのみや》土女良子《ながこ》（編集部註・香淳皇后）の皇太子妃の儀がおこると、その母系島津家に色盲系統があるとして反対した。当時、「宮中某重大事件」として新聞にさわがれたものだが、山県の反対は杉浦重剛などの賛成派に敗れた。島津家は薩摩だから薩長の衝突だと評判された。

これは山県元老の威力の凋落としていわれることだが、その山県も大正十一年には死亡している。だが、山県の意中には、桂や寺内の後継者として田中の政界入りが早くから考えられていた。

田中が元帥の将来も擲《なげう》って陸軍を退役した当時の政友会総裁は高橋是清だった。高橋は原敬のあとを襲って総裁になったのだが、元来が無欲恬淡な男で、そのため幹部間に派閥争いが絶えなかった。それに、高橋は大蔵大臣に就任していながら財界に金ヅルがなかったので、党員間に人気を保ちえなかった。

政党の総裁になるには金がなくてはならない。犬養毅も革新倶楽部という小党を組織していたが、「政治は金がなくてはできない」といって解散し、政友会と合同したくらいだ。

政友会では高橋の総裁を早く辞めさせなければならないことに意見は一致していたが、あとはいずれもドングリの背くらべ、後任の器ではない。その頃、田中を後任総裁にすえようという意見が起ったのは、一つは派閥争いがあまりに激しいので、ズブの素人ながら、大物の田中をすえ、そののちに各派の調整をしようという狙いもあった。

その頃、田中はこんなことを他人にいっている。

「おらは夢をみてのう。どうしたことか、ひとりで富士の山麓をさまよッちょるのじゃ。するとそこへ、にわかに白髯の老人があらわれておらを導く。ついて行くと、ある小さな祠にでた。と、たちまち老人の姿が見えなくなり、その祠から大きな白蛇があらわれた。おらはそれでびっくりして眼がさめたよ」

聞いた人は、当時田中の政界入りが伝わっていたので、

「それは、閣下、霊夢で、きっと政党の総裁になられる前兆でしょう」

と、煽《おだ》てた。田中は、

「おらは今は引張凧で、アソコからもこい、ココからもこいと誘われて弱っちょる」

と、うれしそうに笑い、顎をなでていた。

田中は政友会の総裁を引きうけたが、このときの肝いりは、智謀を謳われた同党の横田千之助、小泉策太郎や実業家の久原房之助だった。

この久原も長州出身で、のちに「満州国」に満州重工業という軍協力機関を起した鮎川義介の義弟にあたる。

なお、山県有朋も藤田伝三郎という長州出身の政商と結んでいた。明治十二年に有名な「藤田組贋札事件」が起っているが、山県が背後にあって藤田を助けた。今日、山県邸址である目白の椿山荘に国宝の五重塔が観光用に供せられているが、これは山県歿後、その邸を買った藤田伝三郎(のちに男爵)が持ってきたものである。いま、椿山荘が藤

田観光の名になっているのも、その因縁からだ。尚、鮎川、久原も藤田とは姻戚関係に当る。

さて、陸軍大将男爵田中義一は大正十四年四月に予備役となり、政友会総裁に就任した。政友会幹部も別に田中に金力があるとは思っていなかったが、高橋是清総裁ではどうにもならなかっただけだ。その機運は前年の十三年からはじまっていた。

もともと政治には色気十分だった田中は、政友会の据え膳に坐ったようなものだったが、いやしくも一党の総裁になるのに手土産なしでは都合が悪いと思ったのであろう。どこからか三百万円ほど調達してもってきた。大正十四年の三百万円だから、相当なものだ。高橋が総裁の椅子をおっぽりだされたのも、党から持込まれた四十万円の手形の引受けを断ったためである。

政友会総裁高橋是清が総裁を辞めたいと言い出したのは、大正十三年十二月に予算案が閣議で決定した直後、小泉策太郎（静岡県選出代議士。政界の黒幕といわれた。三申と号し、史論、評論も書いた）を自邸に招いたときだ。

このときの内閣は加藤高明（憲政会総裁）で、高橋は農商務大臣、革新派の犬養毅は逓信大臣として入閣し、いわゆる三派の連立内閣であった。これは前内閣の清浦内閣を倒すとき、いわゆる護憲運動の三党が連合した結果だった。

小泉は高橋の後任に日ごろから自分と親しい陸軍大将田中義一をすぐに考えたが、当時政友会の実力者で策士と謳われた横田千之助に一応仁義を通した。横田は言下にその器でないと拒絶したが、横田は当時持病の結核が進んでいたので面倒臭くもあったらしい。彼は翌年の二月四日に死んだ。

横田が死去すると、小泉は大ぴらに田中義一に政友会総裁就任を交渉した。田中は長閥で、山県有朋の恩顧をうけて大将になり、ゆくゆくは元帥への昇進が約束されていた。しかし、田中は軍人最高の栄誉をすて政友会総裁就任を承諾した。

このとき田中は小泉に政党の総裁になるには金がいるということだが、自分は軍人から横すべりすることだし、いささかの金を用意しなければ統率がとれまいといった。小泉はそれはもっともだといって否定しなかった。田中はどれくらいあったらいいかときいた。小泉はまず二、三百万円あれば結構だろうといった。田中はしばらく考えていたが、それくらいなら何とか才覚がつくだろうといった。小泉は軍人である田中がどうしてそんな大金の工面がつくのかと不思議がった。

こうして小泉から田中の意志を秘かに党幹部に告げたところ、政友会の連中は高橋をワラ屑のように棄て、田中邸は政友会党員の訪問でにわかに賑わったという。

田中は、軍人なら命令で統制できるが、政治家は金でなければ統率できぬと考えたかもしれぬ。素人が海千山千の政党員の上に天下ったのだから、まず、金で威力を示す必要があると思ったのかもしれない。政友会は第二党だから政権がまわってくる可能性が強く、総裁の椅子はそのまま総理大臣の道に通じていたのである。

田中の持参金三百万円は、党をあげての歓迎だったが、同時に、

「一体、その金はどこからでたのだろう？」

という疑問もおこった。いかに陸軍大将だったとはいえ、そんな大金をもっているはずはなく、よそから調達したに違いないが、その出所先が分らなかった。

田中を政友会に引張り入れたのは小泉策太郎だから、彼にきく者があったが、

「さあ、おれにもよく分らん」

と小泉はとぼけている。

だが、ほどなくその調達先が判って、新聞にももれた。三百万円を田中にだしたのは、神戸の金貸しとして名だたる乾《いぬい》新兵衛であった。

「へええ。あいつが……」

と、聞いたものは案外な顔をした。陸軍大将と高利貸との取合せが意外だったからではなく、神戸の乾新兵衛といえば担保物件無しでは絶対に金を貸さないことで有名だったからだ。

三百万円に見合う担保……そんな物件を田中大将がもっていたのかと調べる人間がいたが、そんな様子はなかった。

さては、乾も田中大将が早晩政権を握ると見込んで先物買いに無担保で金を貸したのかと思い、ある親しい人間が乾新兵衛をたずねて、

「今度はあんたも田中大将にしてやられたね」

とカマをかけたところ、

「なに、公債をちゃんと入れてもらっとるさかいに大事おまへん」

と、新兵衛は煙管を灰吹きに叩いて涼しい顔をしている。

公債。——しかも三百万円に見合う額だ。一体、それだけのものを田中はどうして持っていたか。

当然にわいてくる疑問だ。

当の田中は、

「なに、おらもそのくらいのものは不時の際の用意にもっちょるよ。武士のたしなみちゅうものだ」

と長い顔で笑いとばしていた。

田中は、自分のことを「おら」という第一人称を用いたので、新聞などに「おらが大将」というアダ名をつけられた。

だが、一介の陸軍大将の給料も退役のときに下った金（退職金）も、恩給もしれているし、大臣をやったといってもそんな財産ができるはずはない。試みに田中の郷里の山口県萩を調べたが、微禄の下士の家柄だから、山も田もない。

おかしいぞ、ということになった。乾は絶対に無抵当で金を貸す男ではないから、彼が田中から公債などをとっているというのは嘘と思われない。

第一、田中はいつ神戸までいって乾とあったのだろうか。不審に思った者がそれを調べた。

するると、意外にも田中は予備役編入前に在郷軍人会総裁閑院宮の代理として人津の在郷軍人会に出席した際、副官をまいて神戸にいき、日本人があまり泊らないホテルで乾と面会したことが分った。もちろん、これには仲介者がいた。

その後、乾が女房をつれて東京に来たときも、乾が田中の家を訪問し、いくらか分らないが現金をおいて帰ったこともわかった。

田中はすでに政友会入りを予期して事前に三百万円の金策をしていたのである。これで乾と彼との関係ははっきりしたが、まだとけないのは、乾がいった「公債をとっている」という言葉の正体である。

こういう調査に興味を示したのは「恢弘会《かいこうかい》」という退役将官たちでつくられた団体であった。彼らは清浦内閣の組閣のとき、田中が福田雅太郎大将を斥けて、宇垣一成次官を陸軍大臣に昇格させたのを不平に思った一部の将校と、その宇垣の手で四個師団が廃止され、それにともなう退役で陸軍をクビになった不平組とがいっしょになった反田中派であった。これに、田中、山梨半造、宇垣といった陸軍主流派に対抗する現役将官たちが呼応していた。

「その公債というのは、もしかすると、陸軍機密費から出ているのではないか」

という者がいたが、陸軍に機密費があることは知っていても、それが公債で保存されているということを知る者は少なかった。

「陸軍機密費は大蔵省から毎年予算がくるが、他の経費と違ってこれだけは決算報告の義務がない。つまり、なンに使っているか分らないものだ。多分、そこからじゃないか」

と、そこまでは気づく者はあっても、

「しかし、あれは陸軍大臣が代るたびに、次官立会いで現金や公債額を帳簿とひき合せ、引きつぐことになっている。いくら田中大将でも三百万円もくすねることはできないはずだ」

と、反論されると、

「うむ、それもそうだな」

と、引込まないわけにはゆかない。このへんになると、実際の衝に当った経験者でないとよく分らないのであった。

陸軍省の機密費は、毎年陸軍予算の一部として国家予算のうちから認められ、支給される。しかし、現金は、東京陸軍経理部が日銀より金をうけとると、ほかの一般軍事予算と異って、会計検査院の検査の外におかれる。すなわち、現金がでるまでは国家予算の一部、陸軍予算の一部として大蔵当局の査定をうけるが、一旦、陸軍経理部に入ると、あとは形式的に陸軍大臣の監督以外はなんの掣肘《せいちゅう》もうけないことになっている。

形式的というのは、陸軍部内では機密費を使った場合には、使用者、使途目的、経過、残金の報告を必ず陸軍大臣宛に提出することになっており、また使った者は、この規定にしたがい、大臣あてに報告をだしている。しかし、ほとんどの場合、これらは予算班長のところでとまり、大臣までみせることはないからである。

また陸軍省内では経理局長から金をうけとるが、実際現金をあつかうのは次官である。陸軍予算（機密費を含めて）は、四月の予算初年度の初めに全額が日銀からくるのではなく、三カ月ごとに区切って現金となるしきたりであった。

以上が正当な予算資金の受領、使い方であるが、陸軍大臣宛の形式的報告だけが使用者の義務だったので、機密費の繰越し積立ては自由にできた。そこから取扱いがルースになった。

要するに、陸軍機密費はほかの経費とは違って特殊であること、それを取扱うのは関係者数人に限られているということなのである。したがって、局外者には機密費というものがあることは分っていても、それがどのようなからくりで運営されているかは分っていなかった。日銀から受領した現金がそのまま預金のかたちで積立てられているものと思っている者がほとんどだった。

ところが、田中大将が乾から借りた金の担保が公債だと分って、ここに初めて機密費の積立ては公債でも保存されていることが察せられた。

すると、その恢弘会のメンバーの一人が、

「そういえば、おかしなことがある」

といい出した。

「今から二年程前だったか、三瓶《さんべ》俊治という陸軍大臣官房づきの主計が、何やら石炭購入のことで収賄したとかで陸軍省を馘首《くび》になり、憲兵隊に調べられたことがある。あのときちらりと憲兵隊関係の者から聞いたところでは、三瓶は収賄だけではなく、陸軍省の公債を持ちだしたとか持ちださなかったとかいうことだった。もっとも、そっちのほうはよく分らなくてうやむやになったが、もしかすると、三瓶が持ちだしたという公債も問題の機密費じゃないだろうか」

「そうか、それは面白い。少し、その辺をほじくってみようじゃないか」

と、ほかの者がのり気になった。

なにしろ、田中に対して反感をもち、今度の三百万円問題で、あわよくば田中を政界から葬ろうという連中のことだから、早速に調査がはじめられた。

三瓶に正面からあたってはまずいというので、彼の身辺をさぐってみると、彼に一ばん親しい人間で川上親孝という、所沢に勤務しているとき上官と喧嘩してやめた人物が、いることがわかった。

この川上も上官と争って陸軍をやめたくらいの男だから、もとより、陸軍の主流派に反感をもっているのはたしかだとみて接触をはじめた。

ところが、川上はなかなかの喰わせ者で、なんのかんのといって本当のことはいわない。

「三瓶という男は、たしかにわたしの友人だ。彼とは砲工学校が同期で、年来の親友だが、彼が陸軍省の公債を持出したかどうかは知らない。そんなことがあれば、彼が石炭収賄で憲兵隊に調べられたときに明るみにでるはずだ。自分は、三瓶の上官の遠藤主計正も、田中大将の高級副官だった松木大佐も、よく知っている」

などといって煙にまいた。

しかし、川上はこのとき口外しなかったが、田中陸相と、大臣官房室の遠藤主計正、三瓶二等主計との間には、陸軍機密費をめぐる次のような事情があったのだ。

この機密費は正規な銀行に預けられているのでなく、紅葉屋という私設金融機関に数年にわたり個人名義で預金し、あるいは無記名の公債を購入して大臣官房主計室の金庫内におさめられていた。

当時の正規な手続では経理局が取扱い、日銀に預金することになっていて、大臣官房主計室の金庫の中にあるはずはなかった。

また、これらの機密費の預金や公債は個人名義になっており、その出入りも正規な帳簿にはつけられず、田中陸相や山梨次官の命令で松木高級副官が内密のノートに記入していたにすぎなかった。だから当人たちが勝手に持ちだして勝手に使っても、彼らが口外せぬ以上、誰にもわからないわけである。

こういう性質の金だから、あるとき、遠藤主計正が三瓶と二人だけのとき、

「これではまるでよそから盗ってきたような金だな。われわれが使い込んでも、上のほ

うは、どうにもしようがないだろう」

と話したことがある。

このことを川上がいつか三瓶からききだして、

「どうだ、三瓶、おれはいま金に困っているから、その公債とやらを少しの間貸してくれぬか？」

ともちかけた。三瓶がそれを断れなかったのは、彼も川上から女のことで弱みを握られていたからだ。

2

当時、陸軍大臣官房二等主計だった三瓶俊治が中学時代の同窓生川上親孝と親しくなったのは、川上がまだ所沢の飛行隊に勤務しているとき、遠藤豊三郎主計正と飛行場を見学にいって再会したのが縁のはじまりであった。

川上は上官と喧嘩して兵籍を脱したくらいの男だから、衒気《げんき》がある。こういう男はこれはと思う人間に取入ることがうまい。川上は三瓶の上官にあたる遠藤主計正とも交際を結ぶようになって、遠藤、三瓶、川上の三人で時折り赤坂の待合に遊ぶこともあった。

当時薄給だった遠藤と三瓶にどうしてそんな金があったかというと、彼ら二人は内々に陸軍省会計のルースさにつけこんで、官金に手をつけていたからだ。

この三瓶がある芸者といい仲になっているうち、その芸者が三瓶の膝にもたれて、

「ねえ、サーさん、わたし、どうやら身体が妙な具合になったの」

と告げた。

「えっ、じゃ、おまえ？」

と、三瓶は驚愕したが、頭に女房の顔が走った。

「一体、どのくらいになる？」

「そうね、そろそろ五月に近いわ」

「そりゃいけない」

と、三瓶は顔色を変えたが、自分では始末のつけようがない。

「どうして、もっと早くそれをいわないのだ？　早いうちならなんとか方法があったのに」

「あら、堕ろすというの？　いやだわ。せっかくあんたとの間に出来た子ですもの、産みたいわ」

「そんな分らんことをいっても困る。もし、このことが上官に知れてみろ。おれはたちまち馘首だ。おまえたち母子をみるのはおろか、おれ一人でさえ路頭に迷う」

「陸軍省って、そんな堅苦しい役所なの？」

「当り前だ。無分別なことをしてくれた」

と、三瓶は自分の行為を棚にあげて狼狽したが、ただうろたえるだけでは解決にはならない。考えあぐんだ結果、これを川上親孝に相談した。

「そうか、出来たのか」

と、川上もその処置をいっしょに考えてくれた。

「こうなったら仕方がない。結局、芸者は金をあたえて縁をきるに限る。そのほうがあと腐れがなくて済むよ。生れる子供のほうはおれがなんとか始末をつけてやる」

「それじゃ、おまえが貰ってくれるのか？」

「ばかをいえ。その子はおれの郷里（鹿児島）の奴にいくらかの金をつけて里子にだすのだ。それ以外に、三瓶、解決の道はないぞ」

「こうなったら、おまえを頼るほかはない。万事、よろしく頼む」

「芸者の手切金は出来るのか？」

「うん、なんとかなる」

「そいつは豪儀だな」

と、川上は三瓶の顔を意味ありげにじろりと眺めた。というのは、川上もうすうす三瓶が遠藤といっしょになって官金を費消していることを察していたからだ。

そんなことがあって以来、三瓶と川上はいっそう親交を深めたが、その後、川上が借金の返済と、事業をする金を少し貸してくれぬかといいだしたときに三瓶はむげに断れなかったのである。彼は、このとき主計室の金庫の中に収まっている公債を持出して川上に与えたのだった。

その公債持出しがかりに発覚しても、陸軍省はこれを追及できないだろうというのが三瓶の判断であった。つまり、陸軍省が機密費を公債に替えたそのこと自体がそもそも法規違反で、山梨次官などが田中大臣と相談してやっている操作も経理担当官として三瓶はうすうす知っていたからだ。つまり、持出した公債は取り得だという観念が彼にあったのであろう。

ところが、公債の一件は彼の見込み通り何事もなかった代り、それとは別な石炭購入の収賄から憲兵隊に検挙されたことから発覚した。

憲兵隊としては石炭収賄だけでなく、三瓶にはまだ余罪がある見込みで彼を徹底的に追及したのだ。

「おまえ、何か悪いことをしているんだろう？　いくら匿しても駄目だ。こっちには全部分っている」

と、例の調子で取調べをやったから、根が小心な三瓶は、さては公債の一件もバレたかと、たちまちそのほうを自供してしまった。

びっくりしたのは憲兵隊で、その公債が陸軍の機密費の一部であると白状されると、取調官はあわてて麴町憲兵隊分隊長稲本少佐に報告した。隊長も顔色を変え、三瓶の取調べをひとまず中止させ、即刻、陸相高級副官の松木大佐のところに相談に駆けつけた。

「三瓶俊治という主計の自白は容易ならぬ内容と思いますので、一応、副官のところに事情を伺いに参りました」

松木副官も狼狽して、

「三瓶という男は銀時計を貰った優秀な奴で、まさか公債を持出したとは思えぬ。魔が差し込んで収賄ぐらいはしたかもしれないが、金庫からそんなものを盗むような奴ではない。しかし、まあ、一ぺん大臣にきいてみよう。わしもよくそのへんは分らぬから」

と、事実を知っているだけに隊長の前をとりつくろい、田中陸軍大臣のもとに報告した。

このとき田中陸相と松木副官との間にどんな話があったかは分らない。山梨次官と大臣との密談も分らぬ。副官はまたそれをどう稲本憲兵分隊長に伝えたかも分らないが、その間の事情は稲本隊長の三瓶に対する取調べの変化で察しがつく。

麹町憲兵隊分隊長稲本少佐は、三瓶が未決に入監中、たびたび余罪取調べと称して単独で面会に来て、立会人なく取調べをした。

その取調べも声を低め、まるで両人がひそひそと相談しているようなやり方だった。

「なあ、三瓶、おまえは石炭収賄をやっただけだなア。そのほかはなんにもしてないなア」

と、稲本少佐は暗に公債のことはいうなという示唆を口調にみせた。

「はあ。しかし、自分は……」

三瓶は公債横領のことをいったん白状しているので、それにこだわると、

「おまえのやったのは収賄だけだ。こちらで調べたが、ほかにはなんにもやっとらん」

「……」

「分ったな？　分ったら、ほかのことはもういわんでもよろしい」

「はい……」

「よし。収賄のほうもおれが出来るだけ罪が軽いようにしてやる。分ったな？」

「はあ、ありがとうございます」

「それだけだ。それから、前におまえが妙なことを口走ったが、あれはおまえの戯言《ざれごと》だ。こんなところに引っぱられて来ておまえの頭がどうかなったんだ。だから、あれは誰にも口外してはならんぞ」

「はあ」

「陸軍省の恥だ。陸軍省の恥は……気をつけっ」

「はあ」

「上御一人《かみごいちにん》の御稜威《みいず》を穢すことにもなるぞ。そうなれば、おまえは不忠者だ。分ったな？」

「分りました」

それで公債の一件は不問に付されたのだと、三瓶にやっと察しがついた。これでは、憲兵隊が自ら三瓶の公債横領の犯罪を隠蔽したことになる。

三瓶は、あの公債を持出しても陸軍省の追及はあるまいと思っていたのがここでより以上に立証されたのだ。憲兵隊はすすんで三瓶の口止めをしたのである。

こうして三瓶は憲兵隊から鄭重なあつかいで釈放されたが、収賄のほうも不起訴となった。ただし、その責任で陸軍省からは免職処分をうけた。

「案外、早くでてきたね」

と、川上親孝は三瓶を迎えていった。彼も公債持出しのことを心配していたのだ。悪くすると自分も連累者にされると、不安に思っていたのである。

川上がそのことをいうと、

「いや、あれは憲兵隊のほうであわてて何事もなかったことにしてくれたよ」

三瓶は少し得意そうにいった。

「やっぱりおれの見込み通りだ。あのことが世間にもれると、田中陸軍大臣や山梨次官は迷惑をするらしい」

「それじゃ、もっと公債を持出しておくところだったな。そうすれば、おれもおまえからもっと金をまわしてもらえたのに、残念だった」

その場は二人で笑いあった。

その後、田中大将が陸軍をやめて政友会の総裁として三百万円持参するという噂が立った。

「三百万円も田中大将が政党に持っていくからには、やっぱりあの機密費がおかしいぞ」

と、川上は探るように三瓶の顔を見た。

「そうかもしれないな」

三瓶もうなずいた。

「だが、少しの金ならともかく、三百万円とは大きい。陸軍機密費は、そんなにたくさん保存されているのか？」

「さあ、はっきりとは分らないが、とにかく七、八百万円ぐらいは金庫の中にあったようだ。おれの見た公債の数だけで五百万円以上はあった。そのほか、田中興業銀行（のち住友銀行と合併）や日本興業銀行、三井、三菱、といった銀行に預金を持参するのは、遠藤さんやおれの役日だったから、大体の察しはつく。公債についている利札をきると き鋏では手が痛くなるので、截断器を購入したほどだ」

「ふむ、大したものだな」

川上は何か考えていたが、

「その預金通帳は陸軍大臣の名目になっているのか？」

「いや、そのほか、山梨次官や菅野軍務局長、松木高級副官の個人名義になっていた」

「なに、個人名義に？」

川上はきらりと眼を光らせて、

「しかも、菅野も松木も、田中と同じ長州出身だ」

と唸った。

「うむ。だから、田中大将が三百万円ぐらい公債を持出すのは出来ない話ではない。なにしろ、田中大将は長閥の陸軍大臣として睨みを利かしていたし、山梨次官は長州ではないが、田中大将とは同腹だ。それに、今の宇垣陸相にしても岡山生れだが、田中の下で出世してきている」

「なるほど、そんなものかな」

と、川上は陸軍の奥の院の一部をのぞいたような気がして、感歎ともつかぬ溜息をもらしたが、同時に彼は大きな疑惑をもった。

ちょうど、その折り恢弘会の連中がこの川上に接触をはじめてきたのである。

恢弘会のメンバーは、さきにも述べたように、田中大将の長州軍閥に対する反感と、宇垣陸相によって行われた師団縮小の犠牲になって退役した予備軍人との集合団体である。

この会の首領格は町田経宇大将で、薩摩の生れであった。その下に石光真臣陸軍中将（元憲兵司令官、大正十四年五月予備役）、立花小一郎陸軍大将（最後のウラジオ派遣軍司令官、貴族院議員）などがいた。直接に川上の口から三瓶のことを聞いて三瓶に直接接触したのは、やはり恢弘会メンバーの小山秋作（有名な日本海海戦の絵を描いた小山正太郎の実弟で、元参謀本部員）という予備役陸軍大佐であった。

3

小山大佐は三瓶に会って彼を煽てたり、なだめすかして、陸軍大臣官房主計室金庫内にある機密費の実体を聞きだした。このとき三瓶は、田中陸相、山梨次官の時代に機密費の金が個人の名前で数カ所の銀行に預金されていたこと、公債はそれらの金を引出して買われたこと、田中大将が乾新兵衛に三百万円借りた抵当として入れた公債はそれらの一部に違いないという推定などを語った。しかし、三瓶がどの程度、機密費の実体を知っていたかは疑問である。

しかし、小山予備大佐は三瓶の話を聞いて雀踊《こおど》りして喜んだ。これこそ陸軍の堕落の根元、長閥の腐敗を如実に見せたことであり、同時に田中大将の三百万円問題の核心をつくものと考えた。小山大佐が、早速、恢弘会の幹部たちにこの一件を報告すると、

「そいつは面白い。大いにやろうではないか」

と、反田中閥の将官はのり気となり、いかに効果的にこれを天下の問題にするかを考えた。

すると、小山大佐は、

「新聞に暴露したところでなんにもならない。そんな迂遠な手段をとるよりも、いっそ三瓶俊治に田中大将と山梨大将とを告発させてはどうだろうか。世間も騒ぐし、司直としても当然告発状を受理しなければならない。そうなると、東京地検としては田中や山梨を引っぱって取調べを行うことになる。これだけでも田中、山梨を葬るに十分だ」と力説した。それは名案だということになったが、問題は、果して三瓶がこちらのいう通り告発状を書くかどうかである。

小山は三瓶の宅を訪問したり、旅館に誘い出したりして、しきりと告発状の執筆をすすめた。

「なに、大体のことを君が話してくれれば、こちらで告発状の草案を作る。どうか国家のために長州軍閥の腐敗を抉り出して軍部の佞輩《ねいはい》を葬ってくれ」

とすすめ、熱情をもってこれを説いた。小山の背後に町田経宇が控えていたことは言うまでもない。

軍部の大物であり、陸軍大将でもある田中を曾ての部下が告発するのだから大変だ。しかも、田中はいま政友会総裁としておさまっている。この告発状の提起によって三瓶が己の身辺に危険を感じたのは当然だった。彼はなかなか小山の説得に応じなかったが、

「国家のためにぜひ頼む」

といわれ、

「君の身辺の護衛は、この小山が引受けた。絶対に憲兵隊や政友会の回し者には一指もふれさせない。与党の憲政会も、正義の軍人団体も全力をあげて君を応援している」

とまで説きつづけた。

こうして出来たのが、

「告発人三瓶俊治。被告発人田中義一。被告発人山梨半造。告発の事項。――右告発人が大正九年八月第一師団経理部より陸軍省大臣官房主計に補せられ、大正十一年九月同省付を免ぜられるまでの間に、陸軍大将男爵田中義一を首謀として陸軍内に左記の事実

の行われたるを認め、その内容を列記し、刑事訴訟法第二百六十九条によりここに告発に及ぶ次第に候」

に始まる告発状であった。

以下の内容を要約すると、次の通りとなる。

告発人が陸軍大臣官房付となった大正九年八月当時の官房主計室金庫内には、総額八百万円を下らない金額の定期預金証書があった。その名義は田中義一、菅野尚一（当時軍務局長）、松木直亮（当時高級副官）、山梨半造（当時陸軍次官）の四人で、預金銀行名は田中興業銀行、日本興業銀行、三菱、安田、三井各銀行で、定期預金は一口二十万円から八十万円で、預金の証書の数は十七、八枚ぐらいあった。

これらの定期預金は大正九年末から逐次無記名国庫公債にかえるため、日本銀行、株式会社紅葉屋（金融機関）、神田銀行などから内密に個人遠藤豊三郎名義で購入し、遠藤主計と告発人がその任に当った。

紅葉屋、神田銀行などから公債を購入する際は、公債の集り次第随時官房主計室に先方より持参せしめ、そのつど代金を支払うのを常としたが、多額に上る場合は、遠藤主計は背広服に着更え、陸軍省から自動車にのり、その店舗に行って取引をしていた。

大正十年秋、すなわち告発人が公債を購入した当時の調査によれば、無記名公債で、その額四百万円を下らなかった。告発人退職の際までにはこれらが大部分無記名公債となっていたものと信じられる。

山梨陸軍大臣の折り次官として赴任した尾野実信大将（当時中将）には一件を秘密として打明けず、本件の預金公債は隠されていた。菅野陸軍省軍務局長転補以前にはとくに公債購買に汲々としていた事実がある。菅野軍務局長の後任として赴任した畑英太郎中将（当時少将）の名義の定期預金はなかった。この定期預金利子の一部を、高級副官である松木直亮の個人名義で田中興業銀行に特別当座として預金をし、勝手に私用していた。その預金もときとして四、五万円に達することあり、その当時松木直亮は、この金を別途保管と隠語していた。公債などは松木直亮副官よりちょっと何ほど持ってこいと命ぜられ、持参することもあったが、どのように処置されたか全く不明である。

以上は事実であって、不審の箇所はいつでも説明申上げたく、近時、被告発人などの身辺に醜聞相次いでおこり、天下の人心ようやく軍人を去らんとするときかくの如きは邦家のために深憂にたえず、告発人は一身を賭して帝国陸軍のためここに告発に及んだ次第である。

宛名は検事総長の小山松吉であった。

右は、八百万円以上の官金を田中、山梨、菅野、松木らの四人が私有して、しかも、その使途が不明だという趣旨である。すなわち、この四人が共謀して横領したというのだ。

4

田中義一政友会総裁と山梨半造陸軍大将とを訴えた三瓶俊治の告発状の内容だけではまだ弱い。なぜなら、田中大将が政友会に婿入りするときに持参した三百万円の出所に具体的にふれられてないからである。

そこで、三瓶は告発状と同時に覚え書なるものを発表した。

三瓶によれば、問題の軍事機密費は、大正七年から十一年まで日本がシベリヤに出兵した当時の軍事費からくすねたものだという。のみならず、ロシヤ軍が持っていた金塊を第十四師団が分捕ったがその行方が不明になっている。これには当時陸軍大臣だった山梨半造がかなり関心をもっていたので、あるいは、その金塊も田中、山梨の徒輩が横領したのではないかという疑惑だ。

ここで、叙述上、シベリヤ出兵問題にちょっとふれておかなければ筋が通らなくなる。

第一次世界大戦の最中、ロシヤに革命が起った。ロシヤは日露戦争の創痍がまだ癒えないところにツァー政治下の腐敗した貴族と官僚の秕政《ひせい》が行われ、国民生活を危殆《きたい》に陥れて、社会不安は日々つのるばかりであった。開戦以来、その弱点が現われて、ことに戦争が長引くにつれ国民生活は苦しくなり、士気は衰え、軍需物資が欠乏するに至った。東部戦線のある部分では銃器の不足のため兵士が棍棒を揮って敵と戦うというような窮状に陥ってきた。長い間帝政独裁政治の下に苦しめられてきた国民は、この機に乗じて社会革命を行い、社会革命党のケレンスキー内閣ができ、軍隊もこれに参加して共和制を布くに至った。

ところが、レーニン、トロツキーなどのボルシェヴィキの革命党はケレンスキーを倒し、共産主義の労農政府を樹立するに至った。このとき新しいロシヤ政府は連合国との一切の条約を破棄してドイツと単独講和をし、戦争から手を引いたのであった。ここで、アメリカ、イギリス、フランスなどの連合国側はロシヤの不信を責め、国交の断絶を宣言すると共に兵力の干渉も試みたが、これも大した功を奏せず、また国内諸所に蜂起した反革命軍を支援したけれど、成功を見ずに終った。

この労農軍は日本では「過激派」という語に翻訳されたが、この「過激派」の勢力はウラルを越えて、次第にシベリヤまで伸びるようになった。

ところで、開戦の初め、ロシヤ軍がまだ強かった頃、ドイツの同盟国オーストリヤ軍に属していたチェコスロバキヤ人は、オーストリヤ政府の自己民族に対する多年の圧迫を恨んで戦線を放棄し、ロシヤ軍に降った者が数万人あった。

彼らはそのときから鉾を逆さまにしてロシヤ軍と共にオーストリヤ軍と戦っていたのだが、労農政府ができてドイツと単独講和が締結されると、約五万人のチェコ軍はシベリヤを経てウラジオストックから欧州に海路輸送され、再びドイツやオーストリヤ軍と戦争することを望んだ。大正七年四月に彼らは欧露を発してシベリヤを横断し、ウラジオストックに達しようとしたが、途中、オーストリヤ軍やいわゆる過激派軍のために妨害され、立往生し、その救援を連合軍に求めてきた。

そこで、アメリカのウィルソン大統領は「人道主義」の立場で日本にシベリヤへの共同出兵を提起してきたが、日本は「同数の出兵と同時撤兵の条件」を除いてこれに同意した。このときの参謀次長が田中義一である。

日本軍部が日米同数出兵と同時撤兵に反対したのは、これを機としてシベリヤに日本の勢力を植えつけておこうという下心があったのは言うまでもない。

「田中次長の出兵への欲望の主体は何であったか。田中大将には大きな夢があった。歴史的に観て露国の南下は避けられぬ、そのため日露戦役も起ったし、伊藤博文、山県有朋、桂太郎等の郷党の先輩も日露の間を調整すべく努力したのを眼の当り見ている。大将は此の先輩の意志を継いで、何とか干戈《かんか》に訴えずして両国の関係を持続するには、我に備えあるを知らしめると同時に、満洲、蒙古、朝鮮、而してシベリアを含む広大なる緩衝地帯を設定するのが、理想的だとする大きな夢を、その死に到るまで持ち続けたのであった。……大正六年、露軍が連戦連敗すると、かねて憂慮していた如く、露国は革命に見舞われ、英仏は日本の出兵を求めて東部戦線の回復を企らんとするに至った。正に夢の実現すべき絶好の機会である。職を参謀次長に受けている当時『ヨシ来た』と思ったとしても不思議はなかろう。編者には之を立証すべき何等の証拠となる文献はないが、セメヨノフを助け、ホーワードを援助して何とかシベリアをペテルスブルグ政権とは独立した自治体にせんとしたが、彼等はその材でなく、夢は破れ去ったと解釈しても必ずしも不当ではなかろう」（『田中義一伝記』下）

シベリヤを緩衝地帯にしようとする軍部の考え方は、あわよくば、その地帯を日本の勢力範囲にし、対ロシヤ政策を有利にしようとの企図である。そのために日本の出兵は早くからアメリカの猜疑と牽制をうけていた。

欧露方面ではレーニン、トロツキーの革命軍に反対する反革命軍があったが、これらが没落すると、その残党はシベリヤに退避して随所に反革命党を組織していた。その最も有力なのがオムスクに樹立せられたオムスク政府で、露国海軍中将コルチャックを首班としていたが、その軍隊は一時期ウラルを越えて欧露に進出するくらいに勢力を振った。アメリカ、イギリスをはじめ連合国側は、その反革命の成功を大ぶん期待し、日本でも正式にこれを承認してシベリヤ大使さえ送ったほどであった。

このほか、バイカル湖方面にはチタを中心としてコザックの大尉セミヨノフを中心とするチタ政権があり、極東方面にはカルムイコフを首脳とするハバロフスク政権などができた。これらは日本軍の援護の下にあったから、恰度《ちょうど》戦前の満州の張作霖軍と日本軍部のような関係と似ていた。

しかし、間もなくオムスク軍は大正八年に大敗し、セミヨノフとカルムイコフの政権も相次いで革命軍に圧倒された。

こうした間にもチェコ軍は続々ウラジオに到着し、船で欧州戦場に向って出発したが、連合国軍はそのことによって出兵の目的を達したとし、英米軍をはじめ悉く引揚げた。その後、シベリヤに残っていたのは日本軍だけになってしまった。

日本が最後までシベリヤに残留したのは、あくまでもシベリヤを「緩衝地帯」にしようという軍部の意図からだが、その名目は極東露領の治安維持と赤化防止とにあった。しかし、莫大な軍費と戦傷死千七百名を出したこの出兵は、国内に非難の声が高まると同時にロシヤの革命政府もシベリヤの秩序を次第に整頓してきたので、大正十一年十月、ついにシベリヤ本土の守備を撤兵し、全部樺太に引揚げた。このときの軍費は約九億円といわれている。なお、この出兵には「尼港事件」という不幸な付録までついた。

この事件は、黒竜江口のニコライエフスク（尼港）を占領した日本軍の一支隊が兵力手薄であったため、大正九年二月二十八日にパルチザンに包囲されて降伏し、隊長、領事らが全滅したことをいうのである。降伏した日本軍は、独力でこれを挽回するため、三月十一日に降伏協定を破って奇襲反撃に出たが、かえって敗れる結果となった。残兵と居留民一二二名は捕虜となったが、その後日本援軍の来襲を知ったパルチザンは、五月二十五日に市中を焼き払い、日本人捕虜を皆殺しにして撤退した。

この事件は、日本国民に多大な衝撃を与えた。日露戦争で勝った経験が新しいところに、日本軍がロシヤ軍に惨敗し、居留民まで残虐な殺し方をされたのだから、非常な敵《てき》愾心《がいしん》を煽った。新聞には、捕虜となった日本人が「大正九年五月二十四日午後一二時ヲ忘レルナ」と獄中の壁に書いた文字が写真に出たりした。

当時はニュース映画もテレビもないときなので、この尼港事件は、領事夫妻の自決の場面などを入れた芝居になったり、覗きからくりになったりした。筆者も子供の頃に、大礼服を着た領事が盛装の夫人の咽喉に刀を突き刺す場面を描いたノゾキの看板を見たことがある。

シベリヤ出兵は日本国民の間に不評判だった。その主な理由は、他国の兵を助けるという理由が直接の利害感とならなかったので、戦意の昂揚に欠けていこと、次にはチェコ軍を救援したあとは占領地から引揚げるという建前が戦争の目的としてはいかにも弱かったことなどが挙げられる。

つまり、戦争に勝てば必ず敵国の占領地を取ってきた日清、日露戦争の経験者である国民にはこれが納得ゆかなかったのである。また、シベリヤを日露の緩衝地帯に設定しようという軍部の企図もアメリカへの気兼からはっきりと公言できなかったので、国民には陸軍の独走という感じになったことも不評の主因となっている。

このシベリヤ出兵四カ年間の陸軍大臣には田中義一、山梨半造が就任した。軍事費のうち、問題の機密費は主にシベリヤの出先特務機関に支払われたものである。これらの機関はウラジオ、ハルビン、ハバロフスク、チタ、オムスク、イルクーツクなどに置かれた。

機密費の金額は、公表されたところによると、大正七年七七〇万円、八年一〇六二万円になっているが、九年になると二八〇万円、十年二六〇万円、十一年三五万円というふうに、九年以後激減している。つまり、大正七、八年の膨脹はシベリヤ駐兵に要したものである。この機密費のうち、セミヨノフ援助費三三万円、カルムイコフ援助費一一万円が大きな額となっている。

ところが、特務機関の援助は大正八年三月にはじまり、翌九年の一月に終っている。それなのに、大正七年の七七〇万円と十年の二六〇万円、あわせて約一千万円が何に費消されたか不明となっている。つまり、シベリヤの軍事行動は大正七年からはじまっているが、機密費の主要目的である特務機関援助の実行は、八年と九年で終結しているのである。そこで、三瓶元主計が陸軍大臣官房の金庫の中で見たという八百万円が使途不明の一千万円の正体ではないかという疑義が起ってくるのだ。

もう一つ、金塊が約一千万ルーブル行方不明となっている。これも当時陸軍の出先機関が反革命軍から預っていたもので、三瓶の覚え書によると、次のような言い分になる。

シベリヤ出兵当時、第十四師団付陸軍露語通訳官松井の言によれば、同師団が分捕った砂金は大部分露軍兵営内にあったもので、自分はその輸送に当ったが、第一回は八百万ルーブル、第二回は二百万ルーブルであった。金塊はこの砂金を熔かしたものだが、大部分は砂金のまま麻袋に入れ、袋の口を鉛で封じて長さ一尺、幅一尺、高さ八寸の木箱に五万ルーブルずつ詰めて送った。

この金塊の一部は梱包して第十四師団が帰還の際に持帰ったが、宇都宮駅前、菊池運送店倉庫に保管し、兵隊に監視させていた。しかし、金塊があるという評判が高くなったので、倉庫に放火、混雑中に他に運びだそうとして計ったが、成功せず、宇都宮怪火の一つになっている。その金塊は東京方面に輸送されたといわれているが、不明のままだ。

大正十四年五月ごろ、某陸軍予備将官が三菱合資会社の重役を訪れ、三百万円相当の砂金を買取ってくれぬかと交渉した事実がある。その将官は、陸軍の特別倉庫にはそれ以上の砂金と金塊が貯蔵してあるとほのめかした。

シベリヤ出兵軍憲兵司令官吉弘少将の言によれば、日本軍が押収した金塊の一部約百万円の金塊は、最初朝鮮銀行に保管させていたが、内地に移送するため、整理委員として山田軍太郎少将、五味為吉少将、道家主計監が挙げられたが、当時陸軍大臣山梨半造は官用に託して門司に出張し来たり、自ら指揮していずこかに輸送して、いかに処分されたか不明である。

これが三瓶の金塊に関する覚え書だが、一主計であった三瓶がこれだけの事実を知るはずはない。三瓶の告発が、公債の件だけでは弱いとみて、第三者が金塊の行方をいろいろほじくった末に三瓶に書かせたのである。

そして、この覚え書を実際に書いたのは元大佐の小山秋作であった。小山はたびたび三瓶を激励し、金塊のことを暴露した覚え書を見せて、これに三瓶の印判を捺させたのである。むろん、小山の背後には福田、町田両大将、高山、井戸川両中将と、木田少将など恢弘会の幹部が控えていた。また、検事局との連絡は大隈重信の元秘書で雑誌『大観』の編集長相馬由也が当り、三瓶の保護は小山が引受けた。

三瓶が田中大将を告発するらしいという噂は政友会のほうにも洩れていたので、三瓶は憲兵隊のほかに政友会の院外団にも尾け狙われていた。したがって、告発状を書いたのちも三瓶は変装して中央線の大月駅で降り、駅前の富士見旅館に変名して潜んだり、その後も信州湯田中温泉に身を潜めたりした。

この湯田中の旅館で書いたのが、遠藤一等主計正宛の私信である。狙いは告発状をさらに補強する意味で、遠藤に向って「国家のため君も真実を語ってくれ」という一文で、次のような冒頭ではじまっている。

「陸軍主計正遠藤豊三郎殿に呈す。

遠藤主計正殿。その後は久しくお目にかかりませんが、新聞を通していつもお変りないことを承知し蔭ながら喜んでおります。

さて、あれほどまでに君が心配し、幾度も幾度もご注意下さったに拘らず私がとうとう堪えきれず、君のご注意を裏切って、あの陸軍省の定期預金及び無記名公債に関する不正事件を闇から明るみへ、司直の府にバラすに至りましたときには、当の被告発者たる田中、山梨両大将はもちろんでしょうが、それ以外には君が最も極度に驚かれた一人であったことと想像します。

君がこれまでしばしば、あの故児島陸軍次官が臨終の際までも私のことばかり気遣い、『秘密が三瓶の口から洩れてはわれらの一大事だ』とて譫言《うわごと》にまでいって悶えられたというまことに悲痛な一場の光景を伝え、絶対に他言無用と戒められた、そのお話は決して忘却いたしません。私情としてはそれは苦しいご事情もあることと私は万々お察しいたしております。特に誰もに共通なサラリーマンの苦衷は十分知っております。君にご家族の多くあることももとより理解しております。それに同情の涙のないほどの冷血動物にもまだなりえないのです。それ故私はこのたびの決行の前にはかなり反省させられました。

しかし、やむを得ないのであります。しばらくご無沙汰をした私の家の近状は多分あなたもご存じあるまいが、久しく老病の床に悩んでいる生みの母と、産褥《さんじよく》の苦痛に悩む妻とがあるのです。それらが私が非常の事を決行した暁にはいかほどの衝動をうけるかくらいは私も考えたのであります。

しかし、この月四日の朝に至って中野代議士が、突然、あの問題を私から検事局に訴うるに先だち、その日議会の問題にするということを洩れ聞いたときには矢も楯もありませんでした。それはこの問題が党争化されて私の真精神を誤られる恐れがあったからであります。そこで一切を顧るいとまなく、遠藤君、赦して下さい。私は遂に決行いたしました。……」

三瓶が告発する前から、彼に最も接近を図っていたのは憲政会の中野正剛であった。彼はたびたび当時三瓶が身を潜めていた神田の関根旅館に使いをやっているが、告発状が検事局に出されると同時に三月四日の衆議院本会議で「議員小川平吉、小泉策太郎、秋田清、鳩山一郎君の行動を調査すべし」との決議の説明に登壇した。田中義一は男爵なので貴族院でしか喚問できなかったため、この四人を対象にしたのだ。四人は田中陸軍大将を政友会の総裁に入れた連中で、恰度、その頃、陸軍中将・元憲兵司令官石光真臣と立花小一郎大将（いずれも恢弘会）とが、田中大将が機密費三百万円を政界に流したのは軍人の政治干与ではないかとの建白書を提出した事実にひっかけたのである。

中野正剛は福岡生れで、三十五歳で政界入りして以来その一匹狼的な気魄と山犬のような咬みつき方で知られていた。戦時中、東条首相を攻撃して「戦時宰相論」を発表し、憲兵隊に捕われ、国会開会で一時帰宅を許された際に自決したことは有名である。中野についてはあとで語ることもあると思うが、その中野が政友会の罵声の中におこなった田中弾劾演説は、当時、世間を湧かした。

彼は与党の憲政会の拍手と政友会の怒号を壇上から半々に睥睨《へいげい》して、獅子吼《ししく》した。

「陸軍におきまして、今晩偕行社において地方における予後備将校まで連ねたる恢弘会という一つの会を開き、田中君の政界の関係において田中君の不正事件と政界における関係を糾弾し、これを陸軍の問題となし、これを政界の問題となさんとする会合が開かれんとしているのは事実であります。

田中陸軍大臣は、大正九年、十年、十一年、いわゆるシベリヤ出兵の最高潮に達している際、陸軍大臣は田中義一君、而して、その次官は、最近政友会のため政友本党の党員を買収せんとした山梨次官、而して山梨次官の下に松木高級副官、この三人が陸軍省の中に蟠踞《ばんきょ》しておった。大正九年から十一年に至るまでシベリヤ出兵に無益の莫大の金を浪費し、この機密費のみでも四千万円に達するといわれている。これらの金を湯水の如く浪費して淫蕩遊蕩至らざるなく、天下をして陸軍の神聖を疑わしめたのは事実であります（拍手と罵声）。

しかも莫大な金が、その金が紅葉屋銀行、田中銀行等に多額に預けてある。その預金の名前は田中義一君及び政界に害毒を流したる山梨半造君、松木直亮君、この三人の名前を以て銀行に莫大の金を預けておる。しかも、この金の一部分は大正九年の初めごろから公債に取替えている。さらに陸軍の関連としては、田中義一の在職中、莫大なる金塊を第十四師団の手において押収しているものがある。いわゆるセミヨノフの金塊として有名なものがある。この金の行方も不明になっておる。しかも、この田中、山梨、松木らが陸軍に割拠して不正な金を使った。その際、官房の会計として――その官房の会計として、その悪銭の出納をなしたる三瓶某が、現にこの通り書類を流布して陸軍の人々の間にこれを分っておる。その内容をご覧になるというと、恐るべき事実が暴露しておるのであります。田中大将の不正事件の内容調書、静かにお聴き取り下さい（議場騒然）。これは、私は議長の許しを得て速記録に付します。

かくの如き醜穢《しゅうわい》なる疑雲に閉ざされている田中義一君の出廬《しゅつろ》に際しては、政友会の領袖等が日夕相策応して、田中君の未だ現職を辞めざる頃から政友会の総務連は連日青山の田中邸において政治的陰謀を凝らしたということは、当時満天下の新聞が満載した事実であります。諸君の前総裁高橋是清君を隠退せしめたることは、高橋氏が四十万円の手形を支払うことを拒んだからだと書いてある。金がなければ総裁もおっぽり出す。その次に金のある総裁をつれてくる。この総裁が金を作っておる最中に政友会の領袖諸君はこの田中大将などと相策応してしばしば評議を凝らしておることは、その当時満天下の新聞紙上に隠れなき事実としてうたわれている事実ではないか。革新倶楽部の諸君が政友会に入ったときにおいてもまた金銭の醜聞が伴うておる。

田中総裁が政友会に現われて以後、政界の動揺には常に金銭がある。金銭と共に壮士がある。金を使い、壮士を使い、虚偽の宣伝を逞しゅうして政界を糜爛《びらん》せんとするは今日政友会の態度であることは何びとも認めておる。諸君は私の身の上に対して何んと言っておるか。君らのやり方はすべて金銭本位のやり方であると言われても仕方がない（議場騒然）。私は諸君がかくの如く吠えるときに人間に吠えられているとは思わぬ。犬が吠えているものであると思う。古語に桀狗《けっく》堯《ぎょう》に吠ゆるという言葉があります。諸君の如き漫罵を聴いても、私は毛頭恥ずるところはない」

中野の演説は、政友会席の喧騒に妨害され、しばしば議場に徹底を欠いたため、彼は速記者席にかがみこんで声をつづけたのであった。

5

田中政友会総裁の陸軍機密費問題を衝いた中野正剛ほど、この攻撃にはまり役の人物はなかった。彼は早大の出身、一時、東京朝日新聞に籍をおいたが、すでに『明治民権史論』や『七擒八縦』などの著書があり、早稲田伝統の自由思想に福岡の頭山満派の国士風なものが加わった一種の反抗児であった。彼の一生は藩閥、軍閥、官僚などに対する抵抗だった。

彼は、大正九年、代議士に当選して以来、犬養毅の国民党にぞくしていたが、シベリヤ出兵には早くから反対した。大正十年春の第四十四議会では彼は演壇にたって、

「田中陸相が、ニコライエフスクの邦人七百余名が過激派のために虐殺されたいわゆる尼港事件の責任をとらないのは、責任を最も重んずべき軍人にもあるまじきことである。また、時代錯誤の剣付鉄砲を国際政策上に振りまわすようなシベリヤ出兵は断乎やめるべきである」

と非難した。

そのころ軍部が、尼港事件の恨みを晴らすためにはロシヤ人の肉を食わざるべからず、と宣伝したのに対して彼は、

「食うべきはロシヤ人の肉ではなくて責任者たる日本陸軍当局の肉である」

と攻撃した。

陸軍大臣だった田中義一は、この議会の非難と世論の反対をうけて辞職し、山梨半造とかわったのだが、軍部の中野に対する憎悪は、このときからすでに生れている。中野が東条軍閥のために自殺した運命は早くから予感されていたといってもよい。

「現実のロシヤを政治的に経済的に取扱わずして、空虚な思想論をもってこれを拒むなどということは実に愚かな話である。労農ロシヤと接近すれば日本が赤化するといって

反対するのは、朝鮮を通過すると朝鮮人に化せられるというのと同じで、こんな論法でゆけば日本は鎖国の昔に還らねばならぬ。こんな頑迷な思想では話にならない」と主張した。この中野の演説をきいた後藤新平は、帝国議会始まって以来の名演説だと絶讃したという。しかし、レーニンの共産主義政権を仇敵視していた日本軍部と特権階級とは、中野の攻撃を赤化思想の接近と見た。

それには、シベリヤ出兵に対して当時の社会主義者や労働団体が強い反対言論を行い、反戦運動にものり出していたので、中野の攻撃を意識的にアカに結びつかせる一因にもなったのである。

当時、『新社会』という社会主義の雑誌は、

「国旗は凌辱せられたり！　プラゴエシチェンスクにおける日本帝国の国旗は露軍過激派のために凌辱せられたり。彼らは久原鉱業事務所によって代表せられたる大日本帝国の権威を侵害せんとしたるものというべし。日本平民階級の子弟は敢て自ら進んでこの国家を代表する久原鉱業の利益を保護し、この国辱を雪《すす》ぐの意なきか」

と皮肉っている。田中義一と久原房之助の利害関係はこのときからもうはじまっていたらしい。

さて、そうした前歴のある中野が機密費問題で再び田中、山梨を攻撃したのだから、軍部は憤慨した。ことに宇垣陸相は、中野の演説は帝国陸軍に対する侮辱であるとして若槻首相に迫ったくらいだ。

宇垣一成はその模様を大正十五年三月四日の日記に自らしるした。

「今日衆院における憲政会の態度はなんのざまだ。戦うなら正々堂々と来れ。本能寺の敵に対して陸軍を巻きぞえにせんとする行動は卑劣である。……いずれ速記を見たる上にて余輩の態度は決すべきである。彼らに戦う意思あれば来れ。よし対戦せん。あえて辞するの意思はない」（適宜表記を改め、句読点を補う。以下同）

このように昂奮した宇垣だが、速記録を見た五日には次のように書いた。

「今朝速記録を見れば、別に陸軍攻撃ではないけれども、論述の途中、陸軍の面目威信に関する点も存したから、登院早々、若槻その他の憲政閣僚列席の前において、幹部が許してあのような演説をなさしめたることは、ここに列席の諸公には他意（マヽ）あるを疑わざるも、憲政会全体として陸軍に対する考え、態度はとくとこのさい承知しておきたい。余は数十万軍人の先頭に立ち居るものである。会の態度如何によりてはさらに考慮せねばならぬ旨を言明した。……若槻は党の総務、院内総務を招致して実況を聴取し、さらに余に対して会内の不統一の結果この始末を来したるを告白して陳謝し、かつ将来に対して幹部以下を厳戒したる旨をのべたるにより、余は将来のことを戒告して追及を打切りたり。中野正剛よりは田中武雄を介して陳謝、町田経宇に誤られて失態を来したりとの申訳を伝え来る。安達や、浜口や、加藤諸氏が事前において焦慮したるの事実も認めたるにより、本問題は諒恕してやり、今後の態度を見ることとせり」

数十万軍人の先頭者と自負する陸軍大臣宇垣の意気を想い見るべしである。

彼の一喝によって若槻首相以下憲政会内閣は大いに狼狽した。さすがの中野正剛も人を介して宇垣に陳謝したというが、実際かどうかは分らない。あるいは、こと面倒とみた第三者が中野の身辺を気遣って田中武雄を宇垣の前に出し、中野の代人に仕立てたというのが事実らしい。

さて、田中大将に対する告発状を書いた三瓶俊治は、三月十六日、隠れ先から相馬由也に連れられて上京し、すぐに東京検事局に出頭した。このとき取調べの主任検事になったのが石田基である。石田は当時検事局切ってのやり手で、朴烈事件や、この直後に起った松島遊廓移転問題にも関係し、まさに鬼検事と呼ばれるにふさわしかった。今日でいえば、東京地検の特捜部長みたいな立場にあたる。

石田主任検事は、三瓶を十六日から十八日の夜まで三日間検事局の構内で取調べた。この検事局の強硬な態度に気をよくしたのか、川上親孝がつづいて追討ちをかけるように同じく田中、山梨を告発した。

検察首脳部はこれも受理して、石田主任検事のもとに中島石雄、大河原重信の二検事を補助として極秘裡に捜査に当らせることになった。

世論は中野の議会における田中攻撃と三瓶の告発に大喝采をおくったが、軍部は逆に怒り立った。

「憂国同志会」という右翼団体が若槻首相に糾問状を発した内容をみると、次のような意味の文章になっている。

「過日閣下の部下中野正剛の議会においてなしたる軍事機密費に関する断定的宣明並びに質問の荒唐無稽なるは、陸相の答弁同様閣下の言明せるところであるが、このような荒唐無稽なる言辞を弄したるは帝国陸軍に多大の疑惑を投じ、国民の軍隊に対する信頼を失墜せしめる非国家的所為と断じるが、どうか。

かかる非国家的所為をなしたるは、国民と軍隊との離間をはかり、赤化宣伝を容易ならしめ、某国の手先となって、国家を攪乱しようとするものとの罵りを受けても、なんら弁解の余地はないと思うが、閣下の所見はどうか。

かかる非行をあえてし、赤化の走狗たる疑いをうけたる者が神聖な議場にいる。しかも、閣下の部下にあってこれを罰しないのはいかなる理由であるか。

中野の所為はまさに憲政会の責任であると同時に閣下の責任であることも明らかである。よって閣下もまた中野と同罪たるをまぬがれず、閣下はいかにしてこの罪を償わんとするか。

閣下は、その部下よりかかる非国民を出し、国軍の威信を失墜せしめ、上宸襟《しんきん》を悩まし奉る責をいかにして負わんとするか」

この詰問状の内容を前記宇垣の言動に照らし合わせてみると、軍部の意向がよく反映している。

憲政会は初め政友会総裁田中義一攻撃の口実を見出して欣喜雀躍していたが、はからずも中野正剛の議会演説が軍部の怒りを買って内閣に向ったのであわてはじめ、今度はどのようにしてこの問題を収めるかに苦慮しはじめた。しかも、三瓶や川上の告発状をうけて取調べにあたった主任検事の石田基の態度はすこぶる強硬であった。

もし、その結果、陸軍機密費の醜状が暴露すれば、軍部はその恥部をさらけ出すことになるので、彼らはいよいよ国軍侮辱の名で内閣を攻撃し、事件を叩きつぶしにかかることは必至である。

しかし、軍部がこの問題で若槻内閣に反抗したのは必ずしも陸軍全体の意志ではないのだ。

問題の発端は、もともと、田中、山梨、宇垣などの主流派に対する反対派の恢弘会系が主流派への暴露戦術に出たのだから、いってみれば「軍部の怒り」とは主流派の防戦とみるべきだ。

ところで、このへんの宇垣の心境は複雑だ。宇垣は田中とともに形影相伴うように出世していたのだが、山梨半造とは必ずしもよくなかった。また、田中の高級副官松木直亮に対しても不快の念をもっていた節がある。だが、恩顧を蒙った田中だけはなんとかして庇護したかったのであろう。

「後輩が不始末をして先輩がその尻拭いをしたということは聞くが、後輩のわれわれが先輩の不始末の尻拭いをしてゆかねばならぬような事態が頻発するのはすこぶる遺憾である」

と、彼はその日記にも感想を記している。

こうして宇垣から詰められた若槻礼次郎首相は議会での秋田清の質問に対して釈明している。

「ただ今の秋田君の二等主計とかいう話ですが、彼はかつて陸軍に奉職してのち収賄罪により刑余の人となり、今は全く無位無官の人となっているのです。その三瓶某がいろいろなことを書いて物を出している。それが一昨日議場で中野君からご披露になったのです。それがはからずもこの議場で披露されたということは、たとえ荒唐無稽といえども、何か軍の内容に悪いことでもあるということを披露されたことは遺憾千万と存じますが、しかし、そういう事態で、昨日もお話しした通りで、かねて私は荒唐無稽と考えておりましたから、速記録を見ても同様の考えをもっております。すなわち、陸軍の内部において機密費を取扱うべき人々が、その一少部分なりとも個人の懐中に入れるとかなんとかいうようなことは――入れたというようなことは毛頭認めないのであります。そうして昨年の三月尽日限りに今の臨時軍事費は打切りになりました。また、臨時軍事費も年々会計検査院の臨時検査を経て、そうして、昨年三月尽日で打切りになりました」

しかし、若槻が遁辞をもうけて釈明しても、宇垣陸相が正々堂々と否認しても、田中大将に対する世間の疑惑は濃くなるばかりだった。国民は三瓶俊治や川上親孝などが提起した告発状を検事局がどう処置するか固唾《かたず》をのむ思いで見まもった。なんといっても、田中大将が乾新兵衛から公債を抵当において三百万円を借りたことは隠しようがなかったからである。

またシベリヤの反革命軍セミヨノフ一派の持っていた金塊の行方も、山梨将軍が田中大将と話合って処分して折半したとか、どこかに隠匿しているとか、あるいは某所に託して時機をみて金にかえるのだとか、さまざまな流説が生れた。

こういうときに突如として当の告発人である三瓶俊治が「懺悔録」を発表した。

田中大将に対して告発状を提出したのちの三瓶は、小山大佐や相馬由也などに防衛せられて居所を転々としていたが、その間、政友会の院外団や憲兵、軍部の意をつけた壮士などに尾け狙われていた。ところが、そういう圧力に耐えかねたのか、彼は不意に秘密宿舎から姿を晦《くら》まし、池上の本門寺に駆け込み、「懺悔録」を書いて、前の告発の内容はまったく嘘であるといい出したので、世間は二度びっくりした。

三瓶がなぜ本門寺に走り込んだかというと、ここの住職は彼の叔父に当るからである。一説によると、その寺にいた本田仙太郎という僧侶が彼を拉致して無理に懺悔録を書かせたともいわれている。

その「懺悔録」にはこうある。

「……たまたま、本年二月下旬、悪魔に魅入られた自分の感情を政争の具に供し、軍閥暗闘の傀儡《かいらい》となり、暴力団並びに有力関係のスパイ、不逞の徒の私腹を肥やす料とせられようとは夢想だにせざるところであった。自分は今まで囚れの身同様となっていたが、冷静に過去六十日間の朝夕を回顧して胸中懺悔の焔に耐えないものがある。

小生の不本意なる告発によりて甚大なるご迷惑を感ぜられたる名士諸賢に対しても、一時も早く告発取下げをなし、発心の一途としたい考えであるが、今は公明なる司直の裁判を信頼するのほかはない。また、取下げをなせしために自発的発心が他の圧迫強要によるがごとく、天下に誤解せらるるを惧《おそ》れて見合わせる次第である」

あの告発は自分の本意ではなく、他から強要されて書いたものであるが、一たん司法当局に提出した以上は、その裁きは当局に任し、告発そのものは取下げないと三瓶はいうのである。

よく考えてみると、これも矛盾した話で、自分の本心ではなく、虚偽の告発をしたという懺悔だったら、その告発を取り下げるのが当然だ。それをしないで、ただ悔悟の文章だけを発表したのである。

こんなところから、この懺悔録は三瓶が自分で書いたものでなく、政友会方面の者か軍部の意をうけた右翼の者が三瓶の名前を騙《かた》って発表したのだろうという噂もたった。三瓶俊治という男はひどく小心で、初め川上や小山大佐などに勧められて告発状は書いたが、あまりの周囲の騒がしさにおどろき、誘われるままに本門寺に逃げ込んだというところが真相だろう。

では、一体、この事件の実体はどうなのか。その謎を解く鍵は次の四つとなろう。

①三瓶は懺悔録は発表したが、告発状は取下げていない。

②もし、告発状に書かれたような不正がなければ、田中大将も山梨大将も三瓶を誣告《ぶこく》罪で訴えなければならないところだが、そのことは全然しない。

③田中大将は「三瓶というのはどんな男かよく知らない」というようなことを当時新聞記者に話していたし、また「公債を盗んだ奴で、人格の劣った放蕩児である」と罵倒していたが、三瓶が懺悔文を発表した翌日、新聞記者が訪ねて行くと、田中は「あの男は卒業のとき恩賜の時計の光栄にも浴した男である」というようなことを言って、前とは反対に称讃的な言葉をもらした。

④田中が三瓶をよく知らないというのは言訳にもならないことで、田中は三瓶に「百事誠」という扁額を揮毫して与えている。また遠藤主計にも書を与えている。そのほか、珍しいものが他からくると、遠藤や三瓶にくれてやっていた事実がある。

こういうことを綜合してみると、田中義一が政友会入りについて持参した三百万円は、やはり陸軍機密費から出たと断じないわけにはいかない。そして、その出所の秘密は、前記のようにシベリヤ出兵前後の大正七年と十一年の経常費にあろう。つまり、結局のところ、田中陸相は山梨次官と謀って機密費のうちからピンハネして横領したということになるのだ。

これについて、三瓶に寝返りを打たれた相馬由也が次のように述べているのは、案外、実相に迫っているように思われる。

「問題の金を世間では機密費といっているが、実は機密費ではなく、秘密の金とでもいうべきもので、その金額は銀行預金千二、三百万円、無記名公債五、六百万円と推定される。
　問題の金が秘密の性質のものでないとなれば、その金は堂々と陸軍大臣の官房の金庫に公蔵しておくはずなのに、大臣官邸の一室に秘蔵して、田中、山梨、菅野などという数人のほかは一切知らせず、ときどき時の高級副官松木直亮大佐が金庫の内容を調べ、遠藤主計がかたわらにあって、極めて無造作にメモを記入し、三瓶主計はソロバンをおく役目をおおせつかった事実などがあるというのは誰しも深い疑念を挿まないわけにはいかない」

　要するに、機密費は議会の協賛をえただけの金額を一時にとりまとめて受取るものではなく、随時必要額だけを大蔵省から貰ってくるものであるから、これを長時日にわたって利殖をはかるなどということはできないわけだ。

　したがって、問題の金は機密費ではなく、なにか別の特殊なものでなければならない。それがシベリヤ出兵費の使い残りだとは、はっきりしているが、例のロシヤ軍の金塊や、青島《チンタオ》で阿片販売を許可することによって、中国人からもらった賄賂などの説になると、多少の疑いがある。

6

中野正剛の田中義一攻撃は政友会の猛烈な憤激をかった。それに中野の演説が新聞に大きくでたので国民の疑惑が田中総裁に集ったから、政友会としてもこれを防衛しなければならなかったのである。三瓶俊治や川上親孝などの発表文はまだ一笑に付することができる。しかし、すでに議会の闘士として鳴らしていた代議士中野正剛が議場で堂々と田中総裁や山梨元陸相を痛罵したのだから、黙っているわけにはいかない。

三瓶と川上が提出した告発状は検事局に受理されて、捜査の段階となっていたが、政友会としてはさしあたり中野正剛に対してなんとか報復しなければならなかった。それには、中野の演説そのものを否定し、かつ中野を傷つけることになれば、この上ないわけだ。そこで、政友会の知恵者が集って話にでたのがつぎの妙案である。

中野正剛は、前にものべたように寺内内閣のシベリア出兵に反対していたが、ことに七百余名の邦人が惨殺された尼港事件では田中陸相の責任を追及してやまなかった。その後北京では公使芳沢謙吉とソ連側代表カラハンとの間に日ソ基本条約が締結されたが、このとき中野は、自分の持論を実証するために、進藤という早稲田大学の学生をともなって極東ロシヤへ視察に出かけたのであった。

ソ連政府では日本の国会議員が初めて来たというので、タチアナという極東大学東洋語科出身の女を通訳として出した。中野はハバロフスクにも行き、ハルビンを経由し、遠く綏遠《すいえん》の包頭《パオトウ》まで乗りこみ、馮玉祥《ひょうぎょくしょう》と会談したりした。馮玉祥はモスクワ仕込みの進歩主義者で、赤いクリスチャンゼネラルとよばれていた。現在の中国紅十字会会長の李徳全女史は、その夫人である。中野は北京で中国の知人と歓談し、三カ月の旅行をへて帰国した。

こういう中野の行動に眼をつけて、彼の軍部攻撃は、その旅行のとき赤化思想にかぶれたからだということにしてはどうか、という者がいた。

それは思いつきだというので、いろいろ協議をかさねた結果、

「ただ赤化思想にかぶれただけでは弱い。ひとつ中野を露探に仕立ててはどうか」

という者がいた。

なるほど、これだと売国奴そのものになるから、これ以上強いことはない。それは名案だということになったが、今度は、その裏づけになるものを作らなければならなかった。

当時、久保田栄吉という者がいて、シベリヤの監獄に二年間ぶちこまれて日本に帰ってきていることが分った。この久保田に接触が行われた結果、中野正剛はソ連の第三インターナショナルのスパイだという証言をさせることにして、久保田はそれを『赤露二年の獄中生活』という本に書いた。

久保田は、その中で、三宅雪嶺と中野正剛とはアントノフ（モスクワ政府代表で来日）から十万円もらって日本の内情を通信していると獄中のロシヤ人から聞いた、というふうに書いた。

それだけではなお弱いとみたか、中野がアントノフから十万円もらったという事実は、

大正十四年七月二十九日の浦塩クラスノィズナミヤという地方政府機関紙の論説に明記されてある、というふうにでっち上げた。この経緯は今まで不明だったが、本稿を書くに当って調べて、多少分ってきたからあとにふれる。

政友会では牧野良三を立てて議会で中野攻撃に当らせることになったが、丁度、世間の一部の雰囲気にも中野がアカであるという疑惑が流れはじめていた。むろん、この流説の根元は軍部の意をうけた右翼団体系である。

かれらはしきりとパンフレットを配布して中野攻撃を行ったが、つぎにその代表的なものを要約してあげてみる。

「陸軍の機密費費消摘発にして真に軍国に忠なる提議なりせば国民あえて傾聴を惜しまざるも、その発案者が中野正剛なるが故に一般国民が真に赤化運動に利用せられたりと断ずるは、彼が皇室に対し奉りて尊崇を欠く言行多く、ことに近年赤露に阿附し、第三インターナショナルとある関係を結びて共産主義を謳歌し、宣伝費を受領したりと噂さるるがためにほかならざるなり。

七千万同胞は中野正剛を拉し来りて査問会を開かざるべからず。而して厳正なる国民的判決を下さざるべからず。国民的判決とはなんぞ。曰くわが神聖なる衆議院より中野正剛を駆逐すべきことこれなり。中野正剛の名をわが選良より抹殺するにおいて初めて議院の浄化は行わるなり。

往年、秋山定輔氏は露探の嫌疑に座し、公然として議席を去りたる事実はいまだ国民の記憶に新たなるところなり。もし中野正剛にして日本人として恥を知らば、すべからく自決、以て国民に応うべきにあらずや。これ彼らのために最善の措置なりと信ぜんと欲す。

国防協会」

こういうような怪文書はまだまだ出ているが、牧野良三の演説は政友会だけでなく、軍部方面の支持という背景があったのだ。政友会は軍部とつながりのあるこういう右翼団体に金をだして騒がせたのである。

牧野良三は、中野正剛が田中攻撃の演説をした三月四日から一週間たった十一日の本会議で、政友会総務望月圭介の名で提出された「中野自決の決議案」の説明にたった。この演説は、初めから中野をやっつけるためだったので、牧野の口調は激越をきわめた。

「あらたに憲政会の宣伝部長につかれた中野正剛君にとって反対党ならびにその党首を中傷するというがごときは、じつは表面仮想の目的でありまして、彼中野君が心中ひそかに期したる大目的は、すなわちわが陛下の軍隊に国民的疑惑を投げつけ（拍手、議場騒然）軍紀を紊乱《びんらん》し、士気を頽廃せしめ……（議場騒然）もってわが国民とわが軍隊との間の離間を企てんとするにあったことは明らかなる事実であります（拍手）。これすなわち議員中野正剛が自ら企みたる第一の手段であったのである（拍手）。

諸君、恐れてもなお恐れざるべからざるは軍隊に対する中傷である（拍手）。百三十年前、フランス革命はいかにして起ったか知るであろう。また国家組織の鞏固《きょうこ》をもって誇りたるドイツ帝国の崩壊はいかなる経路をもってなされたか（拍手）。しかも、ケレンスキー内閣のときに彼レーニンが五万、十万人の兵隊に向って空中から飛行機で左に右に異った宣伝ビラを撒布し、もって革命の傭《よう》を作ったということは諸君のご承知のところである。

およそ赤化を目的とする者の、まず、その魔手を陸海軍隊よりするということはまことに隠れもない常套手段であります。しかるに、予備、後備の大将、中将の中に議員中野正剛君のこの深き企てであることを理解せず、彼の言説に眩惑せられて前後の思慮分別を忘れ、ただ国家を思う一徹より躁狂の言動をあえてする者を出したるがごとき、まさに彼の術策に陥って、彼の計画に薪を運ぶものであると断ぜざるを得ないのである（拍手）。かかる輩の出たることに対しては、議員中野正剛君はおそらく衷心会心の笑を洩らしていることであろうと思う（拍手）。」

牧野はさらに大正一一年の『東方時論』に掲載されたアントノフと中野、風見章などの会見記を引いて論旨をすすめ、

「中野君の身上に関し、以上述ぶるがごとき種々なる怪雲を巻起す導火線となったのでありますす（拍手）。したがって、かくのごとき怪雲、疑雲が巻起ったということは中野君が当然甘受しなければならぬ結論であると思う。男女同棲して日あり、而してすでに

子女を設けたとき、隣人これを呼んで夫婦ということは怪しむに足らぬのである。中野君は赤露と交ることここに日あり、而してついに陛下の軍隊に対して疑惑の雲を投じた（拍手）。この事実ある以上、本員らがこれを咎めて不謹慎となすはまさに当然の結果といわなければならぬ。而して、もしも本員の疑うところが事実であるならば、議員中野正剛君の罪はまさに死に当ると思う（拍手）。」

政友会側の拍手喝采、憲政会席の怒号のうちに牧野が降壇すると、政府委員の俵孫一（内務）、本田恒之（法務）の両政務次官が答弁にたったが、いずれも牧野の発言は事実でないと否定した。

憲政会が牧野の懲罰動議を出すと、政友会はそれを妨害して、議場は大混乱となり、粕谷義三議長は本会議の中止を命じた。

こうして中野の査問委員会が設けられたが、その委員会で中野がアントノフから十万円受けとったという事実の証拠をもとめられた牧野は、

「大正十四年七月二十九日の浦塩《ウラジオ》クラスノィズナミヤ紙の論説に明記されてある」

といった。そこで、その新聞の提出をもとめると、牧野は、

「新聞は委員会にもってくる途中暴漢に強奪された」

といって、その写しを提出してきた。強奪されたなら、なぜ犯人捜査願を出さぬか、という議論が出たりしたが、委員会は外務省に要求して浦塩駐在の総領事に新聞の事実を調べさせたところ、そんな記事は掲載されていないと返電してきた。牧野がみせた

「写し」というのもはなはだ怪しげなものだった。

　これをみても、牧野の演説がまったく作りあげられた久保田の獄中日記をネタにして行われたことが分る。

　久保田栄吉とは何者かというと、彼は当時ソプラノ歌手として人気のあった関屋敏子の姉の夫に当る男だった。黒田とか寺出とかいう変名を用いていたが、北海道で悪いことをして沿海州に逃げ、そこで捕らえられて監獄に入れられた。その間に革命が起り、労農政府となって釈放されたのである。彼はロシヤ語も多少解していた。

　この久保田に政友会の誰が接触したか分らないが、とにかく前記のように獄中で中野がアントノフから十万円受取ったということを聞いたという筋書を書かせ、さらにロシヤの新聞をもってきて、社説にそのことが出ているように作文させたのである。

　久保田栄吉はこれを、老壮会系の右翼で、満鉄調査部にいた島野三郎という男のもとに持って行った。

　島野はさらにこれを北一輝（二・二六事件で処刑された右翼の理論家）に見せたところ、北は一読して、

「これはちとひどいな。まあ、あんまり中野が傷つかないようにせよ」

　といったので、その文章はだいぶん柔らげられたということである。これが中野正剛第三インターナショナル秘密党員説の根元である。北が中野をあまり傷つけたくないといったのは、あるいは中野と玄洋社の関係を念頭においたのかもしれない。

いずれにしても、問題のネタはこんな幼稚なものだった。

ところが、こういうでっち上げは案外のちまで生きていて、昭和三年三月十五日に田中政友会内閣が共産党の大検挙をおこなったいわゆる三・一五事件では中野の身辺を当局が極秘裡に捜査したと、小泉輝三朗氏の『大正犯罪史正談』に出ている。小泉氏は元東京高等検察庁の部長検事だったから、その内容は相当信憑性をもっていると思われる。

小泉氏のその著書によると、「捜査の主任検事は、のちに検事総長となり、司法大臣もつとめた松阪広政で、当時東京地検の次席検事をしていたが、その捜査の段階で、中野が極東ロシア領を視察したとき、彼は『同志八一八号』とよばれ、国際革命後援会日本支部員で、沿海州視察のために派遣されたとき、中野が国際革命後援会の一員としてその責任に違背する行為があったときは、軍事上の秘密を暴露したるときと同様の処罰をうくることを承認す、という署名入りの請書《うけしよ》があり、極東支部から浦塩ダリーバンクに宛て中野に二万五千円の支払命令も出ているという『事実』が判った」とある。

さらにハルビン総領事館政治部保管の第三インターナショナル指導者名簿のNの部に中野正剛の名が厳として記録されてあるとも書かれている。

小泉氏は、一方ではその説の怪しげなことを述べているが、結論としては中野がロシヤの秘密党員であるということを強く印象づけている。

そもそもの火の種は久保田栄吉の『赤露二年の獄中生活』で、久保田のその本が書かれた動機は前記のようないきさつだから、でっち上げというものは怕《こわ》いようなものである。

さて、中野の査問委員会は衆院で連口開かれたが、もともと証拠が出てくるはずはない。牧野が問題のロシヤ新聞を委員会に持ってくる途中暴漢に強奪されたというのも人をくった弁明で、もとより、外務省の返事も、浦塩駐在総領事の、そのような事実なし、という電報だから、委員会もついに、

「議員中野正剛君は露国より金銭を収受して赤化宣伝をなしたとの査問事項は、これを認定すべき証拠なし」

との結論を下した。

中野のほうはそれでかたづいたが、かたづかないのは田中政友会総裁に対する機密費の費消問題である。その真相は、結局、地検の石田基主任検事の取調べの結果を待たなければ分らないことになった。したがって、世間の注目はすべて地検の捜査の動向に集った。

ところが、その頃、この問題をぼかす別な事件が議会で問題になっていた。その一つは大阪の松島遊廓を移転させるに当って憲政会の領袖箕浦勝人が多額の金銭を受取ったという収賄事件であり、一つは大正天皇を狙ったという朝鮮人朴烈の大逆事件である。

松島遊廓事件は与党の憲政会の幹部が収賄したのだから、政友会は内閣の攻撃をこれにかけ、また朴烈事件は、その取調べに当った予審判事の立松懐清が被告朴烈とその愛

人金子文子とに手心を加え、こともあろうに予審判事室で密会させたという噂がとび、司法権の尊厳を冒すものとして内閣に迫った。

政友会としてはこれらで憲政会の中野による自党総裁攻撃の報復を狙ったのだが、それは中野懲罰問題よりももっと若槻内閣に致命傷を与えることになったので、攻撃の主力をこれにかけた。ある意味では田中の機密費費消問題を焦点からぼかす狙いも十分にあった。

この松島遊廓事件の捜査も引受けたのが石田主任検事である。ところが、当の石田検事は鋭意両方の捜査を進めていた矢先、東海道線の蒲田、大森間の線路わきに原因不明の怪死体となって発見されたのだ。

そのため松島遊廓事件のほうは公判を開いたものの箕浦勝人は無罪となり、一方田中義一に対する三瓶、川上らの告発による捜査はウヤムヤになってしまった。

主任検事が死んだため扇のカナメが崩れたのである。この石田検事の死は、戦後の下山国鉄総裁の怪死とよく似ている。

さて、機密費問題は、こうしてケリがついたかにみえたが、翌昭和二年三月の第五十二議会では新正倶楽部に所属していた清瀬一郎が突然また追及質問をおこなった。清瀬は中野とは違った立場で機密費問題を調査していたのである。

清瀬は演壇でこう演説した。

「……ハバロフスクで反革命軍の首領カルミコフが金塊百万ルーブル、二百十二貫を、日本の特務機関長五味大佐の承認を得たとして第三十連隊長菅大佐に預けた。これは大正十一年二月日本軍のシベリヤ引揚げに当って朝鮮銀行下関支店にしまいこまれたことは同銀行の帳簿に明らかである。

翌十二年殺害されたカルミコフに代ってウスリー・コサックの一味がこれを返してくれといってきたが、山梨陸相はロシヤの公金であるといって拒絶し、のちにこれをウスリー・コサックに返却したと言明した。

しかし、真相はコサックから預り証を取上げるとき十四万円を渡したにすぎない。だから、九十四万円、つまり二百貫の金塊は、山梨や、田中総裁や、軍閥政治家の政治資金に流用された疑いが濃厚である」

清瀬がこの演説をしている最中、政友会の議員連中は突然壇上にかけ上り、坂井大輔は清瀬の咽喉をしめ、堀切善兵衛は清瀬の頭を乱打し、演説の続行を不可能にさせてしまった。これが機密費問題追及の最後の線香花火だった。

三瓶俊治も、また、ことの重大化におどろき、また他からの圧迫がひどく告発を遂に取り下げてしまった。

この圧迫には憲兵からの筋もあったらしいことは、次の「石田検事の怪死」の項でふれたい。

田中や山梨が陸軍機密費を使いこんだのは、事実と思われるが、それを証明しそうな陸軍省の書類も敗戦時に焼却されてしまった。

石田検事の怪死

石田次席検事變死す
轢かれたか、車中から
墜落したか死體に
疑問の數々
腕を揮った大事件
石田氏の略歴

前頁写真　事件を報じる東京朝日新聞

1

大正十五年十月三十日（この年は十二月二十五日から昭和と改元）午前五時四十分ごろのことであった。

東海道線大森、蒲田駅の中間で、新井宿第二開渠《かいきょ》の線路踏切付近を歩いていた保線工夫小峰友三郎という男が開渠のところにきて足をとめた。大森、蒲田間は丁度工事中だったので、小峰工夫は蒲田保線区詰の徹夜番として警戒していたのだが、その仕務が終っての帰りだった。

開渠というのは小川のようなもので、その上に長さ二間ぐらいの鉄橋が架かっている。小峰工夫が高さ一間半くらいの貨物列車の線路土堤から腰をかがめて真下の小川をのぞいてみると、たたんだ黒い洋傘の柄を持った恰好の男の死体が暗い中にうすぼんやりと見えた。だが、まだ夜が明けていないので、下のほうははっきり見分けがつかなかった。

この小川は池上本門寺方面に通ずる道幅三尺ぐらいの道路にそっていて、かたわらに踏切がある。小峰が土堤をかけ下りて初めて分ったのは、年齢四十四、五ぐらいの、口髭をたくわえた、面長の男が黒いコートを着て、胸から下を水の中に浸して仰向けに横たわっていることだった。この小川とも溝ともつかない開渠は、いつも水深二尺ぐらいであった。

保線工夫はときどき汽車や電車の轢死体を見ているので、このときも列車に跳ね飛ばされて死んだ男だろうと思い、すぐに大森警察署にしらせた。

大森署から藤井司法主任が現場に来たのは七時半ごろで、あたりはすっかり明るくなっていた。藤井主任が死体の名刺を見ると、「東京地方裁判所検事局次席検事石田基」とあったので、仰天して急を署長と検事局に告げた。

検事局から人がくる前、藤井司法主任が新井宿の植木泰三医師に検視をさせたのが午前八時ごろだった。死体の左頭部に一カ所の打撲傷と顎の下に長さ一寸あまりの打撲傷とがある以外には出血を見られる傷はなかった。ただ右脚のズボンをめくると、脛のあたりに皮が剝けたところがある程度だった。片足の短靴は死体から約二間離れた草原の中にとんでおり、死体と片靴との中間に敷皮が散っていた。

やがて、急を聞いた検事局からは吉益検事正以下七、八名の検事が現場にかけつけたが、死体はひとまず大森警察署にはこび入れた。そして、正午から大森署道場で警視庁から出張した加藤医師の検視が行われたが、医師はそのあとで、「過失死である事は解剖を要しない程の確実である、問題は果して列車にふれたか否かだが、列車にふれずに単によろめいて墜落したとしてもあれ位な外傷や致命傷を受ける事はあり得る事でいずれにもせよ過失死に異論はない」（東京朝日新聞）と語った。

当時の各紙を見ると、石田次席検事の死はいずれもトップで報じ、時事新報は「疑問の惨死」と書き、やまと新聞は「怪しいその真因」と見出しをつけている。

時事新報は、

「石田次席検事の死は現場《げんじょう》と照り合せて頗《すこぶ》る不可解なものがあり、過失か、他殺かの二つより想像し得られないが誤ちとすれば踏切通行中進行して来た汽車に触れたか或は午前五時三十八分現場通過の熱海行下り列車から飛下りたものか、或は何者にか惨殺されたものか三つの事実より考えられない」

とし、やまと新聞は、警視庁の動きとして、

「石田次席検事の怪死につき警視庁では大評定を開き、墜落死か轢死か、はた氏に恨みをもつ犯人が氏をどこかへおびき出して復仇的の行為をなし、ここへ連れてきて同氏が轢死をしたように見せかけたものであるかもしれぬという仮定のもとに、検事局と協力して死因の鑑識に努力している」

と報じている。

石田基検事の死がなぜこのように新聞で大きく騒がれたかというと、田中政友会総裁の機密費問題に関する三瓶俊治の告発状を受理して取調べていたのが同検事だったのである。そのほか彼は朴烈問題、松島遊廓移転問題なども担当していた。この三つとも当

時の大きな政治問題で、ことに松島遊廓問題は朴烈事件とともに時の若槻内閣の命とりに発展しそうな形勢にあった。

松島遊廓問題というのは簡単にいうと、当時大阪の松島遊廓が市内の発展とともに中心地になってきたので、そのような場所に遊廓があるのは風紀上おもしろくない。これを他の場所に移転せしめるという議がおこり、その候補地として二、三の土地がえらばれた。遊廓が移転すれば、その土地が三業地として発展するので地価が暴騰する。遊廓の誘致をめぐって激烈な競争が演じられたが、ある土地会社が政党方面に運動を働きかけ、与党憲政会の総務箕浦勝人と野党政友会の幹事長岩崎勲に決定の斡旋を頼み金銭を贈った。これが収賄罪に問われたのである。これには若槻首相の名前まで出て政友会の攻撃が集中されていた。

田中、山梨両大将にからまる機密費使込みとシベリヤ接収の金塊横領事件も、取調べの進展如何では政友会の大打撃のみならず、軍部の恥をさらすことになるので、これまた政友会にも軍部にも大きな関心だったことは前章に述べた通りである。

その中心人物の石田検事が突然線路わきに死体となって発見されたのだから、その死因にははじめから何かあると疑惑がもたれたのだ。

石田基は明治十六年仙台市の士族に生れ、同四十二年東大法科を優等で卒業、司法官試補となり、東京地方裁判所をふりだしに、予備判事、鹿児島地方裁判所判事、同検事、東京区裁判所検事、東京地方裁判所検事などを経て大正十二年上席検事となり、十五年に現職に就いた。この間、共産党の第一次検挙（大正十二年六月五日）の指揮、取調べを担当している。

石田検事は担当の各事件に辣腕《らつわん》を揮い、取調べも峻烈で、一切の妥協をゆるさなかった。その取調べには往々の批判もあった。ことにペテンにかけた取調べ方をするという声が被告側弁護士のほうからあがっていたという。

しかし、同検事はそんなことには一切耳を藉《か》さないように、「鬼検事」の評にふさわしく厳しい態度で臨んだ。田中総裁の機密費問題にしても、朴烈事件にしても、松島遊廓問題にしても、単なる告発問題や醜聞を超えて政争の具に供せられていただけに、各方面からさまざまな圧力が彼にかかっていたともいわれていた。脅迫状や脅迫電話が市ケ谷二十騎町の自宅にも頻々と舞込んでいた。

だが、石田検事は黙々と取調べを進め、ことに機密費問題では単独に捜査していたらしいふしがある。したがって、彼の突然の怪死は、取調べ進行中のこれらの事件を背景にして疑惑がもたれたのだ。

石田検事は、その前夜の二十九日夕刻から日比谷の「瓢《ひさご》」という料理屋で開かれた十人ばかりの検事たちの小宴に加わっていた。これは樫田忠美検事の転任送別会のためで、その席には東京地検から吉益検事正、金山、鈴木両検事と、上京中だった大阪、京都、名古屋、広島、福岡、仙台、札幌などの地方裁判所検事局の検事正とが列席していた。

石田検事は酒豪といわれるくらい酒をたしなんだ。だが、いくら呑んでも乱れるということはなかった。座が賑やかになった九時三十分ごろ女中が来て、耳打ちをしたが、石田検事は電話と聞いて、電話室へ行って二、三分後に席に戻り、もとどおりにしばらく酒を呑んでいた。それから二十分もたつと、検事は懐中時計をのぞいて、

「今夜は用ができたから、これで失敬する」

といって席をたった。

同席の人は、さっきの電話がその用事だと思って引きとめなかったが、検事が「瓢」の玄関を出たのが午後十時だった。

この電話については、亡くなった元毎日新聞社会部記者の永松浅造は、自宅から夫人がかけたのを女中が同検事にとりついだのだと書いたあと、

「これもあとで分ったことだが、その時電話をかけたのは花枝夫人ではなく、電話を取りついだ女中の話によると、中年の女の声で、いかにも夫人らしい口ぶりを使ったということである」(『文藝春秋臨時増刊』昭和三十年八月号)とのべている。

午後十時に「瓢」を出た石田検事は、翌朝の午前五時四十分ごろに大森、蒲田間の現場で死体となって発見されるまでどこで何をしていたか、捜査ではまったく出てこなかった。

石田検事の自宅は市ケ谷の二十騎町にあった。

だから同検事は、日比谷から自宅に戻ろうとすれば、その所持していた定期券から考えても、有楽町駅から省電（現在の国電）に乗って市ケ谷駅に下車するはずだ。それな

のに死体は、大森、蒲田間で発見されている。なぜ、彼は反対方角の電車に乗ったのか。

　これについて、当時の新聞は推測をしている。

　その一つは酔っていたので、有楽町駅から新宿方面に行くべきところを間違えて桜木町行の電車に乗ったが、大森駅を過ぎて蒲田近くになったとき眼をさまし、あわてて蒲田駅に降りた。そのときは電車もなくなり、土地不案内だったので、線路伝いに大森方面へ歩いているとき下り列車が驀進してきて、それに跳ね飛ばされたという説。

　もう一つは、初めから大森の親戚の家を訪問するつもりで有楽町駅から乗ったが、大森駅で下車することを忘れて次の蒲田駅に降りたという想定。

　あとの一つは、やはり大森の親戚を訪問するために有楽町駅から乗ったまでは同じだが、その電車は蒲田駅どまりだったので、客が降りると構内の車庫に入れた。石田検事は熟睡のまま車庫に運び込まれ、深夜に眼が醒め、おどろいて上りの電車に乗ろうとしたが、もう電車の運転はなくなっていた。それが大体午前三時過ぎであると思われる。検事は仕方がなく線路伝いに大森へ引返しているところを下り列車にふれて鉄橋下に跳ね飛ばされた。顎の傷は墜落するとき鉄橋の橋桁で強打されたものであり、左前額部の傷も橋桁でうけたものであるという推定。

　これはいずれも過失死の線だが、前記「やまと新聞」の記事のように、石田検事に恨みを持つ犯人の謀略説はもっと考えられてよかったし、事実その疑いを持った新聞社もあった。恨みを持つ人間というよりも、現在取調べが進行中の三つの事件のどれかをつぶそうとする側の謀略と考えたほうが自然だったわけだ。石田検事はその取調べの中心だし、毫も脅迫や誘惑に動揺することなく追及をやめなかったからである。

ところが、石田検事の死体を警視庁が警察医に検視させた直後の午後一時、吉益検事正は大森署で新聞記者たちにこう発表した。

「石田検事の死は断じて他殺ではない。いろいろ調べた結果、過失であると断定する。すなわち、昨夜宴会を終えて有楽町駅から省電に乗り、大森山王の親類へ赴いたまでは判然としている。察するところ、石田検事は、その電車を乗りすごし、蒲田駅に下車し、それから引返してくる途中汽車か何かにふれたものであろうと推定される」

三十一日の東京朝日新聞は、この検事正の談話をうけて、「過失と判った石田検事の死因」という標題で報じている。

「同氏は列車を避けんとし線路に沿うた僅々一尺五寸位の小路《こみち》に立った際、酔いと列車の勢いのためはね飛ばされ、宙を飛んで顚落する際鉄橋の土台石に激しく身体をうちつけ発見当時の如く不規則な状態に横たわったものと推定されている

尚お片方の靴が死体を相当離れた場所に発見されたのははね飛ばされた際脱げたものと見られ警視庁では同氏が蒲田まで乗り越して徒歩引返す途中奇禍に会うた事と断定するに至った、ただ残された疑問は石田氏が有楽町駅を何時に発したかで目下大森署では有楽町蒲田両駅の関係者を取調べている」

こうして吉益検事正の一片の談話で、新聞も酔っ払いの事故死程度にかたづけてしま

った。

相当な疑問をもっていた新聞社も、当時は新聞の報道の白出が現在ほどなかったとみえて、それ以上深追いすることなく打切っている。

不思議なのは東京検事局の態度で、まだ検視も十分とはいわれないその日の午後一時に、早くも吉益検事正の断定的な談話が出たことも奇妙だし、石田検事の死体が解剖に付されることなく、その日のうちに火葬場に送られてしまったことも不可解である。検視の警察医は「過失死であることは解剖を要しないほどの確実である」と言っているが、これがどこまで医師の良心から出た言葉か分らない。

とかく警察医は警察側の意志に従いがちだ。もし上のほうに、あれは解剖する必要がない、という意志があると、警察医はそれを押切ってまで自己の主張ができない。

当時の新聞では致命傷は左前額部の打撲傷とあるが、これはただ強打をした程度で、致命傷はむしろ顎下に受けた打撲傷だといわれている。相当強い力で外部から攻撃が加わった痕があり、そのためのショック死とみるのが確実だと考えられている。

また、死体から少し離れた現場の草むらに血痕が一滴落ちていたが、これも問題にされなかった。したがって、石田検事の血液と照合させる試験も行われていない。

石田検事の死で、田中、山梨両大将に関わる軍事機密費事件は、雲散霧消してしまったところをみると、それを目的に誰かが石田検事を罠にかけて殺害し、現場に死体を遺棄したのではないかという疑問はいつまでも残る。その線で考えると、石田検事を

「瓢」から誘い出した者がいるのではないかと思われるのだが、そこを、前記永松浅造は次のように書いている。

「この怪事件のカギを握る唯一の人は、宴会の席に電話を取りついだ女中である。彼女はお宅から電話ですと告げ、またその声は四十歳がらみの婦人らしかったといった。すると、どうしても花枝夫人が浮かびあがってくる。

ところが花枝夫人は、その朝主人が出勤する時、宴会で帰宅が遅くなると言ったので、当然遅くなるものと覚悟していたし、また電話をかけて帰宅を急がすような用件もなく、従って電話をかける必要もなかった。現に花枝夫人は『電話をかけたのは私ではない』と強く否定している。女中は参考人として何度も調べられたが、その供述には少しも狂いがなかった。

では、自宅からだと偽って電話をかけた女は何者であるか。一説によると、石田氏は大森に愛妾をかこっていて、時々役所の帰りに立寄り、泊ることもあった。たぶんその女からの呼出しだろうということだった。捜査当局は〝鬼検事〟と呼ばれる石田氏も人間である以上、愛欲には変りがあるまいとみて、執拗に愛妾の在りかを探してみた。ところが、帰宅が遅くなった日や、たまに泊った日は、大森の親戚吉井桃麿氏宅を訪問したり、泊ったりしたことが明かになって、この愛妾説は、たわいもなく崩れてしまった」

ここまで読んでくる人は昭和二十四年七月五日におこった下山国鉄総裁の怪死事件と

酷似していることに気づくだろう。

下山氏は国鉄本庁に出勤する途中、日本橋の三越本店に午前九時四十分ごろ消えたまま消息を絶ち、翌朝未明に五反野駅付近の線路上で轢死体となって発見された。その間の行動はまったく分っていないが、下山氏には愛人があり、日ごろからよくそこに出かけていたので、三越から行方不明になったときもそこに立寄ったのではないかとずいぶん調べられている。

下山総裁の場合は轢死体になったので、生活反応の有無をめぐる法医学の論争がおこり、自殺か他殺かという社会的な論議にまで発展したが、石田検事の場合は線路上ではなく、鉄橋下の小川の中に列車に跳ねられた状態で死体が横たわっていた。

警察医の推定によると、死亡時刻は大体午前三時ごろとなっているが、綿密な解剖をおこなっていないので、これが正確に近いかどうかは分らない。しかし、とにかく、線路に横たえてあとで死後轢断などで問題になるよりも、線路わきに死体を置いて、あっさり汽車にふれて死んだ結論にもってゆかせた点では、石田検事を殺した犯人のほうが下山総裁殺害の犯人よりも利口だったということにもなろう。

2

しかし、石田検事の死を事故死としてかたづけた東京地方裁判所の吉益検事正の態度は奇妙である。彼は「ショック死であるから、解剖しても同じことだ」といって遺体を解剖にも付さず、その日のうちに火葬にさせた。しかも、遺族がぜひ解剖してくれと申し入れていた時なのである。

また、この捜査の主任だった熊谷誠検事（現第一東京弁護士会弁護士）は、他殺の疑い濃厚なりとして現場に何度もでかけたが、火葬はその留守中におこなわれたのだ。

どうも吉益検事正のとった処置は不可解というほかなく、何かが裏にありそうである。

しかし、他殺の疑いをすてなかった熊谷検事は、吉益検事正にたのんで継続捜査をやらせてもらうことになった。熊谷検事が主任となり、大河原重信、船津宏、市原分の三検事は補助としてその任にあたった。吉益検事正は、そのとき、「捜査は秘密裡にやるように」と指示している。

熊谷検事はなぜ石田検事の死を事故死とは信じなかったのか。——たびたび現場に出張して仔細に調査した彼はつぎのような疑問をもっていたのである。

死体には出血がなかった。左頭部の傷は濃赤色になっているだけだ。問題の頤《あご》の右側にある打撲傷にも出血がない。これはそうとう強く打たれているのだが、加藤医師作成の検案書によれば、

「頭部右側に長さ一寸二分の裂創を存し、創底骨膜に達し、右下頤骨隅骨折三個に分裂す」

となっている。死因は、

「頭部及び下頤部における鈍体の作用により脳震盪症を招来し、その外力共に強激にし

て、骨折を来したるものと認めらる」

と断定している。

この検案書で熊谷検事がもっとも重要に考えたのは、右膝の関節部に残っている傷口に出血や鬱血がないことだ。ここは皮が剝けている傷だから、生前のものなら出血とか鬱血が見られなければならない。つまり、下山事件でおなじみの言葉になっている生活反応がないのである。加藤医師はこの損傷は死後発生したものと明記しているのだ。

遺体には前記の個所のほかにはとくに負傷した部分がない。電車からふり落されたとか、歩いているときに進行中の列車にふれたとかしたら、身体の他の部分にも傷がなければならない。また、洋服やコートも列車などにふれて裂けるが、その損傷もみられない。とくに電車などから墜落したばあい、人間は本能的に手をつくものだが、手足には骨折はおろかその傷も見られない。

もっとも不審に思われたのは石田検事がはいていた靴の状態である。前にも書いたように、片方は死体からかなり離れたところにとんでいた。この点も下山氏の片方の靴がぬげてとんでいたのと似ているが、もっと酷似しているのは、石田検事も下山総裁もその靴の状況から現場を踏んだ形跡がないことである。

下山総裁の場合は、東大の秋谷鑑定にも見られるとおり、靴の裏に現場を踏めば必ず残るべき銅粉が付着していなかった。秋谷博士は現場を何度も歩いて電車のスパークによる銅粉がかならず自分の靴の裏に付着することをたしかめたのだが、下山氏の靴にはそれがなかった。

同様なことが熊谷検事のテストでもわかった。石田検事の靴裏には土砂がついていたが、その土砂中にはいずれも鉱物性機械油、石炭粉末、石炭ガラ、煤煙等が認められなかった。また、靴裏の表面には砂礫などによる損傷や痕跡がない。

つまり、その現場付近を歩けば、必ず靴裏に機関車の落した機械油や、煤煙、石炭粉末、石炭ガラなどが付着するのである。また、線路わきを歩けば、小石が多いので、そのために靴底にでこぼこの痕跡がつく。熊谷検事は、これらを綜合判断して、石田検事は現場を踏んでいなかった、との確信をえたのだ。

同検事が現場を歩いているとき汽車にはねとばされたという説は、これだけでも成立しなくなるのだが、さらにそれを強める情況としてはつぎのようなことがあげられた。

蒲田、大森両駅の中間では、当時各所に歩行を禁じた橋梁があった。その上、当夜は月がなく、歩くのは困難なはずだった。のみならず、死体のあった付近には外燈がなく、真暗であった。もっとも現場の反対側の軌道外には、外燈がついていたが、その光は現場付近まで達することはなかった。したがって、かりに人が通行するとすれば、暗いほうよりも、外燈の光で足もとのよく見えるほうをえらぶはずである。それなのに、石田検事はわざわざ足もとの悪い片側を歩いたことになるので、この点は不自然というのだ。

それと、現場を検証して分ったのだが、そこには道が横断しているが、それはせまくまったくちがった方角に行っていて、蒲田や大森からきた道筋ではなかった。

では、汽車から誤ってとびおりたという説はどうか。

これも、顔面に傷があるのにもかかわらず手指に著しい損傷がないこと（とびおりの場合は手先の損傷がもっとも激しいのを例とする）、付近の砂礫が飛散していないこと、時間的に該当する列車の車体に変化がなく、乗客その他の者がとびおりた人のあるのに気づいていないこと、また、石田検事のコートその他の被服に列車の外側と接触したことでおこる石炭粉末等の付着がないこと、それに前記のようにはとんど出血がなく、とびおりとすれば、死後に生じた傷があるはずがないこと、などによって否定されるのである。

それでは、もっとも根拠は少ないが、自殺と考えるのはどうであろうか。

これも問題外である。石田検事の性質、素行などは公私にわたって少しも自殺の原因と思われるものがないだけでなく、当夜、料理屋の「瓢」でのんでいたときもはなはだしく酩酊したとは考えられない（同席の検事たちの一致した印象）。遺族も解剖をたのんだくらいだから、石田氏が自殺するような心あたりはなかったのだ。

ここで、興味があるのは、「（石田検事の）実兄に精神異常者あるも、本人にはなんら精神異常の兆候無かりしこと明らかなり」という熊谷検事の意見書の一節である。近親に精神異常者があったからといって、すぐに下山総裁の死を精神異常による自殺と断定（下山白書の記載）した警視庁捜査一課のナンセンスぶりとはだいぶ違うのである。

それでは、熊谷検事が積極的に他殺と認めた点はどうなのか――。

「本屍体には出血なく、これを実験に徴するも、汽車による傷害致死の場合においては、たとえショック死を来せる際にも出血すこぶる多く、かつ骨折その他裂傷の程度酸鼻を極むるをもって例となし本屍のごとき状態にあらず。ことに膝関節下裂傷のはなはだしかりしにかかわらず出血なく、しかもなんらの生活反応を呈せざるによりて、死亡後時を異にして与えたる損害なること科学的根拠ありて疑いなし。

その致命傷となりたる頭部、頤面の損傷もほとんど出血なき点よりみて、柔術その他の当身《あてみ》により仮死の状態に置かれたるさい加えられたるものなりと想像せらる」

これは同検事作成の報告書の一節である。

重要なのは後段の部分、柔術その他の方法で石田検事に当身をくらわせ、仮死の状態に陥らせたあと頭部と頤面の損傷を加えたという推断の点である。犯人は柔道を知っている男だということになる。犯人を複数とすれば、柔道を知っている男と、頭部と下頤部に致命傷を加えた男とが共同で犯行をしたということになろう。

このことが、あとで犯人割出しにかかる一つの手がかりとなっているのである。

さらに他殺説をうなずかせる情況としては、石田検事が遭難した前後に同検事あてその他に脅迫状がまいこんでいた事は前にもちょっとふれたが、具体的にはつぎのようなことである。

①葉書の表面は「石田基家族へ」とあり、裏面に「人間を常に苦しめつつありし汝等

が主人はわが同志が抹殺す。子孫等は検事となるな」という記載。
②宛先「東京区裁判検事局検事各位」、裏面「貴様等の積悪の報いを石田は代表す。今後順次貴様等をやっつけるべし。用心しろ。わが輩の当身はこれからだ」という記載。
③宛先「石田花枝君」（石田氏夫人）、裏面「権勢の狗《いぬ》石田基が死んで万才。死なければ貴様の一家鏖殺《おうさつ》されるところなりしが、一人で死んで万才。お祝い申す」という記載。
④宛先「警視庁中谷刑事部長宛」、裏面「禿げ（中谷）、貴様の同僚石田は権勢の賊であるからやっつけた。貴様も日比谷あたりで当身をくらうな」という記載。
この投書は単なるいたずらとは思われない。なぜなら、四つの投書のうち二通は「当身」という字句を使っている。当時石田検事が当身をくらって仮死の状態になり、その後に致命傷の攻撃をうけたということは、熊谷検事ら数人の検事局の者だけが推定していることで、むろん、外部には発表していなかった。

だから、この投書者は石田検事を殺害した犯人か、またはその事情を知った者の所為とみられるのである。中谷前刑事部長を「禿げ」といっているのも、警察内部の事情に通じた人間らしい。なお、四通とも、筆蹟からみて同一人が書いたと判断された。してみると、石田検事をねらった者はかなりな組織と計画性をもっていたらしいと想像されるのだ。

それでは、石田検事自身は身辺の危険を予感していなかったのだろうか。

大河原検事（現東京弁護士会弁護士）は当時石田次席検事から、田中、山梨両大将にかかわる機密費問題と金塊横領問題の捜査の補助を命じられていた。これは三瓶俊治や川上親孝の告発状にもとづいている。

だが、同事件は石田検事がほとんど自分ひとりでその捜査にあたり、大河原検事には文字どおり一部の補助的な任務しか与えなかった。というのは、当時三瓶は世間の眼をのがれて向島の旅館にひそんでいたが、その旅館の主人というのが政治好きの男で、三瓶の書いた告発状を盗んで写しとり、それを政友会に売りつけようとしたことから三瓶がその旅館の主人を告発して、その取調べを大河原検事が担当していたからだ。つまり、機密費問題の本筋は、石田検事がしっかりと捜査をにぎっていて、大河原検事は派生的な部分だけ任され、系統的なことは何一つ知らなかったのである。

それでも、石田次席は大河原検事に、

「君がどんなことをやっているか、仲間にも洩らしてはならない」

とかたく箝口令《かんこうれい》をしいていた。

あるとき、石田検事は大河原検事をよんで、

「君はある筋からねらわれているようだ。護衛をつけてやろう」

ともいったそうである。大河原検事が、

「そんなことをしては家族の者も怕《こわ》がるし、自分にはめんどうなだけで必要はないと思われる」

といってことわったところ、それ以上はすすめなかったが、そのくらいに彼は部下の身辺を心配していたのである。以後、大河原検事は、弓を短くしたのをステッキがわりにし、護身用にもちいたという。

派生的な事件にしかすぎない三瓶対旅館主との告発問題にも、それが機密費事件に関連があるというだけで、部下の身を気づかったくらいだから、この事件のすべてをにぎっている石田検事自身は、もっと危険を自覚していたに違いない。

しかし、同検事の態度は少しもそのような気配を感じさせなかった。きちょうめんな性格の人で、毎朝九時十五分前には必ず登庁してきた。そのために大河原検事とは日比谷公園あたりで遇うようなことが多く、そのさいは、

「君は早いな。いっしょにお茶でものもうか」

と、そのまま次席の部屋でお茶をのむようなことがしばしばあったそうである。そのときも動揺とか不安とかいったものを顔色に少しも見せなかった。沈着な人物だったのである。

ついでだが、当時は大審院の上席検事クラスでも車の送り迎えということはなかった。みんな弁当の入った包みをかかえて電車でかよったものである。今日の役人のぜいたくさからみると、時代も違うが格段の差である。もっとも現河井特捜部長などは、この石田事件を教訓として現職にある限りは、専用車を使用するといっている。

さて、当夜石田検事は「瓢」で検事連とのんでいるとき、途中電話でよびだされ、いったん座に帰って、二十分後にそこを出かけているが、彼はなぜ中座したのだろうか。もし、このときの電話が同検事の中座と関連があるとすれば、彼はだれかによびだされたのではないかという疑いが生じる。

この電話のことでは、前にも書いたように、毎日新聞記者永松浅造は、女中がうけたときは中年婦人の声で、自宅の者だがといったという。てっきり花枝夫人からだと思って女中は検事にとりついだのだが、花枝夫人は電話をかけたことなどはないと否定している。永松浅造はどこからこれを取材したか知らないが、いずれにしてもどこからか電話がかかってきたことはたしかである。

石田検事がその電話でいずれかに呼びだされたろうことは想像がつく。飲んでいた同検事はそれまで中座する様子はなかったのに、電話をうけてからなんとなくそわそわし、時計などだして見ているのだ。

下山総裁の場合もだれかによびだされたと私は推定している。下山氏が三越で行方不明になった前日の四日の晩と、五日の早朝に同氏宅へ二度電話がかかってきている。これは総裁が自ら受けているので、何びとからかかったのか、またその話の内容は何だったかもわからないままになっている。くらべればくらべるほど両事件は似ている。

石田検事の死亡時刻は、前記加藤医師の検案書では三十日の午前三時ごろだと推定しているので、検事が「瓢」を出たのは前の晩の十時ごろであるから、その間、約五時間のひらきがある。この間の検事の行動はその後の捜査でも手がかりがつかめなかったのだ。石田検事はそこからいったい、どこに行ったのであろうか。

これまでみてきたように大森方面に向ったのではないとすれば、自宅にもどるか、あるいは、その前にいずれかの場所に立ちよったかである。

もし、自宅に帰る途中だったとすればその道順は、省電の市ケ谷駅におりて市ケ谷見附に向い、そこから市電（現在の都電）ぞいに少し飯田橋よりのほうに行き、砂土原町の広い道路を北町方面に向うか、その広い道までは行かないで、すぐ手前の左内町の細い路を入り、鷹匠町、加賀町を通って二十騎町の自宅に帰るかである。

しかし、北町方面に向う道はにぎやかではあるし、道幅も広いが、二十騎町にはやや遠まわりとなる。通勤者の癖として同検事も必ず近道を通ったであろうから、左内町、鷹匠町、加賀町の道順が考えられる。この辺は坂道も多く、現在も夜間は比較的さびしい場所だ。大正十五年といえば、通りはもっと人通りが少なくて暗かったにちがいない。石田検事は、そのせまい路の坂を上ったり降りたりして現在の大日本印刷工場のある横の坂を再び上って自宅に向ったであろう。

犯人が、石田検事を襲撃した場所がそこだとすると、きわめて自然に納得される。犯人は石田検事の帰宅時間を予知し、あのさびしい場所に待伏せておる。今でもそうだが、この辺は路がいろいろと複雑にわかれているので、待伏せ場所としては最適である。検事は酔っているとはいえ、いつも通いなれている路だ。たぶん、目下手がけている事件のことなど考えながら歩いていたであろう。

そこにふいと路地角から現れた壮漢が石田検事の横にとびだし、いきなり柔道の手で当身をくらわす。検事は悶絶する。すかさず近くの辻の隠れ場所に待機していた自動車に意識不明になった検事を運び入れる。仮死状態の検事を車内に横たえたまま、反対方角の大森、蒲田方面の現場へ走る。それから適当なところで車をとめる。

この大森、蒲田間は、沿線でもっとも人家の少ない場所の一つだ。犯人たちは前もってそこを死体遺棄の場所にえらび十分に準備をしたのであろう。それは土地カンのある者がえらんだのか、あるいは省電にのって各所を下見した結果の決定なのか、どちらかにちがいない。

仮死状態の石田検事は、犯人たちの手で車からおろされる。「犯人たち」と複数を使ったのは運転手がいるからで、少なくとも二人以上の共犯者がなければならないからだ。その犯人は現場の開渠付近にまで検事をかかえてきて、最後の攻撃を左頭部と下頤部に加える。これで検事が絶命したのは、検案書に致命傷と出ている通りだ。

死体を開渠の中に落す前に片足の靴がぬげたが、犯人はそれをそのままにして死体を小川の中に投げた。こういう運搬をするのだから外燈の明りのある線路側はさけて、その光りのとどかない暗い場所をえらんだと思われる。だから、犯人は死体から片方の靴がぬげたのを知らなかったのであろう。洋傘は、じつは同検事がにぎっていたのではなくて、胸のところにただ置かれていただけなのである。

3

石田基検事の死体の胸には彼の洋傘がおかれてあったが、当時の各新聞には「検事は洋傘をにぎって死んでいた」というふうに報道されている。だが、これは間違いで、検案書の、

「絹張細巻にして巻きつけあり、全身不正形著明の屈曲現存し、下端方向にやや光沢ある暗色線状斑痕（幅十分五厘）あり、該斑痕は鉄性物の急激なる摩擦により生じたるものと認められる」

とあるのが正しい。

つまり、石田検事の絹張細巻の洋傘はいちじるしく曲っていて、下の方向にむかっては鉄性物のようなものにふれた幅七分五厘くらいの擦れ痕が光っていたというのである。

そこで、汽車が検事をはねとばしたときに洋傘をこすったのではないかと思って汽車を調べたが、幅七分五厘の鉄性物に該当するものはなかった。また現場にもそれらしい物は見あたらなかった。その摩擦した部分にはわずかながら機械油が付着していた上、洋傘の柄の尖端にある銀のかざりつけは壊されていた。その壊れた飾りも現場にはなく、どこに行ったかわからないでいる。

さらに、石田検事の死体が浸っていた水の下は泥土になっているが、その泥土には死体の重みによる陥没が見られなかった。帽子にも泥の付着はなく、その縁が水に浸って

いただけであった。

普通、列車からはねとばされたり、とびおりたりして、その小川の中に落ちこんだとすれば、その衝撃で相当な重量が加わって、死体の落ちた下の泥は陥没していなければならない理屈だ。それが頭部の下が約二分ぐらいへこんでいた程度で、あとはまったく泥土の陥没が見られなかったのだから、これだけでも検事の死体は汽車にはねとばされたのではなく、だれかが死体を現場に運んで、小川の上においたことが想像される。

洋傘のことにしても、同検事を無理に拉致したときか、自動車の中に押しこんだ際の格闘によって傘が曲ったり、にぎりのところがこわされてどこかに飛んだということも考えられるのである。

もう一つふしぎなことがある。当夜まだ検事の遭難がわからないままに家族が主人の帰宅を待ちうけていたとき、同居していた母親が、表に自動車のとまる音がして数名の者がおりる気配を聞いている。

母親ナヲの語るところでは、

「玄関のところで、コートをぬぐバサッという音がした。その影を追うように、数人の足音がせまってきて、そのまま、門の外にひきかえしていった。門の外には、自動車のライトがともり、しばらくして、発車音を耳にした」ということだ。

以上の事実を考えあわせると、推定した石田検事の誘拐方法もさほど無理なく納得できるであろう。あとで、このくだりは詳しく述べるが、「先生、またもとのところにおもどり下さい」とひきとめられた形跡があるのをみても、白宅近くまで帰ったところを、あとから数人をのせた自動車が走ってきて停車し、ばらばらと中の者がおりて車内につれこんだのかもしれない。

このばあい、時間的にみて石田検事が日比谷の料亭「瓢」から真直ぐ自宅へ帰ったのではなく、そこから一度どこかにつれられて行きそこから家の近くまで帰ったところをやられた、とも考えられる。

あとから車で追ってきた者が、またもとのところにおもどり下さい、といったのは「瓢」の意味ではなく、そのあとで彼らが検事と話し合った場所のことを指しているのではなかろうか。同検事が「瓢」を出てから死亡するまでの五時間の行動不明な中には、このようなこともふくまれていたように思われる。

さて、石田検事の謎の死を追及することになった主任の熊谷部長検事、大河原、船津検事らの捜査班は、石田検事が何者かによって殺害されたとすれば、いかなる方面からの襲撃であるかを検討した。その結果、これは政党に関係のある右翼方面の暴力団のしわざであろうという疑いを強くもつようになった。

それには当時の政情と右翼関係の動きを説明しなければならないが、それはあとまわしとして、熊谷検事たちの調査からつづけると、ここに一つの事実が判明した。

石田検事宅の近くに家を借りた右翼の大物がいたのである。彼は名前を粟津秀太（仮名）といい、有力な団体の首領だった。

この家は石田検事宅裏手の袋地の二階家一棟で、検事の遭難当時の十月下旬に敷金五百円で借受けている。その目的は、あたかも石田検事の遺族や、その他当局の行動を監視するかのようであった。

なおも内偵をすすめると、当時粟津秀太は入院中だったが、検事が遭難した二十九日の夜だけ東京病院を脱出し、翌三十日午前二時ごろ病院に帰った事実が判明した。その後同人の脚が負傷のため繃帯されているのを見た者があり、その事故も病院を脱出した当夜におこったものと思われた。

また、粟津はもと自動車の運転手をしていた神本総一（仮名）という男を近づけていたが、この神本の行動にも不可解な部分が多い。少なくとも神本も殺害犯人となんらかの交渉をもって、その一味に加わったのではないかと思われるふしがあった。そこで、熊谷検事たちは、粟津の団体に所属している暴力団、ことに元運転手神本総一の行動に対して注目を怠らなかった。

この粟津秀太は、従来の行動からみると、多くは、政友会系統の暴力団と脈絡を通じ、政局になにか波瀾があると、皇室中心主義を標榜して各種の威嚇行動や直接行動にでることが多かった。粟津はいわゆる満州浪人で、満蒙問題には特殊な興味をもっていた。

熊谷検事らはこの粟津や神本らを洗っていたが、どうもそれ以上いい線が出てこない。そのうち、今度は別の線が進展してきた。

石田検事が他殺とすれば、個人関係は考えられないから、やはり彼がとりあつかっていた事件関係に原因があったろう。熊谷検事らは、それを田中大将の機密費費消問題と、朴烈裁判に端を発した直願問題と考えた。

機密費問題は前に書いた通りだが、直願問題について少し説明してみたい。

まず、当時の政情はどうであったかというと、若槻内閣の与党憲政会と、田中大将を総裁に迎えた野党政友会とはほとんど勢力が伯仲していたため、第三政党の政友本党がキャスチング・ボートをにぎっていた。本党は床次竹二郎が総裁で、政友会に所属した連中がとびだして結成したものである。

政友会ではさきに原敬が暗殺された後、その後継ぎをめぐってお家騒動がおこった。原内閣の当時から床次竹二郎は内務大臣として隠然副総理の位置にあったが、原の亡きあと、党内の事情は後任総裁を高橋是清にきめてしまった。そこで、床次は同じ不平をもつ配下をひきいて政友会を脱党し、政友本党をつくったのだ。党員数こそ少なかったが、与、野党の勢力に大差がなかったため、とかく洞ケ峠的態度をきめこんできた。つまり、当時の政局はきわめて不安定だったのである。

しかし、この床次本党は、最終的に政友会に復帰した（昭和四年七月）ことでもわかるとおり、床次らの態度は憲政会よりも政友会に傾いていたため、若槻内閣はいつ瓦解するかわからない危機をもちつづけていた。これを政友会からみると、いつでも次の政権がころがりこんでくるような状態にあったのだ。

そういう際に三瓶俊治の提出した田中総裁、山梨大将らの機密費費消の告発は、政友会にとって大きな衝撃だった。もし、それで田中総裁に疵がつけば、次の政権は政友会をすどおりしてしまうかもしれないのである。当時は重臣西園寺や枢密顧問官伊東巳代治などがいて、必ずしも憲政の常道にしたがって政友会にお鉢がまわるとは限らなかったからだ。

その政友会の苦境に追いうちをかけるようにおこったのが直願事件だ。だが、これはもともと政友会が内閣を倒そうとしておこした謀略だが、途中で失敗してついに自分のほうが追いこまれることになった謀略である。

その年の七月に朴烈と金子文子のいわゆる「大逆事件」を取調べていた立松判事の態度が寛容すぎるといううわさがあったところに、朴烈と文子が相擁したいわゆる怪写真が発表されたため、司法の威信を蹂躙《じゅうりん》するものだとの非難が世間におこった。政友会ではこの問題をとらえて若槻内閣に辞職を迫りはじめたのだった。

これは言論だけでなく、政府転覆の方法として直接行動にでる企てがしきりにおこった。九月下旬、右翼暴力団系の村井亀吉（仮名）という者の一味が直願を企てたのが未然に発覚して検挙された。今村東京地方裁判所長は立松判事の責をうけて懲戒裁判に付せられたが、十月十一日には江木翼司法大臣が何者かの手で石と汚物を投げつけられている。

十八日には若槻首相に対する辞職勧告書を携帯した者が芝浦駅で逮捕された。十一月七日には松島遊廓事件に連座した箕浦勝人の裁判に首相が証人として取調べられ、それに関して箕浦自身が首相を偽証罪で告発した。翌日には首相官邸に棺桶をもちこんだ者もいた。また十一月二十九日には摂政宮（昭和天皇）に直願をくわだてる者があり、その背後関係として政友会所属代議士松岡俊三の検挙をみるなど、石田検事の死の前後は物情騒然たるものがあった。

これは同検事の死後のことではあるが、政友会と政友本党とは後藤新平の斡旋で朴烈問題の共同戦線をはり、朴烈と金子文子とが死刑から無期懲役になったことを非難し、政府にせまって減刑奏請文を公表せよと主張した。政友会は朴烈問題を完全に倒閣の道具にしたわけだが、その背景には、財界の危機と世間の不景気もあったのである。

野党の政友会は早く政権の座につきたいため、焦って工作したのが「直願」だが、これは未然に発覚して、村井亀吉は逮捕された。この村井を調べているうちに、政友会が右翼団体に金をだしていることがわかったのだが、その取調べに当ったのが石田基検事だった。

政友会はやっきとなってその取調べを妨害しようとしたが、時の内閣が政敵の憲政会である（司法大臣は江木翼）から検事局に思うようにブレーキがかけられない。

また田中、山梨両大将の機密費費消問題でも、告発人たる三瓶俊治は懺悔録を書いたのちに告発状を取下げたものの、東京地方裁判所検事局は追及の手をゆるめなかった。この担当も石田検事である。

こうしてみると、同検事は政友会のもっとも痛い事件を二つながらにぎっていたことになる。しかも彼はいかなる脅迫も、いかなる誘惑も受けつけないで、部下にも取調べの内容を多く語ることなく、死の直前までほとんど単独できびしい追及をすすめていたのだ。

こういうことがわかって、石田検事殺害の嫌疑は、粟津秀太、神本総一の線とは違った方向で、当時の村井亀吉の挙動が大きく熊谷検事らの眼に浮び上ったのである。

この村井というのは、もと、小学校の教師、新聞記者、株屋などの職業に従事し、詐欺、窃盗などの前科七犯をかさねて、大正十三、四年ごろ東京溜池の米村弁護士宅に寄食していたことがあるが、のちにある組織からたくみに田中政友会総裁にとりいり、院外団に入って鈴木喜三郎(清浦内閣の法相、のちに田中内閣の内相)、久原房之助などと特殊な関係を結んだ。ことに彼が田中邸に出入りすることが多くなるにしたがって資金が潤沢になり、十五年五月ごろから政友会と政友本党提携の画策をするため、政友会院外団の戸川圭二(仮名)の紹介で江内四郎(仮名)という者と結び、表面、製椀会社設立の事務に従事すると称して、神田錦町の芳仙閣ホテル内に事務所をもうけていた。熊谷検事が眼をつけたころの村井は、直願事件とは別な事件でも未執行の確定刑があったにもかかわらず病気といつわってたくみに刑の執行をまぬがれていたのだった。

村井は、直願計画中、別件で収容されていたのだが、彼がなぜ急に出獄できてそんな

横着な行動ができたかというと、その裏には、鈴木喜三郎が、

「自分の力をもってすれば、一週間以内に村井を帰宅させることができる」

と豪語し、市ケ谷刑務所長をよんで、

「刑務所には医者はいないのか」

としかって暗に村井の病状を理由に刑の執行停止をなし、出獄させるようそそのかしたという。鈴木は清浦内閣の瓦解で法相を辞めていたが、当時免囚といっていた刑余者の更生保護事業「輔成会」の会長をしていたので検事局、刑務所方面には圧力が利いた。村井の健康が刑の執行に耐えられないとの理由で娑婆に出たのは、確定刑の執行わずか一カ月あまりののちだった。

出所した彼は神田錦町の増田病院に入院して、表面、治療をうけているように見せかけながら、夜になると病床には身がわりをおいてぬけだし、赤坂などで豪遊していたのである。

以下、熊谷検事らに取調べられた右の江内四郎の供述内容にしたがって書く。

村井は、朴烈問題が世論の沸騰をよぶにおよんで政友会幹部の指示をうけ、敢然、直願の挙をおこし、若槻内閣の倒壊をくわだてた。すなわち、大正十五年九月ごろ村井は鈴木喜三郎を訪問したが、そのとき鈴木は村井に対し、

「この上は国家及び皇室を毒する若槻の言動を天聴に達し、御聖鑑を仰ぐよりほかなく、言論や文章ではだめだ。国民だれかひとり義憤の念を発する者はないか。一身を挺して

君国のため犠牲になる義人はないか」

と、暗に実力行動に出るよう煽った。

その後、戸川圭二が村井の使いとして鈴木を訪問した際、鈴木はまた同人に向って、

「おい、この手でやらなければもうだめだ」

といって、戸川の横腹に短刀を擬し、刺すような真似をした。戸川はおどろいて江内に対し、「鈴木さんという人は、おそろしく無遠慮な人ですね」と、以上の話をして聞かせたという。


ところが、この計画は実行前にばれたので、今度は一同でそのもみ消しにかからねばならなくなった。もみ消しとは、いうまでもなくその背後関係の当局の追及を妨害することで、政友会関係の相当な大物が裏で関係しているからだ。だが石田検事の追及は急で、田中と密接な関係にあった久原房之助が村井亀吉に資金をだしたことがわかるや、久原を検事局に召喚して調べている。

そのとき、久原は知己関係にある江木法相と会い、何ごとかを話し合った結果、石田検事への陳述を保留したままにわかに帰宅を許された。江木が吉益検事正に命令したらしく、これには石田も地団駄をふんだに違いない。被疑者が何もしゃべらないままに、帰宅を許したのだから、証拠の湮滅《いんめつ》はいくらでもできる。

しかし、久原の召喚は、事件に関係のある者には異常な衝動を与えた。久原から鈴木喜三郎、鈴木から田中義一というふうに芋ヅル式に召喚せられたら、政権が眼の前に転

げて来ている矢先の政友会には一大事である。

石田検事の取調べの結果、これらの大物がたとえ刑事上の処分をうけなくとも、こといやしくも皇室に関する犯罪（直願は犯罪である）の連累者ともなれば、世間の非難をまねき、重臣の指弾をうけて、田中総裁の政友会は取れる政権も取れなくなる。

村井亀吉のもみ消し運動とは自己のこの背後のことを指すのだが、同時に彼は石田検事を深く恨むようになった。ことに、村井の出獄が、石田検事の死のわずか前であったことも熊谷検事らの疑惑を深めたのである。

――ここで鈴木喜三郎のことについてちょっとふれる必要があろう。鈴木は慶応三年神奈川県に生れ、明治二十四年東大法科卒業と同時に司法省に入り、爾来、ずっと司法畑を歩いてきた官僚である。その在官中は政党関係にはあまり色がなかったが、清浦内閣が倒れて下野してからは急に田中義一に近づいている。

『鈴木喜三郎』によると、

「茲《ここ》に疑問となっていることは、氏がいつ頃から、政友会に心を寄せるようになったか、またどの時分入党を決意するに至ったかという点である」といい、鈴木は元来政党がきらいで、常に政党の悪口をいい、かつて原敬から政友会入りをすすめられたときも拒絶していたという。それがどうして政友会に近づいたかといえば、田中大将の政友会入りを策した小泉策太郎、横田千之助、鳩山一郎、森恪などに加わって田中を支援したあたりから心境の変化を来したのだという。これは久原房之助の見方ということになっている。

久原によれば「田中氏は鈴木氏の厚意に報ゆべく田中内閣のとき内相の椅子に氏を迎えたのである。之と共に鈴木氏の胸中に大きい変化が起り、従来、政党嫌いだった氏が政党によって雄志を伸ばそうとするに至ったのだ」とある。（前掲書二百十九ページ）

のち、鈴木喜三郎が田中内閣の内相になってからは、治安維持法改正その他の立法をおこなって、左翼運動弾圧に縦横の腕をふるったのは有名だ。昔の侠客と名前が同じところから、世間では彼を「腕の喜三郎」とよんだ。

この鈴木が直願事件の背後関係者として、まさに石田検事に召喚されかねまじき状態になったのである。

だから、鈴木に対する直願事件の背後嫌疑をもっと詳しくみなければならない。それは石田検事の怪死につながるからである。

4

石田検事謀殺の疑いの背景はまことに複雑である。熊谷検事らの努力によって、それはだんだんにわかってきたのだが、いままでのところを整理してみると、石田検事にのびた死の手は二つの線で考えられた。

①田中、山梨両大将の機密費問題。……右翼団体の大物粟津秀太→神本総一。

②朴烈事件から発展した直願計画の背後問題。……村井亀吉→戸川圭二→江内四郎。熊谷検事らの調査は①の線では停滞したが、②は割合にすらすらと進捗した。このほうをつづけて書くことにする。

――村井亀吉は鈴木喜三郎の示唆で直願を決意したが、鈴木は同じく自分のもとに出入りしていた戸川圭二を村井に紹介し、さらに戸川は村井を江内四郎にひきあわしたのだが、その意味は、村井も、院外団として政友会に出入りしているのが、公然と知られているので、かれらが直願の実行者になっては、一発で政友会との関係がわかってしまう。それで、実行者を局外者からもとめることになり、政友会とは全く関係のない人間を、江内四郎に物色させるためだ。

ところが、その候補者が見つからないうちに事件は発覚し、村井亀吉の逮捕となったのだが、村井は鈴木の圧力ですぐに出所したのは前に述べた通りである。

さて、その江内を取調べた捜査団の検事と江内との問答を聞こう。これはこれまで述べてきたそれ以外の事実関係が出ている。

問「おまえが村井亀吉から、直願のことは鈴木喜三郎にすすめられたと聞いたのはいつごろか？」

答「大正十五年九月二日か三日ごろだったと思います。

当時、村井亀吉は監獄から出て増田病院に入院しておりましたが、わたくしが同人をたずねたときその口から、鈴木さんが若槻さんの言動を天聴に達して聖鑑を仰ぐべき義人をもとめている、ということを聞きました。

その翌日の午後三時か四時ごろ、また病院に村井をたずねましたところ、かれは私にむかい、田中政友会総裁と鈴木喜三郎とにいよいよ非常手段の挙に出ることを申し出たところ、二人とも顔色を変えて喜んでいた。鈴木さんは『費用はこれまで通り久原に一切出させる。また決行者には一時金を渡すほか、他日田中が天下を取ったあとは、鈴木の骨折りでその者をすぐに監獄から出させるようにする。そして、その人物次第では海外に留学させてもよい』といったので、自分（村井）も大体そのように決めた、と語りました。

その翌日、村井は病院をぬけだし、鈴木さんのところから久原さんの家にまわって約一万円をもって帰り、病室の敷蒲団の下に現金をいれていて、これ、この通りだ、と私に札束を見せたことがあります」

「その金は、鈴木と久原をまわって村井がもらって帰ったとはっきり本人から聞いたのだな？」

「そうであります。その金はたぶん久原さんだけから出たのだと思います。鈴木さんは金を持っていないので久原さんに連絡しただけだと思います」

「戸川圭二の言動については聞いていないか」

「九月十日の午後二時ごろだったと思います。

神田の芳仙閣ホテルの事務所に行きますと、戸川が私に対し、『いま輔成会で、鈴木に会ってきたが、鈴木から、まだ白兎は飛び出さぬか、どうしたのだ、と催促された。自分は無能よばわりをされて、困っている』と話したことがあります」

「白兎というのはどういうことか？」

「白兎というのは、初め直願実行者に白衣を着せるような計画があったため、その恰好から鈴木は直願実行者を白兎と命名し、関係者の間ではそれが隠語となっていたのであります」

これで直願の計画が具体的に練られていたことが明瞭となった。場所は未定だが、摂政宮の鹵簿《ろぼ》を邀《よう》して、決行者が直訴状をたずさえ、群衆の中からとびだすという手筈だったのであろう。

その際、実行者に白装束をさせるというのだから、おそらく白衣に白はちまきという姿に仕立てるつもりだったに違いない。

鈴木喜三郎がそれを「白兎」とつけたのは言いえて妙だし、これだけでも鈴木がかなり計画に深入りしていたことが分る。

「その直願計画は未然のうちに発覚したが、もし、それが成功したのちに当局の検挙となった際、その取調べで久原の出資が明るみに出てくるはずだが、それに対しての予防はなかったか？」

「それはありました。久原から金がでたとわかったときは、村井が製椀事業をはじめるので、その資金として久原からもらったことにしていました」

「それはだれが考えたのか？」

「村井が考えたのだと思います。と申しますのは、村井はそのことを親書にして田中総裁と鈴木さんに送りとどけたといっておりました」

——以下の問答をいちいち書くとわずらわしいので、次から江内の供述にしたがって叙述してみる。

村井が鈴木の力で出獄する数日前の十月中旬ごろ、江内は田中義一を訪問した。その際、田中総裁は直願事件の経過をひどく心配して、江内にむかって、

「村井は男だろうね？」

と問うた。

つまり、田中は当時入獄中だった村井が自分や久原のことを当局にしゃべりはしないかと懸念したのである。

江内は田中総裁の質問の意味がわかったので、

「もちろん、そうであります。村井は立派な男です」

と答えた。田中はそれでもまだ気がかりだとみえ、

「それでは安心していいね？」

と念をおした。

「もちろん、安心されてよろしゅうございます」

田中ははじめて大きくうなずき、

「それでは、村井に会ったら、オラがのう、大そう喜んでおると伝えてくれ」

といった。

江内は、その後出獄した村井に会って、この田中総裁の言葉を伝えたところ、村井は、

「田中さんは、そんなに心配していたか」

と感激したようにいい、

「石田検事が田中、久原、鈴木を召喚するようなことはないだろうか？　だいぶん背景の資金関係に注目しておるようだが」

と、心配そうな顔をした。

「まあ、たいてい大丈夫だと思うが、石田検事は頑固と聞いているから、情勢次第ではどうなるか分らない」

江内が答えると、村井は、憤然として、

「あいつ（石田検事のこと）がいては天下はとれないから、片づけてしまわねばならぬ。あいつは雪隠虫《せっちんむし》のような奴だ」

と何度も言った。

それで、江内は、村井があるいは石田検事をどうかするのではないかと心中疑ったという。

当時、世間にもぼつぼつ直願事件の背後には久原が金をだしているということが洩れ、また田中義一と鈴木喜三郎とが検事局に召喚せられるかもしれないという記事が報知新

聞に掲載されたりしていたので、村井は余計に石田の取調べを懸念したらしい。

ところが、奇妙なことに、村井亀吉が石田検事の名を口に出しはじめたのは十月二十日に出獄した以後のことなのである。その前には、彼は石田検事の名前を一度も口にしたことがなかった。また、石田検事に協力していた他の検事の名も、前後を通じて、全く無かった。

村井が石田検事を雪隠虫のような奴だとののしりはじめたのは、かれが出獄の力添えをしてくれた鈴木のところへ礼に行った以後になる。

これから考えて、鈴木が石田検事のことを語ったので、それで村井が初めて同検事の言動を知って敵意をもったのではなかろうか。そのことを証明するような江内四郎の供述がある。

「十月二十日すぎだったと思います。村井は、鈴木喜三郎が『石田が自分に刃をむけるとはけしからぬ』といったと話したことがあります」

これはいかにもありそうなことで、石田検事は、大事な被疑者の村井をなんの理由もなく出所させた鈴木喜三郎に抵抗を感じていたに違いない。

鈴木は、検事総長、司法大臣を歴任した検察の大先輩である。石田検事は、この大先輩が一政党の利益のために法をまげたことに忿懣《ふんまん》やるかたなかったのだろう。

村井亀吉は直願事件の中心人物だ。彼の口から事件計画の具体的な全貌がつかめるのである。それを十分な取調べもできないままに釈放させたのだから、鈴木はまさに圧力によって事件を崩壊させ、政友会の危機を救ったことになる。石田検事が村井の釈放に対して、極力吉益検事正に抗議したことは想像に難くない。

吉益俊次という人は、そのころ東大万能といわれた司法官（なにも司法官に限らない。官僚全体についていえることはもちろんだ）の中でわずかに私大出身だった。私人出が東京検事局の検事正になったのだから異数の出世といえる。この人はのちに東京控訴院検事長にまでなり、帝人事件（全員無罪）を手がけている。

吉益検事正は、そういう特進組にありがちな上命順応型だったのだろう。

鈴木喜三郎の圧力は、もちろん、吉益検事正に直接かけられたのではなく、その上の検事総長に対してなされたと思われるが、当時の検事総長は小山松吉であった。

それで、小山は鈴木の内命をうけて吉益検事正に伝え、吉益から石田検事を説いたのだと思う。憤慨した石田は吉益にくってかかったため吉益が困り、これを小山検事総長に伝え、小山はまた、吉益から聞いた石田の抵抗を、鈴木に伝えたのだろう。

それで鈴木は石田が自分に楯つくものと解釈して憤慨し、たまたま出獄の礼に自宅にたずねてきた村井亀吉に右の次第を洩らしたと思われる。

江内の供述「鈴木は石田検事が自分に刃をむけるとはけしからんといっていたことを村井から聞いた」とある部分は、おそらく真実の事情を衝いていると考えられる。

ところが、剛直な石田検事は、上司の圧迫で村井亀吉の出獄をみたとはいえ、あくまでも事件の追及をやめなかった。死の前の石田検事は、上司の圧迫をはねかえすことと、事件の背後追及という二つの困難な作業に当面していたわけである。

上司の圧迫があれば、かれの捜査も陰に陽に邪魔されたに違いないが、石田検事は屈せず、ひとりで黙々とわが道を歩いていた。


鈴木の話を聞いて以来の村井亀吉は、こういう石田検事の姿に、恐怖したに違いない。前にも書いておいた石田検事の家族および東京検事局宛の四通の脅迫状の筆蹟が、村井自身の筆蹟と見られることでもそれはよくわかる。

この脅迫状の筆蹟と、村井の書いた文字とを対照して鑑定したのは渡辺勇、古筆了信の両人で、かれらは「右投書の文字は村井自署の文字と同一筆蹟なり」との鑑定書を検事局に提出している。

この投書の中で、警視庁中谷刑事部長宛の文句、

「貴様の同僚石田は権勢の賊であるからやっつけた。貴様も日比谷あたりで当身をくらうな……」

を見ても、前述の通り、石田検事が当身のために仮死状態に置かれたという検死の推定結果が、まだ新聞にも発表されていず、従って世間にも知られていなかったのに、これをちゃんと記載しているところなど、事件の内部を熟知した者でないと書けない理由があるのである。

四通の葉書の文字は、単なる刑事事件で、たまたま石田検事の言動を憎んだ程度の関

係者が投書したとするには、内容があまりに深刻で残忍である。また、その程度の投書者なら、こんな政治的な意味までもたせないであろう。

　こうして故石田検事が担当していた直願事件を熊谷検事らが調査していると、いよいよふしぎな事実があらわれてきた。

　直願事件に必要な費用の出資者は、以上のように田中と鈴木が非常手段の決行者の一切の費用を久原にださせ、かつ、その者を海外に留学させると称していたことは既述の通りだが、これに関連してやはりある右翼団体の伊井という男が述べている。

　もっともこの供述は、ずっとのちになって田中内閣が成立したあとのことだ。

「昭和三年二月ごろだったと思いますが、わたくしが田中首相を訪問して直願事件の費用出資について首相にたずねましたところ、田中首相は、直願の金なら村井から言ってきたが、おれは小泉策太郎からもらえといっておいた。その後小泉にきくと、その話は鈴木にふりむけたといっていたが、鈴木と村井との間のことであるから、どうなったかおれにはわからぬ、と答えていました」

　この証言でも背後に鈴木がはっきりと出ている。

　また、当時村井の書生をしていたSの供述もある。

「村井は、渡辺、田中、村上という名前で電話がきたときには、どんな場合でもおれが直接にでるから、すぐ取次ぎをせよ、と洩らしていました。

　事実、たびたび、そういう名前の者から電話がありましたが、そのつど村井は自分を電話室の外に立たせて警戒させ、村井自身は電話室をしめきって話していました。したがって、その内容はよくわかりませぬ」

さらにSは次のような不思議な証言をした。

「大正十五年九月十日ごろだったと思いますが、村井は自分の娘になにか内密な用事を与え、わたくしも村井の命令で、その娘につきそって丸ビル北側に行ったことがあります。そのとき村井の娘は、そこで車をとめ、『丸ビルをぬけるのはこの道ですか？』ときくので、『そうです』とわたくしが答えると、彼女は丸ビルを通り抜け、約十五分ぐらいかかってもどってきました。そして一緒に車に乗り、帰宅しましたが、娘は村井に耳打ちしてなにか用をすませたようでありました。

そこで、あとになってわたくしがその丸ビルを通り抜けたところ、つきあたりに久原房之助の事務所があったので、はははあと合点しました。そして、電話がかかってくるとき渡辺という名は、実は久原の変名であること、村上というのは鈴木喜三郎のことで、田中というのは田中総裁だろうと思いました」

この供述を読むと、前に記した江内の証言に出てくる「村井が鈴木宅をへて久原宅に行き大金を調達してきた」という言葉と符節が合うのである。

さらに、Sは述べている。

「村井の言葉によると、久原は仕事の用途を説明しなければ金をださぬ男である。また、久原は、なにか仕事をやらせて逃す必要がある場合には、満州か朝鮮にやってしまえ、自分の経営している鉱山に入れてしまえばわからぬようになる、といっていたということであります」

これはこの事件の真犯人を考える場合にかなり重要な点で、政商久原は何か人にあぶない仕事をやらせたあと、危険となればその人物を朝鮮か満州に逃亡させ、自己経営の鉱山にかくまう気持がかねてからあったというのである。

なお、これに関係してちょっとおもしろい話がある。

それは後日のことだが、当時政界の黒幕として有名だったある骨董商が久原にむかってたずねたことがある。

「村井の直願事件では久原さんがだいぶん金をだしたという話が伝わっておりますが、真相はどうですか？」

すると、久原は言下に、

「村井には大ぶん金をだしたが、それは塗物の器具を製造するから資金としてだしてくれ、ということだった」

と答えたという。

この製椀会社を村井が神田の芳仙閣ホテルを事務所としてやっていたことは既記の通りだが、この話をみても久原の出資が製椀会社の資金という偽装になっていたのを裏づけている。

担当検事らの努力は、こういうところまで調べてきた。その調査を進めているうちに判ってきたことがまだあった——。

5

石田検事怪死事件を追及している熊谷検事ら東京地検の検事団に対して、江内四郎の供述はおどろくべき事実を明らかにした。

大正十五年十月三十一日、すなわち石田検事遭難発表の翌日、朝日新聞と時事新報に石田検事事故死の記事がでたのを読んだとき、江内は単に、

(やられたのかもしれないな)

と思っただけで、それ以上深くは考えなかったという。それは、第一報の新聞記事が、石田検事は汽車にふれたようにでていたからである。

江内は、その日午後三時ごろ、村井亀吉を例の増田病院に訪ねた。

入院中村井は重体と称して、いつも自分のよく知っている人物しか病室に通していなかった。

江内は、その限られた人間の一人だったので、常のように病室の前に行くと、その中庭に面した出入口から一人の青年が出て行くのが見えた。その青年は、年齢二十六、七歳くらいだったが、江内をじろりと一瞥しただけで、そのまま知らぬ顔で病室と本館との仮橋を渡り建物のかげに姿を消した。

江内は、顔をあわせたのに、頭もさげないで去ったその青年を、

（変な奴だな）

と思って見送っていた。その男はやや縮れ気味の髪がのび、脂気がなく、うしろのほうになでつけているような感じだった。羽織はかまに黒たびをはき、着ているものは絹ものであった。身長、肉づきは普通で、血色も悪くはなかったが、江内を見たときの表情に凄味があり、濃い眉毛の下の眼は異常な光りをおびていた。

江内は病室に入って村井と面会したが、早速、いま見た青年のことをきいた。

「この部屋から出て行った若い男はだれだね？」

村井は煙たいような顔をして、

「うむ、あの男は中学を不良のために中途退学したが、ときどき、おれのところに出入りしている。なんでも、柔道二、三段の腕前だそうだ」

といっただけで、名前も教えず、多くを説明しなかった。

江内は村井が自分の身辺警戒のためにそんな青年を近づけているのだろうと思ったが、どうもその男のことにふれたくない様子だった。

村井は、話題をすぐに石田検事の死のことに移した。彼は、このほうが大事だといわぬばかりに急《せ》きこんだ調子で、

「けさの新聞に石田検事が事故死をしたように書いてあるが、読んだかい？」

と、江内にいった。

読んだと答えると、村井は、

「世間では石田検事のことをなんとかいっているのではないか？」

と気がかりそうに質問した。

「別に変ったことはいっていないようだ」

と、江内が答えると、村井はうなずいて安堵した表情で、

「それでよいのだ、それでよいのだ」

とくり返してつぶやいた。それから彼は見違えるほど晴れやかな顔になって、

「じつにうまく行ったものだ。これで大川で尻《けつ》を洗ったような気がする」

と笑った。

江内は村井のその一言に疑問をもったが、それは直接にはきかないで、

「もし、石田検事が生きていたら、田中総裁、鈴木喜三郎、久原などのバックまで突き止められて、天下は政友会のほうにこないと思うが、どうか？」

といった。村井は、

「まったくだ。これで天下はこっちのものだ。それももう時の問題だ。自分らの進路を阻む奴は、なんでもかんでも片づけてしまってやる。しかし、石田検事はじつにうまく行ったものだな」

といかにも満足そうだった。

江内は、

（村井は妙なことをいう、けさの新聞には石田検事の死が他殺ともなんとも書いてなか

ったのに、まるで自分の手ででも石田検事を殺したようにいっているが、どうしたわけだろう）

　と思っていると、村井は、やや調子にのったように、

「おれの腕はどんなもんだ。鮮かなものだろう」

　と自慢そうにいって、江内の顔にニヤリと笑った。

　それで江内は、さっき見た凄味のある顔をした青年を思い当ったのである。大体、村井は気を許した人間でなければ、この病室には入れさせない。したがって、江内はその一人であるから、この病室に入ってくる他の人間や友人と顔見知りである。

　ところがさっきの青年は初めて見たのに、悠々と村井の病室に出入りしている。相手は江内を見ても知らぬ顔で本館のほうへ姿を消した。江内がその青年について村井にきいても、彼はあいまいなことしか説明せず、逆に、その話題をさけるようなふうであった。

（もしや、あの青年が村井の命をうけて石田検事を殺害したのではなかろうか）

　と江内は思った。

　この考えは、あとになってますます江内に深まった。第一、新聞にはまだ石田検事の死が他殺の疑いがあるとも載っていないうちに、村井が「自分らの進路を阻む奴は、なんでもかんでも片づけてしまってやる。しかし、石田検事はじつにうまく行ったものだな」といったこと、さらに「おれの腕はどんなもんだ。鮮かなものだろう」と自慢した

ことなどからみて、その後に出た新聞報道に、検事は何者かに殺された疑いがあるという記事と考えあわせて、ははあ、と思い当ったというのである。

江内のこの供述によって、特別捜査検事団は、早速、「年齢二十六、七歳、身長、肉ヅキ普通、顔色普通ナレドモ凄味アリ、眉濃厚ヤヤ大ナリ、髪ハヤヤ縮レテ少シク伸ビ、脂ナクシテ後方ニ撫デツケリ、服装ハ羽織袴、黒足袋、絹物ヲ着用シオル、中学中退ノ、柔道二、三段ノ青年」を捜査した。

村井は政友会院外団員としていろいろな人間とつきあい、さらに若い連中も身辺に近づけていたが、捜査の結果、この若者のことだけはその後手がかりがなく、名前すらつかむことができなかった。

ここで、政商久原の「日本で危険になったら朝鮮か満州に逃がし、自分の経営する鉱山に匿まってもよい」という言葉が浮んでくるのである。おそらく村井亀吉は石田検事殺害の計画者であり、その命令者であったろうが、直接の実行は他人にやらせたと考えられる。そこで、その青年が柔道二、三段の腕前ということから、村井の筆蹟かとみられる脅迫状の中にある「当身」うんぬんの文句も生きてくるのである。

そういえば、市ケ谷二十騎町の石田検事宅近くには、当時村井が関係していたある右翼団体の柔道場があった（一二一ページ図参照）。

偶然のことだが、この柔道の道場に、当時中学一年生だった石田検事の次男が柔道を習いに通っていたことがある。その令息は生存しておられるが、当時を回想して、

「そういえば、自分があの道場に通っているとき、それとなく父の日ごろの動静をきかれたように思っている」

と話された。

当時の政党の院外団といえば、ほとんどが剣道や柔道の心得があった。かれらは政党の用心棒的な役目をつとめると同時に、何かことあれば、あばれるという暴力的な面をもっていた。かれらは政党人から小遣をもらうかたわら、稽古場代りに町の道場を開いていたのであろう。

石田検事の死体の下顎部に強い打撃が加わっていること、左頭部にもなぐられた痕があることなどから考えて、柔道の達人がここにも浮んでくるのである。

一方、見取図にもある通り、石田検事宅の横手の路地は行詰りとなり、その突き当りに、右翼暴力団の大物粟津秀太の妾の家があ

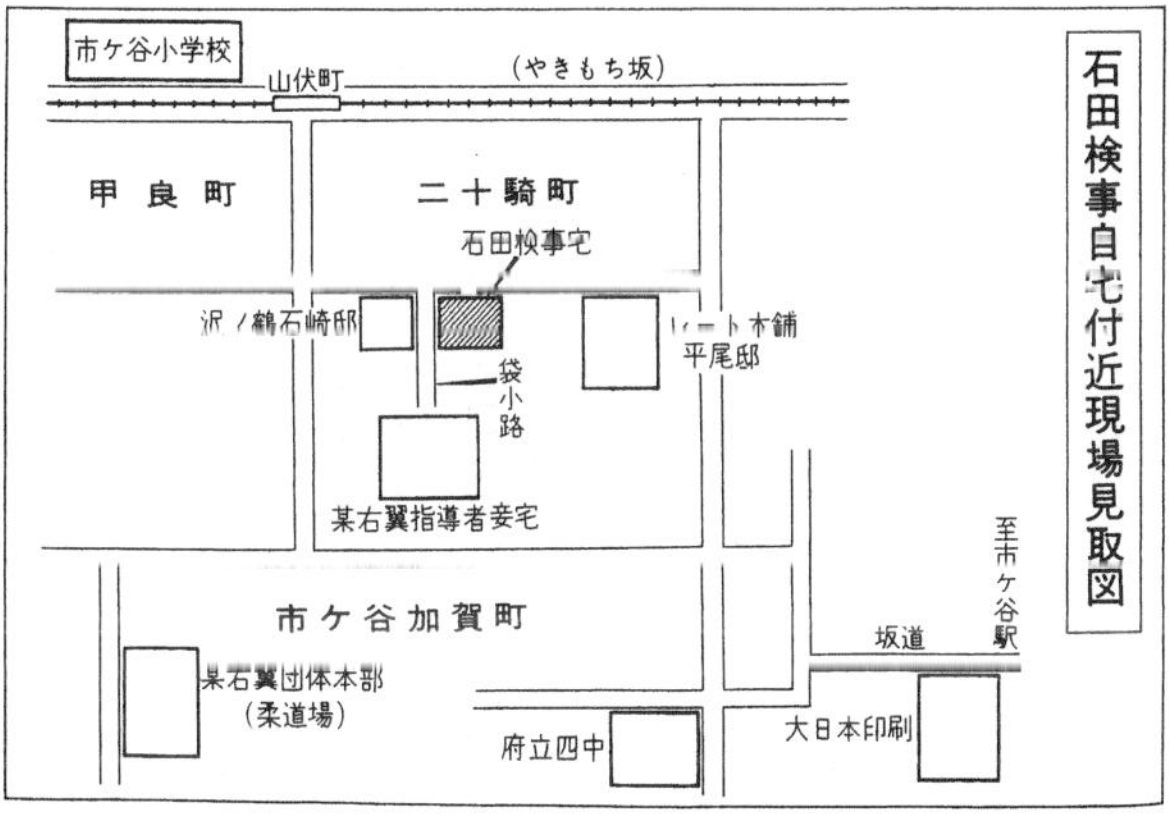

石田検事自宅付近現場見取図

る。つまり、粟津と、その子分の神本総一は、機密費問題のことから石田検事の身辺をねらっていたと考えられるが、粟津は、既述の通り、この家を五百円の敷金で借り、その女と子分とを住まわせて、石田検事宅に出入りする者を監視させていたのだった。

この粟津の線が検事団の調査では伸び悩みになっていたことは前に述べた通りだが、さて、それでもかなりの筋のところまで行っていないでもなかった。

というのは、元運転手をしていた神本総一の動静である。この神本は粟津秀太（彼は石田検事が遭難した二十九日の夜だけ東京病院を脱出し、翌未明に病院に帰ったが、そのときは足に負傷したらしく繃帯を巻いていた）の腹心で、しかも運転の経験がある。運転の経験があるということは、石田検事を拉致したのが自動車連行による方法と一致して考えられるので、検事団は彼にずっと注目していたのだ。

その後、神本について洗うと、次のような事実がわかった。

彼は、本郷区根津宮永町の自動車営業斎藤治三郎方に雇われて営業車の運転手となっていたが、昭和二年四月ごろ（石田検事の死から約半年後）、勤務中に現金二百四十円を何者かに盗まれている。

その頃の二百四十円というと大金である。運転手をしている神本が現金でそんな大金をもっているはずはなく、しかも被害にあっても届出をしないというのは不審である。そんなことから、その事実を聞きこんだ検事団は、早速、警視庁に神本を引っ張らせて調べた。

ところが、神本は、その金の出所については、

「自分が今まで働いてためた金で、それを百円札や二十円札（当時は二十円札があった）にして、現金のままもっていたのです」

と弁解した。

「では、なぜ、それを銀行か郵便局に預金しなかったのか？」

ときくと、神本はあいまいなことばかり言ってはっきり答えられない。

しかし、なお捜査した結果、この神本は、これまで収入の多寡にかかわらず一切をそのつど預金し、随時必要なとき少しずつ払い戻しをうけていたことがわかった。つまり、彼は、ほとんど財産らしいものがなかったにもかかわらず、わずか数カ月の間に運転手の収入に比較して大金をもっていたことになり、いかにも不自然である。その陳述もあいまいで信用できないのだ。

検事はこの点を追及したのだが、神本は依然として前言をくり返すだけで、具体的な弁明が何一つできなかった。検事団は他の方面から彼の身辺捜査をおこなったが、とうとう確たる材料が出ないままに終ってしまった。なお、この神本の捜査は警視庁が担当し、その結果を検事団に報告したものである。

——以上のように、村井亀吉の行動は十分疑うところが多いにもかかわらず、鈴木喜三郎の圧力によって取調べを行うことができず、また彼のもとに近づいていた不思議な青年の身元も不明になってしまった。

また、如上のように石田検事の遭難の夜だけ病院を脱け出した粟津秀太についても、前から石田検事宅を窺うなど不審な行動があったが、逮捕するだけの証拠もにぎれず、また彼のもとに出入りしていた元運転手神本総一も事件後大金をもっていたとわかりながら、その出所がつかめずに逮捕できなかったわけである。

要するに、非常に疑わしい点までは検事団の努力で追うことができたが、逮捕にいたるだけの裏づけが取れないのだった。

熊谷部長検事、大河原、船津検事らは、自分たちが敬慕していた石田検事の死を弔う決意ではじめた特別捜査も、このような不本意な結果になって、どんなに残念がったかわからない。せっかく吉益検事正の特別許可をとっての苦心の追及だったのに——。

特別捜査の検事団の努力は結局失敗したが、のちになって成功するかもしれないチャンスが一度だけあった。幸運の神は、検事団にもう一度ふりむいてくれたのである。

それはのちになって村井亀吉と江内四郎とが仲違いしたことだ。すなわち、金に窮してきた江内が思い出したのが、村井の枕もとに隠されていた札束のことで、あの金は鈴木の指示で政商久原から貰ったとは村井自身が語っていた。さすれば、村井はタダ同様の大金をせしめているわけで、その裏には、石田検事を謀殺したといううしろ暗い行動がある。よし、あいつをひとつついたぶってやれと、江内は考えついたのであった。

彼は増田病院から退院していた村井のところに行き、借金を申入れた。村井はそれをにべもなく拒絶した。憤った江内は、このことをKという右翼団体の男にもらした。その男はその会のボス外山（仮名）という者に話した。そこで、外山は村井を脅迫し、三十万円を要求したのである。

村井もさるもので、三十万円にはとうてい応じきれないから、三万円で手をうとうといいだした。こういうごたごたはその組織の中の者にはすぐ伝わるもので、同じく院外団の加賀仙造（仮名）という者がその話を耳にして、彼も村井をいたぶりはじめた。

警視庁がどんなきっかけからそれを聞きこんだかわからないが、加賀が恐喝行為をしているというので彼を召喚したのである。このときの警視庁のスタッフは、大久保留次郎刑事部長、有松捜査課長、土屋係長、加藤主任警部といった顔ぶれだった。

加賀は警視庁に出頭する途中にふと気が変って、どこかに立寄って酒を呑んだ。気がついてみると、もう夜の十時ごろになっている。それでもとにかく出頭してみようと思い、警視庁に行くと、係の者はみな帰ったあとでよくわからないという。しかし、宿直の警部がとにかく一晩泊ってくれといった。

彼は留置場で夜を明かしたが、朝になると有松捜査課長が直接に出てきて、加賀の顔を見るなり、

「わかったから、もう帰ってくれ。それから、このことは一切極秘にしてくれ」

と頼みこんだ。

加賀は開きなおって、

「人をなめては困りますね。一晩留置されたのだからタダでは帰れませんよ。あなたのほうの頼みも、都合次第によっては約束ができません」

と逆にすごんだ。有松課長はあわててほかの者と相談していたが、やがて官房主事が千円包んで加賀にさしだした。これで納得してくれというのである。

これを見てもいかに警視庁が石田事件を回避していたかがわかる。

――この項は、現在七十六歳で長命しておられる加賀氏の直話だが、加賀氏はつづいていう。

「それからわたくしは警視庁が木戸御免になりましてね、モグリ弁護士をはじめましたよ。つまり、恐喝とか、詐欺とかいった行為で逮捕される仲間を貰い下げてやったりして手間賃を稼いだんです。詐欺一件について何円、恐喝一件について何円というふうに、まあ、弁護料ですな。でも、普通の弁護士さんより、わたくしが口をきいたほうがよく効いたから奇妙です。ついでですが、土屋係長は憲政会系、大久保刑事部長、有松課長は政友会系でした。その頃の警視庁の幹部どころは、ほとんど政党の色がついてました。それから、これもあとのことですが、やはりわたしたちの仲間のある人間が、村井に金を出した久原とのいきさつを寝技で有名なある策士（戦後に死亡）に話したんです。そこで、その男が久原をいたぶって、なんでも五十万円だか三十万円だか久原からとったということでした」

いわゆる検事団にチャンスがもう一度あったというのはこのことで、村井亀吉がいろいろ恐喝されていることが警視庁にわかって、以上のような経緯になったのだから、もう少しこれを突っ込んでいれば村井を追及できたと思う。それには江内四郎という恰好な参考人もいることだ。また加賀氏の言葉を信じれば、村井への出資者久原もこの件では恐喝をうけていたらしいから、その辺からも掘り下げることができたはずだ。

だが、検事局の手足となるべき警視庁はなぜか追及を打ち切ったため、永遠に検事団の機会は去ったのである。

ここにも事件の背後の政党関係の力が感じとれるのだ。されば、挫折した石田検事事件追及検事団が吉益検事正に提出した報告書の結論は、次のようにまとめられている。

「村井亀吉（仮名）ハ十月二十日出獄後、直願事件捜査指揮ノ任ニ在リタル石田検事ヲ極端ニ憎悪シオリタルモノニシテ、石田検事変死直後ニオケル村井ノ言動、殊ニ村井ト久原、鈴木、田中トノ特殊関係及ビ村井ノ筆蹟ト認定シ得ベキ投書、田中内閣成立後ニオケル村井ノ豪奢ナル生活ソノ他諸般ノ情況ヲ綜合考慮スルニ、村井ハ直願事件及ビ陸軍機密費事件ニ対スル捜査ノ進展ヲ恐ルルノ余リ、石田検事ノ存在ヲ以テ政友会組閣ノ一大障害ナリトシ、遂ニ石田検事殺害ヲ決行シタルモノニアラザルカ。

ハタマタ、村井ハ久原等ヨリ既ニ巨万ノ資金ヲ得テ倒閣ノ目的ヲ以テ直願ヲ企テタルモ失敗ニ帰シ、カエッテ累ヲ久原等ニ及ボサムトナシタルコトヲ潔シトセズ、田中総裁幕下ニオケル策士トシテ自己ノ優勢ナル立場ヲ作ルベク、田中内閣成立ノ障害物トミナサレタル石田検事ヲ殺害シタルニアラザルカ。

トモカクモ、ソノ動機イズレニアリトスルモ、村井亀吉ニ対スル嫌疑最モ濃厚ナリ」

6

石田検事「謀殺」の原因の一つになっている田中大将らの陸軍機密費費消問題では、一旦告発した元陸軍主計三瓶俊治のその後がどうなったかを語らねばならない。

三瓶俊治は、前述のように、田中、山梨両大将を告発したが、その後宗教に入って「心境の変化」をきたし、懺悔録を提出するとともに告発の取下げもした。これは軍部方面や政友会方面の圧力がかかったからだ。ことに政友会院外団の津雲国利らは絶えず三瓶の身辺にまつわり、あるときは三瓶を神田の旅館に監禁したりなどした。

政友会としても田中総裁にかかわる疑雲は痛い。同党は箕浦勝人ら憲政会領袖の関係した大阪の松島遊廓移転問題を倒閣の具にしたものの、この弱点のため思うように気勢があがらなかった。憲政会は、機密費事件とひきかえに松島遊廓問題での内閣攻撃を政友会に中止させる取引も巷間に伝えられた。

時の安達謙蔵逓相も、「軍事費問題に対する世人の疑雲は根底があり、宇垣陸相の言明せるごとく荒唐無稽と断じ去ることはできない。されば、この弱点あるがため、政友会は一大決心のもとに倒閣運動を開始することができないのである」という意味の新聞談話をしている。

したがって、内閣としては軍事費問題で田中、山梨両大将を起訴するかどうかは逆に松島遊廓問題で内閣が手負いをうけるかどうかにもかかわることだった。

しかし、石田基検事は内閣の方針には一向に無頓着で、田中政友会総裁らの起訴を着々と進めていた。これは政友会や軍部にとって案外で、三瓶をして告発を取下げさせたなら、検事局もこの問題を不問にするだろうと考えていたのに、石田検事は三瓶の告発状にしたがって東京検事局独自の立場で起訴を行おうとしていたのである。

こうなると彼が政友会と軍部の憎しみを一身に引受ける結果になるのは当然だ。

懺悔録を書いた三瓶俊治が、その一カ月後に監視の眼をのがれて、石田検事に面会したことがある。

そのとき、三瓶は、

「自分が懺悔録を書いて告発状を取下げたのは、種々の事情からやむを得なかったとはいえ、まことに検事さんに対しては申訳がなかった。しかし、あれは事実に間違いないから、必要とあらば証言します」

と申立てた。三瓶としても脅迫や圧力に負けたものの、良心に責められていたものとみえる。

それに対して石田検事は、

「材料はすでにそろっているし、君も告発も取下げていることだから、君は表面に立たないほうが結局都合がよかろう」

と答えたという（熊谷検事らに対する三瓶俊治の申立て）。

石田検事は、今さら三瓶俊治の証言を得なくとも、着々と捜査をすすめた結果、田中大将らを起訴しうるに十分な材料を入手していたのであろう。彼は自信満々だったのである。

石田検事は、すでに時の陸軍次官畑英太郎（畑俊六大将の実兄）を憲兵司令官官舎で取調べている。畑は、シベリヤ出兵当時の大正十一年の軍務局長だから、機密費問題の事情はかなりくわしく知っていたに違いない。

また、ある早朝、石田検事の宅に羽織袴の中年の瀟洒たる人物が訪ねてきたので、息子の真平さんが玄関にでると、

「石田さんはおられますか？　わたしは畑という者です」

といい、息子が取次ぐと、検事は六畳の間に通し、二人で長いこと話し合ったという。してみると、石田検事の追及は相当軍部の中枢部にまで及んでいたことがわかる。

石田検事のこのような姿には、江木翼法相はもとより、小山検事総長、吉益検事正などの上司の意向もすでに一切おかまいなく、司法官の身分保障を楯に独走の観がある。

ここに石田検事だけを消してしまえば安全だという敵の理由が成立するわけで、禁断の木の実に手を出した彼の運命は決まっていたといっていい。

もちろん、石田検事も身辺の危険は十分に感じていたことであろう。現に告発の取下げをして一カ月後に現れた三瓶に対しては、君は表面に立たないほうがよかろうといっている。他人には危険だが、自分は検事だから大丈夫だという自信が、危機感のなかに

もまだ残っていたのであろう。

熊谷検事らの調査団に対して三瓶は次のように供述している。

「告発状を提出するときにいろいろと自分をうしろからつついた小山秋作大佐は自分に対して、君もよほど気をつけなければ暗殺でもされるかわからないと、注意したことがあります。また私が懺悔録を発表した当時、津雲国利は自分に向って、世の中にはバカ者も多いから、君を殺さぬものでもない、といっておどしたことがあります。その後、石田検事の怪死の新聞記事を見たときは、自分は直感的に石田さんは機密費問題のために殺されたのであろうと思いました」

――また彼は次のようにも述べている。

「わたしが告発状を提出後、一カ月して面会したとき、石田検事は、大判の洋罫紙に鉛筆で書き入れた、付箋をつけた表を見ながら、『君のいうように八百万円という数字は出ないが、田中、山梨、菅野、松木個人名で三百八十万円の定期預金が各銀行にしてあったことが明らかになった。しかし、田中興業銀行が焼けて、取引関係がわからないのでたいへん困った。連中はその預金の大部分で公債を買いこんでいるが、その公債の行方がわかれば事件は大丈夫間違いない。君はその行方について知っていないか』ときかれました。

それで、自分は、その件は存じませぬ、と答えたのですが、さようなわけで、関係者は石田検事がすでに田中らの罪状をにぎったと知り、これはいかぬと思い、いっそそのこと殺してしまうがよいと考えて、人を使ってついに石田さんを暗殺したに違いないと思います。

また、当時、東京憲兵隊政治係坂本少佐、梅木軍曹の両名は、わたくしからいろいろ石田検事取調べの内容を聞き出そうとしたことがあります。その際、梅木は『おれは田中大将の部屋に出入りができる』といったことがありますので、この憲兵両人から石田検事の取調べ内容が田中に報告せられていたものと思います」

この供述を見ても、憲兵が石田検事の動きを監視していたのみならず、もっと積極的な行動もあったと思われる。

それでは、石田検事を暗殺した者は軍部の手先になった憲兵か、政友会の院外団的な暴力団かということになるが、実行者はやはり後者であろう。そして、なかでも村井亀吉が嫌疑もっとも濃厚となるのである。

——ここで、もう一度石田検事が日比谷の料理屋「瓢」を出てからの行動を考えてみよう。

検事がそこを出たのは午後十時で、市ケ谷二十騎町の自宅に引返したと思われる時刻が午前零時すぎとみられている。これは検視所見とも合致しているから、それほどの誤差はあるまい。

十時に「瓢」を出て自宅に帰るまで約二時間以上を石田検事は要しているから、その間、彼がどこかに立寄って自宅付近までもどったのは明白である。問題はその立寄先だ。

石田検事を「瓢」の宴席からよび出した電話が女中のいうように女の声であったかどうかは別問題として（熊谷検事らの調べでは、その点は不明だとされている）、石田検事が時計を見て中座したことはわかっているので、彼の意志で「第二の場所」に行ったことは間違いあるまい。

同検事も身辺の警戒は十分に用心していたであろうから、誘われたとしてもめったな場所に行くわけはないと思われる。そのことは、午前零時ごろに検事宅の前に車がとまり、「先生、もう一度もとの場所におもどり下さい」という男の声が聞こえたことでもわかる通り、検事にもとの場所にもどれという以上、変なところではあるまい。時間的に「瓢」はすでに閉店となっているから、そこでないことは明らかだ。

石田検事が「瓢」を出てからの行動は、調査検事団が丹念に調べているから、料理屋とかだったら、すぐに線上にあがっていなければならない。それが浮んでこないというのは、その場所が個人宅か、あるいは調査団の手が及ばない場所かであろう。

個人の自宅とすれば、石田検事がその事件の関係で立寄ったのだから、普通のところではあるまい。あるいは司法省上層部の人間、たとえば鈴木喜三郎とか平沼騏一郎のような人物の家かもしれない。または、彼らが日ごろ使っていた特殊な場所かもしれぬ。鈴木なり平沼なりは最後に石田検事をそこに呼びつけて起訴を翻意させようとしたが、検事がそれをことわったため、結局、彼らは最後の手段を選んだ、という推定もできる。

もう一つの想像は、その場所が軍部方面の関係だったとすれば、憲兵隊かとも思われることだ。すでに、石田検事は新聞記者などの眼をさけて、自宅や憲兵司令官の官舎に、畑をよび取調べているので、こういう線も、考慮に入れてよいと思う。

連行された場所が憲兵隊とすると、熊谷検事らの調査団では手の届かないところだ。これは死の前に下山総裁が米軍関係の施設に拉致されたと思われることと似ている。といって憲兵が石田検事を殴り殺したというのではない。この場合は、「場所を貸した」ということになろう。

憲兵がまるっきり石田検事の謀殺に無関係だったとはいい切れない。それはすでに述べてきたように、三瓶俊治の告発の背後には「恢弘会」など陸軍反主流派の予備役将校団のそそのかしがあり、これを破砕するために主流派が憲兵を使って三瓶をいろいろなかたちで圧迫しているからである。

三瓶は事態の重大に恐ろしくなって告発を取下げたが、石田検事にとって不幸なことは、三瓶の告発の取下げにもかかわらず、彼の正義感がその線に沿ってあくまで起訴にもってゆこうとしたことだ。こうなれば、も早、軍部の敵は石田検事ひとりということになる。

石田検事を共同の敵とする立場から、憲兵隊が政友会院外団の暴力を陰に陽に援助していたことは推察できそうである。

したがって、石田検事の謀殺は相当大じかけに計画されていたと考えなければならない。三瓶俊治が熊谷検事たちに供述したなかには次のような一節もある。

「その後昭和三年秋ごろだったと思います。勝田（主計）文部大臣官邸の、俗に浪人部屋と称する室内で、神長倉豊《かなくら》という者から次のように聞いたことがあります。神長倉豊はわたしに向って、『君はもう少しまごまごしていたら殺されていたはずであった。君のために暗殺団が出来ていたのである。暗殺団は、なんでも早く三瓶《や》を殺ってしまわなければならぬといっていたが、田中総裁が極力それを抑えていたのだ。君の懺悔録の発表がいま一カ月も遅かったら、君は危なかった』と申しました。この神長倉にはその後またあいましたが、その際も同人は、『君も幸運児だな』と感慨深くいったことがあります」

神長倉豊も、政友会の院外団員である。してみると、田中義一という陸軍のボスと政友会の総裁である二重人格者が、軍部の暴力機関憲兵と政友会の暴力機関とを操縦したという言い方もできるのである。

もちろん、これは田中が直接に石田検事を消せと命令したという意味ではなく軍部、政友会両方にそれぞれの上命下達者があったということなのである。少なくとも政党方面ではそれが鈴木喜三郎、久原房之助、津雲国利などの人物にはっきり形を現しているのである。

それなら、石田検事はどのようにして殺されたか。ここで、もう一度想像によって再構成してみよう。

石田検事は「瓢」でのある検事の送別会に出席したが、これは義理で列席したにすぎなかった。転出する検事とは日ごろそれほど親しくしていなかったそうだし、会合の時間が切迫するまで同検事は仕事をしていて、大河原検事が決裁を仰ぎにその部屋に入ると、

「待っていた」

といって、ばたばたと書類をしまったということである。

石田検事は宴会を九時すぎごろまでには抜けられると思い、そのつもりである人間とある場所に落合う約束をしていたと思う。その人間は石田検事がわざわざ出向いて会見するほどの大物だった。微妙な事件の最中だ。石田検事ほどの人がめったな人間と会う気遣いはない。想像されるなかでは検察の先輩に一ばん可能性がある。

「瓢」での宴会中、約束の時間が迫ったので、先方は催促の電話を石田検事にかけてよこした。このとき「瓢」の女中が電話をうけて取次いだが、かりにその声が女だったとすれば（前記永松浅造の文章）、会合場所となっている先の女中か、あるいは女を使ったのかもしれぬ。この電話にしても、石田検事は、自発的に宴会席を抜けられないから、約束の時間が迫ったら一度電話をかけてくれ、それをきっかけにして中座するから、といったような約束を前もって相手側と交していたのかもしれない。

石田検事は洋傘を持って「瓢」の玄関を十時ごろに立去った。彼は電車に乗る必要はなかった。なぜなら、途中まで歩いてきたとき、迎えの自動車が待っていたからだ。当

時の日比谷付近の夜は現在では想像できないくらい暗かったし、十時ごろだと通行人も少なかったに違いないから、検事が車に乗る姿を目撃する者もなかったであろう。

自動車は約束の「ある場所」に到着した。そこで石田検事は相手の人物と会い、陸軍機密費問題および直願事件背後の追及について話し合いをうけた。この間約一時間余を費した。

先方では石田検事の決心が変らないとみて、その場は物別れとなり、検事は今度は徒歩で近くの駅まで行って電車に乗り、いつものように市ケ谷駅で降り、これも毎日のコースで加賀町から二十騎町の自宅に向って歩いた。その順路は前記のように、現在大日本印刷工場のある坂の多い暗い道をたどったと思われる。

自動車は、このとき早くも付近に待機していた。もし、検事の遺族が述べるように、深夜に表のほうで物音がし、自動車の立去る音が聞こえたとすると、検事は自宅前で襲撃をうけたことになる。また、「先生、もとの場所におもどり下さい」という声があったことに間違いがなければ、石田検事はあとを追ってきた者にうながされて再びその車の中に入ったことになる。この場合は相手が石田検事の拒絶できない人物だったに違いない。

しかし彼はあるいは強制的に車内に押しこまれたかもしれぬ。かなりな物音がしたというから、検事はそこで柔道の強い男に一撃をうけたかもしれない。だから、その仲間の一人が家族の様子はどうかと門前から窺っていたのであろう。

とにかく、石田検事は大森、蒲田間の現場にその車で運ばれるまでは意識を失っていたであろう。現場到着時刻は午前零時前後とみてよかろう。車は踏切近くのところでとまり、灯を消した。石田検事は二人か三人がかりで抱え降ろされ、線路上の外燈のない暗い片側を運ばれて開渠のある小さな鉄橋のところまできた。この運搬途中に検事の片方の靴が脱げたが、犯人たちは気がつかなかった。抱えられた検事は、線路上から三尺ばかり下の開渠の中に抛りこまれた。検事の洋傘は別の者が持っていたが、これは下に横たわった検事の胸の上に投げ落された。

この洋傘は少し曲っている。検事の頭の疵が金具のような鈍器で殴られてできたとすれば、襲撃されたとき、検事が無意識に洋傘で受止めたため、幅七分五厘くらいの摩擦痕ができたのではあるまいか。「該斑痕ハ鉄性物ノ急激ナル摩擦」と検案書にあるから、あるいはそれはスパナ様のものであったかもしれない。スパナの幅だと、丁度、そのくらいになるだろう。

あとは、これまで縷々《るる》として書きつづけた通りである。この死体については、いくら法医学が現在のように発達していなかった当時とはいえ、不審な点が多すぎた。しかし、吉益検事正は解剖にも付さず「事故死」として強引に処理させた。おそらく吉益検事正には石田検事の死の「真相」がわかっていたからであろう。実際の犯人は、久原がかねていっていたように、朝鮮か満州に逃げ、そこで彼の経営する鉱山の中に秘匿されたのかもしれない。

石田検事を殺したのは徹頭徹尾「政治」であった。この点、個人的にはなんの遺恨もうけていなかった下山国鉄総裁の場合とまったく同じである。私は、下山事件は、石田基検事の殺害方法が一つの教科書《テキスト》になっているのではないかとさえ思いたくなる。

石田検事を謀殺した連中が満州あたりに逃げたとすれば、下山事件の手口にみられる大陸性を思えば、そこにもいくつかの暗合する点がある。

しかし、この暗殺実行班を指揮した首領と目される「最も嫌疑濃厚なる人物」は、現在もまだ東京の近くの土地にまったく変った姿で生きている。また、この暗殺実行班に資金を出した人物も現存している。さらに院外団関係の人たちも高齢で生き残っている。

朴烈大逆事件

前頁写真　朴烈（左）と金子文子（毎日新聞社提供）

1

石田基検事の不慮の死が、自らが取調べていた陸軍機密費消問題と、右翼の直願問題によって招かれたことは、これまで書いてきたとおりだが、直願問題の根元となった朴烈の大逆事件をこれからふり返ってみたい。

この事件の内容は、簡単にいうと、朝鮮人朴烈が、その内妻金子文子と共謀して、爆弾をもって摂政宮（昭和天皇）を暗殺しようとたくらんで爆弾の入手を準備中だったというほどのことである。しかし、準備とみるには何一つ具体性のないことだった。だが、両人には大審院で大正十五年三月二十五日死刑の判決言渡しがあった。

これについてはあとでくわしく述べるとして、両人は判決をうけると同時に獄に下ったが、それから十日後の四月五日、

「特典ヲ以テ死刑囚ヲ無期懲役ニ減刑セラル」との特赦をうけた。

大逆事件で幸徳秋水のばあいは、恩赦からはずされた十二名は判決から六日目と七日

目に死刑を執行せられ、難波大助のばあいは、判決の翌々日に死刑の執行がなされている。それにくらべて朴烈と金子文子とが恩赦になったのは異例だとして当時の右翼方面を刺戟したのだ。

朴烈は千葉、秋田刑務所などで服役したが、金子文子は、恩赦の適用をうけた日から四カ月たらずのちの七月二十三日に、宇都宮刑務所栃木女囚支所で首をくくって自殺してしまった。

しかし、これだけなら時の内閣を倒すほどの運動の道具にはならなかったであろうが、問題が大きくなったのはむしろ、判決前の予審中に東京地裁判事立松懐清が撮影した朴烈と金子文子との写真が世間に流れ出てからである。

この写真は予審取調室で撮られたもので、椅子の上に朴烈がかけているところに、金子文子が本をもち、彼の膝に坐っているというポーズである。朴烈の右手は机の端に肘をおき、頬杖をついているが、左手は文子の肩にまわして胸のところにふれ、丁度、彼女の乳房を軽く押えているようにも見える。

これがいわゆる「怪写真」で、右翼関係の表現をかりれば、「春画」ということになったのだ。

これを撮影したのは朴烈と文子とを取調べていた立松判事であるから、立松は判事として大逆犯人に対するあるまじき態度として非難されたばかりでなく、ことは「司法権の紊乱」であるとし、右翼は、時の司法大臣江木翼を攻撃するとともに、野党政友会もこれと組み、若槻内閣は責を負って辞職すべしと迫ったのである。

これをめぐって、いわゆる怪文書がしきりと世間に出るようになった。

そのうち代表的なものをここに一つあげてみると、まず、

「最近全く国民の信を失墜しつつある現政府の施政下の、ことには、神聖不可侵たる天下の公廷たる裁判所の予審廷において、しかも、天地倶に戴くを許さざる大逆無道の犯人朴烈、金子文子の両人をして醜怪見るに耐えざる抱擁狂態を演ぜしめて、これを撮影したる一判事をいだしたる如き司法部の綱紀頽廃を見るに及び、あるいは、その風聞の事実なるにあらずやとの疑念一層濃厚なるに至りては、国民共通の心理なることを確信するものなり」という書き出しで、五項目にわたって「怪聞の内容」を記してある。
①立松予審判事は、朴烈と金子文子の取調べが両人の傲慢な態度で容易にすすまないのをみて、同判事はついに上司と合議の結果、彼ら被告を破格に優遇して、ひたすら懐柔して自白させせようと策したことは公知の事実であるが、例の醜怪な写真のごときもまたまその顕れである。
奇怪なのは、一日取調べが終ったのち、立松氏はなぜか予審廷に朴烈と文子の二人を残したまま便所にいくと称して退廷し、この重大な両被告になんらの監視も付さず、ただ扉の錠をおろしただけで約三十分間中座した事実だ。捕えられて獄に下り、長い間離れていた両人が、ここにまったく監視の眼から解放された三十分間、この人影のない廷

内でどんな行動をしたか容易に推測することができる。

それからは、朴烈と文子は「生理的のある機能が調節されて漸次柔順」となり、彼らは立松判事を理解者、同情者とよぶようになった。

②朴烈と文子の判決が確定し、死刑の日が迫ると、当局は獄中にある受刑者に向って、前例のない獄中結婚を許したという怪事実がある。

しかも、その夜深更、文子はひそかに朴烈の独房に誘導されて数時間同監を許され、事実上の結婚式をさしたということである。

③大逆不敬の兇漢は、幸徳や難波大助にみるように減刑のことはないのにもかかわらず、朴烈のみはなんら改悛の情がないのに、政府は破格の減刑を奏請した。

しかも彼らは獄内でも一そう不敵にふるまい、看守を家来のごとく取扱い、看守もまた彼らの意をむかえるために汲々とし、看守の中には彼と獄外者との内通にしたがった者もある。立松判事が写した怪写真も看守の内通者によって獄外に搬出されたものである。

④減刑の恩命に浴した朴烈と文子は千葉と栃木の両刑務所にそれぞれ収容されたが、前後二回（数回ともいう）にわたる両人の奇怪な接近により、文子は漸次嗜好異常と生理的変化をきたし、ついに妊娠というおどろくべき事実となった。これを知った当局は色を失い、狼狽して、秘かに善後策を腐心中、文子は突如栃木刑務所の監房で縊死《いし》自殺をとげたと発表された。

しかも、死体の検案当時存在すべきはずの胎児の姿がまったく見えなかったということである。

⑤自殺した文子の死体は、一たん刑務所墓地に仮埋葬され、ようやく一週間後になって山梨県下より来所した文子の母キクに引渡されたということだが、発掘死体はまったく腐敗糜爛《びらん》して悪臭鼻をつき、惨状目もあてられず、男女の性別さえわからなかった。そのため、母キクは死因に疑いを起して引取りをこばみ、さらに解剖を刑務所長に迫ったが、たくみに慰撫されやむなく表面のみ納得し、火葬に付したということである。

ちょっとしたことでも思想的発表をすることを常とした文子が、自殺するにあたってなんら遺書もなく、死の直前まで態度の変らなかったものが突然自殺する理由はない。

ここに刑務所側が文子の妊娠発覚の事実をおそれ、ひそかにほどこした堕胎手術が誤り、死に至らしめた（卵巣穿刺《せんし》法の失敗と噂されている）という臆測が事実と思われるゆえんである。これ明らかに恩命によって再生した重大被告の監視に粗漏があったことで、ひいては、上の御仁徳を冒瀆するものであり、かりに発表のように文子が自殺したとするも、かかる不謹慎の被告に減刑を奏請した江木司法大臣と若槻首相は、ともにその責を明らかにして、断然挂冠《かいかん》すべきである。……

――以上が怪文書の一つに述べられた記事だが、こういう種類のものは当時さかんに出ている。

それらの非難を要約すると、怪写真などにみられるように司法の威厳が冒瀆されたこと、大逆事件犯人に減刑を言い渡したこと、しかも、これが裁可せられるまでにすでに内定が新聞などにもれているのは、司法当局が天皇の大権を侵している、という二つになるであろう。

ここで前章までに述べてきた村井亀吉（仮名）などが企図した直願事件は、未遂だったとしても、当然、実行者が持つ直訴状なるものが書かれなければならなかった。それは未だ執筆されていなかったようだが、その内容がどんなものになっていたかは、左の右翼方面の文書によっても想像できる。

これは、いわゆる怪文書でなく、れっきとした右翼の頭目が連名で、時の内大臣牧野伸顕に送付した上書で、長い全文から、要所だけを摘記してみる。

「……しかるに、司法当局はかかる大逆犯人に対し何故に特殊の優遇を与え、彼らの意を迎合するに務めたる乎、某《それがし》等の解するに苦しまざるを得ざるところなり。

彼らの刑務所に在るや、彼らの乞いに応じてその結婚を許し、当時これを都下の新聞に宣伝せしめたるのみならず、しばしば刑務所の応接室において彼らの会合を許し、あまつさえ審問のために法廷に押送せらるる際には、手錠もしくは腰縄を免ぜられ、ことに文子のごときは官吏乗用の自動車をもって裁判所を往復せしむるが如き。

また朴烈に限りて一般収監者に付せらるべき番号札を着衣に付せざりし等の事実は、みなこれ当時他の嫌疑を以て刑務所に収容せられたる被告者の目撃するところにかかわり、公然の秘密に存す。

もし、それ、若槻首相が大逆犯人たる彼らに対し減刑を奏請するに至りては、さらにこれよりはなはだしきものあり。いやしくも彼らにして一点改悛の情あり、その境遇に多少斟酌する余地ありとせば、減刑を奏請するも一応の理由なきにあらずといえども、某等の聞くところによれば、予審判事が彼らに対し、その反省を促し、その態度を改むべきを勧告するや、彼は昂然として『反省という言葉を君に返上する』といい、『おれは悔ゆるようなことはしない。君らこそ本当に悔ゆるを知りたまえ』といい、明白に反省の余地なきを断言してはばからず、現内閣のために弁護する者、あるいは曰く、『減刑奏請の理由は、朝鮮統治政策のために新附の鮮人を懐柔する必要上やむを得ざるにいでたるものなり』と。しかれども、わが皇室に対して被害を加うる非望を有し、虚無思想の権化たる朴烈等を恩赦することは、朝鮮統治政策上百害あるも一利なし」

さらに、上書の字句はつづき、幸徳事件には、時の桂首相が衆議院秘密会で反対党から、その刑が苛酷に過ぎるのではないかという質問をうけたときに桂は、こといやしくも皇室にかんする不敬の行為は、ただその意図をもっていたというだけでも、断然極刑に処せなければならないと答えているし、虎の門事件がおこると山本権兵衛内閣は即日責を引いて総辞職している、しかるに、若槻内閣はこのような大逆犯罪を出しても恬然として恥ずるところを知らずにその職にとどまっている現状をみれば座視するに忍びない、よって自らはここに内閣の罪を鳴らして、その責任を糺弾せざるを得ないのである、と結んでいる。

この右翼側の攻撃が政友会の倒閣策に利用されたか、または政友会の術策に右翼側がおだてられたか、あるいは、はじめから両者のなれあいであったかは、はっきりとしないが、石田検事謀殺の背景をみれば、おそらく一から二の順序に移って直願計画まで発展したものと思う。

だが、この場合、それはどちらでもよいことで、まず、この「大逆事件」の正体を見きわめることが大事であろう。

それには、この事件が大正十二年九月の関東大震災時におこった朝鮮人大量虐殺事件の直後であったことに気がつかなければならない。この問題がなかったら、朴烈と文子の大逆事件は生れなかったであろうからだ。

関東大震災のとき、不逞朝鮮人が徒党を組み、日本人を襲撃してくるという噂がとんだ。彼らはすでに各地で暴行略奪を恣《ほしいまま》にしているという「情報」がまことしやかに伝わったため、東京市内を中心として周辺の各郡部にも軍隊、警察官が出動し、民間人によって自警団が組織された。

そこで、朝鮮人とみたら有無をいわさずみな殺しにしてしまえということになり、各地の要所要所には検問所を設け、軍隊は武装した兵士を立哨させ、警官も自警団と一緒になって、少しでもなまりのおかしい者や、朝鮮人らしい顔つきの者は、かたっぱしから連行して一カ所に集め、日本刀や木刀その他の兇器で殺してしまった。死体に油をそそぎ、火をかけて犯跡をわからなくしたものもある。なかには、東北出身者のように、言葉の明瞭でない日本人も間違えられて殺された者が相当あった。

当時は新聞も発行できず、電柱に特報の紙がはりだされる程度だから、これに意識的なデマを書いて掲示するくらいはわけはなかった。

事実、この流言蜚語《ひご》は、軍や警察が自ら流した。権威筋の言葉ならうのみに信じる日本人の特性として、朝鮮人に対する恐怖は憎悪心に変ったが、この根元にはいずれも朝鮮人への日頃の蔑視があり、そのための怯《ひ》け目がある。

折から火煙はまだ諸方の空を蔽っている。この異常な情景と食糧の不安とが、群集心理を駆って、軍隊を先頭として大量虐殺へおもむかせたのであった。

その惨状については今日、ようやく知られてきた（例えば、みすず書房刊『現代史資料六』関東大震災と朝鮮人、など）が、このときどれだけの朝鮮人が殺されたかは現在でもはっきりとわかっていない。事件後、日本政府では数千名という大ざっぱな数字を発表したが、在日朝鮮人による調査では、官憲の妨害のため不十分な調べとしても、概略六千六百余名が殺されたであろうと推測している。

当時、全国の在日朝鮮人は八万から九万といわれ、そのうち東京が一万、神奈川が三千とみられていたから、いかに多くの朝鮮人が犠牲になったかがわかる。

この朝鮮人暴動の流言はどこが出所であるか。

これについて吉野作造は、

「しかし、これだけの出来事があれほどの結果を生んだ唯一の原因とはどうも思えない。

このほかにまた勢いを助成する幾多の原因があったものと見なければならない。しからば、その原因は何かということになるが、われわれはまだこれを断定する十分の材料をもたない。しかし、責任ある××がこの流言を伝播し、かつこれを信ぜしむるに与って力あったことは疑いないようだ。とにかく民衆は、自警団などと称して鮮人虐殺を敢行したものと否とを問わず、×××の云うことだから嘘ではあるまいと、少くとも一時鮮人の組織的暴行を信じたことは明白の事実だ」(『中央公論』大正十二年十一月号)と書いている。この伏字の部分を、政府、警察、軍部、あるいは「政府筋」などの字句に当てはめてもよい。

いずれにしても、このデマの根元は、政府が意識的につくったと思われるふしがある。これについて、こんな見方もある——震災当時の内務大臣は二人いたが、この二人ともなかなかの曲者である。一人は、九月二日まで内務大臣をやった水野錬太郎で、水野は米騒動のころ内務大臣で、食糧難からくる暴動の怖ろしさを十分に知っていた。それだけでなく、植民地統治者として朝鮮の有名な三・一暴動のあとに政務総監になった男だが、彼が斎藤総督といっしょに京城につくと、さっそく朝鮮人から爆弾を投げられた話も有名である。水野が京城に来てからのち、朝鮮の統治状態は悪化するばかりであった。

九月二日に内閣がかわり、水野の次に後藤新平が内務大臣になった。この後藤は開明的政治家として有名であるが、後藤も台湾の民政長官をやっていたときは台湾の人々を何千人も殺している。その殺し方は、関東大震災のときの朝鮮人虐殺よりもひどい。おかしなことに、この後藤新平も米騒動当時の閣僚で、米騒動の三月前に内務大臣を水野とかわって外務大臣になった。民衆暴動の怖ろしさを知っている点と、植民地統治をやった経験も両者共通であった。こんな怖ろしい連中が震災当時の内務大臣であったから、朝鮮人もたまったものではない。朝鮮人虐殺をけしかけたのは、食糧暴動のおこるのをふせぐため、民族憎悪の感情をかきたてて、政府にむかう民衆の反抗を朝鮮人に向けたものであろう、という説だ（山辺健太郎「現代史資料月報」）。

ともかく、こういう実体がその後に暴露しかけたので、政府自体が狼狽し、いわゆる大逆事件をでっちあげる因になったと思われる。

2

朴烈は本名を朴準植といい、朝鮮慶尚北道に生れた。朴烈は通称である。

問　被告ノ年齢ハ？

答　ソンナコトハドウデモヨカロウデハナイカ。

問　被告ノ戸籍謄本ニヨレバ、被告ハ明治三十五年二月三日生レトアルガ、ドウカ。

答　多分、ソウデアロウ。生レタ日ヲ知ッテイル人ガアルカ。

問　職業ハ雑誌発行人カ。

答　オレハ職業トイウモノヲ認メテオラヌ。強イテイエバ、ソレハ不逞業トイウノデアロウ。

問　住所ハ？

答　君ノイワユル住居ガ現在居ルトコロヲ意味スルナラバ、市ケ谷刑務所デアル（第一回予審訊問調書）。

当時数えで二十二歳であった。

生家は貧乏していたが、両班《ヤンパン》といって上流階級の家柄だった。彼は公立普通学校を卒業してのち、京城高等普通学校師範科に入学したが、三年で退学した。

そのころロシヤ革命の影響などあって、第一次世界大戦後は民族自決の風潮がおこり、朴烈も朝鮮独立運動や大正八年の万歳《マンセイ》事件などをみて、民族主義の血を沸かした。しかし、朝鮮では弾圧がきびしいので、東京で運動をやろうと考えて日本にきた。

朴烈ははじめ民族主義者であったが、次第に無政府主義者となり、次に虚無主義へと考えが変っていった。無政府主義に共鳴したのは、大杉栄、岩佐作太郎のもとに出入りしているうちに影響をうけたのである。

大正十年の暮に岩佐作太郎の指導で在日朝鮮人の同志約二十名が会合し、「黒濤会」が結成された。この中に朴烈もいた。岩佐は千葉県出身で、若い時アメリカに渡りアナキズムの洗礼をうけた。第一次大戦中に帰国して、大杉などの「労働通信社」に参加している。

その後、朴烈の無政府主義一派と、金若水の共産主義一派との間に隙ができ、同年十二月に、「黒濤会」は解散されている。

朴烈は他の人間といっしょに純無政府主義者だけで「風雷会」を組織したが、まもなく、これを「黒友会」と改称した。そして、十一年の春に朴烈は、金子文子やその他の数名と問題の「不逞社」を組織し、機関誌『太《ふて》い鮮人』『現社会』などを発刊したのである。

朴烈の考えは、前記のように民族主義から出発した朝鮮独立運動とは後で違ってきているが根本的には消えなかった。大審院の公判準備手続で板倉判事との問答では、彼は虚無主義の実現を例をあげていえと問われて、

「地球をきれいに掃除すること。その第一歩として国家、ことに自分の関係深い日本帝国を倒すことである。地球を掃除したならば、なんにも無くなる。が、できるなら地球をも壊したい考えをもっている。もっと言えば、すべてのものの上にはたらいているところの力、すなわち、真理とか、神とか、仏とか、そういうものに対し根本的に反逆するのだ」

と答えている。

ここには無政府主義よりも虚無主義者としての朴烈の姿がみられるが、それが金子文子となると、その不幸な経歴から来る個人的な感情となっているのだ。

金子文子の半生はあとでふれるが、とにかく、彼女は、自分を捨てた父を憎み、同じく母を憎悪し、妾をかこう雇主はじめ世間の人間を憎んだ。朴烈を愛したのけ、『朝鮮

青年』という雑誌のゲラ刷の中に、彼の詩があったのを見て共鳴し、二カ月ののちに早くも同棲に入ったのだった。

金子文子の思想は朴烈と同じように、万類の絶滅を期する虚無的なものだった。

「生物界における弱肉強食こそ宇宙の法則であり、真理であると思います。すでに生の闘争と優勝劣敗の真理を認める以上、私には理想主義者の仲間入りをして無権力、無支配の社会を建設するというような幸福な考え方の真似はできません。また、しかも、生物がこの地上から影をひそめぬかぎり、この関係による権力が終止せず、権力者はぬくぬくと自己の権力を擁護して弱者を虐げる以上、そして私の過去の生活がすべての権力から踏みにじられてきたものである以上、私はすべての権力を否認し、反逆して、自分はもとより、人類の絶滅を期して、その運動を図っていたのであります」

文子は、この考えは書物などから来たものでなく、自分の体験から生れたものであるといっている（第二回予審訊問調書）。

ところが、朴烈は、

「国家は人間の身体、生命、財産、自由を絶えず侵害し、蹂躙し、劫略《ごうりゃく》し、脅威するところの組織的大強盗団である。大規模の略奪株式会社である。法律とは国家という大強盗団の、国家という略奪会社の、専売を憎悪し、それに反抗する者に対する脅迫である。議会とは国家という大強盗団の代表者会である。国家および略奪会社の株式会社の代表者会である。次に天皇とは国会という強盗団の、国家という略奪会社の偶像である、神壇である」

といって、具体的には国家権力を否定することでは無政府主義の主張とそれほど違っていない。

つまり、金子文子はその恵まれなかった体験から、朴烈は大杉栄、岩佐作太郎などの影響から、それぞれ無政府主義に入ったわけだが、同じ虚無思想でも両人の間には民族主義と個人感情との相違があった。

大震災当時、官憲はかねて注意していた社会主義者、無政府主義者を行政執行法で逮捕した。大杉栄などは憲兵に殺されている。

朝鮮人虐殺の報が世界に伝えられると、日本政府に対して激しい非難がおこり、日本の植民地政策の野蛮が攻撃された。朝鮮では同胞の大量虐殺に憤激するとともに、独立運動の統一機運が前進した（公安調査庁『朝鮮民族独立運動史』）。

朝鮮内の反抗運動は総督府の弾圧でなんとかおさえられたが、おさえきれないのは外国の日本に対する悪感情である。たとえば当時、在ワシントンの領事は次のように外務省へその抗議文の一つを報告している。

「日本に多年居住しているヘドストロム船長は、最大多数の朝鮮人を殺戮《さつりく》せよ、との公式命令がでたことを報じている。その命令の促進にあたって、一九二三年九月二日の日曜日に、二百五十名の朝鮮人が五人ずつ手足を捕縛され、船に乗せられ、油をかぶり、生きながらに焼き殺された事実を、目撃者として彼は証言している。

別のアメリカ人は、四日の火曜日の夜、銃殺さるべき八名の朝鮮人の処刑準備の目撃をしている。兵士たちは明らかに一行の者の恐怖を愉しんでおり、朝鮮人を銃殺するかわりに銃剣で刺し、彼らを嬲《なぶ》り殺しにした。数百人の朝鮮人は虐殺され、何千人もが不十分な糧食で拘留された。日本政府は加害者をなんら懲罰しえなかった。

世界は日本政府によって容認された朝鮮人虐殺の詳細を知る権利がある。ついに日本政府は真実は顕れるものであることを確信するにいたり、最初の報道の誤謬を認め、朝鮮人が虐殺され、拘留されたことを認める程度までに検閲をゆるめたのであった。しかし、われわれは加害者の処罰とか、いかなる種類の補償の約束も見出しえなかった。問題の法的事情のかなたに人道主義的道義が存在するのであり、アメリカ国務省は、これら不幸な人々を援助する手段を講じなければならない」(アメリカ「朝鮮友の会」フロイド・W・トムキンズ連盟会長のヒューム国務長官に対する公開状)

在日各国大使たちも連名で日本政府に対し、朝鮮人虐殺に関して抗議した。

政府はこの非難の対策に腐心したが、それには在日朝鮮人が悪辣であることを宣伝するのが最も適切有効だと考えるようになった。

こういう政策方針が決定すれば、朴烈などが一番にひっかかるのは当然だ。すでに大杉栄は、どさくさに甘粕大尉に内妻伊藤野枝や甥の少年といっしょに殺されている。これについて、大杉を殺したのは麻布連隊の兵士で、甘粕はその罰を一身に引きうけたのだという説もある（木村毅『まわり燈籠』）。官憲は無政府主義者をつけまわしていたし、とくに「不逞社」を主宰して二重にマークされ、尾行がついていた朴烈がねらわれるのは自然のなりゆきだった。朴烈は九月三日に行政執行で検束され、翌日には金子も検束された。

この不逞社の仲間に金重漢という男がいたが、その恋人に新山初代という女がいた。この女が警察に取調べられたときに、こんなことを洩らした。

「大正十二年八月九日の黒友会の集りで、金重漢は朴烈を野心家として罵ったことがあります。それは、朴烈が金に爆弾を上海あたりの同志に連絡して取りよせるようにたのんでおきながら、あとでそれを断ってきたので、あいつは最初から爆弾を投げる意志がないのに偉そうなことをいって自分を利用し、だましたと、面罵したのです。そして、翌日の十日の不逞社の集りでは、前日の件で金は刀をぬいて朴烈と対決しました」

ここで初めて「爆弾」が出てきて「大逆罪」に結びつけるきっかけとなったのだ。朴烈と金子とは、金とともに爆発物取締罰則違反に問われて追予審請求となったのである。

この金重漢というのは朝鮮平安南道の両班《ヤンバン》の家に生れ、京城高等普通学校に在学中無政府主義に惹かれて、大正十二年四月、二十一歳で東京へ出てきた男である。

彼は朝鮮にいたときから朴烈の文章を読み敬服していたので、東京へくると朴烈を訪問し、すぐに黒友会員となり、不逞社同人となった。

その恋人の新山初代というのは大正九年東京府立第一高女を卒業し、事務員をしながら正則英語学校の夜間部に通学しているとき昼間部から転じてきた金子文子を知った。彼女の紹介で朴烈に会い、彼らの組織している不逞社に行って金重漢を知ったのである。金との恋愛関係はそこからはじまっている。

検事の問いに、新山は朴烈について、

「私が理解する範囲では、朴烈という男は日ごろ主張するような直接行動を実行しうる人ではありません。金に上海へ行って爆弾を取ってきてくれとたのんだとしても、それは実行する意志があって依頼したことではなく、自己の立場を擁護する目的をもって売名的になされたことと思います」

と述べている。

不逞社というのは、金子文子にいわせると、「不逞の徒の親睦をはかるため組織したのであって、不逞の徒が集り、気焔をあげ、その飛ばっちりをもって行くのです。同志の中の気の合った者が自由に直接行動に出るのです。まあ、あなたがたお役人を騒がせることです」となり、「権力に対し反逆する虚無主義や無政府主義を抱いている者の集りです」（第一回地裁予審訊問調書）ということになっている。

これを東京地裁検事局では、

「無政府主義傾向の同志を糾合団結し、その主義上必要なる社会運動および暴力による直接行動を目的とする秘密の団体を組織せむことを協議し、被告らは共謀のうえ不逞社なる名称のもとに表面同志の親睦をはかるがごとく装い、その実、前記の目的を達成すべく秘密結社を組織した」

と定義した。

そして、朴烈、金子のほかに、洪鎮裕・崔圭悰・陸洪均・徐東星・鄭泰成・小川武・金重漢・新山初代・張讃寿（張祥重）・韓晛相・徐相庚・河世明・野口品二・栗原一男の計十六名を起訴し、予審を請求したのである。

この不逞社事件は、予審ののちに爆発物関係者のほかは釈放されたが、この事件から朴烈と金子文子の大逆罪がでっち上げられたのである。

朴烈と金子を調べた東京地裁予審判事立松懐清は、両被告が大逆罪に当る理由で大審院に移されることになってから、東京控訴院判事に任命され、この事件の予審を受持つことになった。これは、立松判事が地裁の予審判事として終始朴烈と金子を取調べてきていて、両人の信頼をかち得たので、大審院はひきつづき立松に予審をやらすことが便利だと考えたからだ。

控訴院判事になってから立松は朴烈に、

「当職は大審院長よりその予審を命じられたから、そのつもりでいるように」

というと、

「おれはもともと君らの予審とか公判とかいうようなことは認めはしないが、君なれば前からの行きがかり上でも相手になろう。異議はいわぬ」

と答えている。

大審院による予審が終って立松判事が意見書を提出したのは大正十四年九月三十日で、十五年三月二十五日に大審院は牧野裁判長によって死刑の判決言渡しをした。

旧刑訴法では、重大事件はあらかじめ予審制度による判事の調べが裁判のたてまえとなっていた。予審の取調べの結果がほとんど公判廷における証拠となった。

いきおい予審判事はなんとかして被告に自白させなければならないわけで、ここに「一切の裁判を認めない」という朴烈を自白させ、大逆罪にもってゆくために、立松判事の被告に対する苦心の懐柔策が起ったのである。

立松判事は、両人をなだめたり、おだてたり、すかしたりして訊問調書を作っていった。おどしてもききめのある相手ではなかった。ことに朴烈は判事の訊問を鼻の先であしらい、供述を拒否したり、はぐらかしたりした。さすがの立松もこれには手を焼いた。

立松は金子文子のほうをじりじりと追い詰め、彼女の言葉を一つ一つ捉え、証拠として作りあげていった。これを朴烈の攻め道具にして、なんとか陥落させようとする。そのために、立松判事は両人をいっしょに取調室に入らせて機嫌をとったりした。

例の写真もそんな際に、立松が撮影したのだが、これは朴烈の隣の房にいた石黒鋭二郎という者が高田保馬著『社会学原理』の中にはさみこんで宅下げしたもので、石黒から右翼方面にまわったのである。この写真にしても、本人たちが外の同志に、おれたちはこんなふうに元気だというところを見せたかったにすぎなかった。

立松判事の朴と金子との取調べ態度については、江口渙はこんなふうに書いている。

——立松判事は被告同士の対決訊問をするという名義で朴烈と文子を地方裁判所の自分の部屋によびよせた。そしてふたりをならんですわらせて自由にしゃべらせた。朴烈は思わず文子の手をにぎる。つづいて体を引きよせる。それでも判事はだまって見ている。長いあいだ牢獄の中で空しく引きはなされていた若い肉体と肉体は、こうして相ふれあった瞬間、たちまちほのおとなって燃え上った。朴烈は文子を膝の上に抱き上げる。文子も朴烈にからみつく。判事はニコニコしている。がまんができなくなったふたりは思わず狂熱的な接吻を交わす。それでもやはり立松判事はニコニコしている。さらに長い長い、狂気のような接吻がつづく……（『文藝春秋臨時増刊』）。

3

立松懐清判事が朴烈と金子文子とをどのように「優遇」しようが、予審廷は第三者がうかがい知ることのできない密室であった。

予審判事の取調べは検事よりもひどかった。予審で被告にぜひとも自白をさせなければならないのは、その結審が法廷でそのまま生きた証拠になるからである。法廷にまわって予審の結果がくつがえされることはほとんど無いし、思想犯では絶無だったといってよい。予審の判事が調べた有罪証拠を提出するのだから、法廷での心証は初めから被告に不利になるわけだ。

だから、予審判事は被告が自白しない限り予審を終結させなかった。旧刑訴法では被告の自白が有力な証拠となった。自白しないばあいは、被告の拘留を二カ月ごとに更新して無期限にひきのばした。どうしても被告を落さないではおかぬのだ。思想犯のばあい、拘留期限の更新更新で二、三年も拘禁しておくことは稀でなかった。

要するに予審は非公開であるため、事実上の秘密裁判である。弁護士も立会えず、近親の面会も許されなかった。予審廷は被告と判事と地裁書記の三者だけである。孤立した被告は、判事の攻撃と同時に、おのれの孤独ともたたかわねばならなかった。

さて、朴烈事件の内容をわかりやすく理解してもらうため、事実に即した概略を述べてみよう。

――まず、朴烈は大正十一年に二回京城に渡って、その地の金翰という者に爆弾入手方を依頼したのだが、この金翰は義烈団（朝鮮独立運動の実行団体）の一人であった。その後、両人の手紙の連絡は、京城の李小紅という女を通じて暗号でなされた。

李小紅は妓生《キーサン》で、やはり朝鮮独立運動に心を寄せている女らしく、金翰からたのまれて朴烈との手紙の仲介をしたが、これは直接の文書の往復が危険だったからである。中継を妓生にしたのは考えたものだが、その手紙の内容も数字だらけの暗号だった。

金翰は当時三十八歳で、かつて日本の法政大学に在学した経歴をもつ男だった。彼が朴烈に爆弾を分けてやってもよいといったのは、朴烈が大正十一年九月と十一月の二度にわたって渡鮮したときのことで、朴烈は爆弾が手に入れば、日本の支配層のもっとも効果的な誰かに投げつけようと考えていた（朴烈予審訊問調書）。

ところが、爆弾は京城に金相玉事件（あとでふれる）というのがおこって、金翰の手に入らなかった。もともと、金翰がアテにしていた爆弾は上海方面からくるという予定だったのだが、その計画はおじゃんになった。

朴烈は、その前にもある船員と知り合い、彼が虚無思想をもっていることを知って、その貨物船員にマルセイユから爆弾をとりよせてもらうようにたのんだり、爆弾の原料を少しずつ（薬店では〇・〇二グラムまで売ることができた）集めるため、数千軒の薬店をまわろうと考えたこともあった。

朴烈は、金翰からの爆弾入手が不可能になったので、いよいよ問題の金重漢に入手方をたのんだ。義烈団と連絡があるという金重漢はこれを引受けたが、この相談を知っているのは、ほかに金子文子と新山初代とだった。ところが、朴烈は、金重漢と新山初代との恋愛から金に不安を感じ、いったん爆弾の入手方をたのんだのを断った。すると、金重漢は腹をたて、会合の席で刃物を畳に突き立てるなどして朴烈の違約を面詰した。

これが同席した新山初代によって官憲にぺらぺらとしゃべられたのである。

取調べの焦点は、その爆弾を大正十二年秋までに朴烈が入手しようといったということにかかっている。というのは、この年の秋には皇太子の婚儀が予定されていたからだ。実際にはこれは震災のために延期されたが、朴烈は爆弾が手に入れば、天皇か皇太子に投げつけるつもりだったろうと予審廷で追及されている。これが皇太子を弑逆《しいぎゃく》する予備行為として大逆罪を成立させたのであった。

大審院での死刑判決理由中には次のように書かれてある。

「大正十二年の秋ごろ挙行あらせらるる趣に伝えられたる皇太子殿下の御婚儀の時を機として、至尊の行幸または皇儲《こうちょ》の行啓を便宜の途に要し、鹵簿《ろぼ》に対し爆弾を投擲し、危害を加え奉らむことを謀議し、その企図遂行の用に供する爆弾を入手せんがため、被告文子と協議の上、被告朴準植（朴烈）は大正十一年十一月ごろ朝鮮京城府に赴き、その当時義烈団と称したる支那上海の一暴力団体と気脈を通じて、爆弾輸入を画策せる朝鮮人金翰と、同府観水洞四七番地なるその住居において会見し、爆弾分与を申込み、その約諾を得。

こえて大正十二年五月、また被告文子と協議の上、被告準植は東京市本郷区湯島天神町一丁目下宿業金城館その他において数次無政府主義者金重漢と会合し、前示義烈団と連絡して上海より爆弾を輸入せんことを依頼し、その約諾をえたるも、これを入手するにいたらざりしものなり……」

朴烈が朝鮮の両班《ヤンパン》の子に生れたのは前にもふれた。そして、当時の世界的風潮である民族自決の影響をうけて朝鮮独立運動に参加したのだが、この辺の彼はまだまったくの民族主義者であった。ついでにいうと、彼は無政府主義から虚無思想になったが、その根底は、日本によって虐待されている悲惨な朝鮮民族の解放から気持が離れていない。

この意味では、彼を純粋な無政府主義者または虚無思想の持主とは言いがたいであろう。

朴烈が朝鮮で独立運動をつづけることが不可能と悟ったのは、朝鮮内における日本官憲の弾圧がきびしく、運動がつづけられなかったからである。彼は朝鮮人に対する日本官憲の凄惨な拷問の有様を次のように立松判事に述べている。

「おれは、三月一日の騒擾事件（朝鮮独立を企図し、全朝鮮にわたって人民が蜂起した、いわゆる万歳《マンセイ》事件）の際ひっぱられた友人から、警察では嫌疑者をさかさに吊るし、鼻に蒸気を通し、舌を切り、電気を通し、婦人の陰毛を抜き、子宮に蒸気を通し、または陰茎に紙縒《こより》を通したりして拷問したという話を聞いて、おれはつくづく取締厳重で残虐な朝鮮では永続的独立運動に参加することができず、朝鮮で独立運動をして一度捕まえられたら、それが最後であり、くり返して運動することができぬと考えたから、おれはいよいよ朝鮮を出ることに決意した」（第五回予審訊問調書）

そして日本にきた彼は、社会主義的朝鮮独立思想から無政府主義に変り、さらに現在の虚無的思想に移るのだが、彼は「日本にきてから検挙さるるにいたるまで、生活方法として各所の新聞売捌店にやとわれ新聞配達をし、製壜工場にやとわれてその職工となり、深川区で立ん坊をし、郵便配達夫となり、人力車夫、ワンタン屋、夜警手、店員、人参行商、朝鮮飴売りなどの労働に従事していた」のである。

そして、このとき社会主義者がよく行くおでん屋で女中をしていた金子文子と相識ったわけだ。

では、金子文子が朴烈と相識って、たちまち彼の虚無思想に共鳴した心理的形成の下地となっている過去はどうであったろうか。

彼女はのちにそれを拘置中にくわしく書いて、「何が私をこうさせたか」という本にまとめている（同書はのちに出版された）が、それは立松判事のすすめによって書いたといわれている。

だが、ここでは彼女が予審廷でおこなった供述のほうがナマで簡明であるから、それによって書いてみよう。

金子文子の父は佐伯文一といい、母は金子キクだが、彼女は「両親からすてられ、姉妹離散してしまって家庭の味を知りませぬ。無籍者で生れたというので、社会制度の欠陥により私は社会から圧迫をうけました。私は親の愛を疑い、社会をのろわずにはおられませぬ」といっている。

物心のついたころの文子は、父は細かいことに気のつく几帳面な子煩悩の性格であったと記憶しているといい、ときどき父は彼女を肩車にのせて遊びにつれて行ったこともあったが、母はそれに反し、父とは性格が違い、すべてがだらしなく、無頓着であった。そんなことが原因したのか、父には若い女ができて、家につれこんだりして夫婦喧嘩が絶えなくなった。

父は、そのつど女の肩をもち、母をなぐったり蹴ったりしたので、幼い文子は母の上におおいかぶさって何度も泣いたことがある。父は、その後、遊廓にひたるようになり、文子はたびたび母の手に引かれて父を廓に迎えに行ったことがあったが、父は寝巻のまま出てきて母を廓の外につきだし、なぐったこともあった。

その後、文子が六歳のとき弟が生れたが、そのころ母の妹、つまり文子の叔母にあたる金子タカが病気療養のため同居した。母は内職のために外に出がちであったから、その留守に父は文子に小遣銭をくれて外に遊びに出し、叔母と関係するようになった。

「私は好奇心にかられて、そのみにくい有様をふすまのすきからのぞき見したこともあります」と文子は語っている。

七歳のとき、父はついに妻の妹、つまり文子の叔母と家出をして同棲したが、その家を文子と母とは探しまわって突きとめたこともあった。そのとき父はまた母に乱暴をしたが、そのあくる日、その間借から二人は姿を消した。

父親は、その後いったん家に帰ったが、叔母もいよいよ父と別れて郷里に帰るというので、母は、その荷造りをし、停車場に見送ったこともあった。それは口実で、数日後に父も居なくなった。父親を失った家庭は、母子三人、その日の生活にも困るようになった。「父は母を虐《いじ》めたうえ、私ら母子三人を捨ててしまいました。私は父の愛を疑わずにはおられませぬ」といっている。

その後、文子の母親は家をたたんでよそに間借し、紡績工場に通って内職し、文子は留守番と子守をして、母の夜業のため手伝いなどをしていたが、その生活が二、三カ月ほどつづいたころ、母には中村という男ができて同棲するようになった。すると、母は掌を返して文子を虐待しはじめ、外に追出したりしたこともあった。「私を外に追出した母は、中村とみにくい姿をしていることもしばしばでありました」。文子が母に中村と別れてくれというと、中村は怒って文子に猿轡《さるぐつわ》をはめ、麻縄で縛り、川の上につきでた木の枝に吊りさげたこともあった。また、学校にさしだす月謝の中から中村が現金をぬきだして、あたかも彼女がその金を使いこんだように、先生に思わせるように仕組んだこともあった。

文子は父親が籍に入れなかったので、学齢に達しても小学校に入学することができなかった。だが、ようやく校長に嘆願して付近の小学校に通学することができたが、母親はまもなく中村と別れて、今度は沖仲仕をしている年下の小林という男を家に引込んだ。

こうした文子の供述を読むと、彼女が虚無思想を抱くのは無理もないと思われ、あたかも一編の「悲惨小説」を読むような気がする。以下を調書から抜いてみる。

「小林はまれにみる怠慢なる性格の男で、仕事を休んで、毎日寝て遊んでおりましたが、母も小林にまねて工場を退きました。それゆえ生活はいよいよ苦しくなり、家財道具を売払ってしまったあとは、台所の床板をはずして薪に代えたこともありました。そして、母は私に暗くて淋しい夜の森の彼方に焼イモを買いに行くことを命じて、私の出たあとで小林と取乱したみにくい姿をしておりました。私はそれを見て、子供ながらもあさましいと思いました。そのような生活がつづいてまもなく、私は母からかねて欲しがっていた梅の花の簪《かんざし》を買ってもらい、どことなく大きな家につれて行かれました。母と先方との話の模様をきけば、先方は人間売買の仲買人の家であり、母は私を女郎に売ろうと企てて、その交渉をしているのでありました」

　その後の文子は、ついに小林の郷里山梨県北都留郡のある村につれて行かれたが、そこで母は小林の子を生んでいる。そして、母はその小林と別れ、文子を郷里の叔父のもとに養わせたが、まもなく母は他家に縁づき、一方、文子は朝鮮に住む父の妹のところに引取られた。朝鮮でも彼女はひどい待遇をうけ、下駄の鼻緒がきれたといって学校で運動することを禁じられ、物をこわすと、小遣もくれぬのにその賠償を命じられたりした。叔母は「私に学校を休ませ、零下何度以下の朝鮮の冬の夜に食事を与えないで私を戸外に立たせ、私を責めたこともありました」が、ついに十六歳のときに、再び母の郷里山梨県に送り返された。

　そのころ、母は四度目の結婚をし、繭問屋に嫁いでいたが、文子がその家に入ったので家庭の平和が乱れた。父母を失い、家の無い彼女は、数日付近の親類方をさまよっているうち、文子がもどったことを聞いた父親の文一がまたしても現れ、同じ県下のある村の寺の坊主をしていた母の弟の金子元栄という二十二歳になる男との結婚をすすめ、文子もその男のところに遊びに行っているうち処女を失った。つまり、文子の叔父にあたる男は彼女を弄んだわけだが、

「同人は私の処女性を破ったうえ、私の父に対し、私がお転婆であるためにむかないこ

とを口実に破談を申込んできました。父はすぐさまそれを受けいれて、口汚く私をののしりました。それゆえ、叔父は私の上にまず権利だけを行使して、自らその義務を履行しない責任を私に負担させたのであります。私はかつては母に売られんとし、再び父に売られて、叔父に捨てられ、住む家も無く、大正九年、私の十七歳のとき、古鞄一つ抱えて単独に上京して苦学をはじめました」

学校は、午前中正則英語学校の男子部に通い、午後は研数学館に通った。職業は転々とし、夕刊売子、砂糖問屋の女中、印刷屋の活字拾いなどをして、最後に数寄屋橋ガード下のおでん屋の女中になり、そこに出入りする朴烈と知り合って、彼の思想に共鳴した。

文子が社会主義思想に目ざめたのは大正十年からのことで、堺利彦の著書や、社会主義雑誌、とくに大杉栄の著書と、その指導によって啓蒙されたのだと、布施辰治は書いている（同氏著『運命の勝利者朴烈』）。

「私が朴烈と同棲することになったのは、朴烈の朝鮮人であることを尊敬したからではない。また同情したからでもない。朴烈が朝鮮人であることと私が日本人であることの国籍をまったく超えた、同志愛と性愛が一致したからです」

と、彼女は立松予審判事に述べている。また、布施辰治の前掲書によれば、文子が働いていた新聞店の主人は彼女を評して、「まことに朗らかな、よく気のつく女性で、勉強といったら、夜の一時までもつづけておるというめずらしい人だった」といい、浅草

の砂糖問屋も、

「大へんはっきりした言葉づかいの人で、まめまめしい仕事ぶりでした。それで家の者から大へん可愛がられていました。当時月給は五円ぐらいしか出しませんでしたが、金のことなどは少しもこだわらない性質でした。しかし、不義不正を憎むというような気分は相当強い人で、主人にも遠慮なく忠告めいたことを述べたこともあります」

といっている。

印刷屋の主人も証人に呼ばれて、「実に仕事のよく出来る女で、仕事をおぼえて上手に能率を上げてくれ、大へん役に立った」といっているし、おでん屋の主人も、「とてもよい女性で、役にも立てば愛嬌もよかった。はきはきしていて朗らかで、文子さんがいると店が明るかった」と述べている。

その間に文子は救世軍の斎藤音松というものと愛情関係に陥った。それは毎晩上野の街頭にきて説教している男だったが、彼は彼女の生活ぶりに同情し、新聞店を出てから、粉石鹼の夜店を出すようにさせた。あるとき、彼は文子に、

「私はあなたに対して隣人の愛の域にとどまっていることができない。いくら抑えても性欲になってしまう。私の信仰がぐらつくのが怖ろしい。今日限りあなたとは逢わぬ」

と言ったので、彼に対してそれほどの感情を持っていなかった文子は、

「それはお邪魔をしました」

と言って、斎藤と別れた。

「そのあとで私は、愛を旗印として路傍に宣伝するクリスチャンが、偽らざる愛の実行を阻まれているということは何んという矛盾であろう。彼等は自分の作り上げた神という名称の前に自ら縛られ、臆病である。信仰の奴隷である。人間には外力に左右されない、裸体で生きるところの人生としての善美があるに相違ない。その善美に背く愛を説くキリストに親しむ必要がないと思って、いわゆるキリスト教を捨ててしまいました」

と、文子は述べている。

文子の頭脳の良かったことは確かで、予審判事の前で述べた彼女の思想も理路整然としている。ことに板倉受命判事に思想関係をきかれたとき、「あなたは話してもわからないようだから、書いてお目にかけましょう」といって、二十分くらいの間にたちまち十枚ほどにまとめた文章を書いてみせた。板倉判事は、じつに達筆なのと、その思想のまとめ方の早いのにおどろいたという。

また、立松判事も文子の予審結審が近づいた第十七回訊問では、

「被告は目下の生活方法を変換して、自然科学の研究方面にでも没頭するわけにはゆかぬか？」

ときいたが、文子は、

「もし、私に生を肯定することが出来るようになれば、あるいはおたずねのように自然科学の研究にでも入ることが一ばん私の気持に近い生き方でしょう」

と答えている。つまり、自然科学の勉強をすすめたほど、立松判事は文子の頭脳明晰

を認めていたわけである。

その文子が予審廷で、見方によっては朴を大逆犯人に仕立てる手伝いをするような供述をなぜ行ったかは、次からみることにする。

4

朴烈と金子文子に対する立松懐清予審判事の取調べは、朴烈が大正十二年十月二十四日を第一回とし、金子文子が翌二十五日を第一回としている。朴烈の第二回は一十五日だが、この一、二回はたんに人定訊問だけ、第三回は翌十三年一月三十日だから、朴烈は三カ月以上も調べられないで市ケ谷刑務所に置かれっぱなしになった。

その間、金子文子のほうは第二回が年の明けた十三年一月十七日、第三回が一月二十二日、第四回が二十三日、第五回が二十四日、第六回と第七回が二十五日というふうに、ほとんど休みなく訊問されている。

両人とも一、二回の取調べで年内を中止したのは、その間に判事が両人の周辺関係を調べたためと思われる。すなわち、治安警察法違反として起訴され、予審にまわっていた洪鎮裕、金重漢、新山初代、栗原一男など計十六名の被告を取調べていた期間であり、それに年末年始の休暇もはさまっている。

立松判事が朴烈を市ケ谷に拘置しておいて、金子文子だけを八回も連続して訊問したのは、まず、女の文子から調べて、その供述を道具にして朴烈を責めようという戦法で

される。事実、朴烈は文子の供述から事実を認めざるを得ないような立場にしばしば立たされている。

前に書いた金子文子の身の上話は、第二回の供述だが、第三回の取調べでは立松判事は文子の虚無思想についてたずねている。第四回と五回はおもに、「不逞社」や「黒友会」などの組織について述べさせている。

いよいよ朴烈の爆弾入手について判事がききだしたのは一月二十五日の第六回訊問からで、文子は毎回市ケ谷から東京地裁に呼び出されたのだった。

問　朴烈は金重漢に対して爆弾の入手をたのんだことがあるか

答　あります。私と朴の思想や意図するところは、前回以来申しあげた通りであります。私もおでん屋にいたころ、帝国議会に爆弾を投げこんで有象無象を殺してやろうと考えて、おでん屋にくる政治ゴロに帝国議会の内部の模様をいろいろくわしくきいたこともありました。朴も私と同棲する以前から、そのようなことを計画していたそうです。大正十二年一月ごろ、私と朴とは金重漢を知り、その後交際して、その人物が割合しっかりしているようにみえましたので、同年五月ごろ、私と朴とは相談のうえ、朴は金に上海から爆弾を手に入れてきてくれるようにたのんだのでありましょう

問　被告らは、その爆弾をなんに使用するというのか

答　いうまでもなく、私のいわゆる第一階級、第二階級を合わせて爆滅させるために、私と朴とが金にその爆弾の入手方をたのんだのであります

このように文子は、朴烈と相談のうえ金重漢に爆弾の入手方をたのんだとはっきりいっている。あとでふれるが、同様の訊問に対し朴烈の供述は、初め、文子は金と自分との相談にはタッチしていなかったとかばったけれど、それを予想した立松判事は先手を打って文子から「謀議」の調書を取ったのである。

次に、立松判事は、被告は日本の皇族に対して日ごろ尊称を用いているかときいたのに対して、文子は、天皇は「病人」で、摂政宮は「坊ちゃん」と呼んでいたと答え、その他の皇族は眼中にないといっている。

大正天皇の容態はすでに発表され（その第一回は十一年十月）、十二年三月十六日の宮内省発表では、「御発語御記憶など御脳の御容態は以前に比し、幾分御増進の御模様に拝し奉る」とある。

大臣その他の顕官は「有象無象」で、警視庁の役人は「ブルドッグ」または「犬ころ」と呼んでいたと文子は述べた。

第七回の訊問（十三年一月二十五日）では金重漢に爆弾の入手方をたのんだ次第を述べている。その前ごろから朴烈は上海に爆弾を取りに行ってこようかと思っていた。しかし、文子は、それは危険だからわたしが代りに行こうといったが、朴は、女では人目に立つからやめろといってとめ、代りに誰か爆弾をとりに行く者はいないか、と物色しているうちに金重漢を見込んだわけだった。金重漢にたのもうというのは、文子からいいだしたことで、朴が賛成した、と彼女は述べている。

こうして朴は金重漢に爆弾入手方を依頼したものの、その後の金の様子に不安が生じてきた。前にも書いたように、それは金が新山初代と恋愛をはじめ、彼女に爆弾の一件を明かしたからであった。

この新山初代はかねてから胸を病み、一時、郷里の越後に引っこんでいたが、再び上京し、震災後検挙されてから虐待のため獄中で病勢が悪化し、危篤のまま釈放された。しかし、大正十二年十一月二十七日、二十一歳で死去している。したがって、文子がこれを供述している十三年一月二十五日には、新山はすでに死んだあとというわけだ。

文子は「爆弾の計画」について述べる。

「私と朴とはかねてから、私らの計画が発覚したらひとりで背負ってゆき、残りの私らのひとりが第二段にこの計画を実行しようと約束しておりました。それゆえ私は、朴と相談のうえ、金や新山に対しては爆弾の入手のことにつき私は全然あずかり知らぬふりをしていたのであります」

文子は、そのような固い決心をもっていたのに、金重漢を信用しすぎて、かえって前途に危惧を抱くようになったわけだ。

これについて彼女は、

「私らが新山と金を軽信したのが落度でありました」

とはっきり言っている。

果せるかな、その不安のために朴烈が金重漢に爆弾の入手を取消したとき、金と新山とが怒り出し、金は朴に短刀を突きつけるような騒ぎをおこす一方、後に、検挙された新山の口から、この一件がぺらぺらと当局にしゃべられてしまったのである。

金重漢と新山初代にすれば、自分たちが朴烈らの信用を失ったということで憤慨したわけだが、事実、金にしてもどこまで爆弾入手に本気だったかわからない。その意味で、口の軽い新山とともに金に対する朴烈と文子の不安は的中していたともいえる。

次に、立松予審判事は、文子に、

「朴が金に対して、この秋までにと時を限って爆弾の入手をたのんだわけは？」

ときいている。判事には、秋の皇太子の成婚式と爆弾とを結びつけようという意図があっての質問である。

それに対して文子は、

「昨年四月ごろと記憶します。当時新聞に皇太子の結婚が秋ごろに行われるであろうという旨の報道が記載されてありました。それで、私と朴とは、このときが一番いいから、爆弾を手に入れてそれを投げつけようと計画したのでありました。朴は、皇太子の結婚により皇太子を始め、これについで大臣らの顕官が行列して行くような際に、皇太子や顕官を目がけて爆弾を投げつけてやるように計画していることを私に申しました」

とすらすらと述べている。

このような重大なことを文子はなぜいったのか。おそらく、文子の胸中には、すでに新山や、金の口から爆弾入手のことがバレた以上、とても尋常では助からぬという思いがあったのであろう。それとも、こうなった以上はその虚無的な考えから、いっそ大逆事件の犯人として朴烈もろとも生命を絶ったほうがよいという欲望が湧いたのかもしれぬ。

それと、もっとも大事なのは文子が爆弾のことから他の同志に累を及ぼすのを極力避けようとしていたことである。朴烈と二人だけで爆弾事件を引受けるつもりから、その供述が過剰になったのだ。

この点は朴烈も同じだが、その過剰供述をもって、二人の「飛び上り」とする布施辰治の感想は、少しく一面だけを見たきらいがあるように私には思われる。彼らはその過剰供述によって予審判事にひっかけられたのである。

だが、立松判事も、文子が何でも供述するのでおどろいたらしく、第八回の一月二十九日には次のように念を押している。

問　前回の申し立てに相違ないか
答　相違ありませぬ
問　被告は女として身体都合上、昂奮して前回のようなことを申したのではないか
答　そんなことはありませぬ
問　被告は衒《てら》って前回のようなことを申したのではないか
答　冗談ではありませぬ。衒ってあのようなことを申すものですか

問　被告の家系に精神病者はないか
答　精神病者はありませぬが、私の母方の祖父は癲癇が持病であり、一昨々年、癲癇をおこして死亡しました
判事にとって文子のこの、積極供述は歓迎すべきことだった。判事は次から朴烈を訊問するのに十分な自信を得たわけだ。
文子から根本的なことをきいた立松はいよいよその翌日から、三カ月以上市ケ谷に拘禁したままにしていた朴烈を呼び出して、本格的な取調べをはじめた。
問　被告の家族関係はどうか
答　その答えをする前にちょっといっておく。前回、おれは何もしゃべらぬ、勝手にどうとでも認定せよといっておいたが、その後いろいろ考えてみると、おれが何もしゃべらないために同志に迷惑をかけてはならぬということに気がついた。警察でも、検事局でもおれの言葉を尊重するといったから、おれは不逞社は秘密結社にならぬということをよく説明してやったのだが、それにもかかわらず不逞社を秘密結社として不逞社の会員を起訴してしもうた。警察や検事がおれたちに対してそういう復讐的態度をとるなら、勝手に認定するがよいと思うたから、その後何もしゃべらなかったが、今もいう通り、おれがしゃべらないために他の会員諸君に迷惑をかけてはならぬから、今後は自分から進んでいろいろなことをいう気になった。それから、おれは自分にかんすることなら忘れていない限り最も忠実になんでもいうてしまうが、他人にかんすることは何もい

わぬから、それ以上追及してきいてもらいたくない

朴烈はこんなふうに、金子文子関係もふくめて、関連供述の予防線を張っている。

第四回と五回の訊問は、朴烈の思想の形成過程（このなかに朝鮮の弾圧ぶりが述べられた）と、爆弾の一件になる。しかし、この爆弾のことは新山初代から洩れて当局にわかったため、爆弾は「不逞社」と関係のないことを説明するために朴烈は前に警察でも自供していることだ。

だが、ふしぎなことに、当時、警察ではそれを問題としていなかった。だから、警察では爆弾入手のことについて捜査もおこなっていない。爆弾入手計画を大逆罪に結びつけたのは、この予審廷における立松判事である。つまり、予審廷が朴烈・文子の「大逆事件」を「発見」したことになるのだ。

朴烈の実質的な訊問は、二月四日の第六回からはじまる。これには朴烈がある船員に爆弾と、拳銃とを上海からもってくるようにたのんだことが述べられ、ついでその船員に逃げられた顚末が話されている。そのほか、彼は爆弾は六個以上必要だといい、拳銃は爆弾が不発の場合に自殺用として所持したかったと述べ、そのほか、水銀若干を手に入れることを望んだといっている。

水銀は、自殺が失敗した場合、「水銀をのむと言語を発することができないようになると支那の同志からきいていた」ので、警察などで拷問にかけられ、「自白」するような醜態を演じてはならない用意に欲しかった、と説明している。

つづいて朴烈は金重漢にたのむ前に、京城の「ある同志」に爆弾をわけてもらうよう依頼した経緯を述べるのだが、彼はこのときまではその同志の名前を出していない。たんに「朝鮮の同志」と表現している。

「おれはその同志と書面を往復して同志間の計画の疎通をはかっていたが、その書面は暗号文字を用いた。暗号はアルファベットまたはイロハを数字と対表させたものであるが、この秘密書は直接その同志に送ることをしなかった。必ずある人の手を介して同志に渡すことにしていた」

朴は、「同志」といい、「ある人」といっているが、あにはからんや、その同志の名前が金翰という男であり、「ある人」が李小紅という官妓だとは、文子が次の三月十九日の第九回訊問にあっさり述べてしまっている。

だが、このとき、まだそれをきいていない立松判事は「それからどうしたか」と朴烈の訊問をつづけている。

「そのような関係で、おれはその後朝鮮にも行き、満州の某地にも行って、その同志と連絡をとったこともあった。その爆弾は大正十一年十一月ごろまでに入手するてはずであったが、運搬の途中の事故により頓挫し、ついで大正十二年一月ごろにそれを手に入れるように計画していたが、運悪く朝鮮で金相玉事件が勃発したので、朝鮮における日本政府の取締りが神経過敏となると同時に警視庁ではおれの身辺をうかがうようになったから、余儀なく、その計画の進捗をさしひかえねばならなかった」

と言っている。

この金相玉事件というのは、総督府が義烈団の仲間に入れたスパイ事件のことである。すなわち義烈団の首脳金思燮《きんししよう》は、上海から朝鮮に爆弾を搬入する同志の一人として鐘路署（京城市内）在勤現職の警部補金相玉を義烈団に加盟させた。それは、金相玉が朝鮮総督府の警部補という現職にあって、総督府政治の悪逆な内幕を悲憤し、朝鮮独立運動がことごとく失敗していることを慨嘆して、自分の朝鮮総督府に在職する警部補という立場が義烈団のお役に立つなら、自分も朝鮮民族の一人として同志に忠誠を誓いたいということを申しでたためで、金思燮は入念に調査をしたあげくに金警部補を加盟させた。

金相玉の活動は、まず、鴨緑江を越えた公用出張の行程を利用し、公用靴に爆弾を入れて税関の検査を欺き、必ず爆弾を無難に朝鮮に持込むという計画からはじまった。

金相玉は義烈団員二人と一緒に鴨緑江を渡り、関門検査に成功するため妓生《キーサン》と人力車に乗って公職出張の豪遊ぶりを見せたりなどして、見事爆弾を京城に搬入する作戦に成功した。

いよいよ、その爆弾を金思燮に手渡すというてはずになっていた前夜、金相玉の家宅捜索があって爆弾を押収されると同時に義烈団の一味がことごとく検挙されたのであった。

金相玉は公判になって総督府のスパイ工作を暴露し、自分が義烈団に加盟したのは上官の命令であり、その詳細は時の朝鮮総督府警務課長白上佑吉より内命を受けたものである。すなわち、義烈団の一味を一網打尽に検挙するには物的証拠をととのえる必要があるために作られた警務課のプランによったものだと述べ、義烈団側はもとより、一般にも衝動を与えた。なんとなく菅生事件を連想させる現職警官のスパイ事件だ。

ところが、金相玉自身も裁判になってから爆発物取締罰則によって処分され、白上佑吉その他の証人喚問の申請も裁判長は一切これを採用しなかった（布施辰治の著書による）。この金相玉の立場は、これも幸徳事件の官憲スパイといわれながら処刑される羽目になった奥宮健之の場合とよく似ている。

とにかく、この金相玉事件のために朴烈が連絡した在鮮の「ある同志」は爆弾の入手が不可能になったわけである。

さて、いくら朴烈が秘密書の文通を「ある人」を介して「その同志」に連絡したとかいっても、立松判事はその次には金子文子から名前を全部きいてしまった。

三月十九日の第九回訊問での文子の供述は次の通りだ。

「私が最初新山に口をすべらしたことに起因して無関係の多数人に迷惑をかけるようなことがあってはなりませぬから、責任のすべてを私が負担することとして、ここに私の知っている限りの一切を申し述べてしまいます。じつは、その暗号の手紙の相手方は義烈団の金輸という人であり、その手紙を取次いでくれた者は李小紅という官妓であったのであります。金翰は金相玉事件の導火線となって昨年四、五月ごろ朝鮮の官憲に捕縛されて、ただいま服役中であり、李小紅は京城茶屋町に住んで官妓をしております。李小紅は同志ではありませぬが、好んで主義者の面倒をみてくれる人でありますから、私らはただその手紙の取次ぎをたのんだだけで、私らの計画は少しも知らなかったはずです」

この供述を得た立松判事は、四月二日に朴烈を調べたとき、いきなり、
「被告は李小紅を知っているか?」
と訊き、
「李小紅にたのんで暗号文書を取次ぎしてもらったという受取人は金翰か?」
と、朴烈が隠していた名前を突きつけている。

このとき朴烈は、すでに金子文子が全部をしゃべったことを直感したに違いない。彼には、それが意外だったと同時に、やはり文子も女だった、と失望したか、それとも、彼をも一緒に死に引きずってゆこうとする文子の切な気持を感じとったかどうかは分らない。

とにかく、それまでの朴は、なんとかして文子に災いがかからないようにしていたのだ——。たとえば、こんな問答のように。

問　被告のいわゆる日本の権力者階級に対する金子の思想はどうか

答　おれ自身に直接関係する以外のことは、なんだか話しにくいような気もするから

いいかねる
問　被告の前回述べたごとく、爆弾等を入手して種々の直接行動に出ることを金子と協議したか
答　過去の事実を事実のまま陳述することは金子の気持を傷つけるかもしれない。また、過去の事実を否認し偽ることは金子の気持を傷つけるかもしれない。おれは金子の気持は尊重するから、その問に答えない
問　被告は爆弾を入手するにつき金に依頼することを金子と協議したか
答　それもいま答えたるところと同様な意味において、事実があったともいわねば、なかったともいわない
問　被告は金子をかばうため、そのようなことを申すのではないか
答　決してそういうわけではない
問　被告はその上海行の計画を金子に告げたことはないか
答　そういう問に対して答えることは困る――
しかし、立松判事のドスは、次に朴烈の前に突き出された。

5

立松懐清予審判事が朴烈に突き出した急所とは、
「金子は、被告が直接行動に出るため爆弾を入手するについて、金に対する関係はもち

ろん、その他すべての関係を被告と相談したようにいっているが、どうか」

という訊問だった。

これで朴烈は、文子が何もかもぶちまけたと思ったであろう。その前から、立松判事の訊問ぶりに文子の自供が背後にあると少しずつ感じていた朴烈は、ことここに至っては、観念せざるを得なくなった。

金翰の名前も、李小紅の名前も、爆弾入手のてはずも全部金子の口から出てしまった。そこで、朴烈は、

「金子が任意でそのようなことを申しているなら、おれはそれを是認しよう。いずれくわしくいうこととしよう」

と、投げ出してしまった。

事実、それからの朴烈の供述は堰を切ったように流れはじめている。

立松も、すでに朴の背後関係を洗い出し、万全の準備をととのえている。たとえば、マルセイユから爆弾を仕入れてくるようにたのんだ船員の名前を朴烈は前にはいわなかったが、このとき森田という名前を明かした。だが、森田は偽名で、その実名は杉本貞一ということも捜査でわかっていたのである。

「それほどそちらにわかっているなら、なにもきくことはないではないか」

と、朴烈はいっている。

次に、判事は朴烈が郵便配達夫をしていたことについてたずねる。

問　被告は郵便配達夫に変装して爆弾を投げようと考えたことがあったか

答　そんなこともあった。おれは所期のことを実行するため、日本の哀れなる犠牲者の檻の模様を知っておく必要があると思ったので、かつてある郵便局にやとわれて郵便集配人となり、その檻の中に入ってみたこともあった。ある夜、その檻に入ったら、自然と革命歌が口から洩れ出たこともあったが、その哀れなる犠牲者の行列に爆弾を投げるときは郵便夫に変装して、カーキ色の杭と、ブルドッグの垣根とを突き抜けてやろうかと思ったこともあった

問　犠牲者の檻とか、ブルドッグとか、カーキ色の杭とは何か

答　犠牲者の檻が何であるかは判断してもらおう。ブルドッグとは警視庁の犬らのことであり、杭とはいわゆる大日本帝国の干城のことにほかならない

朴烈のいう犠牲者の檻とは皇居内のことだった。すなわち、朴烈はある郵便局に他人の保証で臨時配達人となり、ときどき同僚にかわって皇居に郵便配達をした。彼は少しも怪しまれずに内部にやすやすと入ることができ、日本の防備も案外まぬけなところがあると知った。

なるほど、郵便配達夫ならあまりにあたりまえすぎて警備の者も見逃すだろう。この盲点を衝いて天皇か皇太子の行列に際して郵便配達夫の服装でうろつき、警官の垣と、兵隊や憲兵の杭を突き破って爆弾を投げる計画だったという。郵便配達夫が人目に立たないのをテーマにした小説は、G・K・チェスタートンに「インヴィジブル・マン」と

いう短篇がある。朴烈は、この「見えざる人」になって皇居内や行列に近づこうとしたというのだ。

問　被告はダイナマイトを使用することを考えたことがあるか

答　そんなこともあった。しかし、ダイナマイトは爆発に手間取るから不適当だと思った

つづいて、五月二十日に市ケ谷刑務所に立松判事が出張しての第十回訊問では、

問　それでは、かさねてきくが、被告の爆弾を使用する目的の真意はどこにあったか

答　最初に爆弾を輸入することを相談した当時のおれの心持は、日本の政治的・経済的の実権を有するすべての階級およびその看板——その看板とは日本の天皇、皇太子のことだ——並びにこれに従属する者に対して爆弾を使用することを目的としていた。できるなら爆弾によってそれらのすべてのものを絶滅することにあったのだが、そのすべてのものを絶滅することはできないため、えらばなければならなかったから、おれが朝鮮人である立場から、第一に日本の天皇、皇太子を対象とした。今でもその心持でいる。おれは虚無思想の立場から、目的に対してあらかじめ細かな設計をせぬ。それ故に、その対象についても、要するに爆弾を手に入れ、最近最善の機会を利用して、もっとも有効に効果あるそれらの一また二に対して爆弾を使用するはずであった

問　被告は天皇、皇太子殿下をいわゆる爆弾の対象の一にしたか

答　おれは日本の天皇、皇太子個人に対してなんらの恩怨をもっておらぬ。しかし、

おれが日本の皇室ことに日本の天皇、皇太子をもっとも重要なるものの一つに挙げたのは、第一に日本の民衆に対しては、日本の皇室がいかに日本の民衆の膏血を搾取する権力者の看板であり、また、日本の民衆の迷信しているような神聖なることの正体はじつは幽霊のようなものにすぎないこと、すなわち、日本の皇室の真価を知らしめて、その神聖を地にたたき落すため、第二に朝鮮民衆に対しては、同民族が一般に日本の皇室をすべての実権者であると考えており、憎悪の的としているから、皇室を倒して朝鮮民衆に革命的、独立的情熱を刺戟するがため、第三に沈滞しているように思われる日本の社会主義者に対して革命的機運をうながすためであったのだ。ことにおれが去年の秋の皇太子の結婚を機に爆弾を使用することを思いついたのは、朝鮮の民衆の日本に対する意志を世界に対して表明するにはもっとも都合のよい時機だと思ったからだ

問　被告が爆弾を手に入れた上は、それをだれが使用するはずであったか

答　おれがそれを使用するつもりであった

はじめ裁判などは認めないといって予審判事を手こずらせていた朴烈が、こんなふうに、その重大な決心と計画を述べるようになったのは、なんといっても金子文子の供述に影響されている。ここまでくれば、朴烈も爆発物取締罰則違反（追起訴の分）だけでは済まず、刑法第七十三条にひっかけられることを覚悟したに違いない。それなら、いっそ供述に大胆になったほうが、自分の趣意が公判廷に出て同志や世間に伝わるものと

考えた。

さらに、その供述が過剰になったのは、自分たち以外の者に迷惑をかけたくないという気持が強かったのである。彼は同志以外にも、有島武郎から雑誌『太い鮮人』の広告料名義で援助をうけており、芥川龍之介からも金をもらったことがあるといわれている。こういう局外の同情者に対しても迷惑を及ぼしたくない配慮は当然にあった。

しかし、ここまで朴烈と文子をしゃべらせたのは、立松判事の両人に対する「厚遇」である。その「特別待遇」ぶりは、両人の対質訊問という名で判事が二人を取調室に導き入れて、かなり自由にさせていたことでもわかるが、それが誇張されると、たとえば、江口渙の次のような文章にもなるのである。

——このような対質訊問が三度か四度くり返された挙句、やがて立松判事は自分の部屋のカギ、大切な法廷のカギを朴烈文子の二人にあずけておいて、自分は部下の書記をもつれ出して一時間もどこかへ行ってしまうことさえあった。判事も書記もいなくなった裁判所の一室、二つならべれば寝台ぐらいな大きさになる判事と書記との机もあれば長椅子もある。内部からドアにカギをおろして窓のカーテンを引いてしまえば、もうだれ一人入っても来られなければのぞきも出来ない。獄中で引きさかれている若い肉体がふたつ。そのような部屋の中におきざりにされた場合、いかなることが引き起されるかはだれにも十分想像できる……(『文藝春秋臨時増刊』)。

こんなところから金子文子の「妊娠」説が生れるゆえんだが、栗原一男によれば、予審判事が被告二人だけを残して書記をもつれ、部屋をあけるということは考えられないといっている。栗原は、例の「怪写真」を立松判事が撮影するときに偶然居合わせていたという。

だが、立松判事が二人の機嫌をとって特別扱いしたのは隠れもないことで、たとえば、立松は金子文子に自分所持の万年筆を与えている。これは文子がねだったもので、彼女は、その万年筆を使って「何が私をこうさせたか」の手記をはじめ、手紙などを書いた。

予審廷の訊問もいよいよ最後にきた。朴烈は、「おれは人員の都合によっては、主要なる動物のほかに、内閣、議会、警視庁、裁判所、または水道、電気の根源地をも爆破するつもりもあったから、おれは水道や電気の根源地を調べてみたこともあったくらいだった。おれの奥さまとおれとは、その中のもっとも困難なる、そしてもっとも主要なる目的の日本の天皇、皇太子にあたるはずであったのだ。ここでちょっと断っておくが、人員の都合によるといっても、おれはある人とその相談をしていたというわけではない。他人にめいわくをかけてはならぬゆえ、それを附言しておく」と述べた。

以上の供述が終ると、立松判事は「被告は何とかしてその心がけを反省することはできぬか」と問うたのに対し、朴烈は、

「反省ということはどんな意味のものか知らぬ。反省がいわゆる改悛を意味するなら、それはおれに対する大いなる侮辱である」

と答え、日本の官憲と自分との闘いは、君らは勝ったつもりでいるかもしれないが、

おれは負けて勝っているのだ、といい、

「法律とか裁判とかの価値を全然認めぬから、爆発物取締罰則の第何条に該当するか、刑法第七十三条に該当するか、それがどんな刑だか知らぬ。そんなことはどうでもよいのだ。そんなことは君たちが勝手に決めたのだから勝手にするがよい。おれは死ぬことを怖れてはいない」

といった。

刑法第七十三条とは、日本の皇室に対して危害を加える者は、たとえそれが予備行為であっても死刑に処すとの条文である。

朴烈が自覚した通り、こうして立松判事による大逆罪への嵌込みは完了したのだった。弁護人に希望はないかという問に、朴烈は答えた。「おれはいわゆる公判廷において弁護士をわずらわすようなことは一切避けたいと思う。日本帝国政府の法廷で自己の権利を要求したり、あるいは争ったりする意志は少しもないのだ。そうすることは日本帝国に降って、その臣民となることを意味する。さもなければ、そのおこぼれ的の慈善を嘆願する哀れなる乞食となることを意味するではないか。おれとしてこれ以上におれ自身を侮辱することがまたとあるだろうか。おれは自分の立場を宣言するため法廷に出るのだ。陳述するために出るのではないから、どんな種類の弁護士もおれには必要ない」

弁護士を求めないとは、大審院による予審の最終調書でも朴烈はくり返しているが、金子も同様に、弁護士を断った。

しかし、裁判所では公判の前の十四年十月二十二日に官選弁護人として新井、田坂の両人を選んだが、翌年の一月十二日ごろ、朴と文子とは知人ということで山崎今朝弥、上村進、布施辰治、中村高一、晋直鉉を私選し、新井、田坂もそのまま官選として加わった。

第一回の公判は大正十五年二月二十六日で裁判長は牧野菊之助、これに柳川、板倉、島田、遠藤の各判事が陪席判事となり、立会検事としては小山松吉検事総長が自ら立った。

この第一回の大審院の法廷では、制私服警官が約二百名、憲兵数十名で警備し、傍聴希望者五百名が傍聴券めがけておしかけた。

朴も文子も朝鮮の礼装で、朴は顔をきれいに剃って、髪をオールバックにし、紗帽に紫紗の礼服をつけ、礼帯をしめ、士扇をふりながら入廷した。文子も小柄な身体を朝鮮服でつつみ、椅子にかけて、上衣の下から桃色のメリヤスをのぞかせながら、ハンカチをとって二、三度咳入り、右手に小さな翻訳小説をいじっていた。朴はあとから入廷したのだが、両人はうれしそうに晴れやかな笑《え》みをかわし、うしろ向きになって傍聴席の同志と黙礼した。

この両人の朝鮮礼装は結婚式の服装のように誤り伝えられているが、事実は朴烈が、裁判官が日本の天皇を代表するのに対し、「自分は朝鮮民族を代表して立つのだ」ということから要求したものだ。

なお、朴は、裁判官席と被告席とを同じ高さにしろとか、自分は朝鮮語を使うから通訳をつけろ、とかの要求を出した。朝鮮礼装は、弁護人たちが牧野裁判長と交渉して、斡旋したもので、その結果被告席の高さと朝鮮語使用の問題は朴が撤回した。

この日は、人定訊問ののちただちに公開禁止に入った。弁護人側は異議を申し立てたがいれられず、禁止のうちに事実調べが行われたが、朴烈は不逞社事件で相被告だった栗原一男を立会人として要求したので、栗原だけは特別傍聴を許された。

翌二十七日の第二回公判では小原検事の論告があり、両被告人に対して死刑を求刑した。その日の弁論は新井、布施の両人で、翌々二十八日の第三回公判では田坂、中村の弁論、三月一日第四回では上村、山崎の弁論があって結審となった。

三月二十五日、両被告に対して判決の言い渡しがあったが、この日の朴烈の服装は、白綸子《りんず》の朝鮮服、金子文子は銘仙の袷《あわせ》にメリンスの羽織、髪は朝鮮風にしていた。彼女はいささか昂奮の様子で、その髪はほつれていた。

牧野裁判長が、

「右両名に対する刑法第七十三条の罪並びに爆発物取締罰則違反被告事件につき判決すること左のごとし。

主文　被告朴準植及び金子文子を各死刑に処す」

と言い渡しを終えると、すぐに金子文子は、

「万歳」

と大声で叫んだ。朴烈は裁判長をまっ直ぐに見て、

「裁判長、ご苦労さま」

とどなった。

大逆罪は大審院特別法廷が第一審であり、かつ終審である。

なお、この間、弁護人側は朴烈と金子文子の心神状態の鑑定を申請したが、朴烈についての鑑定書は、

「……被告の経歴並びに思想発展の跡をみれば、明らかに朝鮮人の虐げられたる実情に対する自家の立場よりの自我感情的反応的思想がひいて今日の被告の思想に発展し来れるものにて、その間に自我感情昂進、固執、自暴自棄的に帰結をいそげる跡等を明らかに認められる。すべてかかる性格的反応の異常は好争症性変質の特徴に一致するものなり」

とある。そして、好争症なるものは精神変質にすぎないので、その思想行為の上に明らかに責任を負い得べきものである、と鑑定人東大助教授杉田直樹は答申している。

金子文子については、

「概して不行儀、わがままにして傍若無人の態度あり、たとえば、検診中、突然、看守人に喫茶を欲する旨を要求し、また軽薄なる言辞をもて鑑定人を揶揄するがごときことあり、しかれども、その一般知識、とくに筆にせる原稿用の文章などを検するに、被告

の知能は、その学歴に比してははなはだしく勝り、その独学、苦学せる間の努勉の大なりしこととまた見るべきも、また一方において、その一般概念、構成作用並びに思考作用において優秀なる素質を有せるものなることを察知せしむるに足る。その弁舌の流暢にして、かつ、そのいうところ概して思想整頓せるは、すなわち、観念連合作用の迅速かつ的確に行われること、換言すれば、その一般知能作用の発達優秀なることを証するものなり」

として称讃している。が、一方、彼女は精神変質者で、体質性昂奮症と名づける性格異常をもっていて、この特異性格と、その数奇な境遇上の経験とが相俟って、その反応現象として大逆の思想をいだくようになったと察せられる。しかしながら、一般日常生活の上からみて常人とみなしてさしつかえないから、明らかに刑事責任を負うべきものである、と結論している。

朴と金子文子に対する死刑の判決は、各新聞社が号外を発行してこれを報じた。これに対する世論は賛否まちまちだったが、社会主義者はもとより、文化人などは事件の根拠が薄弱として死刑に反対した。

ところが、判決から十日後の四月五日には、朴烈も文子も「特典ヲ以テ死刑囚ヲ無期懲役ニ減刑セラル」との特赦をうけた。朴烈は千葉刑務所に入れられ、金子文子は宇都宮刑務所栃木女囚支所に収容された。

両人が減刑されたことが、右翼方面を刺戟し、立松判事が大正十四年五月二日に撮影した怪写真とともに、立松判事の両被告に対する厚遇は司法権を冒瀆するものであるとの文書が流布され、頭山満などの弾劾文になったのである。

　これが政友会の倒閣の具に供され、直願事件に発展し、さらにそれを取調べていた石田検事の死を見るようになったのは、前に述べた通りだ。

　ところが、栃木の女囚刑務所に入っていた金子文子は、大正十五年七月下旬に突然自殺してしまった。

6

　金子文子は、大正十五年七月二十三日の早朝、独房内で自分が作業していた麻糸を縄によって縊《くび》れて死んだ。同日、栃木支所嘱託医粟田口留蔵作成の死体検案書には、「二十三日午前六時四十分ごろ」としてある。

　ところが、文子の自殺の通知は、彼女の身元引受人である弁護人布施辰治のところには通知されないで、山梨県にいる実母のキクになされたため、これが東京の同志に回送されたときはすでに死後三日間経っていた。

　何故に布施弁護人に通知しないで戸籍上実母となっていないキクへ報らされたか。考えようによっては、刑務所側が、ことめんどうとみてこのような処置をとったとも考えられる。

　このまわりくどい死亡通知に死因を疑った同志は、文子の死因糺明のために、医師馬《ま》

掘した。
栗原一男、布施辰治その他数名で栃木に行き、共同墓地に仮埋葬された文子の死体を発島間《じまかん》（戦前から産制論者として有名、のちの日ソ交渉では裏側で働いた人）と、古川時雄、

夜中、一行が懐中電燈をたよりに遺体を掘り出してみると、すでに腐爛し屍臭は鼻を打った。馬島医師が文子の頸の骨を調べると、縊死の兆候は歴然としている。栗原が文子のおでこのあたりを指でなでると、皮が水蜜桃のようにつるりと剝けた。

布施たちは文子の遺書が無いはずはないと考え、刑務所当局に、その引渡しと探索を迫ったが、当局は絶対に一通の遺書も一片の歌も無いといった。

身分帳で彼女の死の直前の様子を調べると、紙を買った記入もあり、また、よく働いていたので、その工賃の交付の記載もある。

しかも、どこへも手紙を出した記載も無く、本を買った跡も無い。これは考えられないというので、布施たちは詰問したが、当局は何も無いの一点張りだった。

それなら、どこかに遺書らしいものが爪か楊枝で書かれているはずだがと当局に迫ったが、それも見当らないという。

文子が歌を遺してないか、と布施がきいたのは、彼女がよく歌をつくっていたからで、左にその三、四首を出してみる。

色赤き脚絆の紐を引締めてわれ遅れまじ同志の歩みに
これ見よと云はんばかりに有名な女にならむと思ひしことあり

友と二人職を求めてさすらひし夏の銀座の石だたみかな
白き襟短き袂に乱れ髪我によく似し友なりしかな
ちょっと啄木調のところがある。だから、文子の歌を啄木のように研究する者はいないかと布施はいっていたくらいだ。

それにしても、金子文子はなぜ自殺したのだろうか。文子は、死一等を減ぜられた恩赦状の送達を拒んでいる。文子は、朝鮮人民を代表する朴烈が、朝鮮を侵略した日本帝国主義の代表者天皇から恩赦をうけることはこの上ない恥辱として、絶対にうけないだろうと信じていたらしい。

布施の書いた未公開のメモには、「もしも自分（文子）が、そういう恩赦に少しでもの未練をみせたら、やっぱり文子は日本人だという嘲笑をうけることになる。そうなってはならないというのが彼女の覚悟だった。そういう文子の覚悟が、朴烈の恩赦拒絶態度よりもより峻烈な恩赦拒絶の態度をあえてさせたのだ」とある。

しかし、文子は、朴烈が恩赦を拒絶したものの無事でいることを刑務所当局からきいているはずである。布施は文子を身贔屓《みびいき》するあまりにやや観察が正鵠を射ていない点がみられる。

文子が、その自殺によって朴烈に覚悟をすすめたというなら、まだ話は通じやすい。

おそらく文子は、無期懲役という生涯牢獄の中で暮す生活に不安を感じたのではなかろうか。その不安とは、彼女が幸徳事件における管野スガを意識していたとすれば、死刑こそ本望であれ、無期刑という生涯の苦痛による思想の崩れに怯えたのではあるまいか。

文子が布施辰治に宛てた三月三十一日の手紙には、

「二十七日にはちゃんと覚悟して居たのですが、どうした訳だか未だ生きて居ります。而し、どうせ永いことは無い。いろいろ御世話さまになりました。そして又将に、大変な御世話をかけようとして居ります。済まない、と詫びもし、恥じても居ります。が、他にどうしようもない、どうかよろしくお願い致します。常にも増して只今は云う事を制限されて居ります。で、云えもせず、云いたくも有りませんが、只一つ、近頃の自分の気もちをじいっと凝視した事に因って、私は曾て余りにも自分を疑い過ぎたのだ、自分に対して臆病であり過ぎたのだ、と云う確信を以て死んで行く事が出来る、と云う事を、お話ししたいです。左様奈良。最後の御挨拶です」

この文中に「二十七日にはちゃんと覚悟」とあるのは、文子はその日に死刑が執行されるものと思っていたからである。

なお、これは外部に出した手紙では絶筆となった。

文中で「自分を疑い過ぎた」とか「自分に対して臆病であり過ぎた」とかいうのはどういう意味だろうか。

文子は、朴烈との行動に自己のすべてを没入させる自覚がまだ足りなかったと考えたのかもしれないが、死刑を前にして、一途に自分自身の覚悟を決めている心境が目にみえるようだ。

それにしても、刑務所側が文子に麻糸の作業をさせていたのは無謀である。弁護人側が、自殺のおそれの多い文子に麻糸作業をあたえていたことは自殺をすすめたものではないかと迫ったのも当然で、当局は「いわれてみれば、いかにも不注意だったかもしれないが、悪意はなかった」と陳謝するばかりだった。

文子の死を朴烈に報らせるために、布施は大正十五年七月二十六日に千葉刑務所へ面会に行っている。朴烈の実兄朴庭植が、その前から面会を拒絶されていたので、布施は家庭用件の代理面会という用事で特別面会を当時の司法省泉二《もとじ》行刑局長から許された。そのときの条件は、絶対に文子の獄死を朴烈に報らせないという約束だったが、布施は朴烈の顔を見るとすぐ、「文子さんは死んだよ」といった。とたんに面会の幕はおろされたが、この時間はわずか一秒間だったという。

その後の朴烈は、終戦時まで刑務所に二十年間閉じ込められたままになった。彼が初めて出獄したのは終戦後の釈放によってである。

朴烈事件は、朴烈と文子との過剰自供がうまうまと立松判事の策略にかかって、刑法第七十三条にでっち上げられたのである。

この条文には予備行為も大逆罪として成立するとあるが、朴烈と文子の場合はその予備行為すら具体的に証明するものがない。彼らの供述をみても、爆弾を手に入れたら天皇と皇太子に投擲するつもりだったというのみで、現実には爆弾の入手方法も立っていない。爆弾は幻なのである。

また、朴烈と文子も予審でいろいろいっているが、それは彼らの自意識と他の同志を守りたいという心遣いから大袈裟になっている点が多く、客観的にこれを立証する証拠は何もない。

たとえば、朴烈が船員にたのんでマルセイユから爆弾を入手しようとしたという点も、その船員の杉本貞一を取調べた結果、予審では調書を作られているが、大審院の判決ではこれを棄てている。金翰にしても、また両者の連絡取次ぎをしたという李小紅にしても、具体的な爆弾授受の方法は少しも述べられてなく、漠然とした供述である。

とにかく、立松判事の成功は、朴と文子の心理状態をよく読んだのと、例の予審廷での優遇によったとみるべきだろう。

たとえば、立松判事が怪写真を撮影した大正十四年五月二日に朴烈はどのようなことを供述しているか。

「おれはこれまで、いわゆる陰謀の対象とか目的物についてはあまり決定的にはいうことがなかったのだが、金子がそのようにいっているとすれば、おれもその対象について決定的にいうことができる。じつは、おれは日本の天皇、皇太子を爆弾投擲のもっとも主要なる対象物としていたのだ。それから、爆弾が手に入ったら、いつでもよい機会にそれを使用すると以前申し述べておいた。また、それに相違ない。だが、できる限りは日本の皇太子の結婚式にすべてが間にあうように計画を進めていたのだ」

ここまで述べさせれば、大逆罪にもって行くには、立松予審判事にとってそれほど困難でない作業だったであろう。

右の朴烈の供述中「金子がそのようにいっているとすれば」といういい方に注目されたい。

森長英三郎によると、朴烈は観念的なテロリストではなかろうかという感じがし、死を急ぐ文子は、立松判事を通じて、あるいは対質で直接に、ともに死のうと誘ったのではあるまいか、といっている（『法律時報』昭和三十八年四月号）。

立松判事は文子のこの心理を十分に熟知して利用したのである。朴烈も文子に煽られたか、立松判事に、

「おれの立場を裏づけるため、当不逞鮮人さまの次の名吟を呈しておこう。……『初めから承知しなくて何もかもしっかり頼むぞ日本奸犬』『平素からすでに設けしがギロチン　われはこの道勇みたどらむ』『生まれるがめでたいのなら死すのは更にめでたし祝へギロチン』……」

と述べている。歌は、むしろ狂歌に近く、その出来に至っては文子とはくらべものにならない幼稚さだ。

しかし、彼は判事に、

「おれは君に進呈しようと思って、おれが監獄で書いた『陰謀論』『不逞鮮人より日本

の権力者階級に与う』『俺の宣言』『働かずにどしどし食い倒す論』をもってきた。『俺の宣言』と『働かずにどしどし食い倒す論』とはおれの虚無的思想を表わしたものであり、『陰謀論』は虚無主義者としての戦略を書いたものであり、『不逞鮮人より日本の権力者階級に与う』は朝鮮人としてのおれが日本帝国に対する態度を表わしたものである。君、読んでみるとよい」

といって、彼が獄中で書いたものを提出している。

朴烈は、これについて、

「〝不逞鮮人より〟というのは、虐げられた朝鮮人の立場から日本の権力者へ宛てた弾劾で、おれたちは汝等のあくなき帝国主義的野心の犠牲となるために前世からの約束によって生れたのかどうかは知れぬ。これがおれたちに与えられたる唯一の運命であるかどうかは知れぬ。しかしながら、たといそれがおれたちにとって避けることのできない運命であるとしても、おれたちはかかる残虐なる運命に対して柔順であることはできぬ。おれたちは汝等が暴虐とともに、この悪魔のごとき運命をも限りなくこれを呪い、かつ赤い血を吐いて倒れるまでこれに反抗し闘うのだ。おれたちは犠牲にはされてもただはされぬぞ。亡ぼされてもただは亡びぬぞ。必ず復讐するのだ」

と述べて、民族主義者としての面目を見せているが、これは他の彼の書いたものにも共通した論法で、理論的とはいえない。

この理論的でないということが朴烈と文子の「経過」全体についていえることだ。端的にいうと、爆弾を手に入れたら、ああしようこうしようというだけだった。いわば朴と文子の机上プランである。しかも、それは過剰供述によるもので、実体ははなはだ模糊としている。上村進弁護人が「陰謀と称せられるものは大姉の寝物語にすぎない」といったのは、この辺の事情を指摘している。死の寝物語であった。

朴烈は千葉刑務所から大阪刑務所に移され、最後は秋田刑務所で過した。千葉刑務所時代には、彼は絶食をつづけて自殺を図ったことがある。監視がきびしく、文子のように縊死の方法もなかったからであろう。これは刑務所側の説得で半月くらいで思いとどまっている。

昭和二十年十月、朴烈は秋田刑務所から占領軍の解放令によって出獄した。身体はそれほど衰えていなかった。彼は刑務所で毎朝冷水摩擦を怠らなかったという。

朴烈はすぐに、当時結成されていた韓国居留民団の団長に推された。在日朝鮮人にとっては、日本の帝国侵略主義に反対し、大逆罪で二十年間牢獄につながれた朴烈が、やはり英雄として映ったのであろう。

そこには無政府主義や虚無思想の朴烈はなく、民族解放闘争の英雄としての彼の姿があるだけだった。

しかし、二十年間世間と断絶していた朴烈は、身体こそ健康ではあったが、もはや、世の中の情勢を的確に判断する頭脳はもち合わさなかった。

これはひとり朴烈だけでなく、出獄直後の徳田球一や志賀義雄などについてもいわれたことである。いわゆる監獄ボケだ。

朴烈は居留民団の運営にも自信がなく、その判断の助言をもとめるため、たびたび栗原一男のところにやってきた。冬のことで、栗原の家では火鉢を出してすすめたが、朴烈はそれに手をかざそうとはせず、いつも日向のほうに寄って背中をまるくし、茫乎としていた。二十年間監獄に暮した習性がぬけなかったのである。

捕えられたとき二十二歳だった彼も、四十四歳の初老に近い人になっていた。事実、その顔は五十のなかばを過ぎたように深い皺がきざまれ、日向にうずくまった恰好は、獄窓から洩れる陽を浴びて虱《しらみ》でもとっているようであった。

その後の朴烈は南朝鮮に渡り、李承晩政権のもとで働いていたが、朝鮮戦争のころに北へ入り、現在では北朝鮮で相当な地位についているといわれている。

一方、立松判事は怪写真などの朴烈問題で、宮城控訴院へ転任し、すぐに判事を辞めて弁護士を開業した。

彼が控訴院判事になったのは朴烈と文子とを大審院に移してからも引きつづき取調べるための便法だったが、もう一つの意味は、両人を大逆罪までにもって行った論功行賞の意味もあったに違いない。もし、朴烈問題が政争の具にならなかったら、相当な地位まで行ったかもしれない。

立松は後年ひとに「朴烈事件はでっち上げではないか」ときかれると、「もう、そのことはいってくれるな」と顔をしかめていたという。むろん、朴烈と文子とを刑法第七十三条にまでもってきたのは立松判事ひとりの意図ではない。これには上に命令者があった。

時の司法大臣は江木翼だが、大逆罪犯人の作り上げは、前々内閣（清浦、加藤、加藤第二次各内閣）よりひきつがれた、若槻内閣全体の意図であったといえよう。清浦内閣の法相は鈴木喜三郎、加藤第二次内閣以後は江木翼がずっと勤めている。鈴木あたりが臭いような気がする。

鈴木は司法大臣として、大正十三年四月七日に開かれた刑務所長、医務主任会同の席上で、とくに思想問題について熱心に訓示している。朴烈と文子、金重漢などが爆発物取締罰則違反として予審請求をされたのはその年の二月十五日だったから、すなわち、朴烈と文子とが大逆事件にかたちづけられている最中の訓示である。

「わが国近時の思想界は内外事物の刺衝によって急激な変動を生じ、固有の国民精神上に漸次頽唐の傾向あるは憂慮にたえない。畏くも客秋大詔（国民精神作興の詔勅を指す。政府がこのような詔勅を出さざるを得ない情勢になっていた）を渙発せられ、とくにこの点にかんして昭示《しょうし》せられたのは恐懼《きょうく》にたえない。惟《おも》うに、奇矯過激の思想を抱き、不稽の言説を弄する者の多くはわが国体の尊重すべきゆえんを知らず、また彼我の国情と時代精神の帰向とを比較、商量するの能力なく、徒《いたず》らに外来思想に心酔雷同するにすぎぬ。しかも、筆舌もしくは直接行動をもって巧妙な宣伝を試み、いたるところにその害毒を流してやまない」

検事総長は、原敬内閣で平沼騏一郎から鈴木喜三郎となり、清浦内閣では小山松吉とかわり、ずっと彼の在任となっている。小山は大審院裁判では自ら立会検事の役を買って出たくらいだ。

しかし、この大逆事件の作成にもっとも熱心だったのは軍部ではあるまいか。関東震災時大量に朝鮮人を殺戮した実行者は軍隊である。

軍部としては、この後始末を対外・対内的に処理する必要があった。清浦内閣からずっと宇垣一成が陸軍大臣となっている。当時の宇垣の軍威高揚の意欲は「宇垣日記」を読んでも、凄じいものがある。

立松懐清判事は、ただ上司の命令を忠実に実行したにすぎない。

してみれば、立松が朴烈と文子とを予審廷で「優遇」したのも、あながち策略だけとはいえない面もあったのではなかろうか。地裁から大審院の予審まで立松はずっと朴と文子とを取調べ、接触している。そこに人情味が湧いたといっても不自然ではなかろう。予審調書をよむと、朴と文子も、立松個人には好感をもっていたようである。

立松懐清は不遇のうちに死んだ。

自分を捨てさった母親に憎しみと恨みを抱いていた金子文子だったが、獄中でつくった歌二首がある。

意外にも母が来たりき郷里から獄舎に暮らす我を訪ねて

逢ひたるはたまさかなりき六年目につくづくと見し母の顔かな

文子の遺骨は、朝鮮慶尚北道聞慶郡麻城面格里の朴家代々の墓に埋められてある。

芥川龍之介の死

前頁写真　芥川龍之介

1

昭和二年は不況の絶頂で、政府は失業者五十万と発表したが、潜在失業者を含めて三百五十万というのが今日の常識になっている。

若槻内閣の下でおこった金融恐慌は、片岡直温《なおはる》蔵相の失言から、ついに、台湾銀行閉鎖というパニック状態を現出した。無能な若槻はついにこれで内閣を投げ出したわけだが、その辞職の原因には立松判事の朴烈取調問題もからまっている。

この金融恐慌のさなかに田中義一の政友会内閣が成立（四月二十日）し、高橋是清蔵相がモラトリアム（支払猶予《ゆうよ》勅令）を実施した。それでも、恐慌による休業銀行は三十七に上った。

巷《ちまた》に失業者群が満ち、私も職がなかった。

いま、このシリーズの一つとして芥川の死を書くことになったが、これは昭和史の一齣《ひとこま》として書くのであって、別に芥川龍之介論でもなければ、作品論でもない。また、芥川の死について新発見や新解釈をするつもりもない。最初にお断りしておく。

芥川の死の解釈は今ではほとんど出つくした感がある。が、ただ、叙述上、多少の私見を加えないわけにはゆかないが、むろん「文学論」ではない――。

芥川が自殺した直後の様子は、彼の作品集の装幀をしていた洋画家小穴《おあな》隆一と、主治医だった下島勲の書いたものにくわしい。両人は芥川の友人の立場でもあった。ここでは、それに拠《よ》ることとして、その前に、まず、芥川の自殺を報じた新聞記事を見たい。昭和二年七月二十五日の朝日の朝刊である。

《文壇の鬼才芥川龍之介氏は、二十四日午前七時、市外滝野川町田端四三五の自邸寝室で劇薬『ベロナール』および『ジェアール』等を多量に服用して苦悶をはじめたのをふみ子夫人が認め、直《ただち》にかかりつけの下島医師を呼び迎え応急手当を加えたが、その効なく、そのまま絶命した。行年《ぎょうねん》三十六。枕元には、ふみ子夫人、画家小穴隆一氏、親友菊池寛氏、叔父竹内氏にあてた四通の遺書および『ある旧友へ送る手記』と題した原稿が残されてあった。届出でにより滝野川署から係官同家に出張検視をしたが、自殺の原因は、多年肺結核を病み、最近強烈なる神経衰弱に悩まされつづけ、更に家庭的な憂苦もあって結果、厭世自殺を計ったものと見られて居る。

芥川龍之介氏が死に誘惑されたのは、遺書にもある如く、二年前からのことらしいが、殊に最近強度の神経衰弱を病み、同時に家庭的にも複雑な憂苦が伴い、死を思うこと切であった。

先頃文壇の知友宇野浩二氏が発狂して王子脳病院に入院した際、善後策のため鎌倉に久米正雄氏を訪ねたが、その時も芥川氏は『自分も強度の神経衰弱よりして発狂するかも知れない』などと冗談に語ったが、『いや、自分は発狂する前に死ぬ。死の平静に飛び込んでしまう』と厳しゅくな顔で語った。その後、冷静に死の準備をしていたが、今月の十六日頃、一夜妓楼に遊び、席に出た一芸者から彼女等の陰惨なる生活状態を聴いて、深く「生きるために生きる」人間の浅間しさを知り、一層厭世の心を強めたらしい。

……

芥川氏が夫人にあてた遺書《かきおき》は原稿用紙一枚半ばかりへペンの走り書で認《したた》めたものであったが、さすがに筆の跡も乱れ勝ちであった。》（適宜句読点を補う）

七月二十四日は未明から雨だった。それまで連日のように猛暑がつづき、新聞では三十三年ぶりの暑さだと報じた。芥川家の近くに住んでいた下島医師が床の中で睡っていると、玄関のほうで芥川の伯母の声が聞こえていた。下島の妻が応答していたが、あわただしい声の中に、変だ、とか、呼んでも答がない、などと聞こえてきたので、下島は床の上に起き直った。

下島は前から芥川の様子がおかしいと思っていたので、妻の取次の終らないうちに急いで注射の準備をさせ、台所に飛んで嗽《うがい》をし、手術着をひっかけるが早いか、鞄と傘をひったくるようにして家を出た。

近道の中坂にかかると、雨のため赤土はすべりかげんになっている。彼は焦《あせ》りながら芥川家にたどり着き、転がるように寝室の次の間に一歩入った。そこで、長髪を乱し、蒼白になっている芥川のただならぬ相貌を見た。

下島は右手にまわって坐ると、まず聴診器を耳にはさみ、芥川の寝巻の衿を搔きあけた。すると、左の懐《ふとこ》ろから西洋封筒入りの手紙が跳ね出た。と同時に左脇にいた芥川夫人文子があっと叫んでそれを手にとった。下島は遺書だなと思いながら、すぐに心尖部に聴診器を当てた。

微かな鼓動がある。素早くカンフルを二筒心臓部に注射した。さらに聴診器を当ててみたが、どうも音の感じがしない。なおも一筒を注射しておいて瞳孔を検《あらた》め、身体や下肢のほうを調べると、体温はあるが、全く絶望であることがわかった。下島が集った家族や急を聞いて馳せつけた人々に臨終の告知を済ましたときは、午前七時を少し過ぎていた。

下島が枕もとを見ると、バイブルが置いてある。手に取って無意識に開いている間に小穴隆一のことを思い出し、芥川の甥の葛巻義敏が小穴隆一の下宿に出かけた。

芥川の伯母が何か紙に包んだものを手にして、「これは、昨夜龍之介から、明朝になったら先生に渡してくれと頼まれました」と言いながら下島に手渡した。上包みを開いてみると、短冊に、

「自嘲　水洟《みずばな》や鼻の先だけ暮れのこる」

の一句が書かれてあった。

——その朝早く、小穴は、寝苦しいままに蒲団の上に寝ていたが、葛巻の声で眼を醒ましたのである。障子に手をかけたまま低い声で、「なんだか変なのです。どうもやったらしいのです」と言って、廊下に葛巻が立っている。

「とにかく、すぐ一緒に来て下さい」

「本当にやったのか？」

「どうも、そうらしいのです」

小穴が義敏と一緒に芥川家に駆けつけると、

「とうとう、やってしまいましたなあ」

と、下島医師が、二本目の注射を済ませ、注射器をかたづけながらいった。

小穴は、芥川がずっと前から死ぬことばかり言っていて、それがずいぶん長かったので、本当に自殺する時期がわからなかった。だから、とうとう、やったなという感じだった。これは芥川家の人も同じとみえて、茶を運んできた家人も取乱した姿ではなかった。

それから小穴と下島医師と問答がかわされたが、これは重要であるから、小穴隆一の『二つの絵』から抜萃する。

《「どうしたものでせう」

「どちらでもよろしいやうに私はします」

と、医者の下島老人がいつた。(下島先生と御相談の上、自殺とするも可、病殺《死》とするも可)といふ家人宛の遺書があつたからである。(もし芥川が意識して病殺と書いていたものとすれば、これは最も芥川らしい表現である。)僕は「どちらでも」と言ふよりほかなかつたが、「ありのままがいいでせう」と言添へてゐた。そこへわりかた近所の久保田万太郎の貌《かお》がみえた。》

小穴は芥川の死顔を写生するため、十号の画布に木炭で下図をつけていた。

「おじさん、絵具をつけるの、つけないの?」

と、八つになる芥川の長男の比呂志が心配そうに画架のまわりをうろついていた。比呂志も雑記帳と鉛筆を持ち出していた。

小穴が芥川の死顔を写生しているときに、滝野川署から検視の人々が来た。このときの警部補は文学に理解をもっているとみえて、「どうぞ、そのままに」と言って小穴の写生を邪魔しなかった。

芥川の書斎兼寝室は雨曇りで一層暗かった。

芥川は頭を北にして寝ていた。

芥川の死を聞いて、菊池寛、久米正雄など多くの友人が駆けつけた。菊池は折から『婦女界』の講演のため水戸に行っていたが、急報に接し講演なかばで引返したのである。久米は新聞記者に遺稿「或旧友へ送る手記」を朗読発表した。

――ところで、前に小穴と下島医師との問答を小穴の文章で引用したのは、はかでもない、下島がそれについて小穴に抗議しているからである。

次に出してみる。

「私は小穴氏のこの力作に対し、よし若干の誤謬を発見したからとてとやこう言いたくないのであるが、しかし、私としてはどうしても黙過することの出来ない一節のあるのを遺憾とする。（中略）私に関するところを意訳すれば――自殺として取扱うか病死として取扱うかは一に医師たる私の意志に任せる、もし病死として取扱われることであったら、あの或旧友へ送る手記などは発表してくれるな、という意味のものと記憶している。

私はお断りするまでもなく医師であって、また故人の老友だったのである。しかし、この場合……彼の遺骸を処理することについては、涙の中にも冷厳なる医師でなければならぬ。事情がどうあろうと、誰がなんと言おうと、目前動かすことのできない事実に対して――医師としての職業……不正を犯す――そんな生ぬるいというよりも非常識な素人じみた想像の余地も必要もあり得ようか。

遺書があろうがなかろうが、医師として取るべき私の態度は決っている。まして私の意志に一任すると書いてあるではないか。何を苦しみ、何の必要あって小穴氏に相談をかけ、『医師としての職業上の不正を犯せとは言えぬ自分の咎であった』というお言葉を拝承して初めて私の意志が決って自殺の手続にとりかかった――などということはあり得べからざるとんでもない錯迷で、私の理知は、あの場合そういうことに躊躇したり低迷したりするにはあまりにはっきりしすぎていたことを告白する。」（下島勲『人・犬・墨』）

つまり、下島は芥川の死をその遺書にしたがって自殺とするか病死とするかどちらでも都合のよいようにするという意味を言ったと書いた小穴の一文に憤慨して、常識としてそんなことを自分が言うはずはないとの抗議である。

これに対して、小穴隆一は、

「Y（評論家。芥川に関する解説が多い）といふ男は昔、空谷（下島の俳号）老人が何か雑誌で僕をやつつけてゐる、それに返事も書けなかつたのではないかと得意気に僕を嘲つてゐるが、芥川の遺書に（下島先生と御相談の上自殺とするも可、病死とするも可）といふのがあつたから、先生は僕の顔を見るなり声をひそめて、私はどちらにでもしますが、と言つたもので、それをそのままに僕が『二つの絵』に書いた。ところが、医者であつた老人のはうの身になつてみれば、たまつたものではなかつたらう、たちまち事実無根と僕に吠えついてゐたので、Yのやうな先生は困りものだ、それに空谷老人は割合におしやべりで……」

と返している。要するに言ったとか言わぬとかいう水掛論である。

もともと小穴は下島が好きでなかったらしく、

「（下島は）十二年の長い間の接触とあるが、それにしては芥川の身体報告はいかにも軍医らしくキメが粗いものであり（下島は元軍医）、その『芥川氏は稀にみる品行方正の芸術家であつた』といふ結びでも分るほどのものであつたのにはおどろいた。」と書いたり、芥川がかげで下島のことを「下島空谷馬鹿親父」と言っていたと書いている。

なぜ、こんなことをここに書くかというと、芥川が私事を一ばん洩らしていたのが小穴、次が下島だったからである。小穴は河東碧梧桐門下で、同門の友人滝井孝作に芥川のところに連れられて行ったのが縁で、以来、芥川の短篇集の装幀を受持つようになった。もちろん、芥川よりは年下である。

一方の下島勲は田端の開業医で、偶然芥川家と近所だったところから同家の病人を診るようになり、以来、芥川の主治医のような恰好で出入りしていた。芥川よりはずっと年上である。

芥川は、この自分の年より上下に違った二人の男に、かなり心を開いて私事を話したり相談したりしている。それで二人とも芥川家の内情をくわしく知るようになった。この点、『新思潮』以来の芥川の親友といわれた菊池も久米も、あるいは京都大学に去った恒藤恭《つねとうきよう》も及ぶところではなかった。ことに小穴の書いたものによると、芥川は、この年下の友人にずいぶん甘ったれていたらしい。

この芥川の気持はわからなくはない。文壇の友人とどんなに親しくしていても、自分の秘事や家庭の内情まではなかなか打ち明けられないものだ。それは相手に弱点を握られることになって怯《ひ》け目を感じるからである。作家にはそういう意識がある。作家どうしは友人であると同時に、競争相手であり対立者でもある。

ことに芥川のように、自分をさらけ出すことのできない作家は、文壇関係の人間には何も言えなかったに違いない。彼は自意識の強い男だった。

そこへゆくと、文学とは関係のない画家や医者にはプライベートなことを打ち明けられた。それがひとりで悩むときの芥川の救いでもあったに違いない。その点、小穴も下島も芥川の知己をもって任じたであろうし、この両人の感情の中に互いに反撥があったとすれば、側近同士の嫉妬とも解されよう。

その意味で、小穴や下島の書いたものは多少割引きしてみなければならないが、しかし、芥川の人間を知るには、小穴の文章はことに一つの有力な手がかりになるのである。

芥川が自殺した理由は何だったのか。

芥川は遺書として「或旧友へ送る手記」を書いている。これは芥川らしい文章で、普通の遺書とは形式が違っている。人々はその遺書から彼の意図を探ろうとする。

「……自殺者は大抵レニエの描いたやうに何の為に自殺するかを知らないであらう。それは我々の行為するやうに複雑な動機を含んでゐる。が、少くとも僕の場合は唯ぼんやりした不安である。何か僕の将来に対する唯ぼんやりした不安である。……僕は何ごとも正直に書かなければならぬ義務を持つてゐる。（僕は僕の将来に対するぼんやりした不安も解剖した。それは僕の「阿呆の告」の中に大体は尽してゐるつもりである。）

……しかし僕は手段を定めた後も半ばは生に執着してゐた。従つて死に飛び入る為のスプリング・ボオドを必要とした。……このスプリング・ボオドの役に立つものは何と言つても女人である。……唯僕の知つてゐる女人は僕と一しよに死なうとした。が、それは僕等の為には出来ない相談になつてしまつた。そのうちに僕はスプリング・ボオドなしに死に得る自信を生じた。……僕は冷やかにこの準備を終り、今は唯死と遊んでゐる。この先の僕の心もちは大体マインレンデルの言葉に近いであらう。」（抜萃）

ひろく知られているように、芥川の研究家は芥川のこの「ぼんやりした不安」の真相を探ろうと試みてきた。また、「僕の知つてゐる女人は僕と一しよに死なうとした。」という一句から、芥川のいわゆるスプリング・ボオドに擬せられた女人を詮索する。

2

芥川の遺書にある「将来に対するぼんやりした不安」について、これまでなされた分析、または臆測《おくそく》は、さまざまである。

その第一は、発狂に対する芥川の恐怖である。——これは、芥川の実母が狂人だったので、芥川もいつかは自分もその遺伝から発狂すると怖れていたというのである。

その母という人は、芥川を産んで九カ月ぐらいから発狂し、その後十年間生きつづけていたが、それはただ生きているというだけであった。

僕は一度も僕の母に母らしい親しみを感じたことはない。僕の母は髪を櫛巻《くしま》きにし、いつも芝の実家にたつた一人坐りながら、長煙管ですぱすぱ煙草を吸つてゐる。顔も小さければ体も小さい。その又顔はどういふ訳か、少しも生気のない灰色をしてゐる。僕はいつか西廂記《せいしようき》を読み、土《ど》口気《こうき》泥臭味《でいしゆうみ》の話に出合つた時に忽ち僕の母の顔を、——痩せ細つた横顔を思ひ出した。（「点鬼簿」）

芥川が七つか八つのころ、彼が養母と一緒に母の居る二階へ挨拶に行くと、いきなり、狂った母は彼の頭を長煙管で打った。しかし、だいたい物静かな狂人で、彼や彼の姉などに絵を描いてくれと迫られると、母は四つ折りの半紙に絵を描いてくれた。それは墨を使うばかりでなく、娘の水絵具を、自分の描いた行楽の子女の衣服や、草木の花などに塗った。そして、その絵の人物は、みんな狐の顔をしていた。

　この母は芥川が十一のときに死んだ。

彼は、危篤の電報を受取った養母といっしょに、ある風のない深夜、人力車に乗って本所から芝にかけつけた。

　僕の母は三日目の晩に殆ど苦しまずに死んで行つた。死ぬ前には正気に返つたと見え、僕等の顔を眺めてはとめ度なしにぽろぽろ涙を落した。が、やはりふだんのやうに何とも口は利かなかつた。（「点鬼簿」）

　母が狂っているため、芥川は母の乳を飲んだ経験はなかった。そのことを彼は、

「信輔は壜詰めの牛乳の外に母の乳を知らぬことを恥ぢた。これは彼の秘密だつた。誰にも決して知らせることの出来ぬ彼の一生の秘密だつた」（「大導寺信輔の半生」）

と書いている。

その秘密とは、身体の弱いのは牛乳で育ったせいと考え、友だちに知らせたくないということなのだが、ここにはむしろ母の乳が呑めなかった理由を匿《かく》しておきたいという少年時代の彼が出ている。

彼は、狂人の母をもったことで生涯精神的な苦痛をうけたように書いている。

人生の悲劇の第一幕は親子となつたことにはじまつてゐる。

遺伝、境遇、偶然、――我々の運命を司るものは畢竟《ひつきよう》この三者である。(「侏儒の言葉」)

四分の一は僕の遺伝、四分の一は僕の境遇、四分の一は僕の偶然――僕の責任は四分の一だけだ。(「闇中問答」)

母だけではない。芥川は父についても、「僕の父はその次の朝に余り苦しまずに死んで行つた。死ぬ前には頭も狂つたと見え『あんなに旗を立てた軍艦が来た。みんな万歳を唱へろ』などと言つた」(「点鬼簿」)と書いている。

実父のこの幻覚は臨終間際の混濁した頭脳のなせるわざであろう。しかし、宇野は「芥川は、発狂した実母の血をもつとも多く受け、それから、疳性で神経質な実父の性質を受けてゐる。(芥川の目は実母のふくに一ばんよく似てゐる)」(『芥川龍之介』下巻)と述べているので、実父も通常な性質ではなかったようである。

芥川は、この実父の譫言《うわごと》から思いついたのかどうか、自殺の直前の昭和二年六月十日に「三つの窓」という小品をかいた。

二万噸の××は白じらと乾いたドックの中に高だかと艦首を擡《もた》げてゐた。彼の前には巡洋艦や駆逐艇《くちくてい》が何隻も出入してゐた。それから新らしい潜航艇や水上飛行機も見えないことはなかつた。しかしそれ等は××には果《はか》なさを感じさせるばかりだつた。××は照つたり曇つたりする横須賀軍港を見渡したまま、ぢつと彼の運命を待ちつづけてゐた。その間もやはりおのづから甲板のじりじり反《そ》り返つて来るのに幾分か不安を感じながら。……

(「一等戦闘艦××」)

一等戦闘艦××は死を覚悟した芥川自身の姿であると言われている。書いた時期から考えてそうかもしれない。××の前に出入する巡洋艦や駆逐艇は同僚や後輩の作家たちのことかもしれないし、「新らしい」潜航艇や水上飛行機は当時非常な勢いで勃興してきたプロレタリヤ文学の作家たちのことかもしれない。

それらの前で芥川は、発狂の恐怖、いろいろな病気、世俗的な煩わしさ、文学上の苦悶などを、死によって脱れるため、凝乎として自沈を待っていた――のであろう。

芥川の遺稿となった「歯車」という作品は、諸家によって彼の作品中での傑作だという評価を得ているが、そのなかで、芥川は、東京に帰るたびに必ず火が燃えているのを見たり、右の目に半透明な歯車がまわりながら次第に数を殖やしたり、汽車の寝台にミイラに近い裸体の女が横たわっているのが見えて、狂人の娘に違いない、と考えたり、ホテルのロビーで外人がこちらを眺めながら小声で話しているのをみて、発狂を恐れて部屋に逃げ帰ったり、松林を歩いているうちに、また眼の中で歯車がまわり出して息がとまりそうになったり——「気違ひの息子には当り前だ」と自分で思い、最後に「かう云ふ気もちの中に生きてゐるのは何とも言はれない苦痛である。誰か僕の眠つてゐるうちにそつと絞め殺してくれるものはないか？」という文章で終らせている。

これら奇怪な幻影が芥川自身の体験なのか、それとも彼一流の発想による描写、つまり、虚構なのかは今は立ち入らぬことにして、とりあえず宇野浩二の意見を出してみよう。

宇野はこの「歯車」のなかで、「眼科の医者はこの錯覚（？）の為に度々僕に節煙を命じた。しかしかう云ふ歯車は僕の煙草に親まない二十前にも見えないことはなかった」という文章を引いて、「錯覚」と書いているのは「幻覚」のことである。そうして幻覚は精神病者の感じるものであるから、「歯車」の主人公の「僕」は、神経衰弱にかかっている人であるが、それ以上に精神病者である、ということになる、と述べている。

宇野浩二は芥川の旧友だが、一時発狂して斎藤茂吉の紹介で王子脳病院に入院したので、芥川はひどく宇野のことを心配した。

もっとも、宇野は自身でその時期を「極度の神経衰弱」と書いているが実はジフィリスだった。彼は、マラリヤ療法で全快したのである。

その「経験者」の宇野が、芥川の見た歯車は錯覚ではなく幻覚で、精神病者だったと断言している。

その宇野の入院の世話をした広津和郎が、そのころ、歌舞伎座で芥川に会うと、芥川は、

「今日鵠沼を出て来て、汽車に乗ると、沿線が真赤に燃えているんだよ」

と眼を丸くして不思議なことを報告した。もちろん、そんな事実はなかった(広津和郎『年月のあしおと』)。これも精神病的な幻覚といえよう。

次は、「発狂の恐れ」ではないが、自殺の原因を多病とする説である。

彼はいくつもの病気を持っていて、「半病人の生活」と言っている通り、強度の神経衰弱、胃アトニー、痔疾、不眠症などがあった。

痔疾は脱肛で、時々疼痛が起るが、コンニャクなどで温めて安臥していれば充血が去って収縮する程度で、手術の必要はなかった、と主治医の下島は書いている。下島によれば、芥川の胃病は、はじめ神経症状に伴っていたものだが、胃アトニーとして症状の独立したのは、死ぬる前一年ぐらいであった。噂のような肺結核の症状はなかったという。

不眠症は神経衰弱との相互作用だが、芥川は相当な量の睡眠薬を呑まないと眠れず、ほとんどがアダリンの常用だった。喫煙量は多く、下島は節煙をたびたび忠告した。

もともと、芥川は小さいときから身体は丈夫ではなく、頭ばかり大きい、無気味なほど痩せた少年だった(「大導寺信輔の半生」)。こういう彼にとって一つでも持病は辛いのに、いくつも持っているのは苦しいことだった。芥川のように、文章に凝る作家には肉

体の弱さが何よりもこたえる。

晩年の芥川は針のように痩せ、額は禿げ上り、みるからに異様な相貌になった。岡本かの子の「鶴は病みき」では、電車の中で、麻川（芥川）を見た子供が「お化け」といって、おびえる描写がある。

これでは、とても文筆生活はできないだろう、そのうちに身体が参って了う、芥川にはそういう肉体上の不安はあった。

「まことに恐れ入り候へども、鴉片《あへん》丸之しくなり心細く候間、もう二週間分ほど田端四三五小生宛お送り下さるまじく候や。右願上げ候」とは、大正十五年十二月に斎藤茂吉宛に鵠沼から出した手紙で、鴉片丸とはアヘン剤を混入した鎮静剤らしい。こういう劇薬まで呑まないと不安で眠れなかったらしい。

彼は、このまま四十になると胃潰瘍か癌になると信じ、不安は一そう募った。それでますます睡眠薬を頼りにするようになり、眼が醒めかかるときは、いろいろな友だちが、みな顔ばかり大きく、身体は豆ほどで、鎧を着て笑いながら、四方八方から両眼の間に駆けてくるように映った。また、散歩も脚が弱って、三、四町歩くとへこたれてしまう。痩せた臀には、尾骶骨が露わに出ていた。このころは「僕は多事、多病、多憂で弱つてゐる。書くに足るものは中々書けず。書けるものは書くに足らず」（大正十五年十二月付滝井孝作宛端書）という状態であった。

病気の苦痛を愬《うった》える手紙やはがきを彼はしきりと書いている。

「この頃の寒気に痔が再発。催眠薬の量は増すばかり」（佐佐木茂索宛）
「相かはらず頭が変にて弱り居り候間、アヘンエキスをお送り下さるまじく候や」（斎藤茂吉宛）
「鴉片エキス、ホミカ、下剤、ヴエロナアル、――薬を食つて生きてゐるやうだ」（佐佐木茂索宛）
「オピアム毎日服用致し居り、更に便秘すれば下剤をも用ひ居り、なほ又その為に痔が起れば座薬を用ひ居ります。中々楽ではありません」（斎藤茂吉宛）

前記の「多事」とは、そのころ芥川の身辺に起った世俗的なわずらわしさを意味している。

なかでも、彼が興文社の依頼で「近代日本文芸読本」の編集を引受けたのが最もたたった。全五巻のこの責任編集は芥川らしい神経の使い方で、あらゆる作家の不平をなくしようと、できるだけ多くの作品を収録したため、作家数は百二、三十人にもなった。そしてあまり凝りすぎたため、それほど多く売れなかった。印税も編集を手伝った二、三の人に分けられただけで、芥川としては、その十分の一の労に報いるものも得られなかった。

ところがそのころ、収録された作品の作者の中に「芥川は、あの読本で儲けて書斎を建てた」という不平が起り、徳田秋声などが先頭に立って芥川を非難した。われわれ貧乏な作家の作品を集めてひとりで儲けるとは怪しからぬ、というのである。

芥川は、これにひどく参って、菊池寛に、あの本の印税は全部文芸家協会に寄付するようにしたい、と言ったりした。菊池はキンキン声で、そんな必要はない、ぐずぐず言うやつには言わしておけばよい、と言ったが、芥川は、それなら、今後印税はあの中に入っている各作家に分配する、と言い出した。

菊池はこれにも反対して、教科書類似の読本類は無断収録するのが例だし、ことにあまり売れなかったのだから、その必要はないと説いたが、芥川はあとで三越の十円商品券か何かを各作家のもとに洩れなく贈ったらしい。この事件は、文壇の評判を気にする芥川にとって衝撃だった。

もっとも、菊池は口ではそう言ったものの、もし、彼がその立場だったら、その辺は如才なく不平を起させないように事前の処置を講じただろう。世間知らずの芥川の不馴れさがここにも出ている。

大正十四年には、妻の弟の喀血や、中学以来の友だちの結核による死や、自分が仲人した夫婦の離婚問題など煩瑣《はんさ》な出来事が周囲に起っている。芥川には心が安まらなかったことに違いない。

さらに、少しのちのことになるが、姉の夫が鉄道自殺を遂げたことも彼の神経を参らせた。義兄は自宅に放火した疑いをうけ、保釈中だったが、追いつめられて線路に飛びこんだのである。芥川は、その遺体の引取りや後始末をひとりでせねばならなかった。

もっとも超世俗的なポーズをとっている芥川に一ばん世俗的な煩瑣が集中したのは皮肉である。こんなことが重なって、彼の肉体はますます衰弱した。

次の「ぼんやりした不安」の中には、彼の文学上の行詰り説と、女性との交渉の問題があるが、それはあとまわしとして、一応、知られていることだが、彼の略歴をざっと書いてみる。

芥川は、明治二十五年三月一日、東京市京橋区入船町に新原敏三の長男として生まれた。幼名は龍之助である。生まれて九カ月目に母の実兄芥川道章の養子となった。

龍之助が生まれたときは父四十二歳、母三十三歳で、いわゆる大厄の年に出来たので、一たん捨子の形式をふんだ。龍之助が新原家から芥川家に養子になったのは、前記のように実母が発狂したためと、芥川家に子がなかったためであった。

養家芥川家は本所区小泉町にあった。代々幕府のお坊主を勤めた家柄で、養母は幕末の通人細木香以《さいき》の姪に当った。養父母の家はそれほど富裕ではなかったらしいが、近所はいわゆる下町の駄菓子など商う家の多いごたごたした環境だったので、養家は相当無理をして体裁を張っていたようである。

中学校は彼の家からそれほど隔っていない府立第三で、ここでは漢文と英語が抜群の成績だった。四十三年、中学を終えて無試験で第一高等学校一部乙に入った。文科である。同じ高等学校の同級に菊池寛、久米正雄、山本有三、恒藤恭などがいた。

大正二年、東京帝大英文科に入った。高等学校のとき一緒だった菊池寛は事を起して京都の帝大に去り、恒藤も京大の法科に行き、ここでは久米、山本、松岡譲、成瀬正一、一年上には豊島与志雄、山宮允《さんぐうまこと》などがいた。京都の菊池を交え、彼らは第三次『新思潮』を発行した。

大正四年、芥川は漱石の門に久米、松岡などと出入りし、漱石晩年の最も愛された弟子となった。当時の漱石門下には森田草平、鈴木三重吉、阿部次郎、安倍能成《よししげ》、野上豊一郎、小宮豊隆などがいた。

翌五年、第四次『新思潮』を発行した。創刊号に載った芥川の「鼻」が漱石の激賞するところとなったのは、あまりにも有名である。なお、前年には『帝国文学』に「ひょつとこ」と「羅生門」の二作を発表している。

漱石に激賞された彼は、一躍有望な新進作家の地位を獲得した。次作の「芋粥」は、鈴木三重吉の編集した『新小説』に載った。これも漱石から好意に満ちた批評を得た。ついで、当時、文士には檜舞台だった『中央公論』に「手巾」が掲載され、新進作家中先頭の位置を確立した。

その年の末、海軍機関学校嘱託教官となり、居を鎌倉に移した。恩師夏目漱石はこの年に死んでいる。

六年には短篇集「羅生門」と「煙草と悪魔」を刊行したが、翌年、塚本文子と結婚、大阪毎日新聞社友となった。二十七歳だった。

八年に海軍機関学校を辞し、毎日新聞社員となり、ふたたび田端に移った。

九年、二十九歳で長男比呂志をもうけた。この年にも作品を多く発表し、名声いよいよ高まった。芥川自身の言葉で言えば、まさに「人工の翼をひろげ、易やすと空へ舞ひ上つた。同時に又理智の光を浴びた人生の歓びや悲しみは彼の目の下へ沈んで行つた。彼は見すぼらしい町々の上へ反語や微笑を落しながら、遮るもののない空中をまつ直に太陽へ登つて行つた」(「或阿呆の一生」)のである。

十年には「夜来の花」と題した第五短篇集を出版したが、このときから小穴隆一の装幀となった。この年、中国に遊んで八月に帰京した。

十二年に大震災に遭ったが、一家は無事で、翌年、第七短篇集「黄雀風」を上梓した。十四年、興文社より「近代日本文芸読本」を編集発刊したが、その印税をめぐって小さな紛争が起り、彼を憂鬱にしたのは前にふれた。也寸志が生まれた。が、健康ようやく衰えはじめ、創作も少なく、自伝的な「大導寺信輔の半生」以外には発表がない。

十五年(昭和元年)、三十五歳。神経衰弱、胃腸病、不眠症に悩まされ、療養のため鵠沼に寓居をもったが、目立って健康が衰える一方だった。

昭和二年、姉の夫宅が全焼となり、義兄は放火の疑いをうけ鉄道自殺を遂げた。芥川はその善後策のために奔走。四月以後「文芸的な余りに文芸的な」の中で谷崎潤一郎と論争した。この年、死を目前にしたかのように急激に作品がふえ、「玄鶴山房」「蜃気楼」「河童」などが発表され、遺稿としては「西方の人」「歯車」「或阿呆の一生」などを書いて筐底《きょうてい》に納めていた。

七月二十四日未明、田端の自宅で致死量の睡眠薬を呑み、その華麗で短い生涯を閉じた。

3

芥川龍之介ほど文壇出発の華やかな者はいない。谷崎潤一郎のそれとよく比較される。漱石は芥川の「鼻」について称讃の手紙を送った。

「落着があつて、巫山戯《ふざけ》てゐなくつて、自然其儘の可笑味《をかしみ》がおつとり出てゐる所に上品な趣があります。夫《それ》から材料が非常に新らしいのが眼につきます。文章が要領を得て能く整つてゐます。敬服しました。ああいふものを是から二三十並べて御覧なさい。文壇で類のない作家になれます。」

二十四歳の芥川が漱石のこの激賞を喜んだのはむろんだろう。しかし、それは谷崎潤一郎が永井荷風に認められたときのような感動には劣るだろう。世間ではこの一人の場合をよく引用するが、谷崎が荷風に褒《ほ》められたときは両者が未知の間柄だったのだ。

明治四十三年の秋、谷崎は第二次『新思潮』に自作の「刺青」を載せたが、その掲載誌をふところに有楽座の廊下をうろついていた。小山内薫と左団次とが自由劇場を起して、その第三回の試演にゴリキイの「夜の宿」を上演することになり、その日が舞台稽古で、かねて尊敬している荷風がそれを見物にくることを知っていたからである。

彼は前に荷風を「パンの会」で遠くから見たことはあったが、真正面から荷風に話しかけて、自分の小説が載っている雑誌を見てくれと言うほどの勇気はなかった。彼は荷風に手ずからその雑誌を渡すことができたら、そして、もしひょっとして荷風が雑誌をぱらぱらとめくってくれ、巻頭にある「刺青」の文字に眼を止めてくれたら、また、もし気まぐれに最初の一行でも読んでくれたら、あるいは荷風の注意を促すこともあろうかと、廊下トンビをしていた。

荷風は有楽座の食堂に入って、たれかと対談していた。谷崎は勇を鼓してつかつかと食堂に入ってゆき、先生、十一月号が出来ましたからお届けいたします、と恭しく雑誌を荷風の前に捧げた。荷風は、ああ、そうですか、と一口言って受取った。谷崎は逃げるようにして食堂を出たが、まだその辺をうろうろして、荷風の様子を窺っていた。

谷崎は、荷風が受取った雑誌をそのまま手にしてあけてくれるだろうかと期待していたのだが、雑誌は食卓の上に置かれたまま、荷風は相変らず相手と対談をつづけていた。谷崎は荷風が食堂にいる間、二度も三度も入口へ引き返して来ては中をのぞいたが、依然として雑誌は食卓の上にある。谷崎は失望したけれど、せめて荷風が忘れずにその雑誌を携えて帰宅し、何かの折りに読んでくれることだけを希望するほかはなかった。

ところが、その翌年の秋、荷風は『三田文学』に「谷崎潤一郎氏の作品」と題するかなりの長文の批評を載せ、最大級の激賞をした。

谷崎は、その雑誌が出るとすぐ本屋に駆けつけて、家に帰る途々、神保町の電車通りを歩きながら読んだが、雑誌をもっている両手がぶるぶるふるえるのをどうすることもできなかった。果して荷風先生は認めて下すった、やっぱり先生は自分の知己だった、と思うと、谷崎は胸が一杯になった。足が地につかなかった。そして彼を褒めちぎってある荷風の文字に行当ると、にわかに自分が九天の高さに登った気がした。往来の人間が急に低く小さく見えたくらいだった。

谷崎のこのような有頂天な喜びが、漱石の称讃の手紙に接した芥川にもあっただろうか。芥川が京都の恒藤恭に書き送った手紙には、「それから夏目先生が大へん『鼻』をほめて、わざわざ長い手紙をくれた。大へん恐縮した」とあるだけである。たとえ友人への報告にしても、谷崎ほどの感激のあとは見られない。

「私はその先生（荷風）の文章が、もつともつと長ければいいと思つた。直きに読めてしまふのが物足りなかつた。此の電車通りを何度も往つたり来たりして、一日読み続けてゐたかつた。私は嬉しさに夢中で駈け出し、又歩調を緩めては読み耽つた」（「青春物語」）ほどの谷崎の感動は芥川にはなかったのである。

いうなれば、荷風が谷崎を認めたのは未知の青年からその才能を発見したのだが、漱石の場合は、芥川という愛弟子の「良く出来た小説」を褒めただけなのである。それも芥川にはうれしいには違いないが、谷崎の感激の比ではない。いうなれば、荷風は作品を発見して、その作者を知っていなかった。漱石の場合は、芥川という秀才弟子が期待に違わず面白いものを書いた、という認め方である。だから、芥川自身も、「鼻」に多少の自信があったとすれば、当然夏目先生が褒めてくれるものと期待していたに違いない。面識もない荷風に黙殺されるかもしれないと恐れていた谷崎とは大きな相違である。

文壇にデビューした華やかさは両者に甲乙はないが、質的にこうも違う。だから、芥川ほど文壇の出発にあたってその環境に恵まれた男はいなかったといえる。久米、松岡、成瀬などという芥川の仲間はもとより、その先輩に当る漱石門下の歴々も芥川の才能を認め、漱石の死後、その令嬢を芥川ならやってもよいという意見すらあった。この縁談など、久米正雄は初めから問題にもされてなかった。


芥川は漱石の推挙によって、「鼻」を発表した大正五年の九月に『新小説』に「芋粥」を発表し、これも漱石の褒めるところであった。そして、十月の『中央公論』に「手巾」、十一月の『新小説』に「煙管」を発表し、ユニークな新進作家として文壇の注目を惹いた。彼はたちまち文壇の寵児になったのである。

谷崎が文壇に出たとき、彼には仲間らしい集団はなかった。第二次『新思潮』の同人は名ばかりだった。芥川の場合は、彼の同期に久米、松岡、菊池があり、徒党といえるほどの一団となって文壇に押し出した。この文壇出発には多くの仲間と、漱石門下の同情の下に集団的な支持があった。一匹狼的に登場してきた谷崎と比べ、芥川は最初から文壇的環境にめぐまれていた。しかし、それだけに彼は環境の変化に影響されやすい弱さをもっていたといえよう。それが芥川の不幸であった。谷崎の馬車馬的な強靱さとは違うのである。

「正直に云ふが君の自殺にはいろいろ分らない事が多い。ここ一、二年を無事に通過してしまへば、それから先は伸び伸びと生きられたやうに思へてならない」とは、芥川の死を聞いた谷崎の言葉である(「芥川君と私」)。谷崎なら金輪際、自殺などしない。絶えず周囲がチヤホヤして自分を受入れてくれなければ淋しくてならないのが芥川の性格だ。それは多分に文壇出発時のめぐまれすぎた環境に影響された弱さからきていると思う。一、二年間の乗切りも芥川にはできなかったのかもしれない。

芥川が登場した当時は、自然主義が文壇を横行していた。自然主義でなければ作家にあらず、と言われたくらいであった。谷崎は、荷風の存在によって浪漫主義小説をひっさげて文壇に出るのに自信がついたと言っているが、芥川も、漱石は別格として、荷風や潤一郎のロマンティシズムに親近感を感じていた。同輩として佐藤春夫を意識していたのも同じ理由からである。

ところで、漱石が芥川の「鼻」を褒めたのは、当時の自然主義小説の風潮に対して、芥川が今昔物語を素材にもってきた手柄をいうので、今昔物語それ自体は目新しくも何ともない、昔からひろく知られていた古典である。「材料が非常に新らしい」と漱石がほめたのはいささか愛弟子を甘やかした漱石の過褒《かほう》である。ここにも荷風に客観的に認められた谷崎との違いがある。

芥川は、「鼻」「芋粥」「地獄変」「藪の中」「羅生門」などの材料を今昔物語や宇治拾遺から取っている。その中には、ほとんど現代訳といっていいくらいに、それほど変った解釈のないものもある。「いかに芥川の文章が清新であるといっても、こういう日本古典の翻訳に近い作品をどうして全文壇があんなに騒いで賞讃したのか、当時も今も私は不可解である」とは、村松梢風の言葉だが、題材を狭く限定した告白体の私小説の流行のなかで、これら古典にモチーフを求めたところに、芥川の新鮮さがあったのであろう。それらは自然主義小説の単調さを破って、いずれも面白い「話」になっている。となると、その「話」には語り口のうまさが必要となる。芥川が文章に対《むか》う凝り方は、その語り口の巧さである。

芥川は、日本、中国の古典はもとより、西欧の教養的知識を駆使して自己の文章を創造した。凝りに凝ったその衒学《げんがく》的な文体は、自然主義系の批評家に批判されながらも、とにかく文壇に大きな新風を起した。彼はいうところの「金石文字」を鏤《る》刻《こく》した。この作業の負担の末が皮肉にも芥川の生命を縮める一因ともなっている。

だから、自然主義作家の思うままにかく文章とは違ったものにしなければ彼の「話」の新鮮な成立はない。芥川が「怕《こわ》い作家」だと言っていた志賀直哉の文体について夏目漱石と語った中に、こういう一節がある。

「或時、僕が、志賀さんの文章みたいなのは、書きたくても書けないと言つた。そして、どうしたらああ云ふ文章が書けるんでせうねと先生（漱石）に言つたら、先生は、文章を書かうと思はずに、思ふまま書くからああ云ふ風に書けるんだらうとおつしやつた。さうして、俺もああ云ふのは書けないと言はれた。」

芥川も、漱石も、その凝った文章の呪縛《じゅばく》から、ときには解放を求めたかったのではなかろうか。漱石の晩年の文体に修飾がうすれたのをみてもそれは判断できる。右の芥川の一文は、その嘆声とみられなくもない。しかも、芥川の文章が、螺鈿《らでん》細工にも似た絢《けん》爛《らん》たる修辞で評価を博している以上、終生それをつづけてゆかなければならなかった。

その気取った文体は、遺稿すらそうであったように、晩年の自伝小説にも相変らずポーズを行儀よく身につけていなければならなかった。芥川が最後までそのスタイルで通したのは、初期の作品から名声を負わされた十字架である。

ともあれ、彼の華々しい文壇へのデビューぶりは羨望の的で、少しあとから遅れて出た菊池寛をして「無名作家の日記」を書かせたくらいである。この原稿を読んだ『中央公論』の滝田樗陰《ちょいん》が「このまま発表してもいいんですか」と菊池に念をおしたくらい、芥川の華やかな登場に対する嫉妬に満ちた文章であった。

ためしに芥川の初期の作品群をよむがいい。そこには、はち切れるような意気の昂揚がみられる。まさに「人工の翼」をひろげて飛翔する彼の姿がある。一部の作家や批評家が言うように、暗い影が見られようはずはない。芥川の作品ならどの期のものでも「死の光に当てられた暗い影がある」というのは、芥川の自殺を逆に置いた倒錯論であろう。

若い芥川は健康にめぐまれていた。まだ不眠症も起らず、神経衰弱もなく、胃や痔疾に悩むこともなかった。まして、遺伝の恐怖は発生していない。この恐怖があれば、塚本文子との結婚も彼流に悩むか躊躇するはずである。当時の恋人、文子宛の書簡は青年らしい希望に満ちて、胸のはずみさえ感じられる。「遮るもののない空中をまつ直に太陽へ登つて行」こうという意欲に燃えた芥川は、今昔物語、宇治拾遺、古老の話、江戸時代の俗書、中国古典、メリメ、ゴオゴリ、アナトール・フランス、友人の話、何でも引張ってきて彼流のものにした。また、彼の文体に統一されると、ふしぎと芥川らしい作品の魅力が生じてくる。

「二篇と続けて同じ傾向のものを書くまいと云う、芸術家的気構えが、あのような多様性の魅力を作り出しているのである」とは、中村真一郎の言うところだ。(「芥川文学の魅力」)

しかし、こうしてみると、厳密な意味での芥川の純粋な創作(もちろん極めて狭い意味での)は非常に少ないということになる。このへんから晩年の芥川の「ネタ切れ」による行詰り説が宇野浩二によって唱えられるわけである。

芥川の厭世主義は、彼自身の生活的な体験からきているとは思えない。さまざまな疾病から発した、神経衰弱以前、彼は健康的な、むしろ恵まれすぎた生活だった。

文壇的には、一度も太陽に遮られたことはなく、経済的に陋巷《ろうこう》に窮乏したこともない。家庭も円満で、夫人や親友に親切にされている。幸福というほかはない。

芥川の厭世観は、その読書から得たように思える。彼は書物の上で人生を知ったというアナトール・フランスの言葉に同感しているが、彼の実生活といえば、せいぜい海軍機関学校の教官の体験くらいである。若くしていきなり文壇の寵児となり、三十二、三歳くらいで鬱然たる大家となった。彼に告白体の小説を要求したところで、彼自身、書きようもなかった。（のちの多少の女性関係を除けばだが、しかし、これとてもどこまで自然主義的な告白小説になったか疑問である。）唯一の世間的職業だった海軍機関学校の教官すら、彼には「余技」であり、「文学的には全然不必要」と考えていた。

今昔物語や宇治拾遺や中国古典などの題材の多くは彼の理知で裁断された。この理知は多く十九世紀末西欧風の懐疑に彩られていた。ときには仏典の無常観――厭世主義的なものも加わった。それは、当時の白樺派の楽天的な理想主義に対する反撥もあったと思われるが、理想主義・虚無主義――現実・虚構、どっちに揺れるにしても彼は読書遍歴的な人生観念（それもあまりに形而上的な）の世界から一歩も出ていない。

さらにいうと、その乱読が示すように、それは系統立った考え方ではなかった。知識も系統立ってはいない。せいぜいが文人的な教養だ。遺書にマインレンデルをちょいと持出して人を惑わすことを死後でも愉しむような底の浅い知識も露呈している。鷗外や漱石の学殖の比ではない。

そういう人間のほうが書物から影響されやすいのではないか。思想の吸収よりも雰囲気の感受性である。東洋の無常観や西欧の世紀末的頽廃。――文人的な資性が好みそうな雰囲気である。
それらの読書は芥川には「珍奇な材料」を得るための手段だったのに、いつの間にか彼の「思想」を形成させた。だから彼には積極的な主張はない。あるのは、逃避的な身ぶりである。

懐疑主義も一つの信念の上に、――疑ふことは疑はぬと言ふ信念の上に立つものである。成程それは矛盾かも知れない。しかし懐疑主義は同時に又少しも信念の上に立たぬ哲学のあることをも疑ふものである。(「侏儒の言葉」)

芥川にはそのポーズ上の表現があるので、彼の考えを述べた文章は、うっかり額面通りにはうけとれない。いうなれば、見栄のような、小さな嘘である。もちろん、この見栄は芥川には宥《ゆる》されるかもしれないが、受取る方では迷惑する。
ボオドレエルといえば、「或阿呆の一生」では二十歳の芥川が本屋の二階から梯子を降りようとして本の間に動いている客や店員を見下ろし、「人生は一行のボオドレエルにも若《し》かない」と呟くところがある。広く知られている芥川の言葉だが、現実の人生はボオドレエルの一行の詩にも及ばぬ無味乾燥だという意味だろうか。つまり、芸術至上主義をうたったのだが、これについて芥川の親友宇野浩二は、まるで歌舞伎の芝居で石川五右衛門が南禅寺の楼門から「絶景かな、絶景かな、春の夕ぐれの眺め、値千金とは……」と、大見得を切るところを連想すると、面白いことを述べている。(「芥川龍之介」)

また、芥川の実母の死の模様と、実父の臨終の描写とがあまりに似通っていて作為が見え過ぎているとも宇野は言っている。

①僕の母は三日目の晩に殆ど苦しまずに死んで行つた。死ぬ前には正気に返つたと見え……

②僕の父はその次の朝に余り苦しまずに死んで行つた。死ぬ前には頭も狂つたと見え……

別に宇野の教えに従うわけではないが、私も、今度、この稿を書く必要から芥川全集をひっくり返してみたところ、ちょっと芥川の文章で興味のあることを見つけた。

①先生（漱石）が銭湯に入つてゐたら、傍に居た奴が水だか湯だかひつかけた。先生はムツとしてその男を取つつかまへて馬鹿野郎と言つた。言つたが直ぐに後で怖くなつてどうしたらいいかと思つてゐたら、いい幸に向うがこつちの剣幕に驚いてあやまつてくれたんで、俺も助かつたと言つて居られた。（「夏目先生」）

②この間湯の中で無礼なるやつを一人叱りつけました。喧嘩をしたら負けたのに違ひないのですが、幸ひ向うからあやまりました。（修善寺から下島勲宛、四月十九口付）

これは、どちらも芥川が大正十四年に書いたものである。あんまり調子が合い過ぎる。

詩人として宥される小さな嘘かもしれないが、芥川の断簡零墨の一行をも尊重している芥川研究者にはとまどいさせる話である。

わたしも亦あらゆる芸術家のやうに寧ろ譃には巧みだつた……（「侏儒の言葉」）

事実、芥川の言動には小さな嘘が多かったとは当時の友人たちが指摘するところである。それもすぐ尻の割れるような嘘だったので、芥川という人は正直な人だと思ったという。

この行動上の嘘は、むろん、詩人的な嘘とは違う。ここに芥川の人間を知る鍵の一つがあるような気がする。

4

芥川龍之介は短篇作家である。初期の作品はいずれも三十枚前後である。その短篇は初めから完成された形式のものだった。構成には間然するところがない。文章、修辞は洗練されている。古語や漢語が適切に生かされ、描写は細密な部分が挿入され、清新な比喩と機智とが配置されている。あたかも、精巧な細工の小函を見るようである。思った通りのことがそのまま文章になっているような自然主義の小説や、白樺派の作品に接していた当時の読者が、新鮮さを感じ、文壇もまた彼の出現に驚異の眼を瞠《みは》ったのは無理もない。

たとえば、「羅生門」では、下人の右頰に出来た大きなニキビが新鮮な描写だとされた。崩れかかって草の生えた石段には鴉の糞を置き、丹塗《にぬり》の柱には蟋蟀《きりぎりす》をとまらせている。——晩年の「玄鶴山房」でも同じような手法が使われている。画学生二人が玄鶴山房の前を通る冒頭のところ。

彼等は二人とも笑ひながら、気軽にこの家の前を通つて行つた。そのあとには唯凍て切つた道に彼等のどちらかが捨てて行つた「ゴルデン・バツト」の吸ひ殻が一本、かすかに青い一すぢの煙を細ぼそと立ててゐるばかりだつた。……

初作の石段の鴉の糞も柱の蟋蟀も、晩年の作中の、凍てた道に捨てられた煙草の一筋の煙も、同じ手である。というのは、その中間の彼の短篇のほとんどにこの手法が用いられていることである。彼は観念的な物語のなかに、こんな微細な描写を挿入することで、リアリティを出そうとした。しかし、これはややもすると小細工に陥っている。

第一作がその作家の作風を決定する、とはよく言われる言葉だが、芥川くらいそれに当てはまる見本はあるまい。

「羅生門」で、

○外には、唯、黒洞々たる夜があるばかりである。下人の行方は、誰も知らない。

と書いた芥川は、この種の文章を、作品の末尾にも必ずと言っていいほど付けている。

○内供は心の中でかう自分に囁いた。長い鼻をあけ方の秋風にぶらつかせながら。（「鼻」）

○かう云ふ具合に、船中の侍たちが、虱の為に刃傷沙汰を引起してゐる間でも、五百石積の金毘羅船だけは、まるでそんな事には頓着しないやうに、紅白の幟を寒風にひるがへしながら、遥々として長州征伐の途に上るべく、雪もよひの空の下を、西へ西へと走つて行つた。（「虱」）

○先生は、不快さうに二三度頭を振つて、それから又上眼を使ひながら、ぢつと、秋草を描いた岐阜提灯の明い灯を眺め始めた。……（「手巾」）

○内蔵之助は、青空に象嵌《ぞうがん》をしたやうな、堅く冷い花を仰ぎながら、何時までもぢつと彳《たたず》んでゐた。（「或日の大石内蔵之助」）

○お路も黙つて、針を運びつづけた。蟋蟀はここでも、書斎でも、変りなく秋を鳴きつくしてゐる。（「戯作《げさく》三昧」）

○子爵と私とは徐《おもむろ》に立上つて、もう一度周囲の浮世絵と銅版画とを見渡してから、そつとこのうす暗い陳列室の外へ出た。まるで我々自身も、あの硝子戸棚から浮び出た過去の幽霊か何かのやうに。（「開化の良人」）

○薄濁つた空、疎《まばら》な屋並、高い木々の黄ばんだ梢、——後には不相変《あひかはらず》人通りの少い場末の町があるばかりであつた。（「秋」）

○新公の馬車の通り過ぎた時、夫は人ごみの間から、又お富を振り返つた。彼女はやはりその顔を見ると、何事もないやうに頰笑んで見せた。活き活きと、嬉しさうに。……（「お富の貞操」）

引用すれば際限がないから、これくらいでやめるが、最後に、のちに書くことにも関連するので、「玄鶴山房」の末尾を出してみる。

○彼の従弟は黙つてゐた。が、彼の想像は上総の或海岸の漁師町を描いてゐた。それからその漁師町に住まなければならぬお芳親子も。——彼は急に険しい顔をし、いつかさしはじめた日の光の中にもう一度リイプクネヒトを読みはじめた。

最後に附加される叙景は、心理描写のようなものを匂わせて一種の詠歎調をもって全体をしめくくっている。いわばオチのようなものだが、それが詠歎調であるため、こぎれいに流すリズミカルな文章となり、全体のトーンを整えている。これは芥川独得のスタイルで、一部の評者がいうように、芥川が最後に気はずかしげに顔を出している(『新潮』座談会)、とは私には思えない。むしろ、こういう文章をつけ加えた彼の得意げな表情が眼に見える。

また、このオチの部分には、芥川は作品の解説とも、作者の主観とも、テーマの結論ともつかぬような文章を入れている。これも芥川の作品らしいところだが、この部分は必ずしも最後とは限らず、途中にもある。

「その上、今日の空模様も少からず、この平安朝の下人のSentimentalisme《サンティマンタリスム》に影響した」と「羅生門」に書いた芥川は、爾後《じご》の小説にはいよいよその種の文章を固定せしめる。その類例の抽出に、読者ももう少し煩《はん》を忍んでいただきたい。

たとえば、眼についたものだけで次のようなものがある。

○人間の心には互に矛盾した二つの感情がある。勿論、誰でも他人の不幸に同情しない者はない。所がその人がその不幸を、どうにかして切りぬける事が出来ると、今度はこつちで何となく物足りないやうな心もちがする。少し誇張して云へば、もう一度その人を、同じ不幸に陥れて見たいやうな気にさへなる。さうして何時の間にか、消極的ではあるが、或敵意をその人に対して抱くやうな事になる。(「鼻」)
○何処の国、何時の世でも、Précurseur《プレキュルスウル》の説が、そのまま何人にも容れられると云ふ事は滅多にない。(「虱」)
○自分は云ふ、あらゆる芸術の作品は、その製作の場所と時間とを知つて、始めて、正当に愛し、且、理解し得られるのである。……(「野呂《のろ》松人形《まにんぎょう》」)
○人間は、時として、充されるか、充されないか、わからない欲望の為に、一生を捧げてしまふ。その愚を哂《わら》ふ者は、畢竟、人生に対する路傍の人に過ぎない。(「芋粥」)
○猿は懲罰をゆるされても、人間はゆるされませんから。(「猿」)
○我々は、我々の祖先が、貉《むじな》の人を化かす事を信じた如く、我々の内部に生きるものを信じようではないか。さうして、その信ずるものの命ずるままに、我々の生き方を生きようではないか。貉を軽蔑すべからざる所以である。(「貉」)
さすがに、こういうものは初期の作品に多い。あとは、それほどでもなくなっている。このようなことは作者が書かなくても、読者がその作品を読んで自ら感得することであるから、わざわざ註を施されると、興味索然となることがある。もっとも、芥川のは、その警句によって説明されているが、それにしても、それだけに内容的な手薄さを感じさせる。

こういうオチは、芥川が自ら「手巾」の中に述べている、ストリンドベリィが演技を批評した言葉「それを我等は今、臭味《メッツヘン》と名づける」と同じような、臭味である。自然主義の文学者は、こんな臭味を極度に嫌うから、芥川がそのような文学者や批評家にいい点が取れるはずはなかった。だが、それはそれでまた芥川作品の一つの特色となっている。

一体、こういう解説とも作者の批判ともつかないものを書くのは、その作品自体が作者から距離をおいていることである。作者が作品の中に没入しているのではなく、作り上げた自己の作品の世界を、いわゆる冷然とした微笑で眺めていることである。芥川の作品が知的ではあっても感動がないといわれるのは、その辺から起ることで、批判する者は、「知恵の遊び」とも極言している。

横光は、芥川の小説は「逆説ばかりで一つの建築をつくつてゐる」と言い、豊島与志雄は、

「然しながら難は、最後の一頁に在る。最後の一頁を読んだ後には自然に前の部分を顧みざるを得ない。……なぜなら右の思想は一の解説として、余りに突然に、最後の五行だけに飛びだしてるのみで、物語のうちに内在してゐないからである。芸術に最も忌むべきものは、遊離した解説だからである。」（「秋山図」批評、大正十年一月一日読売新聞）

と述べている。芸術には作者の解説も註も不必要で、それは読者が自らくみ取るべきものだ、という豊島の考えは、当時の文学理念を代表している。

だが、芥川のテーマは、菊池寛ほど露骨に表明されていない（菊池は自らそれを主張

したため、彼の作品はテーマ小説と名づけられた）ため、菊池とは少し違っているように見えるが、根底は、菊池と軌を一にする。

二人ともバーナード・ショウを愛読した結果かもしれない。少なくとも、芥川の警句はショウからの影響がみられる。横光の言うように、逆説ばかりで一つの建築をつくったとすれば、そのテーマは、ショウ張りのパラドックスから出発しているといっても言いすぎではなかろう。ただ、芥川の場合は、その文章が菊池よりも遥かに芸術的に見えただけである。

たとえば、芥川の「枯野抄」は、作者自身がタネ明しをしているように、漱石の死床に集った弟子たちの気持を、蕉門のそれぞれに振り替えて書かれたものだ。菊池の「入れ札」は、これまた作者自らが素材を明しているように、当時文壇から没落しかけた長田幹彦のことを講談の世界に持ちこんだのである。この技法に芥川と菊池とどれほど逕《けい》庭《てい》があろうか。

また、菊池の「三浦右衛門の最後」には、「自分は、浅井了意の犬張子を読んで三浦右衛門の最後を知つた時、初めて“There is also a man”の感に堪へなかつた」と書いている。菊池の初期の小説にも、こういうような解説らしい文章が見受けられた（文中に外国語を原語で入れることもそのころの流行であった）。芥川との距離いくばくぞやである。

ただ、菊池の場合は、芥川ほどには文章に凝っていない。だから菊池は、その出発に当って文章家だという評判はとっていなかった。

芥川は、その絢爛たる文章で文壇の目を瞠らせたのである。すでに、そのことが彼の文壇に登場するや忽ち、新進作家への位置を確定させた。大家になってからも、彼はこれを放棄する勇気はなかった。彼は自分の創造した文章の絏に自ら括《くく》られ、自ら窮地に陥ったのである。

そこへゆくと、菊池などは自由に初期の世界から脱出ができた。たとえば、菊池の啓吉ものと、芥川の保吉ものとを比較するとよく分る。この自伝的な小説では、菊池は思うままの語り口で自在に述べ、芥川は相変らず、その気取りの衣裳を窮屈そうに身にまとっている。

菊池の「大島が出来る話」と、芥川の「お時儀」「あばばばば」などを比べると、菊池がその自伝中にともかく自己を投入しているのに対し、芥川は作中の自己にも周囲にも距離を置いている。描かれている保吉は生気のない人形のようである。

「『保吉の手帳』は僕は割りに好きなものだね。だが、ところどころ妙にひねるところがいけない。素直でないところがいけない」（久米）「芥川は何故もっと素直に自分を書かないのかね。だが、切支丹物などよりははるかに面白い」（菊池）とは、大正十二年の『新潮』合評会での発言である。

しかし、芥川の文学は、作者が作品と距離をおくことで芸術至上主義を志していたのだから、彼に告白を強いるのはどだい無理な話である。それは彼の建築を全面的に破壊することになる。

完全に自己を告白することは、何人にも出来ることではない。同時に又自己を告白せずには如何なる表現も出来るものではない。

ルツソオは告白を好んだ人である。しかし赤裸々の彼自身は懺悔録の中にも発見出来ない。メリメは告白を嫌つた人である。しかし「コロンバ」は隠約《いんやく》の間《かん》に彼自身を語つてはゐないであらうか？　所詮告白文学とその他の文学との境界線は見かけほどはつきりしてゐないのである。（「侏儒の言葉」）

芥川も、その作品で「隠約の間」に告白をしたと信じている。晩年の作品になるほど、彼なりの告白のかたちをとってはいるが、芥川文学を形成した初期の作品には「隠約の間」にすら自己は見られない。彼は、諸君は私に告白をしろと言う、私が告白すれば、読者は喜ぶ、友人は、いよいよ芥川も裸になったと言い、批評家は、一転機を来たしたとほめるだろう、しかし、あらゆる醜悪を露呈する自分を考えたとき――と書いて怖気《おぞけ》をふるっている。彼は明らかに「告白を嫌った」メリメを指向していた。

芥川は、いわゆる告白小説に真実の告白がなされているか、という懐疑を抱く。藤村の「新生」を読んで、「新生はなかつた」と軽蔑した彼だ。「『私』小説も同じやうに本質的には『本格』小説と少しも異つてゐない筈」であり、「従つて『私』小説の『私』小説たる所以は本質的には全然存在しない」ので、「あらゆる芸術の本道は唯傑作の中にだけ横はつて」いるのであるから、「僕の異議を唱へるのは決して『私』小説ではない、『私』小説論である」(「『私』小説論小見」)という考えになるのである。もちろん、これは見当違いな言い方である。私小説と本格小説との本質を分析するのに、傑作の評価は標準にならない。それは別個の問題である。そんなことは芥川自身に分っていたことであろうが、彼はこう強弁しなければならなかった。のちの彼が「告白」に傾かざるを得なかったほど、彼の活躍期当時の文壇は作家に告白を強いていたから。

そこにも谷崎の強靱さと芥川の脆弱《ぜいじゃく》さとの違いがある。谷崎は文壇の風評などどこ吹く風とばかり自己の唯美主義の世界を行進した。彼は芥川ほど形式主義に拘泥しなかった。「刺青」以来の谷崎の初期の文体が、内容の移行とともにどんどん変って行ったのをみるがよい。芥川は自己意識が強かった。ある意味では潔癖であった。ある意味では周囲に気を使う人であった。自分を文壇の頂上に押し上げてくれた初期の建築と同じ形《フォ》式《ルム》をつくって行かなければ世間に失望を与え、裏切ることになると思った。その点、律義な人であった。もし、それを破ったら、――そのときの望見が「ぼんやりした不安」のなかに、無かったとは言い切れない。

しかし、芥川に告白せよといっても、彼にどんな人生経験があるのか。前にもふれたように、大学を出るやすぐに新進作家、流行作家、大家と経《へ》上《あ》がり、しかも常に優等生として三十五歳の若さで死んでいる。

もし、彼が体験を告白したとしても、自然主義文学者を満足させるような、また彼自身が満足するような告白小説は成らなかったに違いない。書いても観念的なものにしかなるまい。それは、彼とほぼ同じような年齢で文壇に出た現代作家の作品に徴しても分るであろう。いや、彼自身「秋」「お律と子等と」「一塊の土」などのリアリスティックな作品では自然主義文学者の手痛い批判をうけている。してみれば、彼は「人生は一行のボオドレエルにも若かない」と呟くほかはなかったのである。

しかし、もし、彼がその体験を告白することで、自然主義文学者に「芥川も裸になった」と満足されるなら、それは彼の女性関係であろう。

むろん、それは芥川の遺稿となった「歯車」や、「或阿呆の一生」や、その遺書などにも「隠約の間」に告白されている。だが、彼はそれをあくまでも「隠約の間」に止め、しかも、彼一流の装飾的表現であるため、その実体は世間に知られていない。

筑摩版「芥川龍之介全集」の年譜、大正八年九月ごろの項には、編者の「この前後から女性関係に心を煩わすことが多く以後の精神生活上の負担となった」の一行がある。

これこそ、彼の告白に価するものであろう。しかし、彼は敢えて、しなかった。

その女性関係とはどのようなことか。これは芥川の自殺にもまるきり無縁ではないので、少しく書いてみたい。

芥川の最初の恋人は、芥川の実父新原敏三と同郷人で松村浅次郎という人の姪だった。

この松村というのは、龍之介が厄年に生まれたというので捨子の形式をとったとき、拾い役になってくれた人である。

　この恋は単純なもので、ときどき二人で谷中あたりを散歩するだけであった。芥川は当時大学生で、まだ、彼女に結婚してくれとは言えなかった。最後の谷中の墓地の散歩で、彼女は海軍中尉のところに行くよう縁談が決ったと告げて立去った。儚《はかな》い初恋だった。

　第二の恋は、彼が大学を出て、第一創作集「羅生門」が刊行されたころだった。相手の娘は、本所に住む塚本文子で、近くなので見知っている間柄だった。当時、文子はまだ女学生だった。芥川の彼女宛の手紙の一つ。

「拝啓　この前の私の二通の手紙はとどかなかつたのではないでせうか。実は文ちやんの手紙が来るかと思つて、心まちに待つてゐました。私の手紙がとどかなかつたか、文ちやんのがとどかなかつたかと思つて、少し心配してゐます。私は近い中に、横須賀の方へ転居するつもりです、（今週中に）ですから、転居先がわかるまでは、田端の方へ誰の手紙でも貰ふ事にしてゐます。もし書けたら書いて下さい。さうしないと、さびしい。

　星月夜鎌倉山の山すすき穂に出て人を思ふころかも」（大正六年九月十三日夜）

5

芥川は、大正五年八月に塚本文子に求婚し、十二月に婚約が成立した。結婚は一年半後の大正七年二月二日で、文子は跡見女学校に在学中であった。

前回の初恋は、芥川家の反対で実を結ばなかったが、文子との縁談は円滑に進行した。この婚約の成った月、彼は横須賀の海軍機関学校嘱託教官として、英語を週十二時間教えることになり、田端では不便なので、書家・菅虎雄の紹介で、鎌倉海浜ホテルの隣にある野間洗濯店の離れに入った。彼は菅の息子忠雄（元文藝春秋編集長）の家庭教師もした。

この十二月九日には漱石が死去している。

「……かうやつて手紙を書いてゐても、先生の事ばかり思ひ出してしまつていけません。逝去《せいきよ》されたあくる日に先生のお嬢さんの筆子さんが学校へ行かれたら、国語の先生の武島羽衣が作文の題に『漱石先生の長逝を悼む』と云ふのを出したさうです。さうして、それを黒板へ書きながら武島さん自身がぽろ〳〵涙をこぼすので、生徒が皆泣いてしまつたさうです。……何だかすべてが荒涼としてしまつたやうな気がします」

と、芥川は引越した先の鎌倉から文子宛に手紙を送った。

漱石の死後、門下生の間で、長女の筆子を芥川にめあわせたらという議が起ったが、すでに芥川には文子との婚約が成立していたので、筆子は、芥川や久米の同期生だった松岡譲に嫁した。

その間、久米が筆子に失恋し、のち、その次第を「破船」という小説に書いたのはあまりに有名である。しかし、筆子自体は、久米はもとより、芥川や松岡にも積極的な感情はもっていなかった。だから、これははじめから久米の片想いで、筆子が松岡と結婚したのも周囲のすすめによっただけである。しかし、「破船」は、漱石令嬢がモデルだというので意外な反響を起し、皮肉にも久米は、これで文壇に躍り出た結果になった。

菊池もこれをテーマに「友と友の間」を書いている。久米に同情したもので、作品価値は低い。

芥川は、文子と結婚する大正七年二月までに、「手巾」以後、「煙草と悪魔」「煙管」「運」「尾形了斎覚え書」「忠義」「貉」「或日の大石内蔵之助」「戯作三昧」「西郷隆盛」などを書いた。

また結婚した年の大正七年いっぱいには、「世之助の話」「袈裟と盛遠」「地獄変」「蜘蛛の糸」「開化の殺人」「奉教人の死」「枯野抄」「るしへる」などを書いている。初期の佳作のほとんどが、この期に完成しているわけである。

結婚後の新居を鎌倉辻の小山別邸内に移し、伯母を呼び、女中を置いた。伯母というのは、芥川の養父芥川道章の妹でふきといい、生母ふくの姉でもある。このひとは一生結婚をしていなかった。

「彼は彼の伯母に誰よりも愛を感じてゐた。一生独身だつた彼の伯母はもう彼の二十歳の時にも六十に近い年よりだつた」(「或阿呆の一生」)と芥川が書いているその伯母である。

芥川は、結婚した翌日に黄水仙の鉢を買ってきた妻に「来《き》匆々《そうそう》無駄遣いをしては困る」と小言をいった。それは伯母から「そう言え」と言われたのである。妻は、夫には勿論、伯母にも詫びをいった。この挿話は、伯母の性格は勿論、その血つづきの養母や養父、つまり芥川家の性格を滲み出している。

養父道章は多少の貯金の利子をのぞけば、一年五百円の恩給で、女中をいれて五人の家族を養ってきた人であり、近所に中流階級としての門戸の体裁を誇る一方、内輪では節約に節約を重ねてきた。誰もめったに新しい着物は作らず、養母は羽織の下にはぎだらけの帯を隠し、養父は客にも出されぬ悪酒の晩酌に甘んじていた。

芥川はそういう自分の家庭を「中流下層階級の貧困」と呼んでいたが、要するに、どこにも見かけるような、外聞だけを気にしている零細な恩給生活者の家庭に芥川は成長し、その死に至るまでその中に囲まれていたのであった。私は、芥川の性格の中にある見栄のようなものや外聞を気にすることや、外面に対してこぎれいに見せかけようとする癖は、その家庭環境から多分に影響されたと思っている。この家のことは、彼の自殺に影を落していないではないと思われるので、あとでもっとふれたい。

だが、この鎌倉の時期は芥川にとって最も精神が安定し、創作的にも幸福な期間であった。

「彼等は平和に生活した。大きい芭蕉の葉の広がつたかげに。――彼等の家は東京から汽車でもたつぷり一時間かかる或海岸の町にあつたから」(「或阿呆の一生」)とある通りだったのだろう。

四月には、ときの学芸部長薄田泣菫《すすきだきゅうきん》のすすめで大阪毎日新聞社友となった。報酬月額五十円。条件として、新聞は大毎以外一切執筆しないことのほかは、雑誌に小説を発表することを妨げなかった。

翌年、彼は海軍機関学校嘱託を辞した。大毎のほうは正式な社員となって月給百三十円を貰うことになり、鎌倉から再び田端の自宅に引き揚げ、文子と共に養父母や伯母と生活をいっしょにすることになった。なお、菊池寛も同時に大毎に入社している。

作家にとって実生活と精神生活の安定は、創作活動における恵まれた条件の一つである。彼は田端の家の二階の書斎に「我鬼窟」の扁額を掲げ、日曜日以外は一切面会謝絶をして、小説執筆に専念した。「毛利先生」「あの頃の自分の事」「開化の良人」「きりしとほろ上人伝」「蜜柑」「疑惑」「鼠小僧次郎吉」などが、この期のものである。

日曜日の面会日には、小島政二郎、南部修太郎、佐佐木茂索、中戸川吉二、滝井孝作などが「我鬼窟」に集った。

作品に対する世評もよく、作家的な地位も上昇した。こうした幸福な彼の生活に、突然一人の女が暗い翳を射しはじめたのである。結婚生活後、一年目であった。

大正八年六月十日の「我鬼窟日録」には左の記載がある。

「それから十日会へ行く。会するもの岩野泡鳴、大野隆徳、岡落葉、在田稠《みのる》、大須賀乙字、菊池寛、江口渙、滝井折柴等。外に岩野夫人等の女性四、五人あり。遅れ馳せに有島生馬、三島章道を伴ひ来る。」

十日会というのは、岩野泡鳴を中心として、その頃の若い作家や、詩人、歌人、画家などが集って雑談する会合で、万世橋の駅の二階にあった西洋料理店「ミカド」が会場だった。日録に記した「四、五人の女性」の中に、のちに芥川を苦しめたHという女がいたのである。

H女は歌人と称していたが、太田水穂についていくらかの歌は作っていたらしい。夫は或る劇場の電気技師であった。その頃、芥川は二十八歳で、相手の女は二十四、五歳くらいだった。

小づくりの身体つきで、年より若く見え、小ぢんまりした顔の中に上唇が出た口つきが一種魅惑的であったと、彼女を知っている広津和郎は書いている。芥川は広津の肩を叩いて、その女のほうを陰で指し、「おい、ぼくに紹介してくれ」と頼んだ。目を惹く女だったのだ。

宇野浩二によれば、H女は痩せ型で、すらりとした身体つきではあるが、玄人じみたところがありながら、垢抜けがせず、もし、魅惑的なところがあるとすれば、細い眼でときどき相手の顔をじろりと上眼に見ることぐらいで、それはスイタらしいところもあれば、イヤらしいところもあった、といっている。芥川は、このH女に早速自分の本を署名して贈った。

Ｈ女は、一口に言うと、文士のような人種が好きだったらしい。彼女は、自分に好感を見せる男性には、忽ち魅惑的な態度で誘いこむ術を心得ていた。それだけでなく、自分からこれはと思う男に積極的に近づき、冒険を試みようとする女であった。

芥川は、このＨ女と密会を重ねるようになった。女の性格からして、芥川が好奇心を起し彼女の軽い浮気に応じたのであろう。ところが、Ｈ女は芥川のほかに、我鬼窟に出入りしていた新進作家の南部修太郎とも出来ていた。むろん、南部は芥川との仲を知って女を共有したのだ。

或る日、我鬼窟に小島政二郎と南部修太郎が遊びに来たので、芥川は二人を誘って丸善に本を見に行った。帰りには飯を食う約束だったが、芥川は本の選択に、夢中になって、手当り次第に棚から抜きとってはぱらぱらと中をめくり、貰ってもいい本は、そのまま脇に積むなどして、それが十数冊はどたまった。

そんなことで時間がかかった。気づくと、閉店時間になって客は一人もいない。傍らに小島がしょんぼりと立っているだけで、南部の姿も見えなかった。

二人は、南部が退屈して外で待っているのだろうと思い、出てみたが、やはり姿が見当らなかった。近所でも散歩しているのだろうと思って、芥川は小島に、「君、向う側を歩けよ。ぼくはこっち側を捜して歩くから」と言って、両側に別れ、日本橋通りを京橋近くまで南部を捜して歩いた。

しかし、ついに見当らないので諦めて、芥川がときどき行く料理屋に上がった。そこで小島と食事を済まし、芥川が梯子段を降りて便所のほうに行きかけると、丁度、階下の廊下を女を伴れて、これも食事を終えた南部が玄関に行きかかるのとばったり出遇った。

芥川も、南部も、H女も咄嗟《とつさ》のことで声を呑むばかりだった。が、まず、女から先に消え、つづいて南部も具合悪そうに先に帰った。さすがの芥川もこのときばかりは憮然としていた。

芥川がこのH女と最初に媾曳《あいびき》したのは湘南の海岸地であった。

二台の人力車はその間に磯臭い墓地の外へ通りかかつた。蠣殻《かきがら》のついた麁朶垣《そだがき》の中には石塔が幾つも黒《くろず》んでゐた。彼はそれ等の石塔の向うにかすかにかがやいた海を眺め、何か急に彼女の夫を――彼女の心を捉へてゐない彼女の夫を軽蔑し出した。………（「或阿呆の一生」）

前の人力車に乗っている女は、或る狂人の娘で、彼女の妹は嫉妬のために自殺していると、芥川は書き、「動物的本能ばかり強い彼女に或憎悪を感じてゐた」と書いている。芥川が自殺の前に小穴隆一に渡した白い西洋封筒の秘密の手紙の中には、H女は高利貸の娘であり、芸者の娘である、と書いているそうである。

「僕等人間は一事件の為に容易に自殺などするものではない。僕は過去の生活の総決算の為に自殺するのである。しかしその中でも大事件だつたのは僕が二十九歳の時に□夫人（H女のこと）と罪を犯したことである。僕は罪を犯したことに良心の呵責《かしやく》は感じてゐない。唯相手を選ばなかつた為に（□夫人の利己主義や動物的本能は実に甚しいものである。）僕の生存に不利な生じた事を少からず後悔してゐる。」

また、芥川は、この手紙を小穴に渡す前にも、いわゆる□夫人との交合の有様を必要以上にくどく小穴に聞かせ、彼女の動物的本能の執拗さを微細に語ったという。（小穴隆一『二つの絵』）

芥川はH女が南部修太郎とも通じていることを知ったが、彼女から逃れることはできなかった。それは、芥川が大正十年三月、中国旅行に出発するまでつづいた。

「或阿呆の一生」三十八に、「狂人の娘」とあるホテルの露台で「彼」が話をしている場面がある。そのとき女は一人息子を伴れてきていた。

少年のどこかへ行った後、狂人の娘は巻煙草を吸ひながら、媚びるやうに彼に話しかけた。

「あの子はあなたに似てゐやしない？」

「似てゐません。第一……」

「だつて胎教と云ふこともあるでせう。」

彼は黙つて目を反《そ》らした。が、彼の心の底にはかう云ふ彼女を絞め殺したい、残虐な欲望さへない訳ではなかつた。……

この某ホテルとは帝国ホテルのことだと小穴は説明し、かつ、芥川は□夫人との交合の際コンドームを使っていたことを話していた、と言っている。しかし、コンドームが避妊用としても常に安全であるかどうかは保証できないとし、ともあれ□夫人と通じた事は彼には致命的な結果を招いたことの一つである、と述べている。(重ねて言うが、小穴の□夫人とはH女のことである。)

小穴は、この子供が実際の芥川の子であるかどうかを、自殺を決心した芥川の生前にいやでも訊いておかねばと思い、芥川の死ぬひと月足らず前に、小穴の自宅で、

「ほんとにその子は似ていないの?」

とたずねた。すると、芥川は向うむきになり、畳の上にひっくり返って、

「それがねえ、困るんだ」

と呟くように言ってから、またひっくり返ったという。

この小穴の文章でみると、その子は芥川に似ていたことになる。そのために芥川は苦しんでいたことになる。

芥川の「或阿呆の一生」では、H女との交渉が七年もつづいたように書かれている。

彼は腹這ひになつたまま、静かに一本の巻煙草に火をつけ、彼女と一しよに日を暮らすのも七年になつてゐることを思ひ出した。

「おれはこの女を愛してゐるだらうか?」

彼は彼自身にかう質問した。この答は彼自身を見守りつづけた彼自身にも意外だつた。

「おれは未だに愛してゐる。」(「或阿呆の一生」 三十 雨)

芥川は、この「動物的本能」のみ強い女に悩まされたが、その悩みのなかには彼女が人妻だったことも入っているだろう。

「殺せ、殺せ。……」

彼はいつか口の中にかう云ふ言葉を繰り返してゐた。誰を？――それは彼には明らかだつた。彼は如何にも卑屈らしい五分刈の男を思ひ出してゐた。（「或阿呆の一生」二十八殺人）

五分刈の男がH女の亭主の電気技師だとすれば、芥川は前に、彼女の心を捉えていない亭主を軽蔑し、今度は嫉妬のあまり殺してやりたいと思ったのである。――もちろん、これは彼の文章をそのまま受けとっての話だ。しかし、芥川が、H女の亭主が彼女の心を捉えていないと信じていたのは、少々甘いと言わざるを得ない。浮気な女は、そのようなことを情人に告げるものである。その実、夫婦仲の円満なのが多い。

こうして、芥川は有夫の女と肉体的な交渉をつづけていた。それはスキャンダルとして、いつ、世間に洩れるか分らない不安がつきまとっていた。当時、人妻と関係すれば、夫は姦通罪として相手を告訴できたものだ。北原白秋もその罪で監獄に入れられている。「芥川龍之介氏、姦通で訴えらる」――新聞は大見出しで報じるだろう。気取り屋で小心な芥川には堪えられないことだ。知的な文学で独自の地位を文壇に築いてきた彼には、眼の先が暗黒になる思いだったに違いない。

公衆は醜聞を愛するものである――と芥川は書いている。では、なぜ公衆は、ことに世間に名を知られた他人の醜聞を愛するのか。それは、醜聞さえ起し得ない俗人たちは、あらゆる名士の醜聞の中に彼らの怯懦《きょうだ》を弁解する好個の武器を見出すからであり、「わたしは（柳原）白蓮女史ほど美人ではない。しかし白蓮女史よりも貞淑である」「わたしは有島氏ほど才子ではない。しかし有島氏よりも世間を知つてゐる」「わたしは武者小路氏ほど……」——公衆は如何にかう云つた後、豚のやうに幸福に熟睡したであらう……と記している。そして、天才の一面は明らかに醜聞を起し得る才能である（「侏儒の言葉」）とつけ加えている。

しかし、芥川が最も気にしていたのは、こういう醜聞を語り合って「豚のやうに熟睡する公衆」ではなかったか。……たとえ、彼が、醜聞を起し得る天才の一面を持っていたと自負していても。

だから、以上の「侏儒の言葉」のなかで書かれた一文は芥川の本心ではなく、虚栄であり、見せかけであり、小さな嘘であり、反語であり、宇野流の表現を借りるなら、絵空事である。

しかも、H女は執拗に彼を追い回してくる。有島武郎のように情死して悔いを感じないくらい愛している女でもないのだ。芥川は、この女を軽蔑し、憎み、愛し、憎悪して、ときには衝動的に絞め殺したくなるのである。子供の問題（真偽は分らない）も絡んでいることである。

芥川の神経と肉体とは、H女との交渉から急激に衰弱し、創作活動も次第に衰退してゆくのである。

芥川をそれほど悩ませたH女の正体は何なのか。

これについて広津和郎氏が昭和二十五年三月号の『小説新潮』に「彼女」という小説を発表しているが、このなかに出てくる歌人である人妻のモデルがH女らしい。「彼女」という題は芥川の「或阿呆の一生、二十三、彼女」からとったのは推察できるが、芥川がこのなかで「彼女の顔はかう云ふ時にも月の光の中にゐるやうだつた」とH女をものものしく書いているのに対し、広津は彼女をまことに下品なコケティッシュな、詰らない女に書いている。

広津の小説「彼女」には、H女が作者の分身らしい作家に近づき、会の帰りでもほかの人間を撒いて、自分の知っている静かな家に行きましょう、と誘うところがある。いっしょに車に乗り、郊外の暗い町を走っているとき、「あなたとわたしなら危険がないから大丈夫よ。あなたは臆病でしょう。それにわたしも臆病だから」と彼女はささやく。男の欲望を惹くような思わせぶりなことを言って、その反応を自分の魅力の目安のように心得て喜びを感じているらしい自足した顔である。彼女はある料理屋に広津らしい作家を案内するのだが、作家は彼女がこの料理屋で有川、つまり、芥川とときどき逢っていたのではないかと思い当ったりする。これは芥川の死から二カ月後の彼女との再会の場面である。

彼女は芥川の思い出を話し出そうとする。作家がそれをはぐらかしていると、食事のあと、女中が彼を廊下に呼び出して、「あの……お支度をいたしましょうか?」と小声で訊く。床を伸べようかという意味だ。作家は首を横に振る。そのあとで、彼女は彼のほうを横目で見ながら、「女中、何て言いまして?」「支度をいたしましょうかって言いましたよ」「あなた、何てお答えになって?」「支度をしてくれって答えましたよ」「あら、いやだ」と彼女は身体をゆするようにして、「あなた、恥を掻くから好い」と言う。作家は、「嘘ですよ。そんなことは言いやしませんよ。さあ、帰りましょう」と、壁にかけてあった帽子を取った——というところでこの小説は終っている。

ところで、広津は作中の作家の気持に託して芥川のことを次のように言っている。

「二十代から四十男のやうに人生を解つたやうな顔をしてゐる有川(芥川)が、その外面の理智の武装の内部には、実は少年のやうに物に怯える敏感な良心を隠してゐた事がこれでも解る。どんな事にも驚かないぞと云つたやうに傲慢と思へる位に気負つてゐた彼が、内心は人間生活の一寸した波瀾にも慴《おび》えて、戦々兢々としてゐた事が解る。『この子あなたに似てゐるでせう』と小首を傾げて見せるケイ子(H女)のちよいとしたコケットリーが、あの稀代の才人の如く思はれてゐた有川辰之助を恐怖で戦慄させたのか……」

要するに、あまり上品でない媚態を示し、一時代前の目白の女子大言葉の舌たるい抑揚で有名小説家に誘いをかける、つまらない人妻だったのである。この女は、南部修太郎が死んだときその通夜の席にも、芥川の葬式にも来ている。それを宇野の「芥川龍之介」の中に引用されている滝井孝作の文章を孫引きする。

南部の通夜の席で、その女に逢ったときのこと。「彼女は厚化粧して出てきて、大勢居並んだ所に割り込んで坐つたが、私の方をみてしたしげにお時宜《じぎ》して、私はしたしげにされるおぼえもなく、十何年ぶりで見かけたが、彼女の醜聞も皆に知れわたつてゐる筈だが、通夜の座敷に、その四十ばばあが厚化粧して現れた様は、阿呆の広告の恰好で、亦横着者《しれもの》にも見えた。で、今更に、曾《か》つての若き我鬼山人も、南部の坊ちやんも、とんだ痴者に引懸つたものだと分つた。とんだ痴者だから魅力が多かつたかもしれないが。……」

このH女に、芥川は「月光」という形容詞を与えている。

彼等の自動車に乗つた後、彼女はぢつと彼の顔を見つめ、「あなたは後悔なさらない？」と言つた。彼はきつぱり「後悔しない」と答へた。彼女は彼の手を抑へ、「あたしは後悔しないけれども」と言つた。彼女の顔はかう云ふ時にも月の光の中にゐるやうだつた。
（「或阿呆の一生」二十三　彼女）

彼は彼の友だちと或裏町を歩いてゐた。そこへ幌をかけた人力車が一台、まつ直に向ふから近づいて来た。しかもその上に乗つてゐるのは意外にも昨夜の彼女だつた。彼女の顔はかう云ふ昼にも月の光の中にゐるやうだつた。（「或阿呆の一生」二十七　スパルタ式訓練）

彼は大きいベッドの上に彼女といろいろの話をしてゐた。寝室の窓の外は雨ふりだつた。

浜木棉《はまゆう》の花はこの雨の中にいつか腐つて行くらしかつた。彼女の顔は不相変《あひかはらず》月の光の中にゐるやうだつた。（「或阿呆の一生」　三十　雨）

芥川の文章にかかれば何でも美的に見えてくる。美的というよりも、この場合は何か思わせぶりである。思わせぶりは芥川の文章の特徴の一つだ。これについて宇野浩二は、『「月の光の中にゐるやうな女」』とは、結局、芥川の『絵空事』である」と書く。「月の光の中にゐる」とは芥川がその女に迷っているときに書いたのではなく、死を間近に控えての回想だった。つまり、「月の光の中にいる女」とは、このいやらしい女に対する芥川特有の美化であり、宇野の言う、文章上の気取りである。こういうのを読むと、彼が前に書いたH女の迫真性も急に形骸だけとなり、索然となるばかりか、こんなことを書かねばならない芥川に憐愍《れんびん》を感じる。

さて、芥川は、その世間知らずから、つまらない女のちょっとした誘いにひっかかったというわけで、そのため女の術策に陥り、地獄のような煩悶を味わったのである。これがほかの人間だと、広津の小説の作中の作家のように、嗤って相手にしなかっただろうし、南部のように、狡く切り抜けたかもしれない。作品の上では「人生は彼（家康）には東海道の地図のやうに明らかだつた」（芥川の短篇「古千屋《こちや》」）と心得ている芥川も、実生活での人生は結局お坊っちゃんだったわけだ。

この女については、また別な話がある。ある年、芥川は、講演のために、久米、菊池、田中純、宇野などと一緒に京阪に旅行した。その帰途、芥川だけが宇野に誘われて信州諏訪へ回った。諏訪は宇野の第二の故郷みたいな土地で、宇野の小説「山恋ひ」の舞台でもある。この土地にいた間、芥川は、ある日、宇野の下宿で、彼の机の上に見おぼえのある筆蹟の手紙が置いてあるのを見た。それをあけてみると、手紙の主はH女だった。さすがの芥川も顔色を変えたという。H女は宇野とも関係があったのである。

以上は、小穴の文章の語るところだが、これに対して宇野は、次のように弁明している。

「この謎の女と私とが関係があつたなどといふ事はまつたくマチガヒであり、また、私はこの謎の女から手紙などもらつた事は一度もない。それから、小穴の文章にあるやうに、もし芥川が本当に『宇野の机の上に見覚えのある筆蹟の手紙があつた』と云つたのなら、私は、かりに芥川が生きてゐるとしたら、その芥川に、『いくら君が人をからかふ事に興味を持つてゐるにしても、君を信頼してゐる小穴に、あんな作り事をいふのは、あんまりひどいぢやないか、』と詰《なじ》りたい。」(宇野『芥川龍之介』上巻)

これでみると、小穴の文章は芥川の嘘ということになる。しかし、H女はむやみと文士にあこがれる女だから、芥川が小穴に語ったことも、まるきり彼の嘘とは思えないふしもある。かえって宇野の弁明に厚みを感じさせないところもある。

ところで、前記の広津の小説「彼女」の中に、作中の作家がH女らしい女と車の中で取交す会話、「あなたは臆病でしょう。それにわたしも臆病だから」とささやく女の言葉と、芥川の「或阿呆の一生」の中の「あなたは後悔なさらない？……」「あたしは後悔しないけれども」と芥川に言う言葉とは、いかによく似通っていることか。
芥川は女の共有について書いている。

わたしは第三者と一人の女を共有することに不平を持たない。しかし第三者が幸か不幸かかう云ふ事実を知らずにゐる時、何か急にその女に憎悪を感ずるのを常としてゐる。

わたしは第三者と一人の女を共有することに不平を持たない。しかしそれは第三者と全然見ず知らずの間がらであるか、或は極く疎遠の間がらであるか、どちらかであることを条件としてゐる。（「侏儒の言葉」）

芥川はH女に苦しめられたが、彼は、そのことをどうして親友にうち明けて相談しなかったであろうか。これは芥川が儕輩《せいはい》を抽《ぬき》んでて先頭に立っていたため、絶えず優越意識があったためだろう。広津和郎の表現を借りると、まさに文壇をひとりで席巻するの概があり、意気軒昂たるものがあった。その彼が人一倍気取屋ときているから、どうして文学仲間に弱点を握られるような、あるいは軽蔑される情事をうち明けるだろうか。たとえ常識家の菊池寛にでも、である。

僕自身に関したことでいふと、仕事の上のことで、随分今迄に菊池に慰められたり、励まされたりしたことが多い。いや、口に出してさう言はれるよりも、菊池のデリケートな思ひやりを無言のうちに感じて、気強く思つたことが度々ある、だから、為事の上では勿論、実生活の問題でも度々菊池に相談したし、これからも相談しようと思つてゐる。ただ一つ、情事に関する相談だけは持込まうと思つてゐない。（「菊池寛氏又」大正十年一月）

一部の人は、もし、菊池が芥川の悩みを十分に聞いてやったならば、彼の自殺は食い止められたかもしれない、と観測する。また、芥川の自殺の一つは経済的なものもあったから、菊池ならそれが救えただろう、という論者もいる。

事実、芥川は、死んだ月の初めに菊池を訪ねて文藝春秋社に二度も行っている。そのとき菊池は居なかった。一度などは、芥川は応接室にしばらくぼんやりと腰をかけて待っていた。しかし、当時の社員の誰も菊池に芥川が来訪したことを報らせるものはなかった。菊池は、自分の不在中に芥川が来訪したときは、いつもその翌日、彼のほうから芥川を訪ねることにしていたのだが、芥川の来訪を知らされなかった彼は、遂にそのこともなかった。

その前にも、ある座談会が終ったとき、菊池は会場から自動車に乗ろうとした際、ちらりと菊池のほうを見る芥川の異様に光る眼を見た。ああ、芥川は自分と話したいのだな、と思ったが、もう車は動き出していたので、そのままになってしまった。芥川は、そんなとき希望を露骨に言い出す男ではないので、そのときの眼つきは、菊池と残ってもっと話したがっていたように思われ、菊池はその眼つきが気になって、一生涯、自分にとって悔恨のタネになるだろうと思った。

「彼（芥川）が、僕を頼もしいと思つてゐたのは僕の現世的な生活力だらうと思ふ。さう云ふ点の一番欠けてゐる彼は、僕を友達とすることをいささか、力強く思つたに違ひない。そんな意味で、僕などがもつと彼と往来して、彼の生活力を、刺戟したならばと思ふが、万事は後の祭りである。」(菊池寛「芥川の事ども」)

芥川が菊池に何を話したくて眼を光らせていたのか、また、どんな用事で文藝春秋社に菊池を訪ねて来たのか、芥川が死んだあとになっては永久の謎となっている。前の座談会の際は、興文社の小学生全集問題で菊池との間に気まずいものがあったので、そのことで話したかったとも思われるが、自殺した月の初めに文藝春秋社を二度も訪ねたのは、経済的な援助を求めるためではなかったかと想像する人もある。当時、芥川は家庭的に多事多端で、必ずしも経済的には楽でなかった。しかし、おそらく、これは芥川がそれとなく菊池に死の訣別を遂げるためだったのではあるまいか。

要するに芥川は、H女との地獄的な愛欲問題を誰にもうち明けることができずに、ひとりで最後まで煩悶していたのである。

芥川が死後、小穴隆一に与えた遺書の中に次の一節がある。

「僕は支那へ旅行するのを機会にやつと秀夫人の手を脱した。(僕は洛陽の客桟《かくさん》にストリンドベリイの『痴人の懺悔』を読み、彼も亦僕のやうに情人に嘘を書いてゐるのを知り、苦笑したことを覚えてゐる。)その後は一指も触れたことはない。が、執拗に追ひかけられるのには常に迷惑を感じてゐた。」

これでみると、芥川は大正十年三月下旬に大阪毎日新聞社の依嘱で中国旅行に出発したときに、H女との関係を断ったけれど、帰国後も依然として彼女につきまとわれていたことが分る。

　昭和二年のいつか分らないが、芥川が自殺する少し前、小穴のところに芥川がきて「今日は河童がくるから、君、六時ごろからぼくのところにきて、河童が帰るまでそばにいてくれないか」と頼んで帰った。H女のことを芥川が蔭で河童と呼んでいたのである。小穴がその時間に行ってみると、芥川は重病人のように蒲団のなかに入っていて、枕もとに坐っているH女と話していた。小穴は芥川の言いつけで、彼女が帰るまでそこにがんばった。芥川は中国旅行から帰ったのちは、彼女の誘惑をこうして斥けていたらしいのである。

　――H女のことが思わず長くなったが、彼女が一ばん芥川を苦しめているので、これだけはやむをえない。

　さて、次に、やはり女のことで、彼の「或阿呆の一生」の中に「越し人」というのがある。

　　彼は彼と才力の上にも格闘出来る女に遭遇した。が、「越し人」等の抒情詩を作り、僅かにこの危機を脱出した。それは何か木の幹に凍《こご》つた、かがやかしい雪を落すやうに切ない心もちのするものだつた。

　　　風に舞ひたるすげ笠の

何かは道に落ちざらん
わが名はいかで惜しむべき
惜しむは君が名のみとよ。

この「切ない心もち」がしたという相手は、アイルランド文学の翻訳家松村みね子のことである。

松村みね子は銀行家の妻で、本名を片山広子といい、芥川より十四、五歳も年上で、佐佐木信綱に師事して歌を詠んでいた。東京麻布の生れで、古典的な容貌の持主だった。芥川が彼女に遇ったのは、大正十三年七月二十二日から八月二十三日まで、彼が初めて軽井沢に避暑していたときで、彼はつるや旅館に逗留していた。ここで堀辰雄、室生犀星などと交際したのだが、片山広子、つまり松村みね子は万平ホテルに滞在し、芥川はしばしば、その食堂でコーヒーを喫みながら彼女と歓談した。

芥川は、前に書いたように、菊池と共にアイルランド文学に惹かれていたから、松村みね子に興味を持ったのは、その辺からと思える。H女のような無知な、そして動物的な女に接していた彼は、ここに初めて知的な人妻に惹かれたのである。松村みね子のことは、堀辰雄の「聖家族」にも、その面影が描かれている。

軽井沢にまる一カ月も逗留したのは芥川としては珍しいことだが、翌年の夏もここに来て、十四年八月二十五日付の小穴に宛てた手紙の中には、「軽井沢はすでに人稀に秋涼の気動き旅情を催さしむる事多く候。室生も今日帰る筈、片山女史も二三日中に帰る筈」とあるので、あるいは松村みね子が帰京するまでねばっていたとも考えられないではない。

「軽井沢で」に、彼は一行詩として次のような文句を書いている。

　誰かあのホテルに蜂蜜を塗つてゐる。

　M夫人——舌の上に蝶が眠つてゐる。

このM夫人が彼女である。

これは大正十四年のことであるから、芥川が前年にひきつづいて軽井沢のつるや旅館に一カ月滞在しているのは松村みね子に惹かれたからだと考えられそうである。

さて、「越し人」が松村みね子だとすると、「越し人」の意味は何であろうか。芥川の「澄江堂遺珠」に、次のような小曲の一節がある。

　ひとり山路を越え行けば
　月は幽かに照らすなり
　ともに山路は越えずとも
　ひとり眠《い》ぬべき君ならば
　（佐藤春夫纂輯）

「山路」とは軽井沢であり、「ひとり寝《こ》ぬ」とは万平ホテルに泊っているみね子のことかもしれない。こういう意味を罩めて「越し人」としたのかもしれない。あるいは「越し人」は「恋《こ》し人」にかけているのかもしれない。

芥川は、松村みね子のような上流家庭の、教養も備えている、典雅な、年上の夫人に接して、中学生のような憧憬を抱いたのであろう。これも世間知らずの彼らしい感傷性である。

彼は抒情詩を作って危機を切り抜けた、と称しているが、事実は、芥川のほうで松村みね子に手を出し得なかったのであろう。それは彼の気取りからでもあり、コンプレックスからでもある。

ついでに書くと、松村みね子は昭和三十二年三月に死んだ。七十九歳であった。佐佐木信綱の追悼文がある。

「かく文芸の天才に十分に恵まれた広子さんも、妻として、母としては不幸な人であった。まづ、その良き理解者であつた貞次郎氏（夫）は、……余りにも惜しい齢で世を早くせられ、一人のをのこ子で秀才であつた令息達吉君も、若くして遠逝された。そして病に倒れられた広子さん自身の晩年も、寂しく、いとほしいものであつた」（昭和三十二年五月号『心の花』）

6

芥川が松村みね子に寄せたほのかな想いといったものには、彼と「才力の上にも格闘出来る女」が条件に入っていたに違いない。そういう才能の女性で彼と噂に上っているのに、九条武子、岡本かの子、三宅やす子などがいわれている。しかし、これは当時のジャーナリズムの単なる噂でしかない。芥川に才女たちを配した華やかな幻影である。

その岡本かの子が「鶴は病みき」でH女のことを「X夫人」として次のように書いている。

「麻川氏（芥川）の傍に嬌然として居るX夫人を見出した。そして麻川氏がX大人に対する態度を何気なく見て居ると、葉子（作者の分身）はだんだん不愉快になつて来た。麻川氏はX夫人に向つて、お客が芸者に対するやうな態度をとり始めた。……だが、葉子はX夫人のつい先日迄を知つて居た。黄色い皮膚、薄い下り眉毛、今はもとの眉毛を剃つたあとに墨で美しく曳いた眉毛の下のすこし腫ぼつたい瞼のなかにうるみを見せて似合つて居ても、もとの眉毛に対応して居た時はただありきたりの垂れ眼であつた。今こそウヱーヴの額髪で隠れてゐるが、ほんたうはこの間まであるだしの抜け上つたおかみさん額がその下にかくれてゐる筈だ。……葉子の女性の幼稚な英雄崇拝観念が、自分の肯《がえ》んじ切れない対象に自分の尊敬する芸術家が、その審美眼を誤つて居る、といふもどかしさで不愉快になつたのだ。」

女性の眼からみた、いくらか意地悪い観察だが、H女の風貌が的確に描写されている。「葉子」に託した作者の心理も分りやすい。

岡本かの子は芥川の女性に対する審美眼を疑ったが、それは、顔よりもその女の無教養さ、品位の無さ、卑しさを軽蔑している。芥川ほどの教養人が、あんな女に、というわけだ。

だが、芥川の好奇心は相当なもので、商売女をかなり渉猟していたらしい。そういう点で、岡本かの子の言う「審美眼」とは関係がないわけだ。

宇野浩二は、芥川に連れられて下谷あたりの「隠れた家」に行ったことを書いている。それは下谷西町の閻魔堂の前の路地の中だったり、本郷の根津権現境内の薪炭屋だったり、小石川伝通院の近くの裏町にあるしもた家だったり、あるいは四谷荒木町の谷底のような町の中だったり、さまざまだった。

この家は、いろいろな女が、呼ばれると、ごく内緒で内緒のはたらきをするためにそっとくる家のことであった。今でいえば、さしずめコールガールがくる家であろう。

ある日の昼すぎに、芥川がほかの連れといっしょに四谷のある停留所で電車を降りて一町ほど歩いてゆくと、向うから吉井勇、里見弴、田中純の三人が歩いてきた。

芥川が、やあ、と声をかけた。すると、その三人のうちの一人が、「君たちは、これからあそこに行くんだろう。おれたちは、あそこからの帰りだよ」と言った。

また、誰かがそういう家を発見すると、芥川は、「ああ、あそこはあまり面白くないよ」と言ったとかで、その機敏さに啞然となったという。

こう書いたからとて、芥川龍之介の文学的不名誉にはなるまい。その頃の文士はこぞって、そんな場所でよく遊んだものだ。宇野浩二がああいう病気になったのは、宇野が特別に遊んだからではなく、運が悪かったのである。それにしても、大正末期から昭和初期にかけての文士の生活は暢気であった。

　宇野が芥川に従《つ》いて下谷の閻魔堂に行ったときなどは、古びた格子づくりの家の中に芥川がまず入った。宇野がそのあとから入ると、ごめん下さい、という芥川の声で奥から出てきた六十余りの老婆が、芥川の顔を見るなり、「まあ、どうなすったんです？ずいぶんお見限りですねえ」と言った。——

　こういう銭金で買える女を相手にしていた芥川がどれだけ真の恋愛を経験したかは疑問である。ほとんどが遊びではなかったか。H女にひっかかったのも遊び心からだった。そのほか、浅草の小亀という女とも芥川は親しくしていた。

　次に、「或阿呆の一生」の中にも出てくるが、鎌倉の小町園のおかみともかなりな仲だったようである。

　大正十年か十一年ごろの秋、ある日の夕方、菊池寛が先頭になって、久米、広津、宇野の四人が、下谷同朋町の、ある大阪料理を食べさせる家に入って行くと、四人のうちの誰かが「あ、芥川が」と言った。それは、芥川の持っている真鍮の鳳凰《ほうおう》の頭のついたステッキが、玄関の三和土《たたき》の隅に立てかけてあったからである。

　そこで、みなは、「芥川」「芥川」と怒鳴りながら二階に上がって行った。階段を上がったところの右の部屋に、ちらりと大丸髷の女が向うむきに坐っているうしろ姿が見えた。宇野には咄嗟にそれが鎌倉の小町園のおかみと分った。途端に唐紙がスーッと閉まった。

奥の座敷に通されて、宇野が久米に「あれは……」と言いかけると、久米はよく分ってないような顔をした。すると、菊池が、カン高い声で宇野に、「あれは誰だ、誰だ？」と何度も訊いた。「うしろ姿だから見当がつかない。それに直ぐ唐紙が閉まったから」宇野はそれ以上は答えなかった。

話は、ちょっと前に戻るが、大正十年三月、芥川龍之介は、大阪毎日新聞社の命によって中国旅行に出かけた。前述のように一つにはH女との間を清算する意志もあったが、しかし、本来、彼は漢詩を愛読し、漢籍も読み、文人墨客趣味を持っていたので、この中国旅行は彼の希望でもあった。

上海に着くと、芥川はすぐに病気になった。乾性肋膜炎で二十日ばかり入院している。それが癒ったあとは非常な元気で各地を見物した。大毎の上海や北京の特派員が彼の世話を焼いた。また、芥川の名前を聞いて、各地でよい案内者もついた。

その頃の中国は国民党の北伐以前で、古い支那の姿が完全に遺っていた。彼は革命などには関心がなく、中国の伝統的な姿に惹《ひ》かれて回遊をした。廬山に登ったときは、偶然、竹内栖鳳の一行と一緒になった。

上海、南京、蘇州、杭州、揚州、九江と江南地方の旅を終え、長江を遡って漢口から湖南の長沙に至った。そこから京漢鉄道で北上し、洛陽、大同を抜け、北京、天津に出た。中国の最も古い伝統の遺る古都や遺跡の黄金ルートを歩いたわけだ。日数百二十余日に亙ったというから、芥川としては思い切った大旅行である。この旅行記は、帰国後、大阪毎日新聞に連載され、のちに「支那游記」と題して一冊となって改造社から出版された。

村松梢風は、これを読んで、

「記述の妙、観察の細微にわたる点、それに読書から得た世界知識をなひまぜた文章は生彩奕々《えきえき》たるもので、芥川の一生の仕事の中でも最もすぐれたものの一つである。中国の民情や国情に対する洞察がないとか、思想的なものがないとかいふのは無理で、大体彼は趣味家であつて思想家ではない。唯見た儘の中国の風物を趣味的に印象的に書いたものとして傑れてゐる。」

と書いている。

しかし、その当時の梢風は、まだ中国を知っていなかった。彼は「支那游記」をよみ、芥川に、上海というところはどんなところですか、と訊いた。

芥川は言下に答えた。

「君、三角形の部屋ってものが考えられますか。考えられないでしょう。ところが上海へ行くと、三角形の部屋が事実なんでもなくあるよ。そういったような我々の考えられないものが幾らでもありますよ」

梢風は刺戟され、即座に決心して、一カ月経たないうちに上海へ渡った。それから彼は生涯中国に取憑《つ》かれる結果になった、と述べている。

その芥川の「支那游記」は、

　実際私は支那人の耳に、少からず敬意を払つてゐた。日本の女は其処に来ると、到底支那人の敵ではない。……現にこの花宝玉を見ても、丁度小さい貝殻のやうな、世にも愛すべき耳をしてゐる。西廂記の中の鶯鶯《あうあう》が、「他釵髴玉斜横。髻偏雲乱挽。日高猶自不明眸。暢好是懶懶。半晌擡身。幾回搔耳。一声長歎。」と云ふのも、きつとかう云ふ耳だつたのに相違ない。笠翁は昔詳細に、支那の女の美を説いたが、（偶集巻之三、声容部）未嘗《いまだかつて》この耳には、一言も述べる所がなかつた。この点では偉大な十種曲の作者も、当《まさ》に芥川龍之介に、発見の功を譲るべきである。（十七「南国の美人」）

といった調子のもので、芥川の漢籍に対する衒学的なものが躍如としている。

　それから四年経って芥川は、この旅行を素材にして「湖南の扇」を書いている。その筋は、日本人の旅人が長沙の妓楼に登り、情熱的な一夜を送る。しかし、翌る日、船に戻った旅人は、うす暗い船室の電燈の下に滞在費を計算しはじめた、といったものである。

　そのほか「南京の基督」というのもある。

なぜ、ここに中国旅行の作品を出したかというと、これがのちに芥川の発狂への怖れに対する一種の臆測となっているからである。つまり芥川は中国で相当女を買って遊んできたと思われたのだ。日ごろの彼の行動からの推測である。

　さて、女性関係のことを書くために時間的に前後が乱れたが、右の中国旅行は大正十年、三十歳のときであり、それから三年経った大正十三年に初めて軽井沢に行き、十四年にその地で二度目の夏を送り、松村みね子と交際していたことになるのである――。

大正十四年末から十五年の春に至って、芥川の健康は著しく衰えてきた。胃腸と痔と神経衰弱であった。彼は一月中旬に湯河原へ湯治に出かけた。しかし、不眠症はますますひどくなり、神経は衰えるばかりだった。

一月二十七日、湯河原から佐佐木茂索宛に出した手紙には、

「この宿のお上さんと病を語り候へば、何も彼も割り符を合はすやうにて、得体の知れぬ胃腸を患ふるもの小生一人のみにあらざるを知り、何やら天下を挙げて病人なる乎の感を生じ候」

とあり、二月八日には、

「僕は神経衰弱の上に胃酸過多症とアトニイと両方起つてゐるよし、又この分にては四十以上になるととりかへしのつかぬ大病になるよし、実に厄介に存じてゐます。……いづれ一度お目にかかり、ゆつくり肉体的並びに精神的病状を申上げます。道ばたの墓なつかしや冬の梅」

と片山広子（松村みね子）に言い送っている。

「この頃も不相変《あひかはらず》不眠にて弱り居り候。但しアダリンを用ひぬだけ幾分快方に向ひしならん乎」（二月九日、小穴隆一宛）

「小生の病はアトニイと酸過多と神経衰弱とのよし、日々薬を三つものまねばならず、

不景気な顔をして暮らして居ります」(二月十六日、真野友二郎宛)
「酸過多とアトニイと神経性消化不良と併発し、この儘 齢《よわい》四十になると潰瘍か癌になる事うけ合ひと云ふのだから往生した」(二月二十日、佐藤春夫宛)
「アロナアル・ロッシュ、君は一錠にて眠られると言ひし故一錠のみし所、更に眠られず、もう一錠のみしが、やはり眠られず、とうとうアダリンを一グラムのみて眠りしが、アロナアルの効力は細く長きものと見え、翌日は一日懜々《ぼうぼう》然として暮らしたり」(四月九日、佐佐木茂索宛)

彼は不眠症に襲はれ出した。のみならず体力も衰へはじめた。何人かの医者は彼の病にそれぞれ二三の診断を下した。——胃酸過多、胃アトニイ、乾性肋膜炎、神経衰弱、蔓性結膜炎、脳疲労、……

しかし彼は彼自身彼の病源を承知してゐた。それは彼自身を恥ぢると共に彼等を恐れる心もちだつた。彼等を、——彼の軽蔑してゐた社会を!(「或阿呆の一生」四十一 病)

芥川は四月から五月の末にかけて鵠沼に行き、東屋旅館に滞在したが、不眠症は昂じるばかりだった。また人の出入りのほうが多く、あまり静養にはならなかった。

その夏、妻文子の弟が喀血したことも彼に衝撃を与えた。この年、『改造』の十月号に「点鬼簿」を書いた。

広津和郎は、その作の陰鬱さに心を打たれ、芥川のものとしてはそれほど傑れているものではないかもしれないが、それは「死」の息吹きを感じさせるような、底知れぬ人間生活の侘しさの漂った作である、と言っている。

　この作品を徳田秋声が月評で酷評した。広津は、それに反駁文を書いたが、その中で、

「芥川君のあの気取り、思はせぶりと云つたやうなものは、あの小品の中にも感ぜられない事はない。併し底にひそんでゐる作者のさびしさには十分な真実が感ぜられる。それは健康の衰へから来る、死と面接したやうな淋しさであるが、併しそれはわれわれと全然関係ないものではない。」

　と記した。そして、その寂しさがわれわれと関係ないものではないと、次のような意味を述べている。

「『点鬼簿』が何故私の胸にそれ程ショックを与へたかといふと、その頃の私がやはり一種の気持の行きづまりに悩んでゐたといふ事に理由があるかも知れない。私は少年の頃から不眠症であつたが、その頃はそれが極度にひどくなつてゐた。毎夜二、三時間しか眠れなかつたし、時によると朝まで一睡も出来ない事があつた。そして眠れない夜々に頭に浮んで来る事は、苛立たしい憂鬱なことばかりであつた。……

　芥川君と私とは一歳私の方が年上であり、……宇野浩二は私と同年であるが、丁度三十六、七であつたわれわれのその年頃は、精神的にも肉体的にも一つの危険期であつたに違ひない。俗に云ふ中折れ時代で、生きて行く気力を失ひ、一切の事に倦怠を感じ、若《も》し肉体の上でも精神の上でも何処かに弱点があれば、そこから虚無と衰滅の感覚が忍び込み、それが全心全身に拡がり、うつかりすれば生命をも失つてしまふやうな危機だ

つたに違ひない。

『漠然とした生存不安』と芥川君は云つてゐるが、それはその頃の私などにも始終つき纏《まと》つてゐた一つのどうにもならない気分であつた」（広津和郎『同時代の作家たち』）

芥川は一人の知己をここに見出したというべきである。大正の終りから昭和の初めにかけての作家は、たいてい、このような虚脱感と不安感に陥っていたのではなかろうか。それはまた、この時代の背景に関係があることだと思うが、あとでふれることにする。

とにかく、こうした精神の虚脱状態が、持病である胃、痔疾などの肉体上の病患と相俟って脳疲労といった神経衰弱に彼を追込んだのである。事実、大正十四年から昭和元年にかけて、「大導寺信輔の半生」「湖南の扇」「点鬼簿」以外には見るべき作品を書いていない。そして、「点鬼簿」と「大導寺信輔の半生」とは、芥川本来の本格小説からは切り離してみなければならない別種のものなのである。

――さて、芥川は、いつ、自殺を決心したであろうか。

小穴隆一は、それを「芥川は十五年の四月十五日に自決することを僕に告げた」と書いている。

そのとき、芥川は星が一つ足りない北斗七星を書いて、「君、これが分る？」と言ったので、小穴が、「分るよ」と言うと、書いたものを座蒲団の下に差入れた。星一つ落しているのは、この世から消えてゆくことを意味している、と小穴は言うのである。

「二つの絵」に書かれているところをみると、小穴は芥川の死の決意を知っていながら、それを気遣う一方、どこかで彼の死を待っているようなところがみえる。待っているという言い方に語弊があれば、諦めて傍観しているような様子があったと言い直してもよい。小穴は芥川の自殺をとめる努力をしていないようである。

彼によると、芥川は死ぬ手段をいろいろと打明けたという。芥川は下島医師の薬局から青酸カリを盗み出そうとした、とか、ある薬局からモルヒネを貰う日を待っていた、とか、首吊りの真似をした、とか、医学博士斎藤茂吉の名刺を偽造して、藤沢の町で青酸カリを手に入れようかと相談した、とか書いている。

あるとき、小穴が薬店で田虫薬を買っていると、芥川がうしろからいきなり前に出て、青酸カリはないか、証明が無ければ売らないのか、と店の者に訊き、店員が、証明が無くてもお売りはしますが、今はありません、と答えたときは、そうまでして死のうとする芥川を小穴は「憎いやつ」と思った、と書いている。

それでいて、小穴は、この自殺を思いとどまらせるために、芥川の友人たちに働きかけたわけではない。小穴隆一の心理は、普通では、ちょっと理解しがたい。多分、「側近」意識に駆られた彼は、芥川の死まで独占しようとしたのではあるまいか。

小穴の本を読むと、芥川の自殺の決意を知っていたことがいろいろと書かれてある。しかし、小穴は誰にもそれを相談せずに、ひとりで呑みこんでいた。

それについて、小穴はこう弁明している。

「芥川が芥川の口ではつきり自決すると言つた以上、それはもう僕一人の力では、どうすることもできなかつた。僕は僕の言ふことに耳をかして、芥川の死を食ひ止めにかかつてくれる人を、菊池寛、山本実彦、佐藤春夫と考へてみた。が、僕は、僕がもしもこれらのなかの誰かに会つて話をし、その誰かが芥川に何かいふその場合は、それはかへつて芥川の自決をはやめる結果になることを思はざるをえなかつた。誰にも言へず、ただ一人でどうしたならば、芥川に一日でもながく生きてゐてもらへるかと思案にくれはててしまつてゐた。」

　これは見方によっては、芥川龍之介という偉大な友人を持った画家が、その友人の重大な決意を自分だけが知っているという優越感ともとれるが、独占欲でもある。

　事実、小穴は、芥川の文学上のいかなる親友よりも、芥川の中に飛びこんでいる。小穴によれば、芥川は年下の彼に甘ったれて凭《よ》りかかっていたという。

　しかし、前にもふれたように、芥川は文学上の友だちに自分の恥を知られるのを苦痛に思っていた。彼が自殺をうち明けるには、その耐えがたき原因をすべて友人に裸となって告白しなければならない。それは、同時代の作家たちに超然としていた彼の矜持が許さないだろう。彼は自分の弱点を文学仲間に握られるのを極端に恐れていた。

　彼は遺書を二通り作っている。そのよそ行きのものが、「或旧友へ送る手記」であり、裏のものが小穴その他近親に宛てられた私的なものである。発表された遺書が、自殺者の手記とは思えないくらい芥川流の気取りに満ちているのを見るがいい。遺書というよりも、「点鬼簿」「歯車」などの作品の延長とみたほうがいいくらいである。

「或旧友に送る手記」の文体はそのまま、芥川と、その文学仲間とのつき合いを表現している。彼は、菊池、久米、佐藤にむかっても本心を吐露していない。遺書の文章の通り、よそよそしいものだった。演技をまとった姿だった。

こういう芥川の気持が小穴に反映して、芥川の自殺の決意を知りながらも、菊池、山本、佐藤らに相談すると、かえって芥川の自殺決行が早まるという惧れがあったのだろう。小穴の言辞は三分の一くらいは真理であるが、三分の一くらいは小穴の奇妙な利己主義である。

もし、小穴が必死に芥川の自殺の決意を食い止める気持があれば、いくらでも方法があったはずである。たとえば、彼の身辺から自殺に使われそうな薬物などをことごとく取上げたのち、しかるべき相手に相談して方法を講じていいのである。「誰にも言えず、ただ一人、思案に暮れはててしまっていた」では言訳にもならないだろう。小穴の言を信じるならば、小穴は芥川の自殺の方法まで予知していたのだ。

死場所として、芥川は「海には格別の誘惑を感じなかった」という。浜辺に転がった死体を考えるよりも、行方不明になりきる死体の行方のほうが心配だと芥川が言っていたという。また、深山幽谷で死ぬことには多少の関心があったようだが、それとても腐爛しきったのを発見されるのを厭がっていたと言い、死体がミイラになっているなら興味があるなどと芥川は、「贅沢なこと」を言っていたと小穴は書いている。

だから、首を吊って縊死の醜い姿を衆人の前に晒すのは、芥川には考えられなかったに違いない。残るのは薬品による自殺手段しかない。つまり、芥川の自殺の方法は限定されていた。彼を死から予防することはできないはずではなかったと思う。この小穴の文章は、多分に読者に気を持たせるような書き方で、途中で文章をぷつりと切って、あとはどうとも想像してもらいたいというようなところがある。芥川流とは別な意味の思わせぶりである。

小穴は自分の本の中で、しきりと芥川に纏《まと》わりつかれたことを書いている。それは同性愛に似た仲を想わせるものがある。小穴が病気で片脚を切断して隻脚になったとき、芥川は「君に先に死なれたら、どうしようかと思った」と言った。芥川は寂しくなると、小穴のもとにすぐ来いという電報を打った。小穴の顔をじっと見た芥川は「僕は、君は僕の母の生まれかわりではないかと思うよ」と照れて言った。たとえば、次のような文章がある。

「——何秒か黙つてゐた僕をみて芥川はかういつて、義足をはずして坐つてゐた僕の膝に手をかけた。芥川が女であるならば、かう言つて彼女は縋りついたと僕は書くであらうが、縋られて僕は困つた。(僕の生まれた日は芥川の母の命日に当るといふ、芥川は鵠沼でも幾度かこの言葉を繰返してゐた。)

『ここにかうやつていると気がしづまるよ』

さう言つて汚い畳の上に仰のけにころげてゐた芥川は、

『ちよつとでいいから触らせておくれよ』

『たのむから僕にその足を撫でさせておくれよ』と体をのばして僕の切断されたはうの足に手をかけ、『君の暮しは羨ましいなあ』とため息をしてゐた。僕は芥川にさう言はれるといつもかなしかつた。」（『二つの絵』）

なぜ、芥川はこんなにまで小穴を寵愛したのであろうか。小穴は芥川の短篇集「夜来の花」を手がけて以来、ずっと芥川の短篇集の装幀をしているから、芥川が彼の絵を気に入っていたのは分るが、その絵の愛好から入って小穴の人間的な溺愛に到ったとは思われない。絵は小穴と近づきになった動機にすぎない。

これは、やはり、文学仲間のつき合いにはいつも鎧をきていた芥川が、文学とは無縁な年下の友人にその心の休めどころを求めたからであり、その挙句、必要以上に自分の弱点をさらけ出し、あるいはときにそれを誇張してみせ、倚りかかっていったに違いない。

芥川と親しかった現存の作家の誰に訊いても、芥川の私生活はよく分らないと答える。無理もない、彼らが芥川家を訪問するのは、二階の書斎に通されて、芥川から本の話や文学の話を聞かされることだけだった。それに、芥川は日曜日を面会日にしていたから、それ以外に始終行けるわけでもなかった。かれらが知っている芥川は、我鬼窟主人であり、澄江堂主人であった。

それに反し、芥川家の茶の間に絶えず出入りし、人間としての芥川に接していたのは、小穴隆一と、医師下島空谷とだった。「友人」として芥川に愛せられたこの両人どうしの間がしっくりとゆかなかったのは当然の成行きであろう。ことに、小穴は芥川を独占する意識が強く、下島を排斥するふうさえあった。

ある人が芥川に、どうして妙な人間を近づけるのかと訊いたとき、芥川は、「太閤には曾呂利が必要だからね」と、てれ臭そうに笑ったという。

芥川は息抜きの友だちが必要だったのである。文学仲間に絶えず隙を見せまいと構えていた彼は、小穴には自分の全部をさらけ出して気楽な呼吸をしていたのだ。そのため、意識して莫迦莫迦しいことも言ったし、おどけてみたりもした。小さな嘘もついたし、過剰な表現もした。小穴は、それを自分しか知らないことにして人に伝えている。記述がオーバー気味になるのはそのためだろう。

さて、芥川の自殺の予感に懼《おそ》れていたのは、妻の文子であった。もちろん、文子は小穴のように傍観していたのではない。

ある時、芥川が二階に寝ていると、誰かが梯子段をあわただしく上がってきたかと思うと、すぐにまたばたばたと駆け下りて行った。芥川はそれが妻だと分って、身体を起すが早いか、梯子段の前にある薄暗い茶の間に顔を出した。

そこには文子が突伏したまま、息切れをこらえているように、肩を震わしていた。

「どうした?」

と芥川は訊いた。

「いえ、どうもしないのです。……」

文子はやっと顔をもたげ、無理に微笑して、

「どうもしたわけではないのですけれどもね。ただ、何だかお父さんが死んでしまいそうな気がしたものですから」

と話した。それは芥川の一生の中でも最も恐しい経験だった(「歯車」)という。

芥川は妻に、小穴に向って言ったように、自殺の決意を告げたわけでもなく、その方法を相談したわけでもなかった。妻はただ、夫の様子から「何だかお父さんが死んでしまいそうな」恐れを抱いていたのである。

文子はそれを何とか予防しようと考えた。小穴のように傍観してはいられなかった。彼女は、夫は孤独でいるから死を凝視している、それを紛らすためには誰か話相手になる女友だちを与えたらよいかもしれぬ、そうすれば死からも解き放たれるかもしれない、と考えた。

こういう考えに立った文子が芥川に紹介したのが、彼女の幼な友だちのM女という未婚の女だった。M女の本名をここに穿鑿《せんさく》する必要はない。

M女は、芥川夫人文子より二、三歳くらい年上で、文子の生家と同じく高輪東禅寺《とうぜんじ》の近くに家があった。父は弁護士で、相当裕福な生活であった。M女は﨟纈染《ろうけつぞめ》の手芸もうまく、短歌もつくるという趣味の女だった。

母が病身であったため、彼女はその代りとして弟妹の面倒をみているうち、いつか婚

期がおくれてしまった。しかし、本人も肺が弱く、あまり丈夫でないため、結婚の意志もなかった。彼女はかなりの美人でもあった。

文子は芥川と結婚してから、M女との交際が絶えていたが、震災後、田端の家の近くでぱったりと出遇った。聞けば、近所に兄の家があり、そこに来ているという。それから旧交が温まり、M女は文子を訪ねて芥川家にときどき出入りするようになった。

だから、芥川はM女の顔は知っていたが、それまでは妻の友だち程度にしか思っていなかった。文子がM女を夫の話相手にし、それとなく自殺を思いとどまらせてくれるように頼んだのは、M女が独身だし、短歌や俳句もつくるし、新劇の舞台衣裳の考案もするという才能を見て、芥川と話が合うと思ったからである。

M女は、芥川に自殺の恐れがあると文子から聞かされておどろき、幼友だちのために助力を引きうけた。その気持のなかには、文名一世に高い芥川龍之介の生命を自分が救うことができるという感動もあったに違いない。

M女は積極的に芥川に接近した。本人の妻の手びきだから、これくらい遠慮のないことはない。彼女は芥川の作品は全部読んでいたから、それを賞讃したり、創作動機を訊ねたりした。芥川もフェミニストだったから、よろこんで彼女の話に応じた。ことに相手は未婚者だし、美しくもあり、かなり文学的な教養もある。芥川が愉しそうに書斎でM女と話す日が多くなった。

文子は階下で子供たちの世話をしながら、書斎の様子に安心し、茶菓子や食事などを二階に運んではサービスした。

そのうち、芥川とM女とは、いつの間にか文字にかくれて外で遇うようになった。

芥川に次の詩がある。

冬

まばゆしや君をし見れば
薄《うす》ら氷《ひ》に朝日かがよふ
えふれじや君としをれば
臘梅の花ぞふるへる
冬こそはここにありけめ。

手袋

あなたはけふは鼠いろの
羊の皮の手袋をしてゐますね、
いつもほつそりとしなつた手に。

わたしはあなたの手袋の上に
針のやうに尖つた峯を見ました。
その峯は何かわたしの額に
きらきらする雪を感じさせるのです。
どうか手袋をとらずに下さい。
わたしはここに腰かけたまま
ぢつとひとり感じてゐたいのです、
まつ直に天を指してゐる雪を。

ほかに、「あの臘梅の匂さへかげばあなたの黒子《ほくろ》を思ひ出すのです」という「臘梅」という詩もある。昭和二年につくったこの三篇の詩は、芥川がM女に捧げたものだった。芥川からこんな詩をもらえば、たいていの女はコロリと参ってしまうだろう。芥川は女性を口説く術を心得ていた。村松梢風によると、芥川は女を前に文壇の誰かれとなく罵倒し、いかに自分が大天才であるかを相手に認識させるために力説したという。真偽は知らず、また一説として添えておく。

M女は芥川の術策にかかった。敢て術策というのは、芥川はM女を真剣に恋したのではなく、彼女を死の道連れにしようと考えたからである。

芥川は自殺を決心したが、いかなる方法を以てしても決行する勇気は出なかった。彼は方法ばかり考えて、実行を恐れていた。

そのときM女が目の前に現れた。彼はM女と情死しようと思いついた。自分ひとりだと死ねないが、女となら死ねそうである。つまり、女を死の跳躍台にすることであった。彼は下谷辺を歩きながら、現在の地獄をM女に告白し、どうしても生きてゆけないといい、いっしょに死んでくれないかと申込んだ。M女はそれを承知した。なんのことはない、死を思いとどまらせる役目の女が、芥川の心中相手になったのである。

M女の心理はよく分らないが、彼女は婚期を逸して、結婚は諦めているし、身体は弱いし、文学は好きだし、芥川のような大家に誘われて、つい、そんなロマンティックな気分になったのであろう。そのとき、彼女の脳裡に有島武郎と情死した波多野秋子の幻影がよぎらなかったとはいえない。

しかし、芥川はM女の身体には触れなかった。どういうわけか分らない。死の道連れに利用するのだから、処女のままでいる彼女をそこまで侮辱しては悪いと気がひけたのかもしれない。あるいは、実際にはそれほど彼女に愛欲を感じなかったのかもしれない。

彼女はかがやかしい顔をしてゐた。それは丁度朝日の光の薄氷にさしてゐるやうだつた。彼は彼女に好意を持つてゐた。しかし恋愛は感じてゐなかつた。のみならず彼女の体には指一つ触らずにゐたのだつた。

「死にたがつていらつしやるのですつてね。」

「ええ。――いいえ、死にたがつてゐるよりも生きることに飽きてゐるのです。」

彼等はかう云ふ問答から一しよに死ぬことを約束した。

「プラトニック・スウイサイドですね。」

「ダブル・プラトニック・スウイサイド。」

彼は彼自身の落ち着いてゐるのを不思議に思はずにはゐられなかつた。(「或阿呆の一生」四十七　火あそび)

ダブル・プラトニック・スウイサイドとは、もちろん、清浄な身体のままでの情死という意味だろう。芥川は、彼女に好意は持っていたけれど、恋愛は感じなかったため、身体に指一本触れなかったというが、そういう気持のほかに、有島武郎の情死について、死の前の性交のあとをいろいろ言われたために、同じ噂を避けるためもあったのではなかろうか。死後の死体のことをさまざまに気にしていた芥川のことだ。「きれいな情死」を考えていたに違いない。しかし、芥川が死の道連れに考えていたこの女の「潔癖さ」が、かえって彼の死の目的を失敗させることになった。


昭和二年の春の一日、芥川はぶらりと家を出た。

文子が、「お父さん、どちらに行くんですか?」と訊いたが、芥川は何とも答えないで、ずんずん歩いて去った。

芥川は原稿書きにきまった待合などを借りることもあるので、そっちに行ったのかと思ったが、それなら行先をはっきり言いそうなものである。散歩の様子でもない。文子はだんだん胸騒ぎがしてきた。

文子は、しばらく待ったが、芥川が戻ってこないので、まず、小穴の下宿に駆けつけた。

小穴は夕食を食べ終ったところであった。

「どうも様子が変です」

と、夫人が廊下に立って言った。

「どこに行くとも言わずにぶらっと出かけたのですが、どこに行ったのかわからないのです」

文子は少しせきこみながら、膳を片づけた小穴の前に坐った。

「いつですか？」

「一時間くらい前です」

そんな問答をしているとき、入口の障子が開いてM女が顔を出した。

「まあ、いまお宅にあがろうと思っていたのですが」

「わたしも、いま、お宅にあがろうと思っていたところなんです」

夫人とM女とはほとんど同時に言い合った。

7

芥川が無断で自宅を出たため、妻の文子はその行方を心配して小穴の下宿に問い合せに来たが、ここでM女とばったり顔を合わせた。

文子は、同じように心配してきたM女に、

「どこに行ったんだか分らないんですよ」

と言っていた。

小穴は、今まで自分の下宿に訪ねて来たこともないM女が、なぜ、今度に限って来たのか分らなかったが、とにかく、芥川の行先についての心当りは、帝国ホテルと、浅草の待合「春日」の二カ所があった。芥川がそこでときどき原稿を書いていたからである。

「心当りもありますから、捜しに出かけてみましょう」

と、小穴は文子に言った。

「では、どうかよろしく」

文子は小穴に頼んで急いで帰って行った。ひと足遅れて小穴はM女と一緒に下宿を出た。

雨が上がったばかりで、M女は傘を持っていた。十五、六間歩いたところで、M女は、

「わたしは文子さんのただ一人の友だちですが、その立場で、わたしが文子さんの旦那さんの芥川に困っている気持が分りますか?」

と、謎のようなことを言った。小穴は、これで芥川とM女の間を察したが、

「あなたでなくとも、今の芥川は、どの婦人でも取組る気持でいるんじゃないでしょうか」

と言った。二人が田端の駅の裏出入口のあたりまで歩いてきたとき、小穴はM女にきいた。

「あなたは、これからどうします？」

「わたし……」

彼女はちょっと立停って、

「わたしも今日は有楽町の家に行きます」

有楽町には、父親の弁護士が事務所を持っていた。

駅に降りる石段を踏みながら、小穴は「春日」と帝国ホテルを捜すつもりだった。もし、この二カ所で芥川が捉えられないとすると、鎌倉の小町園まで行けば見つかるかもしれないと思った。

すると、M女がふいに、

「さっき文子さんの前では言えなかったのですが、芥川さんの行った先、ほんとはわたしが知っています。帝国ホテルにいます……」

と告白した。

小穴は、M女の言う通りに有楽町まで切符を買った。省線の中で、M女はまた自分の立場を小穴に話した。有楽町で降りると、彼女は父親の事務所には寄らずに小穴を案内して、帝国ホテルの正面入口ではなく、側面の小さな出入口から中に入った。

小穴は、M女と一緒に帳場のところまで行き、そこで事務員に芥川が泊っているかどうかを訊いた。

「先ほどお見えになりまして、またどちらかへお出かけになりました。お帰りになるにはなります」

と、帳場では言っていた。

小穴は、ここで初めて、芥川がM女と帝国ホテルで情死の約束をしていたことを、彼女の口から打明けられたのである。

芥川は外出している。彼女が一緒にいない限り死にはしないと、小穴は思い、とにかく、田端の家に報らせる必要があるので、M女をホテルの外側に待たせ、彼だけが芥川家に引き返すつもりでいると、M女も一緒に彼についてきた。

芥川家に入ると、文子や芥川の伯母、養母、その甥の葛巻義敏などの顔があったが、小穴は、真先に階段を上がって二階の書斎に入った。机の上を見ると、分厚い封筒があり、その中には「或阿呆の一生」の原稿が入っていた。封筒の宛名は「小穴隆一君へ」とあった。

小穴は、文子に、芥川が帝国ホテルに部屋をとっていること、今夜の十二時ごろホテルに帰って何か書置を書くとして、二時ごろに自殺を決行するかもしれない、自分のこの推察には誤りはなかろう、それで、とにかく、これからホテルに自分と一緒に行ってみようと、すすめた。

文子は階下に降りて年寄たち（養父母、伯母）に相談したが、結局、小穴と、文子と、甥の葛巻とがホテルに行くことになり、坂を下りて動坂の電車通りにタクシーを拾いに出た。しかし、M女は、近くにある彼女の兄の家に泊ると言って同行しなかった。

三人は、寝静まった街を走って帝国ホテルに着いた。芥川の泊っている部屋のドアを叩くと、

「お入り」

と、大きな声で芥川が怒鳴った。小穴がドアをあけ、うしろから文子と葛巻とが従った。

芥川はベッドの上にひとりで不貞腐《ふてくさ》れて坐っていたが、甥の葛巻を見ると、

「なんだ、おまえまで来たのか。帰れ」

と、叱りとばした。

葛巻が泣きながら出て行くと、あとは芥川と、文子と、小穴の三人だけになった。

「M子さんは死ぬのが怖くなったのだ。約束を破ったのは死ぬのが怖くなったのだ」

と、またベッドに仰向けになっていた芥川は、怒鳴るような、愬《うった》えるような調子で言って起き上がった。

「わたし、帰ります」

と、文子は廊下へ消えて行った。

その晩、小穴は芥川と一緒に夜明けまで話した。朝になって文子が来て小穴と替った。

（『二つの絵』）

彼は彼女とは死ななかつた。唯未だに彼女の体に指一つ触つてゐないことは彼には何か満足だつた。彼女は何事もなかつたやうに時々彼と話したりした。のみならず彼に彼女の持つてゐた青酸加里を一罎《びん》渡し、「これさへあればお互に力強いでせう」とも言つたりした。

それは実際彼の心を丈夫にしたのに違ひなかつた。彼はひとり籐椅子に坐り、椎の若葉を眺めながら、度々死の彼に与へる平和を考へずにはゐられなかつた。(「或阿呆の一生」四十八　死)

――M女は、芥川との情死の寸前から逃げ出した。なぜ、逃げたのか。芥川の言うように死ぬのが怕くなったのかもしれない。だが、彼女には死ななければならない切実感は何もなかった。これが脱出の真因だろう。芥川は死ななければならなかったが、彼女は少しも死ぬ必要はなかった。

少々婚期が遅れたとはいえ、また、身体が弱かったとはいえ、M女は死まで考えてはいなかった。そこまで到達するには、M女は芥川と同じ位置に並んで苦しまなければならない。彼女の芥川との交際は短く、しかもプラトニック・ラヴという甚だ児戯に類した精神的なものだった。もし、芥川が実際に彼女を情死の相手に仕立てるなら、彼女を肉体の泥沼に落し込み、彼女をして地獄の苦しみを味わわせなければならない。

肉体を避けて、一指も触れない女が易々として情死してくれると信じていたところに芥川の甘い失敗があった。さらに言えば、自己の名声に対する過信があった。

たとえそれほどの魅力のない女であっても（小穴によれば、芥川はM女の乳が小さいことを語っている）、心中相手に逃げられたことは、芥川にとって衝撃だった。いや、魅力のない相手だったからこそ、その衝撃は激しかったといえるであろう。彼は少なからず自尊心を傷つけられた。人一倍気取り屋で、誇りたかい芥川にとって、この失敗は他人が考える以上に打撃であった。

「彼女は何事もなかつたやうに時々彼と話したりした」と芥川はM女がその後も彼と会っていたように書いているが、これは芥川のテレ隠しのように思えて仕方がない。まして、彼女が自分の持っていた青酸カリの罎を彼に渡し、「これさへあればお互に力強いでせう」と言ったりしたというのは、さらに芥川の虚栄である。

M女は、このことがあってから文子から遠ざかり、やがて全く同家に寄りつかなくなった。その後、肺患のため清瀬療養所に入り、文学愛好の患者たちのリーダーみたいになっていたが、昭和三十二年一月に死んだ。文子は彼女から急な手紙をもらっし、その死の前に会っている。

さて、芥川は、こうしてM女に逃げられて、かえってひとりで自殺する決心をかためた。彼は、女人による死のスプリング・ボードを失い――自尊心を傷つけられたことによって、敗北感に打ちひしがれ、孤独の死を決意したと思うのである。いや、女に逃げられた衝撃が、かえって自殺のスプリング・ボードになった。

こういう書き方は卑俗に聞えるかもしれない。が、芥川の心理をそう考えるほうが真実に近いように思う。

たいていの文芸評論家の手による「芥川龍之介」論は、女の問題を故意に回避している。「彼の対象となった婦人がいかなる人であったかを、それが彼の文学に直接関係しない以上、我々は詮索する必要はない」といった流儀だ。しかし、それは文学史的であっても、芥川の作家解剖にはならない。

むろん、私も芥川自殺の原因の第一に女性関係を挙げるつもりはない。「ぼんやりした不安」のなかには女のことは入ってなかったであろう。たとえ彼が「誰の目から見ても法律上の罪人」(姦通罪を指す)を意識していたとしてもである。だが、自己の周囲のすべてに絶望を見、ぼんやりと死を考えたとき、情事の躓《つまず》きはその決意を深める動機にはなる。死を決した芥川の意識のどこかには絶えず女からの敗北が伴走していた。

或声　お前は愛の為に苦しんでいるのだ。

僕　愛の為に？　文学青年じみたお世辞は好い加減にしろ。僕は唯情事に躓いただけだ。

(「闇中問答」)

「帝国ホテル事件」以後、芥川は小穴に死の手段をより深刻に「相談」することになる。彼は発狂の前ぶれの発作を激しく訴えはじめるのである。

ところで、小島政二郎の書いたものをよむと、芥川は「歯車」を書いた一年も前から、あの幻覚のことを彼に言って聞かせたとある。

「この作品（「歯車」）が書かれる一年ぐらい前に、芥川の口から突然、目の中で歯車がまわる話を聞かされた時はゾーッとした。目の中で歯車がまわるのが見えると、気違いになる前提だと彼は言った。……帝大と一高との間を鉄砲坂に向って自動車を走らせている時、霊柩車の幻覚を見る彼の話を聞いた時も、ゾーッとした。が、何かの中に彼が書いているのを読んだ時には、一向こわくなかった」（小島政二郎「芥川龍之介」『小説新潮』昭和三十五年十二月号）

目の中で歯車がまわる話も、霊柩車のことも芥川が書いていることだが、それをよほど前から彼が人に話して聞かせたということは――その経験を口に出したというよりも、書こうとするものを人に語って、その効果をたしかめ、さらに、自分の書く話の構成を固めたのではないか、という気も私にはするのである。

小説家は、ときに自己の書こうとする内容を人に聞かせて、話しながらそのアヤフヤなものを固定させ、欠点に気づき、また新しい部分にも気づく、ということをしばしば行う。小島に語った芥川もそれではなかっただろうか。

というのは「目の中の歯車」は眼科医学では分っている症状であり、芥川ほどの作家だから眼科のテキストくらいはのぞいて知っていたのではないかと思うからである。

これについて椿八郎（眼科医・作家）の一文を出してみる。

「芥川さんの〃歯車〃を読んで、眼科医の立場から推理的診断を試みると、すくなくとも、芥川さんは、眼科領域の奇病〃閃輝《せんき》暗点〃の発作に、しばしば悩まされておられたことは明瞭である。さすがは芥川さんである。その発作時の病状描写は、まことに正確、精細をきわめ、眼科学の教科書に書かれているところと、全く同じなのには、愕くほかない。……

――両眼視野に閃輝性の暗点の現われるものである。すなわち軽度の頭痛を前駆することもあるが、多くの場合には突然注視点附近に暗点が現われて、その縁は鋸歯状でキラキラ光っていて、この暗点は次第に拡大し、数分乃至数十分で消失する。暗点発作時及暗点消失後に相当に劇しい頭痛を起す。時には悪心《おしん》嘔吐を伴う……

これは、手元にある『袖珍眼科便覧』の〝閃輝暗点〟の項を抜萃したものである。……

〝閃輝暗点〟は、眼科領域の病気には相違ないけれど、眼球自体には、全然変ったところがみられない。

これは脳の中の視中枢の血管の痙攣によって起るもので、患者の多くは、頭痛の苦しみのために、はじめ、内科医や神経科医を訪れ、中には精神分裂症の初期のようなことをいわれてくるものすらある。」(『文藝春秋』昭和三十八年三月号)

右のように、「歯車」の現象は、眼科学の教科書に書かれているところと全く同じで、しかも、その病状の描写は正確で、精細を極めていると、専門医は言うのである。これを読んで、私は芥川の書いたのがちょっとクサイという気がした。教科書にある通りに正確に病状を書いたという芥川は、文字通り教科書を見てその通りに書いたのではないかとさえ思うのである。

彼の眼の中に「歯車」の現象がまるきり無かったと言わないが、遺稿の中に教科書通りに正確に書いたというところに芥川らしい技巧を感じるのである。それには、読者も文学仲間もちょっと気がつかないだろうという彼の計算も入っていたかもしれぬ。この単なる眼科学的現象にすぎないものを、発狂の一歩手前という精神病的な恐怖に芥川は結びつけたのではないか。

芥川は広津に電車の沿線が真赤に燃えていた、と話したのをおぼえておられるであろう。これなども眼科的な病状として、芥川は医学書のどこかの一行を見ていたのではなかろうか。

芥川は、では、なぜ、かくも発狂の怖れを人に語ったり、「歯車」のなかで執拗に述べたりしなければならなかったか。

彼は、母親が狂死しているので、遺伝により自分も発狂するだろうという怖れを抱いたといわれる。「おまえは狂人の子だ」という言葉が彼自身によって語られている。しかし、前にもふれたように、彼の肉体が疲労する前、つまり創作活動が旺盛な頃には狂人の遺伝のことは少しも語られないし、影も射していない。

ましてや、「湖南の扇」「南京の基督」(南京の売春婦に接して梅毒の症状が癒ったという話)などの作品から、芥川が中国旅行中にジフィリスに罹っていたという他人の臆測は、あくまでも空想にとどまる。

芥川が肉体の衰弱を「発狂」に結びつけたのは、彼の天才意識からではなかろうか。「歯車」にみるような眼科的症状を、わざと発狂の前ぶれのように彼は書いているが、もし、彼が眼科の教科書を読んでいれば、それが精神病とは何のかかわりもない「視中枢の血管の痙攣」の作用にすぎないことを知っていたはずである。にもかかわらず彼がそれを「発狂の兆候」としたのは、天才という自負が、単に痔疾や胃アトニイのような平凡な病気に敗れたとは言いたくなかったからではなかろうか。

もちろん、この考えは傲慢である。彼は、そのことをよく知っていた。

或声　お前の傲慢はお前を殺すぞ。

僕　僕は時々かう思っている――或は僕は畳の上では往生しない人間かも知れない。(「闇中問答」)

繰返して言うように、芥川は、文壇の出発時から幸運な道を歩きつづけ、グループの先頭に立ち、絶えず文壇の脚光を浴びてきた。同僚はもとより、先輩作家も彼の姿には瞠目した。小学校から大学を通しての秀才として一高時代には恒藤恭と共に他の儕輩に超然としていた。菊池も久米も、その頃の芥川には二歩も三歩も譲っていた。

絶えずトップに立っていなければならない、いや、他から絶えずトップに立たせられていた彼の切ない意識は、ついにその死まで平凡な自殺では済まなくさせた。ある人は、彼の死を「芸術的な自殺」と言い、近松秋江は、「書物的な死だ」と評した。もし芥川が単なる不眠症や、アトニイや、痔瘻《じろう》などに困って苦しんで死んだとしたら、その芸術的な色合いは大半色褪せてしまうだろう。芥川は、その自殺さえも「芸術的」に考え、そのセンセーションまで計算していたのではないか。

文壇史的にいえば、当時は自然主義から「白樺」の人道主義に移り、それが芥川や菊池によってエゴ尊重に変るのである。同じ人間尊重でも武者小路一派の楽天的な人道主義とは違い、そこには個人のエゴによる相関関係との矛盾、不合理、相剋といった主題で現れた。

芥川は、それらのテーマを「今昔物語」や「宇治拾遺」などから素材を求めて仕上げた。しかし、このエゴ尊重による相関関係との衝突は何ら解決されることなく、単に懐疑、冷笑、諧謔の域に足踏みした。そこには世紀末的な唯美主義と厭世主義的な微笑とが彩られる。

芥川が、それらの主題を作家的な経験の上から語れば、彼の行詰りはなかったであろう。しかし、彼の人生は結局「書物」からの人生であった。知識の人生であった。和漢の古典や西洋の書籍から素材を取ったのでは、当然のことに限界がくる。書いている芥川自身が次第にむなしさを感じてきたのである。これは彼の年齢の進行と無関係ではない。青臭い観念的な「若書き」では不満足になってくる。彼以後の若い現代作家にもその類なしとしない。芥川はリアリズムに惹かれてくる。その前面に志賀直哉が大きく出てくる。

芥川には人生体験はなかった。「白樺」の若い作家も、それほどの体験も持たずに小説を書きはじめた。しかし、志賀には「父と子」という体験があった。武者小路には体験不要の楽天的お説教があった。

もし、芥川に書籍から得た近代的理知と文章上の才能がなかったら、長与や犬養のように、単なる文人的趣味の作家に陥るか、線の細い作家として儚く消えてしまう存在だっただろう。初期の芥川が夢中になって和漢洋の書籍に縋りつき、やがて、その空虚さに幻滅を感じてくる道程がよく分る気がする。

それは、告白を至上とする文壇の主流から離れて行く彼の不安でもあったのであろう。

8

芥川龍之介は、古典や西欧の小説から素材やヒントを得た作品のほかに、「秋」(大正九年)、「お律と子等と」(同年)、「一塊の土」(大正十三年)、「玄鶴山房」(昭和二年)を書いている。これらは在来の芥川作品と違ってリアリズムの傾向の強いもので、殊に、「一塊の土」は芥川の作風に一転機を画したといわれ、「玄鶴山房」は足腰の立たない病床にある老夫婦の家庭の荒廃を描いて「鬼気を感じる」とさえいわれて好評であった。

「秋」は勤め人の家庭、「お律と子等と」は古い商家、「一塊の土」は農婦、「玄鶴山房」は中流家庭といったように設定がなされているが、はじめの三つともつくりものの感じである。文章も他の短篇とは違い、キラキラしたところを消してはいるが、やはり作りもののあとがある。それをなるべく淡々とみせようとしているので、存外に散漫である。歴史物にみるような緊密性がない。「文章を書かうと思はずに、思ふまま書くからああ云ふ風に書ける」（漱石の言葉）志賀直哉の無駄の無さには及ばない。

材料にしてもこの三つの作品は人から聞いた話を書いたという感じで、作者との間に距離がある。「一塊の土」は正宗白鳥が賞讃したとはいえ、農民の生活が描けているわけではない。芥川は農民の生活を特に調べたわけでもなかった。方言にしても、どこの方言だか分らないと誰かが評した。

――のみならず夏には牝牛を飼ひ、雨の日でも草刈りに出かけたりした。この烈しい働きぶりは今更他人を入れることに対する、それ自身力強い抗弁だつた。お住もとうとうしまひには婿を取る話を断念した。尤も断念することだけは必しも彼女には不愉快ではなかった。（「一塊の土」）

といった芥川らしい都会的な文章がちらちらする。どだい、芥川が農民を主題に書くのが無理なので、新しい試みには違いないが、彼もこれ一作で農民ものをやめている。

宇野浩二によるとこの「一塊の土」は「あれは芥川の書いたものではない」という噂が当時立ったというが、実は、某社の校正係をしていた力石という湯河原の青年が協力した材料だそうである。そう聞くと、うなずけるところもある。

この作品は湯河原の中西旅館で書かれた。原稿用紙の上に「一塊の土」と題名だけを書いたところに、例のH女がふいに襲ってきた。芥川は、H女と愛欲のひとときを過し、彼女が帰ると「性欲の満足は、夕立が降ったあとの新鮮さのように、彼の頭脳を洗い浄めて」にわかにペンを持った——というのは村松梢風の説。

その真偽はともかく、「玄鶴山房」は自殺の年に書かれているだけに、老人一家のやりきれない絶望的な雰囲気がよく出ている。前の農民小説と違い、芥川にはお手のものの中産階級の家庭が舞台であるからでもあろう。

そして、この設定のなかに退職公吏の養父母と、伯母と、夫が自殺して婚家から戻った姉と子とを養っている、重苦しい芥川自身の家庭が投影していないとはいえない。

当時のプロ文学者だけの座談会でこの作品について宮島資夫が「プチ・ブルジョア生活がいかに詰らないかと言うことをシミジミ見せつけられたような気がする」といっている。しかし、芥川には特にそうした意図があったわけではなく、むしろ前田河広一郎の「これは人生観の事から出て来ているのじゃないかと思う。むしろ人生というものは斯ういうものであるというような風のことを感じて、それで丁度うまくああいうものを材料として使ったような気がする」という素直な感想があたっていると思う。

芥川の人生観とは何か。しばしばふれたように彼は体験によらずに、理智の裁断によって小説上の人生を作った。彼の創作メモ的な「手帳」には、

「写楽。——芝居に life を見、life に芝居を見る」

の一行がある。「写楽」は作品にはならなかったが、この一行で彼が書こうとした目的はよく窺える。写楽の芥川は、書巻や小説に人生を見、人生に小説を見ていたのであ

る。

それなら、彼の体験的な人生観はまるきりなかったのか。そうではなかった。彼には「家」の問題があり、「親子」の問題があったはずである。次には、女の問題もあったはずである。

H女は他人からみて、詰らない女だったとはいえ、芥川を泥沼にはいずり回らせた女だ。「人生とはこういうものだ」という、「あるがままの人生」の断面を切りとって見せるなら、H女とのことは好個の材料ではないか。少くとも、自然主義の作家なら臆するところなくこれを書いただろう。現に、そのころ徳田秋声は山田順子との愛欲関係を綿々と書きつづけていた。――

滝井孝作は、芥川の思い出として書いている。

「或時、芥川さんは私に向き、『作家は一作毎に切腹しなきやならんネ』『切腹つて』『腹の中を立割つて見せる事サ』とこんなことを云はれたことがあります」(岩波版芥川龍之介全集、旧版第六号月報)

後輩にはこう諭す芥川だが、彼自身は一度も「切腹」をしていない。彼のいわゆる「隠約の間」の告白くらいでは、切尖がちょっと皮膚を破った程度であろう。

芥川は青年時に漱石から「文壇を相手にしては駄目だぞ」と言われ、その言葉をそのまま自分の書斎にくる後進の者に「君、文壇を相手にしちゃ駄目だよ」とよく伝えていた。しかし、彼くらい文壇を気にしていた者も少く、広い読者の支持を得ながら、わずか三、四人の文壇の批評家を恐れていた。正宗白鳥に「一塊の土」が賞められたときは、「夏目先生にほめられた時以来のうれしさ」と感激の礼状を出している。作家なら誰しも批評は気になるものだが、彼はそれが人の二倍にも三倍にも強かった。

後輩に説き聞かせることと彼自身の行為と違うのは、彼がしたくても出来ないことを、そう説くことによって己れの心に言い聞かせていたのかもしれぬ。

批評家の批評が気になることも、彼が絶えず文壇の頂上に立っている意識にほかならぬ。その新鮮な作風と絢爛たる文章で登場して以来、先輩も文芸評論家もしばらくは眩惑されていたが、文壇もこのころはようやく芥川の作品を冷静に観察するようになった。殊に、自然主義の洗礼をうけてきた作家や批評家からは、「告白の無い」芥川の作品に風当りが強くなってきた。「寵児」は「大家」となったが、いつまでもチヤホヤされてはいなかった。彼に転落の幻影がまるきり無かったとはいえぬ。登場以来、少々傲慢なくらい文壇を甘くみていた芥川だけに、そして小心なだけに、将来に対して「ぼんやりした不安」が生じたのもいわれのないことではない。

芥川は親子、又は家庭のことについて、いくつかの断片的な文句を書きつけている。

「人生の悲劇の第一幕は親子となつたことにはじまつてゐる」(「侏儒の言葉」)

「遺伝、境遇、偶然、――我々の運命を司るものは畢竟この三者である」(同)

「わたしは両親には孝行だつた。両親はいづれも年をとつてゐたから」(同)

「彼はいつ死んでも悔いないやうに烈しい生活をするつもりだつた。が、不相変《あひかはらず》養父母や伯母に遠慮勝ちな生活をつづけてゐた。それは彼の生活に明暗の両面を造り出した。彼は或洋服屋の店に道化人形の立つてゐるのを見、どの位彼も道化人形に近いかと云ふことを考へたりした」（「或阿呆の一生」）

「彼の姉の夫の自殺は俄かに彼を打ちのめした。彼は今度は姉の一家の面倒も見なければならなかつた。彼の将来は少くとも彼には日の暮のやうに薄暗かつた」（同）

芥川の養父の道章は東京市の土木局長まで勤めた人で、実父の新原敏三が途中で芥川を返してほしいと引取りにきたとき、たってこの子を連れ戻すなら自分は腹を切ってしまう、といったそうである。道章は、狂死した実母ふくの兄で、そのふくの上が芥川家にずっと居た伯母のふきということになる。

近所に中流家庭としての門戸の体裁を張るために、客にも出されぬ酒を晩酌にしていたという養父、近くの駄菓子屋から買ってきたカステラを「風月」の函に詰めて進物にしたという養母、結婚の翌日に、「来匆々《そうそう》無駄使ひをしてけ困る」と芥川の口から妻の文子に言わせた伯母。——これだけでも芥川の家庭の空気が分るのである。

小穴によると、芥川は新原に嫁したふくの子ではなく、その姉のふきの子かもしれないと推測する。そうなると敏三は義姉に手をつけて芥川を生ませたことになる。小穴の想像は何を根拠にしてそう言っているのかよく分らないが、一生嫁に行かなかったこのふきに芥川が「彼は彼の伯母に誰よりも愛を感じてゐた」（「或阿呆の一生」）ことも、芥川が藤村、特にその「新生」を軽蔑し、「果して『新生』はあつたであらうか？」（「侏儒の言葉」『新生』読後）「――彼は『新生』の主人公ほど老獪《ろうかい》な偽善者に出会つたことはなかつた」（「或阿呆の一生」）といったことも、小穴の言葉に合わせると意味ありげである。いうまでもなく、藤村の「新生」は主人公がその姪と肉体的関係を結ぶテーマで、これは藤村自身の「告白」といわれ、藤村は世間の非難に追われるようにしてフランスに行っている。

それはともかくとして、芥川はこの養家の「家風」のもとに躾《しつ》けられ、両親に礼儀を尽し、絶えず他の家庭から「見習うように」された模範児であった。文壇の大家になった芥川に初めて会った者は誰でも、彼がきちんと坐って両手を丁寧につくのにおどろき、いい家庭の躾を身につけたと感じている。三十歳をすぎての芥川は、こういう養父母と伯母のもとにその自由をかなり拘束されていたと思うのである。前記の「いつ死んでも悔いないやうに烈しい生活をするつもり」は、いわばこうした頭上の重苦しい「遠慮勝ちな生活」から脱れたい彼の希求であり、家庭への謀反心でもあった。

だが、幼少から「躾」によって馴致された彼の性格は、何ものをも実行することができず、こういう家庭に縛られている己れ自身を「洋服屋の道化人形」にたとえるほかはなかった。

家庭での芥川は養父母に対して抗うこともなかった。東京市役所を辞めたのちは、銀行にも出たり、親戚の会計を見たりしたという養父道章は、昔気質の几帳面な性格で、明治以前に生まれたという年齢の大きな開きもあって、芥川はまるきり養父には頭が上がらなかった。

芥川家の家計は一切この養父の手でまかなわれた。芥川は生活費として毎月五十円から百円くらいを家に入れる。養父はさらに生活費としてその中から嫁の文子に若干の金を渡し、文子はそれで食費を整えるといった具合。養父は、金銭の出入りは一切こまかく書き留め、誰がみてもすぐ分るように区分して、簞笥の抽出しに書類を入れていた。田舎では、年寄が死ぬまで世帯を占有している家が多いが、芥川家もその型だったわけだ。事実、養父は死ぬまで（芥川の死後一年）芥川家の戸主であった。

芥川は生活費さえ養父に出しておけばあとは自由に小遣い銭として使えたから、その点は気が楽だったに違いない。しかし、最後まで精神的にも戸主の地位にあった養父には芥川も呪縛されていた。感受性の強い彼のことだ。世代の違う昔気質の養父の吐く片言隻句に傷つくこともあったであろう。その都度、彼の「礼儀正しい孝養」は毒となって内攻することもあり、やり切れない気持にさせたであろう。

家庭での芥川は、朝起きて皆といっしょに食事を済ますと書斎である二階に上がり、夕食を知らせに子供が使いに行くまで、一日中、降りてこなかった。これなども、執筆というほかに、養父母からの逃避とも考えられなくはない。

芥川がこういう「家」や「親子」の関係を小説に告白することはとうてい出来ない相談であった。告白体の私小説には、芸術的エゴイズムを貫こうとすれば、家庭の破壊を伴うという二律背反があるとは批評家の説くところだが、芥川のは、評論家のいわゆる「炉辺の幸福」よりも、その重苦しくて「複雑な家庭」（芥川自身の言葉）と、世評によってつくり上げられた彼自身の偶像を維持するために、汲々としていたものだった。

鷗外が妻の抗議によって「半日」をその作品収録から削ったように、芥川は彼自身に内在する体面意識に妨げられて、遺稿からも遺書からも、あからさまな告白を遠慮したのである。

養父道章は芥川の第一回河童忌（七月二十四日だが、暑いので参会者の迷惑を考えて六月二十四日にくりあげた）の翌朝、庭を掃除しているうちに急に気分が悪くなり、床についた二日後に死んだ。こんなことを書くのはどうかと思われるが、若し、（という仮定が宥《ゆる》されるとすれば）養父の死が一年早かったなら、芥川の自殺は無かったかもしれないとも思われる。孝養を尽した芥川ではあるが、養父の死によって、彼の上にのしかかっていた重苦しいものが除《と》れ、頭上の一角に窓が開いたような「自由な」空気が吸えたのではないか。養父に先に死なれることで彼の「ぼんやりした不安」の要因が消えるわけではないが、少くとも自殺の決行をもっと先に延ばしたのではなかろうか。その間にその死を制《と》めることが出来たのではなかろうか。

「養父に先に死なれては、自分にはもう自殺ができなくなる」と小穴に話した芥川の言葉（『二つの絵』）は、こういう意味にも解釈できそうである。

　わたしは度たび他人のことを『死ねば善い』と思つたものである。しかもその又他人の中には肉親さへ交つてゐなかつたことはない。（「侏儒の言葉」）

芥川自殺の原因の一つに作品の行詰りがあげられていることは前にもふれた。だが、それは芥川の精神の問題ではなかろうか。彼は最初から彼の言う「本格小説」で登場し、それによって華々しい世評を得たのである。いうなれば最初から告白を拒否して文壇に出たのだ。なぜ、彼はそれを最後まで押し通さなかったのか。古典から材料を取るのに虚しさを感じたなら、どうしてそれを充実化するような作業をしなかったのだろうか。

芥川は志賀直哉が「怕い」としきりに言っている。「今の谷崎は駑馬《どば》だ」とも言っている。この谷崎に対する評価は、志賀に対する羨望の裏返しともとれる。芥川がなぜこうも志賀に惹かれたのか、私などにはよく分らない。大体に両者の体質は真反対である。志賀は疑いを知らぬ自我の作家だが、芥川は絶えず疑いを抱かねばならない作家であった。志賀は無技巧派だが、芥川は「人工の美」をつくらねば気が済まなかった。志賀は天衣無縫な態度で対象に向ったが、芥川は一ひねりも二ひねりもしなければ満足できなかった。志賀はねばり強い腰と逞しい腕を持っていたが、芥川は繊弱であった。志賀の語彙は貧弱であるが、芥川のは豊富で絢爛としていた。

要するに、この二人の違いは、リアリズムとロマンティシズムの作家的な性格の相違である。芥川は詩人であり、文人であり、ロマンティシストである。彼に告白体のリアリズムを要求するのがどだい無理で、無いものねだりにひとしい。芥川は疲れたときに、反対の極にある志賀の存在が大きく映りすぎたのではなかろうか。それとも「あまりに文芸的な」ものに徹しようとした彼は、文壇の主流が告白体の私小説にあるのを見て、少からず将来に不安を抱いたのではあるまいか。彼は谷崎ほどには強靱ではなかった。

芥川が晩年近くに谷崎と論争した「筋のない小説」論は有名だが、谷崎は、芥川を「私は斯の如く左顧右眄《さこうべん》してゐる君が、果して己れを鞭つてゐるのかどうかを疑ふ」(「饒舌録」)と芥川のフラフラ腰を笑止がっている。

しかし、芥川の自信の喪失——作品の挫折感は、その虚弱な肉体からきている。彼がその挫折感を征服して乗り切るには、その衰弱した肉体ではとうてい不可能であった。大体、彼のテーマそのものが短篇性であるが、それも彼の弱い身体と無関係ではない。彼が自分と同傾向の作家として最も意識していたといわれる佐藤春夫についての文章がある。

——到底僕は佐藤と共に天寿を全うする見込みはない。醜悪なる老年を迎へるのは当然佐藤春夫にのみ神神から下された宿命である。(「佐藤春夫氏」)

「老醜」はともかくとして、この予言は的《あた》った。いや、ひとり佐藤のみではない、芥川はその周囲の誰よりも短命であることを知っていた。芥川は彼と同時代の作家のすべてが、彼のために「誄《るい》を書く」と思っていたに違いない。志賀も谷崎も文豪の名を得て悠々と長寿を送っている。——

芥川の虚弱な肉体の上に、不幸なことに、いくつかの病気が重なりかかった。行詰った文学を乗り超えることにも、新方向を発見することにも、その気力は萎えていた。焦慮し、苦闘はしたが、「刃のこぼれてしまつた細い剣を杖にして」動けなくなった。

「あすこに船が一つ見えるね？」

「ええ」

「檣《ほばしら》の二つに折れた船が」（「或阿呆の一生」）

暴風雨に檣の折れた船は、芥川の姿を映して象徴的である。

芥川が「スプリング・ボオドなしに死に得る自信を生じ」（遺書）て、その決心を固めたのは、親友宇野の発狂を目《ま》のあたりに見てからだといわれる。しかし、これを以て、芥川が発狂の恐怖を実感したという説には、私はこれまで述べたように少し疑問に思っている。芥川は発狂を予防するために、真剣に精神病の医者のところには駈けつけてはいないのである。あれほど薬好きの芥川が発狂を予防するような薬も注射も打っていないのがふしぎである。むしろ、痴呆になった宇野の姿に人間末路のやりきれなさを見て、自殺決行になったのではなかろうか。

芥川の「ぼんやりした不安」の一つに、折から興ったプロレタリア文学に対する怖れを言う人がある。それは「玄鶴山房」の最後に、リイプクネヒトを読む大学生を出して、新時代の到来を暗示しているからだという。

しかし、彼はプロ文学の勃興に対してはそれほど恐れてはいなかったと思う。

芥川龍之介の人と作品に対する評価は、同人雑誌級の小篇から千頁を超える単行本に至るまで、汗牛充棟もただならぬくらい世に出ている。なかには、そのあまりに高邁な理論のために訳の分らぬ評論もある。これは芥川に対する贔屓の引倒しか、芥川を借りて自己顕示を試みたのだろう。

最後に、芥川に関する歴史的な評価でどうしても見落せないのは、宮本顕治の「敗北の文学」であろう。宮本は、この中で言っている。

「私はもう結論してもいいだろう。

芥川龍之介氏の文学の『最後の言葉』は、社会生活における人間の幸福への絶望感であった。あらゆる厭世主義者のように、氏は『人間に負はされた永遠の世界苦』に結論を発見せずには居られなかった。それは決して新しい思想ではない。新しい感情ではない。それは『自己』への絶望をもって、社会全般への絶望におきかえる小ブルジョアジーの致命的論理に発している。かくて芥川氏は氏の生理的、階級的規定から生れる苦悩を人類永遠の苦悩におきかえる。

……氏の文学はこの自己否定の漸次的上昇を具体的に表現しているものだ。虚無的精神も階級社会の発展期においては、ある程度の進歩的意義を持つものであるが、今の我々はそうした役割を氏の文学に尋ねることは出来ない。そう云う意味で、我々は氏の文学に捺《お》された階級的烙印を明確に認識しなければならぬ。

なるほど我々は最後の凄まじい情熱をたたえた氏の遺稿等に無関心になり得ない。だが、それは芥川氏の文学が、我々を内容的には退嬰的なニヒルへ誘い、形式的には瑰麗《かいれい》な肌ざわりを持っていると云うことより、次の事実によるものでなくてはならぬ。ブルジョア芸術家の多くが無為で怠惰な一切のものへの無関心主義の泥沼に沈んでいる時、とまれ芥川氏は自己の苦悶をギリギリに嚙みしめた。……

だが、我々はいかなる時も、芥川氏の文学を批判し切る野蛮な情熱を持たねばならない。我々は我々を逞しくする為に、氏の文学の『敗北』的行程を究明して来たのではなかったか。

『敗北』の文学を――そしてその階級的土壌を我々は踏み越えて往かなければならない。」（一九二九年八月）

周知のように、この論文は『改造』の懸賞募集で一等当選となり、次点は小林秀雄の「様々なる意匠」であった。この宮本顕治の「敗北の文学」が『改造』誌上に出るや、その清新にして鋭角的芥川批判は、当時の文壇に衝撃を与えた。そのことは、いうまでもなくプロレタリア文学の勃興期に当っていたためだが、当時の情勢がまた、その論文の指摘を肯定するだけの政治的、経済的不安を孕《はら》んでいたのである。

社会科学については相当勉強したことは、軽井沢でその種の本をかなり多く読んでいたことでも分るし、今東光が或本屋で芥川とぱったり会ったときも、芥川は小脇にマルクスの英訳書か何かを何冊も抱えていたというから、彼らしい学識主義から理解に努めていたことは察しられる。しかし、プロ文学への理解や同情はあっても、当時のプロ文学作品程度では恐れることもなかったに違いない。

芥川が社会科学の本をよんだとしても系統立ったものではなく、京都の恒藤恭あたりから聞いて買った程度ではなかろうか。芥川が京都に行ったときも、祇園の茶屋で恒藤とエンゲルスのことを話題にしていたそうである。彼は、室生犀星とのつき合いからプロ文学では中野重治に小説の才を発見し、書斎にくる後進のなかでは、佐佐木茂索を最も認めていたとは、世評にある通りである。

死ぬと決心した彼は知己にそれとなくかたみ分けをしている。死の前の晩芥川は二階から降りて、最も愛する伯母ふきの枕元に二度も来ている。一度は二十三日の午後十時半ごろ、彼は、

「煙草をとりにきた」

と言い、二度目は死の直前の二十四日の午前一時ごろ、伯母に下島に俳句の短冊を渡すように頼んだ。それが彼の暇乞いであった。

「自嘲　水洟や鼻の先だけ暮れのこる」

芥川のことをいろいろ書いたが、批評家がどう言おうと、読者がよむのは「歯車」や「或阿呆の一生」のような半告白体の作品ではなく、初期から中期にかけての諸短篇である。「逆説の小建築」と批評家に批判されても、読まれるのは、とにかくそれが面白いからであり、この才能豊かな作家の特徴を最もよく出してあるからである。芥川は永

遠に夥《おびただ》しい読者をつかんでゆくだろう。

北原二等卒の直訴

前頁写真　北原泰作二等卒（毎日新聞社提供）

1

昭和二年十一月十五日から四日間、濃尾平野で陸軍秋季特別大演習が行われた。兵員約四万。天皇は統監のために十二日に西下し、名古屋の伊藤次郎左衛門別邸の宿舎に泊った。東軍の司令官は宇垣一成、西軍の司令官は梨本宮であった。統監部が作成した両軍の方略は、大体、次のような想定だった。

東軍は、近畿地方から東進中の敵に対し、関東地方から東海道本線と中央本線によって浜松および木曾福島付近に兵力を輸送し、東海道は豊橋付近、中仙道は中津川付近に到達する。

これに対し西軍は、近畿地方から岐阜付近、木曾川右岸地区に進出し、犬山と笠松付近に兵力を集中して名古屋付近に達する。さらに西軍騎兵軍団は、岡崎付近から北方に移動して瀬戸を通過し、多治見方面に前進する。別に歩兵一部隊は、小牧方面から前進して多治見付近に達し、十六日の払暁《ふつぎょう》に小牧・長久手の付近で遭遇戦となる。

この陸軍特別大演習は騎兵軍団の戦闘を主体としたもので、歩兵は、その補助的戦闘となっていた。なお、航空部隊も参加して、空からの援護的任務に従っている。

昭和六年の満州事変勃発を考えると、この騎兵を主体とする陸軍特別大演習は意味がある。

岐阜歩兵第六十八連隊は西軍に属した第三師団の一部隊だが、十七日には小牧方面に向って徒歩進撃中であった。第四師団を右翼に、第一師団を左翼に犬山街道を中心に行軍していたが、部隊からの落伍者は、在郷軍人が牛車に収容して輸送に当っていた。

同連隊第五中隊から、一人の兵が落伍した。彼は初年兵で、北原泰作といった。

「北原、どうした？」

近くにいた班長の小森軍曹が声をかけた。

班長は絶えず北原二等卒に付ききりで、眼を離していなかった。

「はあ、もう歩けません」

北原は銃を棒のように担って、道端の草むらに腰をおろした。

「どうしても歩けないか？」

「どうしても歩けません。入院下番ですから、脚が弱っています」

これが普通だと、班長が叱りつけるところだが、小森軍曹は古い兵隊を呼んで北原を監視させ、自分は中隊長のところに駈けてこの次第を報告している。

「では、おまえが北原の宿舎にいっしょに泊って、傍から離れるな」

と、桜井中隊長は小森に命じた。

小森班長は北原のところに引返し、牛車にいっしょに乗って名古屋の宿舎に引返した。

その家は、ある会社の支社長で白石という人の自宅だった。普通だと、同年兵が三人以上は泊るのだが、ここは北原と班長だけだった。

着いたのが夕方で、軍装を着更えて同家のもてなしを受けた。小森は北原が便所に行くまで油断のない眼を向けるといった監視の仕方だった。

その白石家には若い娘がいた。

夕食を終った北原が、その娘の読んでいる本を見ると、森田草平の「輪廻《りんね》」であった。

「輪廻」というのは、森田草平が「煤煙」に成功して、十年ぶりに書いた六百余頁という大作で、そのテーマには、未解放部落民の娘を排撃する社会の因襲と闘うのが描かれている。

癩病に罹《かか》って絶望している高等学校の学生岡崎廸也《みちや》を主人公とし、番太の娘お条と、お徳という「エタ」の娘などを配している。

「ほう、こんなものを読んでいるのですか？」

と、北原は意外に黒って娘の顔を見た。

それが糸口となって、「破戒」とか「琵琶歌」とかいう部落民を扱った小説の話に移った。

いうまでもなく、「破戒」は島崎藤村で、部落民丑松の苦悩が主題になっている。「琵琶歌」は大倉桃郎という人の作で、ある新聞社の懸賞小説の当選作だった。当時、大倉は日露戦争に出征して、戦地でこの当選を知ったという。舞台は島根県の江ノ川の奥で、断魚渓という名勝地のある近くになっている。恋愛結婚の妻は部落出身だったが、結局、そのために無理に婚家から離縁される。実家に戻された妻は狂人となり、夫の好きな琵琶歌をうたいながらさまよい歩くというラストになっている。

北原は、その晩おそくまで娘と話し合った。

これも普通だと、演習から落伍したくせに横着な奴だと班長から殴られるところだが、小森軍曹は北原には腫物《はれもの》にさわるような態度である。この家に一夜をすごして、無事に明日帰隊してくれれば責任が果せると思っている。

「北原、もう寝ないか」

小森班長は娘と話している彼に言った。

「いや、まだ睡くありません」

北原は娘に見せるとは反対に班長には仏頂面を向けた。

「いいかげんにして寝《やす》まないと、明日の朝は早いぞ。北練兵場で天皇陛下のご閲兵を受ける観兵式がある。これに遅れるようなことがあっては大へんだぞ」

「分りました。班長殿はお疲れでしょうから、どうぞお先にお寝み下さい。自分ももうすぐ寝ます」

小森班長も疲れていた。連日演習した上に、今夜は久しぶりに畳の上で酒の馳走になっている。彼は北原が娘と小説の話などしているのをあくびしながら聞いていたのだった。

「よし。それでは、おれは先に寝るからな」

「お疲れでした」

班長は別間に入ったが、そこには蒲団が二つ敷かれてある。一つは北原のだ。小森は寝る前にも、その家の人にも頼んでいる。

「北原は物騒な兵隊ですから、自分がこうして監視しているのです。どうか、あいつが外に出そうな気配でもあったら、すぐに自分に報《し》らして下さい」

しかし、北原は娘との話を、容易にやめなかった。外に出る気配どころか、根が生《は》えたように、そこに坐りつづけていた。

小森が蒲団の中に入ってから一時間ばかりしたころ、彼はようやく娘に、

「久しぶりに面白い話ができて、こんなうれしいことはありません。軍隊というところは監獄と同じですから、今夜は家へ帰ったような気持がします」

と言い、「では、お寝みなさい」と、初めて腰をあげた。

北原は寝間の襖をあけて入った。小森班長がいびきをかいている。連日の演習の疲れと、酒の酔いとで正体もない。観兵式が済むと、二泊三日の外泊休暇があるので、その夢でも見ているのかもしれない。

枕もとには、軍服が背嚢の上にきちんとたたまれ、箱のように積み上げられてある。班内で手箱の上に積まれたのと同じであった。

軍隊の経験のない若い読者のためにつけ加えておくと、この手箱というのは、班内の寝台の枕もとに置かれた雑品入れで、幅約四十センチ、高さ約八十センチくらいある。その上に背嚢を置き軍服や外被などをたたんでのせ、さらに襦袢、袴下ものせる。これを手箱の幅に合わせて一分一厘の狂いなくそろえて積むと、まるで長方形の箱を見るような見事さである。この技術が初年兵にはなかなかできない。意地悪い古年次兵は、一分でも狂っていると、この箱型の山を叩き崩して、やり直しを何度でも命じる。私のように不器用な者は、まったく降参した。

さて、北原二等卒は小森班長が熟睡しているのを見すまし、背嚢を取出した。革紐を解いて蓋をあけると、なかには着更えの襦袢、袴下が入っている。その間に奉書がたたんで挿まれていた。彼はそれを取出して、背嚢の蓋をもとの通りに閉めた。

奉書は墨で書かれている。

演習に参加する前の晩、隠れてこっそりと認《したた》めたもので、直訴状になっていた。

「訴状。

乍恐及訴候。

一、軍隊内に於ける我等部落民に対する賤視《せんし》差別は封建制度下に於ける如く峻烈《しゅんれつ》にして、差別争議続発し、その解決に当る当局の態度は、被差別者に対して些少の誠意も無く、寧ろ弾圧的である。
一、全国各軍隊内に於ける該問題に対する当局の態度は一律不変であるが、陸軍当局の内訓的指示と見る事が至当である。
一、歩兵第二十四連隊内に惹起《じゃっき》せし差別争議の為、被差別者側の数名は警官の巧みなる犯罪捏造《ねつぞう》により牢獄に送られんとしている。
右の情状御聖察の上御聖示を度賜及訴願候。
歩兵第六十八連隊第五中隊
陸軍歩兵二等卒　北原泰作」

北原は、これを改めて読み直したうえ、たたんである軍服の右の物入れに入れた。

班長は相変らずいびきのかきつづけで、一度も眼を醒まさなかった。

北原は、それから初めて床に入った。が、容易に寝つかれなかった。明日の決行を思うと、さすがに昂奮して心臓だけが高鳴る。

これまで、軍隊の中ではずいぶん無茶なことをしてきた彼だが、今度ばかりは、さすがに容易ならないことだと覚悟した。まだ営外の同志にも打ち明けていない。

彼は気分を静めるために、いま、この家の娘と話した小説のことなど、ぼんやりと想い出していた。

娘が読んでいた「輪廻」には、作者がお粂という女にこういうことを言わせている。

「私が新平民の娘だから、私を女房に持ちたいと云う様な人は、他の女はそれで可いかも知らないが、私は御免じゃ、そう云う人は私が新平民の娘じゃと云う事を一生、記憶《おぼ》えて居るんですよ。向うじゃ、こっちを拾い上げてやった積りで、好い気持で、暮されるじゃろうが、拾い上げられた方は、生涯頭が上がらんじゃないか、私ゃいやなこっちゃ。まあ、夫婦になって呉れる気があったら、こっちを拾い上げるよりか、向うで成り下って来て貰いたいものじゃ。私と同じように、新平民になってくれる人なら、どんな年寄でも、片輪でも、私ゃ喜んで一緒になる、それでなきゃ、まあ、真平じゃ」

部落解放運動に共鳴を示す「外《そと》」の人は多い。彼らはこの不合理な封建的差別が残っていることを憤慨し、理解を示している。しかし、その理解とはなんであろう。いうなれば、「外」の者は部落民に「同情」しているだけではないか。

部落民の苦悩は部落出身者でなければ分らない。単なる同情は上からの「憐憫《れんびん》」にすぎぬ。自分たちは憐憫を受けたくない。部落民に同情を示したり、いっしょに闘争に参加したりしている外部の者は、要するに優越意識からにほかならないのだ。

そんなものはかえって邪魔である。真の部落解放は部落民によるものでなければ分らぬ。

「輪廻」の作者も、「破戒」の作者も、根を洗えば世間並みの同情にすぎぬ。おれは一生部落民として差別待遇反対の運動に挺身するのだと、北原は睡れぬまま考えつづけていた。

北原泰作は、明治三十九年、岐阜県稲葉郡黒野村大字黒野に生まれた。黒野は岐阜から東北約四キロくらいの地点である。

父親は北原作造といい、彼は一人息子であった。

黒野部落は当時の戸籍数八十世帯で、家業は農家ということになっている。だが、実際は名ばかりで、いわゆる零細な三反百姓ばかりだ。季節には行商をしたり、履きもの造りなどして生活を支えていた。

泰作は村立黒野尋常高等小学校に上がったが、学業優秀で、三年のときに副級長に選ばれた。五年のときに級長選挙がおこなわれて級長に当選したが、担任の教師が北原の当選を知って、この選挙は参考までにやったのだ、と言い直し、村の大地主で学務委員の息子を級長に指名した。

あるとき、学校の隅にある器械体操の鉄棒を取る順番争いから、有力者の息子と喧嘩になった。

その息子は北原に、

「おまえたちは日本人じゃない。神功皇后の朝鮮征伐のときに朝鮮から連れてきた捕虜だ」

と罵《ののし》った。北原は、その報復に、放課後、相手を待伏せて畑の中に投げ飛ばした。

北原が部落民であるということを気づきはじめたのは小学校二、三年のときからで、どこの子でもそうであるように、まず、同級生からの嘲罵《ちょうば》によって世間の風に当った。

ほかの部落の者は、北原などのいる部落民の子を「ひょこ、ひょこ」と言った。そのほか「四本の指」「エッタ」などと呼んだ。

中学校に上がることができず、高等科に進んだ。草刈りをやっていると、昨日までの同級生がそろいの中学生服を着て通って行くのが羨《うらやま》しくてならなかった。高等科を卒業すると、村の郵便局に採用されて配達夫となった。

この頃、東京神田で発行されている「国民中学会」からの通信教育の本を買って読んでいたが、十七の春に東京へとび出した。

東京には北原の従兄がいて、呉服の行商をし、一応、その商売が成功していた。彼はそこを頼ったのである。

従兄に依頼して、どこか住みこみの書生に世話してもらうつもりだったが、従兄が持ってきた口が二つあった。その一つが、当時の文部大臣鎌田栄吉の家だった。鎌田家でも使ってやってもいいという内諾をえた。

このとき、従兄が困った顔をしていった。

「先方は念のために身元調査をやるといっているが、どうするか？」

身元調査をやられれば、部落出身であることがすぐに分ってしまう。

「実は、自分もその素性を匿《かく》して今の女房といっしょになっているような具合だ。おまえのためには気の毒であるが、どうか、おれの立場も考えてくれ」

泰作は、困っている従兄のために、やむなく二つの働き口を諦《あきら》めた。

彼は仕方がないので新聞配達をした。夜は神田の予備校に通う。朴烈事件の金子文子がしていた通りの道であった。

だが、そのままでは行詰りを感じていると、京都で水平社運動が活発になっていることを知り、その影響を次第にうけるようになった。

京都の水平社運動は大正十一年の創立である。この運動の次第が、自分の配達する新聞によく報道された。彼は異常な感銘と昂奮をうけた。

東京の生活に行詰った北原は郷里に引揚げて、自分の村を運動の舞台にしようと思い、京都の本部に連絡をとった。本部から送られてきた機関雑誌「水平」の第二号に、奈良県南葛城郡大正村出身の木村京太郎の「桎梏《しっこく》より鉄鎖へ」と題した論文を読んで闘志をもやした。

これは、筆者の木村が運動の弾圧をうけて護送されてゆく間の話を扱ったものだった。この奈良県南葛城郡というのは水平運動の発祥地で、掖上《わきがみ》村柏原青年団の西光万吉、阪本清一郎、駒井喜作の三人によって烽火《のろし》があげられた。

彼らは水平運動を創立し、従来の偽善的な融和運動では恃《たの》むにたらずとして、全国部落民の積極的な自覚運動と、一般民衆への反省促進とを起すことにし、全国に檄《げき》をとばした。

彼らの努力は、当時、京都市上京区鷹野北町楽只青年団の南梅吉や、桜田規矩三なども参加となり、各地に「よき日の為に」と題する水平社創立趣意書を頒布し、同志の糾合につとめた。

それが次第に功を奏し、大正十一年三月三日、京都岡崎公会堂で全国部落民の代表者約四千人が集り、ここに水平社創立大会が成立した。

大会では綱領、宣言が可決されたが、その宣言はつぎの通りだ。

「全国に散在する吾が特殊部落民よ団結せよ!! 長い間虐《いじ》められてきた兄弟よ、過去半世紀間に種々なる方法と、多くの人々によってなされた吾等の運動が何等の有難い効果を齎《もた》らさなかった事実は、夫等《それ》のすべてが吾々によって、又他の人々によって毎《つね》に人間を冒瀆《ぼうとく》されていた罰であったのだ。そしてこれ等の人間を勦《いた》わるかの如き運動が、かえって多くの兄弟を墜落させた事を想えば、此際吾等の中より人間を尊敬する事によって自ら解放せんとする者の集団運動を起せるはむしろ必然である。

兄弟よ。吾々の祖先は自由平等の渇仰者であり、実行者であった。陋劣《ろうれつ》なる階級政策の犠牲者であり、男らしき産業的殉教者であったのだ。ケモノの皮剝ぐ報酬として生々しき人間の皮を剝取られ、ケモノの心臓を裂く代償として暖かい人間の心臓を引裂かれ、そこへ下らない嘲笑の唾まで吐きかけられた。呪《のろ》われの夜の悪夢のうちにも、なお誇り得る人間の血は涸《か》れずにあった。そうだ、そうして吾々はこの血を享《う》けて、人間が神にかわろうとする時代にあったのだ。犠牲者がその烙印を投げ返す時が来たのだ。殉教者が、その荊冠《けいかん》を祝福される時が来たのだ。吾々がエタであることを誇り得る時が来たのだ。(中略)

水平社は、かくして生れた。人の世に熱あれ、人間に光あれ。　全国水平社」

2

未解放部落の問題が現代になおも存在していることは、不合理とか不可能とかいう言葉よりも、憤《いきどお》りを感じる。それはアメリカの黒人問題どころではなく、日本では深刻であり、重大である。黒人に対する白人の差別は百年くらいだが、日本の部落民差別は四百年以上にもわたっている。

このようないわれのない差別がどのようにして生じたかについて、明治以来、学者間（たとえば初期の喜田貞吉など）に研究がすすめられている。くわしくはそれで見ていただきたいが、ここでざっと省略して述べると、いわゆるエタの起原は、昔から人種起原説と職業起原説とがあった。

人種起原説というのは、古代、朝鮮から渡ってきた帰化人や戦争による俘虜の子孫ということになっているが、この説は、今ではまったく根拠のないものとして消えている。

職業起原説は、その携わっている職業が皮革の手工とか、葬送の世話とかが多かったところから、死骸を忌《い》み穢《けが》れとする思想につながって、穢れの多いもの、すなわち「穢多」となったというのである。そのほか鷹司被官の雑戸が餌をとるエサシからきたものともいわれる。

いずれにしても、この考えは仏教説に付会《ふかい》したもので、根源はもっと以前にさかのぼっている。

支配者が被支配者をわけて「良民」と「賤民」とに区別したのは、律令を定めたころから記録されている。良民とはいわゆる市民権のようなものをもつもの、賤民とは市民権のないものという義で、良民とは食糧の生産などで支配者に直接なかたちで奉仕する部族をいい、そうでない非生産的な職業に携わるものは賤民とした。むろん、この別はざっとしたもので、もっとこまかな分け方がある。たとえば、喜田貞吉は特殊民構成の三大要素として、浮浪民、先住民中の落伍者、出家の俗法師としている。だが、分りやすく大別すると、以上の二つになる。

したがって、非生産的な職業、たとえば、金工や皮細工、染物などの技術者は賤民であり、歌舞音曲に携わる専門の職業人もまた賤民であった。芝居者が河原乞食といわれたのは、非人として河原に住んでいた名残りだ。そのほか寺社の掃除人、産所の世話人、社会からの落伍者が安易な生活を求めて入りこんだものといわれている。

だが、この賤民の区別は、いつの間にか皮革と、牛馬を扱うのを主とする業者に代表されるようになった。これは、前記のように、穢れを忌む仏教思想が混合したからである。だが、この差別的な階級制度は室町末期まではまだ明確になっていない。それが劃《かく》然《ぜん》としたのは徳川の幕藩体制が完成してからである。

幕府の統治形体は、士、農、工、商にわけた。戦闘部隊である士を上位においたのは、それが武力政権であるための必然性からだが、農をつぎにおいたのは、奈良朝以来、米の生産者を「良民」とした伝統である。しかし、農も、工も、商も別に変ったところはなく、同じく被支配者であった。

　このうち、商の地位が上がってきたのは、大体、徳川の中期からで、これは土地による生産手段が貨幣の流通経済に替ったための変革にすぎない。その実力はともかく、身分としては依然として支配階級の下にあった。

　だが、徳川幕府では被支配階級の心理を巧妙に読んでいた。つまり、支配される者は、絶えず支配者に対して圧迫を受けると同時に反抗心を培う。これをなだめるために、農、工、商の下にもう一つ階級をつくったのが「エタ」の身分制度である。

　徳川時代では、身分は、その職業とともに世襲であるから、百姓に生れた者は一生涯百姓となっていなければならない。商人は何代でも商人である。彼らのその絶望感にわずかな救いとしたのが、そのもう一つ下の下層階級をつくったことである。百姓、町人たちへの「優越意識」の付与である。これが「エタ」、非人といわれるものの身分制度だ。

　この差別待遇は、仏教思想が日本人民に滲透しているので、それを利用することによってきわめて円滑に成立した。穢れを忌み嫌う思想が、すなわち、それに携わる職業を卑しい者、身分の低い者という観念に容易に結合させることができた。

　世間では、未解放部落の成立がすでに奈良時代からあったように考える者もあるが、現在まで残っている差別意識は、じつに徳川三百年にわたった統治政策の結果である。

一口に「穢多」、非人というが、非人は少し意味が違うようにしている。これは永劫の身分ではないとしてある。つまり、おとなしくしていれば、市民権の回復ができるようにしていた。

だが、「穢多」はそうではなく、何代つづこうと、未来永劫に賤民であった。これも徳川政府の巧妙な政策で、「穢多」も非人も同じ下の下にある最下層ながら、互いに反撥し合うようにし、分裂を企図した。いつの世でも支配階級にとっては下からの団結が恐ろしいのである。

彼らは一般民とは、結婚はおろか交際すらも許されなかった。「穢多」が一般の家庭に入るときは、家の表で草履をぬぎ、閾際《しきい》にはだしとなってひざまずいて低頭し、その家の者の許しがなければ、決して屋内に入ってくることはできなかった。一例をいえば、こういうことだが、このような身分差別が、幕府の支配下にあった農、工、商などの民衆の上への反撥意識をどれだけやわらげさせたか分らない。

それでは、一方、部落民は徳川封建制度による差別に対し容易に諦めることができたか。祖先の血が違うと説かれて納得したであろうか。決してそうではなかった。不合理な差別と隔絶に、封建制度下といえども反抗の血をたぎらしたに違いない。だが、ここにも徳川政府の巧妙な統治政策が動いた。すなわち、宗教による「諦め」あるいは「来世」の思想注入である。

その宗教は一向宗、のちの真宗である。一向宗は大乗仏教だ。南無阿弥陀仏ととなえれば、それであらゆる罪業は消滅し、死後は極楽浄土に行かれると説く。この安易な救済主義が庶民にうけて、室町末期から、急激に全国に一向宗が勃興するのだが、徳川政府はこれを利用し、彼らに仏法による「諦観」をうえつけた。

すなわち、現世では穢れの多い身体だが、阿弥陀如来を信仰すれば、死後は浄土に行かれるばかりか、来世は一般の者と同じ身分に生れ変るというのである。これが明治になってからもつづき、今日どの未解放部落に行っても、貧しい村落には似つかわしくない大屋根の寺院が建立されている理由である。

未解放部落の問題は、たとえば、

「エタは明治四年の解放令によって実は単に新平民という別名をかち得たのみで事実上、その全部が旧態のままに取残された観がある。すなわち、特殊部落の問題は、法制上からはすでに解決している問題ではあるが、しかも多年の因襲《いんしゅう》にとらわれ、妙な感情の行違いから、事実上は依然未解決の状態に置かれてある。この点において重大なる人道問題乃至社会問題をなすべきものというべきである。」（司法省調査課編『司法研究』第五集、昭和二年九月——傍点筆者）

という官製の文章があるが、差別を「法制上」といったり、これを人道問題ないしは社会問題にスリかえているところに支配階級の巧妙な陥穽《かんせい》がある。未解放部落の問題は、決して人道問題や社会問題などではなく、支配階級ののこした政治形体の残滓《ざんし》なのである。

このことは、明治になってからも未解放部落民自身がまだ自覚しなかった。明治大正を通じて差別的な言辞を弄《ろう》せられると、彼らは憤激して、行動的な糾弾に出た。それはしばしば集団的に行われた。しかし、差別的言辞を弄する者も、それを憤る者も、いずれも、もとをただせば封建時代からうけつがれた資本主義階級体制維持の被支配者なのである。部落民に差別を設ける者がどれだけ社会的な地位を認められているというのか、どれだけ豊かな生活をしているというのか。いずれも被搾取階級なのである。

暴言に報《むく》いるに仕返しをもってする愚を、やがて未解放部落民は悟るようになった。あるいは、その身分を匿して世間から逃げまわっているような状態で解決できないことも自覚した。

これが、水平社運動が社会運動として発展してきた理由である。

大正七年の米騒動は、富山県魚津町の漁民の女房や娘らが米の県外移出に反対して、町村役場に押しかけたことからはじまったのは有名なことだが、この騒動が全国に報道されると、たちまち各地にひろがった。

直接騒動に参加した民衆の数は、官憲の調査でも七十万人と推定された。これに大多数の部落民が参加したことは政府を聳動《しょうどう》せしめた。

どれだけの部落民が参加したかは正確には分らないが、細川嘉六の集めた資料によると、二十二府県の部落民が参加したとある。しかも、富山県で起ったこの騒動を全国的にひろげる口火を切ったのは、京都の柳原の部落民であった。

さらに部落の場合は、男だけでなく、女子供も参加した。これは、平牛から半封建的身分差別のために職業にもつけず、生活に苦しめられ、結婚の自由がないため、通婚範囲はほとんど部落相互間にかぎられているという日ごろからの忿懣《ふんまん》が爆発したのである。ことに部落民が米を買いに行っても、米屋が差別して売ってくれないという奈良県の例もあった。

米騒動の結果は、農民や労働者に多くの貴重な体験を与えたが、部落民の場合も、今までのように上からの「同和教育」や感化救済、部落上層の融和主義でなく、真に部落に根ざした生活と、権利をまもる闘争のための組織に目ざめて進んだ。この米騒動は全国水平社の母体となった。

大正十一年に京都の岡崎公会堂で全国水平社創立大会が開かれて、独自の宣言が読みあげられたことは前にふれたが、この全国本部は京都市におかれ、中央執行委員長に南梅吉が選ばれた。

なお、この宣言は東西本願寺に対してもほこ先が向けられ、

「向後二十年間、吾等部落の寺院および門信徒に対し、いかなる名義による菩提も中止されたきこと」

がつけ加えられている。

これは、部落民の貧しい生活からの負担を少くしたいという理由からでもあったが、部落の八割までが信仰している真宗の権威をつぶすことによって人間性の尊厳を示威し

ようとしたことと、本願寺の腐敗を憤る部落僧侶の本山攻撃の意図でもあった。

しかし、本願寺の腐敗を憤ることは、解放運動の場合、実際にはあまり意義はない。真の本願寺の罪悪は、徳川治下三百年にわたり、政治的意図をうけて部落民の頭をなでてきたことにある。「諦観」と、来世を信じよという愚劣な、阿片的な教えが、どれだけ部落民の自覚と闘争を眠らせたか分らない。こんなことは記録にはないが、私はそう思うのである。

しかも、その本願寺たるや、厳重な階級制度がしかれ、皇室と法王や連枝とは姻戚関係にある。これくらい権威主義をもって民衆にのぞんでいる宗教も少く、また、これくらい支配階級と密着している宗門も少い。

しかし、当時の、この部落民の本願寺攻撃は成功しなかった。それは、やはり部落の大衆の多くが差別観念とは別に真宗を盲目的に信仰して、寺を中心に部落社会が成立っているからである。徳川の宗門による融和政策が、どのように根強く、かつ成功してきたかが分る。

しかし、大正十四年の五月に大阪で開かれた第四回大会は、水平社運動の方針に画期的な転換をもたらした。宣言草案は、ボルシェヴィズムの立場にたって、これまでの部落第一主義的な、排他的な差別糾弾闘争を非難した。そして、水平社の任務は、「差別の根本に向って眼を開き」「個々の差別事象から全般的闘争に移し」「差別観念の基礎(国家権力)に対抗してゆく」とした。このため「労働者の闘いを度外視しては不可能である」ことを強調した。

部落民のめざましい成長は反軍闘争に発展して行った。日本軍隊内における差別反対闘争が、こうして積極的に展開される。すでに、水平社は第二回大会で軍隊内の差別撤廃を決議、陸海軍大臣に申入れた。が、差別はなくならなかった。

軍隊内における差別は、徴兵制度がしかれてから激しく起っていた。部落民は近衛兵には決してとらなかった。たいていは輜重輸卒《しちょうゆそつ》か縫工兵で、成績が良くても上等兵に昇進する者はまれであった。

当時、在朝鮮の陸軍部隊にいる香川県の部落出身の兵士が、「戦友より部落民とて日夜悪罵《あくば》虐待をうけ、はなはだしきは金銭に関する無実の言いがかりをもって、多数相謀って乱打せられた」と郷里の家族に伝えた。

また軍隊内における差別待遇では、苦しみと憤りのあまり自殺した兵士の例もある。

しかし、いつまでも泣寝入りをしていては問題の解決にはならない。しかも軍隊は「陛下の赤子《せきし》」として、いわゆる地方とよばれる一般社会から隔離されている。したがって、外部からかなり強い反対運動があっても、ひとたび軍隊という特別な囲《かこ》いの中に入ってしまえば、他から隔絶される。外部からどのように差別待遇改善運動がもりあがっても、軍隊内では相変らず差別がつづいた。

このため、入営する壮丁自身も「闘争」をしなければならないことが自覚された。全国水平社の左翼系はもとより、アナーキストも入営する際に、水平社同人、労働組合員が荊冠旗《けいかん》、赤旗を立てて、道々、反帝、反軍演説を行いながら見送るようになった。したがって、入営した部落民でただちに営倉にぶちこまれる者も少なくなかった。

北原二等卒が、その直訴文の中に書いた福岡歩兵第二十四連隊事件というのも、大正十五年のこのような情勢下に起ったことである。

もっとも、この直訴文は、のちに新聞に発表されたが、いわゆる「福連事件」の項は削除されている。

この福岡連隊事件というのはどういう内容なのか。

紛争は、福岡連隊内で部落出身の一兵士が差別待遇をうけたことからはじまった。こんなことでは、子弟を安心して軍隊にあずけられないとして、水平社九州連合会、とくに福岡県連合会が主体となって、連隊内において差別撤廃、融和促進講話と懇談会を実施するように約束させた。

連隊長は、いったん承諾したが、のちになって久留米憲兵隊長とともに、「軍の威信」のため、この約束を破棄すると宣言した。

全国水平社九州連合会は、この対策について協議し、今後の糾弾方法を審議した。そして、この運動がいよいよもり上がってきたところに、突如として、中央委員会議長松本治一郎、全国本部常任理事木村京太郎、九州連合会本部藤岡正右衛門以下六人が検挙された。

新聞は某重大事件とつたえたが、予審が終結すると、それは「福岡連隊の爆破を企てた水平社の怖るべき陰謀事件である」との当局談を掲載した。

発表文によれば、

「被告らは、福岡連隊内における差別待遇問題が尋常一様の方法をもってしては目的を達することが困難とみて、非常手段として、十一月中旬、佐賀県下において行われる陸軍大演習に際し、歩兵第二十四連隊の大部分が演習地に参加せる留守に乗じ、約千人余の同人をあつめ、示威運動の名のもとに荊冠旗を立て、大衆をもって同連隊兵営の周囲に押しよせ、営内をダイナマイトを投じて爆破せしめ、大いに気勢をあげ、かつ、軍隊側に対し不安感をあたえ、現状のまま推移せば、勢いのおもむくところ、いかなる事象を来すべきやも測《はか》りがたきをおもわしめ、よって同問題の局面を転換し、解決を促進するにしかずとし、爆発物を使用することをともに謀議した」

というのである。

これは憲兵と警察とが水平社内部にスパイを入れてのでっち上げで、そのスパイの自白書には、松本治一郎の家に無煙火薬を持込んだと書かれている。スパイは警察に自首して陰謀事件の発覚者になりすましたのだった。

福連事件は全国水平社の同人たちに異常な衝撃をあたえた。すでに、その前から、軍隊内の差別撤廃のために、各部落では大演習に際しての兵士の宿舎を拒絶するなどの運動を展開していた矢先であった。

そういう背景のなかに、岐阜県稲葉郡黒野村の北原泰作は徴兵検査の適齢期を迎えたのであった。

すでに北原は水平社運動の闘士として付近で注目されていた。

北原は検査官の指示にはしたがわず、簡単な筆記試験にも白紙の答案を提出した。当時の検査官の普通の考え方からすれば、北原のような運動をしている者を兵役にとることは避けるのだった。ところが、検査官は北原に対して逆手にでた。つまり、このような非国民こそ軍隊にとって徹底的に鍛えなおさなければならないと考えたらしい。

北原の入隊式には、水平社の同志が荊冠旗、赤旗、黒旗をかついでぞろぞろと見送った。黒旗はアナーキズムだ。水平社運動の方針をめぐってアナとボルとは抗争していたが、反軍闘争では一致していた。

北原は営門に到着するまで、道々、反軍演説をぶちまくった。群衆は集るし、憲兵は警戒に出動するし、たいへんな入営風景となった。

3

北原泰作は、岐阜第六十八連隊に編入されて、第二大隊第五中隊第一小隊第一班に配属された。

これは連隊側ですらすらと決ったわけではない。北原が部落出身者で、解放運動の若い闘士だとは初めから分っていることで、現に入隊時には、赤旗、黒旗、荊冠旗にかこまれて、激しい反軍演説をして騒がしている。えらいものが入ってきた、というのが連隊側の受取り方であった。

もし、北原が、その「闘争」から事故でも起すと、ことは中隊長、大隊長、連隊長と直線的に上のほうまで責任が及ぶことになる。

当初の北原は第九中隊の配属となっていた。ところが、第九中隊長草川大尉というのは士官学校出身で、「鬼の草川」といわれるくらい兵隊をしぼることでは連隊随一の定評があり、かつて、渡河演習のとき、部下の兵隊を溺れさせて平然としていたこともある。

この草川中隊長が北原二等卒を引きとることについては、

「自分の性格としては、北原ととうてい妥協はできない。決定的な対立を起すおそれがある。もし、そういうことになったら、連隊ではどう処置するか？」

と、幹部に申入れた。草川のやり方では北原が反抗することは必至なので、不測の事故が起るおそれは十分にある。そこで、幹部も北原を第五中隊に配属替えしたのだった。第五中隊長桜井大尉は、当時病気で休職中であったため、武藤中尉というのが中隊長代理をつとめていた。この中隊長代理という弱さが、いやいやながら北原を引受けざるを得ない羽目にさせたという。

武藤中尉は陸士出身の将校と違い、兵隊から累進《るいしん》したいわゆる特進の将校であった。特進将校というのは、兵隊、下士官、特務曹長（のちの准尉）、少尉、中尉と累進して、大体、大尉止りであった。したがって、中尉でも年齢《とし》もとっているし、正規の士官学校を出た若手将校に対しては絶えず劣等感をもっている。役人の世界では、東大出身の有資格者に対して学歴のない者は、たとえ課長になってもコンプレックスを抱いているのと同じである。

特進将校には二通りの型があって、この劣等感が逆に陸士組に対抗意識を起させて兵隊を叱咤《しった》するのと、軍隊体験が長いために兵の心理をよく理解する人情味の厚い性格とがある。

なにしろ、軍隊のことでは特進組の将校くらいものを知っている者はなく、陸士出身の世間知らずの坊っちゃんとは苦労がちがう。陸士組はただ成績を上げて、出世の点数をかせぐだけのが圧倒的だった。

武藤中隊長代理は、どうやら特進組でも気の弱いほうだったらしい。かれは北原を引受けたものの、できるだけ事故を起さないように宥撫《ゆうぶ》する方針をとった。かれは中隊の幹部や、第一班の班長、古年次兵などにも、その意を含めさせている。北原は隊内でも腫《は》れもの扱いであった。

しかし、北原は、最初から徹底的な反抗姿勢をとった。

入隊式に岐阜県知事の鈴木信太郎というのが来場して祝辞を述べたことがある。整列した新兵はおとなしくその話を聞いていたのだが、北原は、突如列中から外に出て班内に帰ろうとした。班長の小森軍曹があわてて、

「北原、身体の調子でも悪いのか？」

と、とりなすようにいった。これも普通の兵隊なら一喝されて突きもどされるところである。

「悪い」

北原は班長に白い眼をむけると一言いい残して、すたすたと兵舎に帰り、班内のストーブの前に椅子をもってきて、どっかとすわった。

入隊式といえば、兵隊の中では、北原だけが髪をのばしたままだった。これも異常な状態である。軍隊内務書には、「常ニ服装ヲ整ヘ、頭髪ヲ通常短ク剪《き》リ、身体、被服ノ清潔ニ勉ムベシ」とあるが、北原はこれに反抗した。

入隊式の翌日は宣誓式だ。軍隊の規律をことごとく厳守し、忠実に実行することを誓わされる式である。規律とは「上官ノ命令ハ事ノ如何ヲ問ハズ直チニコレニ服従シ、抵抗干犯ノ所為アルベカラズ」につきる。

のち、十八年に改正された軍隊内務令には、「命令ハ謹ンデ之ヲ守リ、直チニ之ヲ行フベシ。決シテ其ノ当不当ヲ論ジ、其ノ原因理由等ヲ質問スルヲ許サズ。新ニ受クル命令ト以前ノ命令ト齟齬《そご》スルトキハ、其ノ趣ヲ述ベ、指示ヲ請クベシ」となっているが、絶対命令に服従する意味には変りはない。北原は、その宣誓も拒んだ。

「北原は、なぜ、宣誓しないのだ？」

まず、小森班長がきいた。

「上官ノ命令ハ事ノ如何ヲ問ハズ、とありますが、もし、その命令が誤ってなされた場合にも、服従しなければならないのですか？」

北原は反問した。

「そういうことはない。上官の命令は……気をつけ。畏《かしこ》くも大元帥陛下の御命令であるから、誤った命令などが出されるはずはない」

「しかし、人間の出す命令であるから、絶対に過ちがないとはいいきれますまい。たとえば、大正十二年の震災のとき甘糟憲兵大尉の命令に盲従した鴨志田上等兵は、大杉栄夫妻を惨殺してしまったではありませんか。それが誤った命令だったことは、甘糟大尉は陸軍刑法にふれて刑罰を受けたことでも分ります。自分は上官の命令でも無批判に従うというわけにはゆきませぬ。そういう宣誓をやることはできません」

これも普通の兵隊だと殴り倒されるところだが、相手が北原では班長も手が出せなかった。

北原は、こうしてずっとその宣誓を拒絶しつづけた。

班長では手に負えないので、武藤中尉が北原を中隊長室によび出した。

「北原、おまえにはいろいろ理屈もあろうが、軍隊に来てしまえば、ここはこれまでの社会とちがって共同生活だ。何ごともみんなと協力してゆかなければ、軍隊という戦闘単位の道場は成りたたない。綱領にも、兵営は軍の本義にもとづき死生苦楽をともにする軍人の家庭であると規定されてある。ここで軍人精神を涵養《かんよう》して鞏固《きょうこ》な団結を完成するのだ。そのためには、一人でも軍の団結を乱す者があってはならない。北原、宣誓をしてくれ」

武藤中尉はたのんだ。

「自分にはできません」

「中隊長がこれほどたのんでもできないか？」

「できません」

「たのむから、やってくれ」

「いやです」

「考えなおさないか」

「そういう気持になれません」

同じ押問答が一週間以上もつづいた。

中隊長は大隊長に愬《うった》えた。大隊長は北原を隊長室によび出した。

「なあ、北原、おまえのことで中隊長も大ぶん心配している。宣誓をしたらどうか？」

北原の答は同じだった。
三、四日たって、北原が班内で昼飯を食べていると、誰かが「敬礼」と叫んだ。班内の兵は、飯を嚙むのをやめていっせいに起ち上がり、不動の姿勢をとった。
週番士官が班の入口に立っていた。

「北原二等卒はいるか？」

「自分であります」

と、北原はゆっくりと身体をまわした。

「おまえか」

と、週番士官はかれをじろりと見ていった。

「連隊長殿が面会だ。連隊本部にこい」

班長も古兵も顔色を変えた。

「自分はいま昼飯を食べています。これを食べ終るまで待ってもらいたい」

北原は答えて腰をおろした。

週番士官は顔を真赭《まっか》にしたが、北原の食べ終るのを辛抱強く待った。北原が週番士官といっしょに中隊の廊下を出たあとの班内は大騒ぎになった。

中隊長も大隊長も北原にはてこずっている。今度は連隊長の異例の説得であった。これでは意地の悪い古兵も北原に手が出せるわけはなかった。連隊長によび出されてどういう結果になるのかと、班内の者が固唾《かたず》をのんで待っていると、髪をのばした北原は、顔にうすら笑いをうかべてもどってきた。班長が急《せ》きこんできいた。

「北原、きさま、連隊長殿にどういわれたのだ?」

「連隊長は宣誓しろといったが、自分はできないといって、ことわりましたよ」

班長は蒼い顔をして、中隊長室に駆けこんだ。

北原二等卒の存在は連隊じゅうの評判になった。しかし、北原には絶対に手を出してはいけないと中隊長は厳重に周囲にいい渡してある。北原一個の無法ぶりが怕《こわ》いからではなかった。一つは、北原の反抗にのって不測の事故が起り、その責任波及が自己にくるのを恐れたからだ。

もう一つは、福岡連隊事件にみるように、外部の部落解放団体に騒がれるのが怕いからだった。

新兵は入隊時の二日間くらいはお客さま扱いだが、それをすぎると古兵の態度はがらりと変り、いわゆる徹底的にしぼる状態になる。毎晩のように、消燈後、新兵はたたき起されて班内に整列させられ、古兵によって私的制裁をうける。

「程度の悪いおまえらを殴ると、こっちの手が痛くなる」

と、上靴と称する革のスリッパで順々に殴る。打たれた者がよろめくと、ふらふらするなと、もう一度、不動の姿勢をとらせて殴りつける。眼鏡をかけた者には、眼鏡をとれ、奥歯をかみしめろ、といい聞かせて殴打する。奥歯をかみしめさせるのは、舌をかませないためと、顎をはずさせない用心からだ。こう宣告されると、打擲《ちようちやく》される者は、その前から生きたここちもない。自転車のペダル踏みや、ウグイスの谷渡り、松の木のセミなどリンチも定型的で伝統になっている。

しかし、北原二等卒も眼鏡をかけていたが、それをはずされることはなかった。かれの前だけは、古兵もすどおりだった。

北原が連隊長によび出された翌る晩、週番士官の中馬中尉が将校室に北原をよび出した。

「北原、うしろの戸を閉めろ」

と中尉はいって北原を自分の前に腰かけさせた。机の上には、酒の一升瓶と、茶碗が二個おいてある。炊事場からとりよせたらしい干物の魚もアルミの皿の上にのっていた。

「さあ、北原」

と、中馬中尉は片足を組んでいった。

「ここには今おれとおまえだけだ。ほかには誰も入ってこない。おれを上官とは思わないで、久しぶりに地方に帰って年上の友だちと話しているつもりでいろ。……まあ、一杯呑め」

中尉は一升瓶を傾けて茶碗に酒をそそいだ。

「なあ、北原。おまえが中隊長殿や連隊長殿のいうことをきかない気持は、おれにはよく分る。いや、これは決して世辞ではない。おまえがこの不合理な世の中を憎んでいるのは、おれだって共感しているのだ。……おれはな、田舎の一反百姓の悴《せがれ》だ。村の者から貧乏人の子供としてばかにされたよ。貧ゆえに好きな女にもふられ、二貫目も瘦せるような思いをした。それで、なんとか一人前になろうとして士官学校に入ったのだが、その費用は村の資産家が出してくれた。しかし、他人から補助をうけるというのは、ずいぶんと辛いことだ。どんなに屈辱を感じたか分らない」

中尉も北原も酒をのんだ。

「おまえは家も貧乏だし、他人から蔑視《べっし》されている。その点はまったくおれと同じだ。しかし、それはおまえだけではない。兵隊のほとんどは農村出身者だ。いま農村がどんなに疲弊《ひへい》しているか、おまえもよく知っているだろう。ことに東北はひどい。娘を売っている家はザラだ。なかには、せっかく嫁をもらって、それを都会の売春婦に売らなければならない例も少なくない。稼ぎ手を兵隊に取られては、あとに残った者はたまったものではない。兵隊の中にも、そんな家のことを考えて、訓練の疲れにもかかわらず夜も眠れぬ者が多いだろう。これは今の政治が悪いのだ……」

中馬中尉は酒を呑みながら言葉をつづけて、軍隊はもっと民衆に結びつかなければならない、と述べたあと、北原の顔をじっと見て、

「昨日、おまえは連隊長殿のところに呼ばれて行ったそうだな？」

と、改めてきいた。

「はあ」

「そうか……しかし、おれがいうことはこれで最後だ。おまえは軍隊にくるべき人間ではなかったな」

と、意味ありげな言葉を最後に吐いた。

「もう、みんな班内で寝ている。帰ってよし」

北原は将校室から出て、暗くなった班内にもどった。かれは寝台にもぐりこんだが、

隣の先任上等兵が酒臭いかれに眼をじろりと開けた。北原は要注意人物なので、絶えず横に上等兵がついて監視していた。

たしかに北原だけは特別扱いだった。ほかの新兵は、班長以下上等兵や古兵の下着の洗濯までしなければならない。小森軍曹は、北原だけにはいっさいそんなことをさせてはならぬと古兵に命じた。当人もいいつけられてもやる気はないが、これも普通の兵隊だと、横着だとか、動作が太いとかいって古い兵隊に殴り倒されるところである。

新兵たちは、班長や上等兵が外出からもどってくる前から舎前に出て待ちかまえ、かれらが帰ると、蝗《いなご》のように群がってその巻脚絆をほどき、靴を脱がせ、帯革をはずし、帯剣の手入れをする。われ先にと奉仕を争う。そういう風景を、北原はいつも窓から頬杖をついて眺めていた。

中馬中尉と話した翌日、小森班長は一装用（礼装）の服を着て、北原二等卒をよび出した。

その横には、中隊の被服係の下士官が助手の上等兵に同じく一装用の服を持たせていた。

「北原、この服を着て中隊長室にこい」

北原にだけその服を着せたのはふしぎだったが、中隊長室に行くと、隊長代理の武藤中尉が胸に略章をつけて立っていた。

小森班長は北原のうしろに控えた。武藤中尉は皺の多い顔に悲壮な表情を泛《うか》べて、

「命令」

と、大きな声でいった。

「命令。陸軍歩兵二等卒北原泰作は宣誓をせよ」

北原は、昨夜の中馬中尉の言葉の謎が初めて分った。宣誓のことではかれは中隊長の言葉にも従わない。大隊長のいうことも聞かない。連隊長の説得も拒絶した。ついに中隊長は命令によって北原を服従させようとしたのだ。武藤中尉のいかめしい略章と、おのれの着せられている一装用の服とで命令の意味をかれに感得させた。ここで服従しなければ抗命罪に問われると分った。

北原の顔を凝視していた武藤中尉は、急に眼尻に皺をよせて気弱げな表情に崩《くず》れた。

「北原」

と、言葉まで哀願的になった。

「おれの立場も考えてくれ。なあ、連隊長殿もひどく心配しておられる。おれの立場がないから、落書きでもなんでもいいから、宣誓書に名前を書いてくれ。おれの顔を立ててくれんか」

抗命罪は処罰の中でも重い。北原も、こんなことではじめから重営倉の中に入れられるのは、これからの闘争に拙《まず》いと考えた。たたかわなければならないことはまだまだ多い。武藤特進中尉の泣きだしそうな顔を見ていると、気の毒にもなってきた。

「では、宣誓書に書きましょう」

「おう、書いてくれるか」

中尉が喜色を現わすと、北原のうしろにいる小森軍曹までほっとした表情になった。

宣誓は終ったが、北原の勝手放題な行動がはじまった。

相変らず頭の毛はのばしたままである。古兵に対しても、身のまわりの世話はおろか、敬礼すらしない。古い兵隊は誰もかれとは口をきかなかった。が、北原がにらむと、かれらのほうが眼をそらした。

酒保にも勝手に出かけた。新兵は雑務に追われて酒保をのぞくことすらできない。

北原は一袋十銭の大福餅を二袋も三袋も買ってきて、自分と同年兵の新兵たちにくばって歩いた。餅をもらった新兵たちは、古兵の眼をぬすんで寝台の下や手箱の中にかくし、便所の中に持込んで食った。

新兵はいつも腹をへらしている。班長や上等兵が食べのこした飯を争って手づかみで口に入れる。

北原の無法ぶりは連隊内に鳴りわたり、上官たちがかれを避けた。

しかし、なかには北原を知らぬ若い将校もいた。北原が酒保から班内に帰る途中、他の中隊の見習士官と出あった。北原は、いつものように敬礼をしないで通りすぎようとすると、見習士官が、

「おい、そこの兵隊」

と、呼び止めた。

北原は、威丈高になっている若い見習士官にむき直って一歩すすんだ。

「なに」

「なぜ、敬礼しないのだ？」

4

なぜ敬礼しないのか、と睨みつけている見習士官の前に、北原二等卒は、ぬっと自分の顔を突き出した。

「それはな、わしはあんたを別に尊敬もしてないからだよ。それで敬礼をする必要がないのだ」

せせら笑っていうと、若い見習士官は眼をむいた。信じられない返答をきいたのである。星一つの二等卒だ。一喝で縮み上がると予期していた相手にいきなり胸元を蹴上げられたような気がした。眼の前にその初年兵が不敵な面《つら》を据えているのである。

「きさま」

と言ったが、見習士官は怒りのために声がつまった。

「貴様の所属中隊と官姓名を名乗れ」

通りかかった兵隊が立止って、この場の有様を遠くから見ていた。

「第六十八連隊第五中隊、陸軍歩兵二等卒北原泰作」

大きな声が出た。

見習士官の表情が変った。北原の名前は、彼もとうに聞いている。将校集会所などで北原の噂はひんぴんと出ていた。が、当人の顔を見るのは初めてだった。見習士官のほうが、うろたえた。連隊長のいうことも聞かない無法者にいきなりぶっつかったのだ。

不運を感じたのは見習士官のほうだった。生憎と、立聞きしている兵隊たちの数もふえた。見習士官の顔から血の気が引いた。

「よし。貴様の中隊長に、このことを報告するぞ」

「どうぞ……」

北原はうそぶいた。

「正確に報告してもらいましょう」

見習士官は彼を睨みつけ、大股で遁《に》げた。

早速だった。その日の夕方、北原は武藤中尉に呼び出された。

「北原、おまえは今日見習士官に敬礼しなかったそうだな?」

北原は、うなずいてその理由を述べた。

中隊長はそれをきいた後にいった。

「おまえもそろそろ一期の検閲が終るころだ。検閲が終れば、みんな外出を許される。おまえのように欠礼をすると、外出は許されなくなるぞ」

「尊敬しない相手でも敬礼をしなければならないんですか?」

「軍隊は秩序だ。上官に対する敬礼は、秩序の具体化だ。したがって、軍隊では欠礼をもっとも咎《とが》める。ことにおまえは初年兵だ。おまえより下級の者はいない。誰に向っても、敬礼してさえいれば間違いはないのだ。それがすなわち軍隊というものだ」

北原は考えた。彼も外出はしたかった。

「それでは、心の中ではどう思っても、相手に手さえ挙げていればいいわけですな。それなら、そうしましょう」

一期の検閲がともかく済んだ。北原は外出を許可された。

隊としては北原の外出に不安を覚えたに違いないが、彼だけを除外すると差別をつけたことになり、また問題が起るので、やむなく外出を許したのである。

北原は、営門を出ると、岐阜から電車に乗って郡部に嫁《とつ》いでいる実姉を訪ねた。これは新兵の外出時間から考えて、距離的にはじめから無理があった。

古兵の外出は午後三時までに営門に帰ればいいが、新兵は午前九時に外出しても正午までには帰ってこなければならない慣習になっていた。新兵は、たとえ日曜日でも雑務や古兵の世話をしなければならないので、九時の外出がどうしても一時間以上は遅れてしまう。したがって、実質上では二時間くらいしか外出の時間がない。

北原は、最初から刻限通りに帰営する意志はなかった。姉の家では歓待をうけた。思いきり出されたものを食らい、酒をのみ、しゃべっているうちに四時をすぎた。

北原は、内務書に規定されている午後五時までに帰営すればいいと考えていた。初年兵は正午までに帰営すべしというのは、事故をおそれる連隊側の処置である。

姉の家を出た北原が美濃駅に着くと、岐阜行の電車が発車した直後だった。次の電車までは十五分くらい待たねばならない。五時までに営門に入れるかどうか危なくなった。彼は待合室のベンチに横たわった。

そのころ、中隊内では大騒動であった。ほかの初年兵はむろん十二時までにちゃんともどっている。古兵ですら三時には班内に帰っている。北原だけが五時近くなっても姿を見せない。五時に遅れると営倉ものだった。

営倉となると、中隊長や班長の責任問題となる。小森班長は、営門まで出て道路の涯《はて》を眺めた。班内では北原が逃亡したと信じる者が多かった。中隊長代理武藤中尉も、隊長室と班内とを往復して落ちつかなかった。

北原が営門を入ったときは五時を五分すぎていた。

営門には衛兵司令がいるから、ここで訊問された。もはや中隊内だけで抑えることはできなかった。会報にも出る。

北原は訊問する中隊長に答えた。

「姉の家に行って話し込んだら、長くなったのです。これ以上くどくど理由を説明しても仕方がないでしょう。たった五分遅れたくらいでは大したことはないじゃないですか。少しは大目にみておきなさい」

中隊長は言葉を失った。あわれな特進中尉は、この厄介な中隊の荷物が次第に怖《おそ》ろしくなってきた。

武藤中尉は連隊長に叱られ、北原は軽営倉二日間となった。

北原は営倉から出されて班内にもどった。

いかなる処置も怖れずに抵抗してゆく北原には古兵たちも畏怖した。うす気味悪い存在なのである。中隊長はおろか、連隊長も手を焼いている。

しかし、古年兵たちは北原に一目おきながらも憎悪していた。北原はかねて自分と同じ初年兵たちに、古年兵の靴をみがいたり、班長の洗濯などするのをやめろと、公然といいふらしていた。

古年兵たちは、その言い草が憎い。彼らもかつては新兵として班長や古年兵のためにこき使われてきた。新兵が入ったら、今度は、自分たちが楽をする番だと心得ている。つらい思いをしたお返しを順送りに待ちかまえている。自分たちがうけたつらい制裁も、その通りのことを新兵に向けようとしている。そのリンチは、男ばかりの世界に閉じこもった欲求不満のため嗜虐性をおびていた。

北原にだけは手を出すな、と上からいいきかされている古年兵たちは、上の者がだらしないと思っている。あんまり甘やかすので、北原がつけ上がるのだと歯ぎしりをしていた。北原がいるばかりにほかの新兵までたるんでいる。古い兵隊のいうことを聞かない。礼儀をわきまえない。動作が太い。程度が悪い。横着だ——。

北原は、班長や古年兵が下級兵を私的使役に使わないように、班の習慣を改めようとしていた。

初年兵は、古年兵の下着まで洗濯をさせられる。初年兵もまた、そうすることで古年兵にいじめられないで済むと思い、機嫌とりに争って奴隷の使役を買って出る。

北原は、そんな初年兵がいると、やめろ、とどなった。同年兵とはいえ、北原は不気味な存在だから、つい、初年兵もそのいうとおりになる。北原の班だけはとうとう班長が自分のものを洗濯に行くようになった。

「うちのおっかあは可哀相に、自分で洗濯に行きよる」

と、古年兵は、初年兵たちに聞えよがしにいった。

班長を「おっかあ」というのは、入隊直後に、中隊長が新兵たちを集めて、

「中隊長はおまえたちの父である。班長は母である。困ったことがあれば何でも母に相談しろ。その上で解決がつかないことがあれば、父であるおれのところにこい」

と、紋切《もんきり》型の訓示をするからである。

そういう北原を古年兵たちが憎まないはずはない。しかし、直接には手が出せないから、その鬱憤《うっぷん》は古年兵たちの腹の中にたまっている。

その忿懣が、ある古年兵の口から不用意に出た。

三月に入ったとはいえ、まだ、班内はストーブがたかれていた。そのまわりで、古年兵たちは椅子にかけて猥談《わいだん》をしていた。初年兵たちは、古年兵がいるかぎりストーブの前にも寄りつけないで遠慮している。

「おまえ、何やってるんだ？」

と、一人の古年兵が、上靴（スリッパ）を膝に手に糸を持っている同年兵にさいた。

「こいつを修繕するのだ。今日はエタの仕事をやるんだ」

と、破れた上靴を見せてゲラゲラ笑った。

突然、北原がその古年兵のところにつかつかとやってきた。

「おい、おまえ、いま何といった？」

古年兵は北原の血相を見上げてたじろいだが、

「何といったかな？」

と、うすら笑いでとぼけようとした。

「この野郎、ごま化すな」

北原はつめよった。

「おまえは、その上靴の修繕をするので、今日はエタの仕事をやるのだと、たしかにいった。今さらうそだとはいわさないぞ。おれの耳だけではない。ここにいる者が全部それをきいているのだ。……おい、山田古兵」

彼はすぐ横の兵に眼を移した。

「たしかに、この男は、今日はエタの仕事をやるのだといったな。え、どうだ？」

山田という古兵は困った顔をしたが、

「おれはほかのことを考えていたので、よく聞いてなかったよ」と答えた。

「そうか。おまえはどうだ？」

北原は、ストーブのまわりにいる古兵たちを順々に指名した。みんなあいまいな顔をした。このような言辞が、「地方」でも部落民の糾弾にあうことは彼らもよく知っていた。

「北原、もう、そんなことはどうでもいいじゃないか。そんなことぐらいいったってたいしたことじゃないじゃないか」

なかにはそういう古兵もいた。

「よし。それでは、おまえもこの兵隊がたしかにそういったのは認めたんだな？」

「そういったかもしれんな」

「おい、みんな」

北原は、隅のほうにかたまっている初年兵たちに顔を向けた。

「おまえたちもきいているだろう。この男が、今日はエタの仕事をやるんだと、たしかにいったな。え、間違いないだろう？」

北原の勢いに初年兵たちはもううなずくほかはなかった。もともと事実なのである。上靴を修繕しかけた古兵は蒼くなっていたが、彼は同年兵の無言の加勢に、まだうす笑いをつづけ、虚勢をささえていた。

「よおし。みんなは、おまえの言葉をちゃんときいたといっている。みんなが証人だ」

「じゃ、きさまはどうするというんだ」

放言した兵隊は逆襲した。北原はいった。

「おれは、おまえが自分のいったことをはっきり認めればそれでよいのだ。別におまえに暴力をふるおうとは思わない。いったことはいったと男らしくいえ。ほかの者もみんなきいたとはっきり証言している。どうだ？」

「……いったかもしれんが、そんなことは、地方の者でもよく陰口してるじゃないか」

「そんなら、認めたのだな……今度こそ。みんな、おぼえていてくれ」

北原は一同に念を押した。

彼はすぐに班長に申し出た。

「おまえ、また憤り出したのか。まあ、いいじゃないか。おれから注意をしておくから、かんべんしてくれ」

小森班長はなだめたが、

「あんたでは分らん」

と、北原は刎《は》ねのけて、中隊長に面会を求めた。

北原は、武藤中隊長に会っていった。

「名誉ある監獄といわれるところで、さらに古参兵から差別をうけ、放っておくわけにはいかん。これをどう処置するかきかせてもらいたい」

彼は次の要求を出した。

連隊の全将兵に対し、このような問題を無くするように徹底的な教育を行うこと。

連隊主催で、差別撤廃の講演会を開くこと。──

武藤中隊長は怒号した。

「きさま、いま、何処にいるつもりだ。兵卒の分際で、身のほどを弁《わきま》えろ」

「じゃ、この要求は駄目ですか？」

「ここは軍隊だ。兵卒の言うことを上官が一々聞いては居られん。第一、要求という言葉からして不穏当だ」

「よろしい。あんたがやってくれなければ外部と連絡をとって、外側から運動を起しますよ」

「なに」

中隊長は北原を睨《ね》めつけた。武藤中尉の脳裡にも、福岡連隊事件が大きく横切ったに違いない。福連事件では、外部の水平社が連隊に押しかけ、いま北原がいったと同じ要求を隊長に突きつけている。

北原を外部と連絡させてはいかん、という判断がたちまち武藤中隊長に起った。

「隊内のことを外部に洩らしてみろ、軍機漏洩《ろうせつ》罪できさまを処分する」

「会見」は物別れとなった。

以後、中隊長は、北原の身辺を厳戒して、面会はおろか、文通も許さなかった。彼にはいつも班長以下古年兵の監視の眼がついた。

北原は孤立した。

なんとかして外部の同志と連絡し、外からの運動を起させたかった。兵営という隔絶された中では、何をいっても、すべて軍紀という名で圧殺される。ひとりで頑張っても、個人の力では知れたものだった。

北原は、福連事件があれほど大きな騒動になったのも、水平社の福岡支部が起ち上がったからだと知っている。

福連事件では、松本治一郎以下が連隊長に迫って差別撤廃の講演会開催を要求しているが、ここに、そのときの「檄《げき》」の大要を出してみる。

「本年一月、福岡二十四連隊機関銃中隊第四班において初年兵の差別問題発生の際、われわれはうち連れて隊長に面会した。その際、中隊長は、今後かかる事件の発生せざるよう最善の努力をする、連隊長と相談のうえ連隊講演会を開くようにし、追って、その結果は通知する、といった。

われら一同は、その機関銃中隊長の誠意を信じて、さまで追及せずして、その返事を待つことにした。しかるに、一カ月経っても、二カ月しても、何の音沙汰もなかった。

同中隊長の舌もまだ乾かざる昨今、またもや同機関銃中隊に二つの差別事件が勃発した。

その事件の内容は、一兵卒が営庭を掃除中、自転車で通りかかった一軍曹（水平社同人）を見るや、『あの軍曹はこれだ』と四本の指を出して三回まで侮辱の意志を現わした。また、同隊の或る初年兵は、入浴の帰りに戦友と入れ歯のことを話すなかで、『近ごろはエタでも入れ歯をするようになった』と差別の言辞を弄したことがある。

聞くところによると、従来しばしば同隊には差別事件があったのを、隊外に洩れるのを怖れてうやむやのうちに上官の手によって葬られていたらしい。いわゆる軍人一流の『上官殿の威厳』によって、上から頭ごなしに抑えつけられていたのだ。臭いものに蓋をしても、やっぱりどこからか、その臭気は洩れる。

同連隊における差別は、これのみにとどまらない。

六中隊の或る上等兵は、内務班で初年兵を集めて雑談中、談たまたま部落民のことに移り、その際、『去年は二年兵から銃剣術で苦しめられたが、その上等兵は大きな顔をしたエタ五郎であった。どんなに出来たふりをしていても、自分が一目見ればすぐ分る、自分の村の近くにエタ五郎の村があるが、それらは自分らの作った作物を盗って困る、エタは盗人みたいなものだ』とあらゆる差別侮辱の暴言を吐いた。また、そこに居合せた別な兵は、『自分の近くにもエタの娘と結婚したものがあるが、自分は、何ほど器量がよかろうが、また金があろうが、エタの女とは結婚せぬ』といい、また別の兵は、『近ごろエタといえばやかましくいう、こんな者は相手にせぬがいい、なんぼあれどもが大きな顔をしても、エタはエタだ』と侮辱した。

福岡二十四連隊において、われわれの前に現われた事件のみでも六件の多数に上っている。

ましてや況《いわ》んや、われわれの眼の到らざる所、耳の達せざる兵営内の隅々においては、差別と侮辱の言葉の嵐が福岡連隊内を吹きまくり、差別事件が枚挙に遑《いとま》ないほど起っていることであろうことを、今回の事件を通して想像するに難くないのである。

在営中の或る同人の兵士は、もし、この問題が根本的に解決されねば、こんな差別のある兵営内に生きているより死んだほうがましだと、悲痛極まる手紙を寄こしている。

……われわれは今後かかる差別事件の絶滅を期するため、なお一歩踏み込んで、福岡連隊当局の責任ある、誠意ある具体的方策を求めるのだ。

同人諸君よ、起て。未明の中に闘いははじまったのだ」（水平社九州連合会＝大正十五年）

5

北原は、軍隊内における差別撤廃要求は、外部の同志と共闘しなければ目的は遂げられないと思ったが、面会も許されず、通信も禁じられたとなると、連絡の方法がない。残された途はただ一つ、兵営を脱走することである。

彼は、ひそかに、その計画を考えた。まず、脱走に一ばんいい場所を捜すことである。物干場で洗濯物の見張りをしたり、休憩時間を利用したりして、それとなく兵営のぐるりを偵察してまわった。結果、酒保の裏側が一ばん適当だと判断した。ここは衛兵所にも遠く、柵の杭には茨をまきつかせてある。が、そこに人間ひとりが潜れるくらいの隙間が出来ていた。外は、すぐ道路となっている。

或る晩、彼は、消燈ラッパが鳴る直前に酒保の裏手へまわった。

なぜ、消燈後に脱営を実行しなかったかというと、消燈後は不寝番が立つ。脱営者を出した責任は不寝番や歩哨が問われ、彼らも処分を受ける。北原は、そういう戦友の迷惑を考えたのである。

酒保は、午後五時限りで閉店するから、その辺は真暗だった。兵舎の窓にはまだ明りがついていた。北原は、小便にでも行くようなふりをして中隊を脱《ぬ》けて来たのだが、班によっては初年兵が学習をうけているところもあり、古年兵にしぼられているところもあった。長方形に何棟となく並んだ兵舎の中では、これから初年兵の地獄が展開されようとしていた。古年兵による私的制裁は、ほとんど消燈直後に行われる。

北原は、杭に巻きついた茨を押しひろげ、棘に服の袖や背中を掻かれながら、ようやく外に出た。とたんに、哀調を帯びた消燈ラッパが鳴りはじめた。

北原は、各務《かかみ》ケ原方面に道をとった。尾を引く消燈ラッパの音が背中から遠のいた。月も星もない夜だった。それでも、彼は、なるべく人家の暗い軒を拾った。いま一ばん警戒しなければならないのは憲兵の眼だった。

しかし、二キロの道には、誰も咎めるものはいなかった。各務ケ原駅に着くと、汽車に乗って名古屋に出た。駅でも憲兵の警戒を怖れた。星一つの初年兵だし、公用腕章もない。便所に行くと言って出たのだから、帯剣もないし、巻脚絆もつけてなかった。営内にいるのと同じ服装だから、見つかったら最後だった。彼は、久しぶりに地方人の群れの中に入って名古屋の街を歩いたが、ここでも怪しまれることはなかった。

ようやくのことで、或るアナーキストの家に逃げこんだ。

「どうしたのだ？」

その家の者は彼の姿を見て眼をむいた。

「実は、こういう理由で脱走して来たのだ。できるだけ早く水平社の同志に連絡を取ってもらえないか」

「すぐに呼びにゆくが、それまで奥のはうに入って酒でものんでいてくれ。軍服はすぐに着更えろ」

と、どてらを出された。

三十分ばかりもすると、水平社同人の生駒という者が駆けつけてきた。生駒も北原が脱走したと聞いて、びっくりしている。

ここで北原は、生駒と軍隊内の差別問題について対策を協議した。

一方、連隊側では、北原の脱走を知って大騒ぎだった。連隊は、憲兵に知らせる前に、自主的に捜索した。憲兵隊に通告すれば連隊の不名誉になるから、その段階前に、北原を発見しようというのである。捜索班は、北原の自宅はもとより、彼の出身部落を徘徊《はいかい》し、内偵をつづけたが、手がかりはなかった。部落の者は連帯感が強く、口が固い。連隊はやむなく憲兵に通知した。

一週間経った日、北原は隠れ家から出て、名古屋市内からハイヤーを雇った。捜索中の憲兵に捕われないで、その裏をかき、連隊内に単独で戻ろうというのだ。彼は、ハイヤーを営門前に乗りつけた。

陸軍刑法によると、脱走は一週間以内に戻れば重営倉で済むことになっている。それ以上の時日にわたると陸軍監獄に収容される。彼は、それを考えて一週間目ぎりぎりに滑りこんだのである。歩哨は北原の顔を見てびっくりした。すぐに衛兵司令所に連絡して北原は捕えられたが、そのときの週番士官が、前に北原との衝突を予想して彼を避けた「鬼の草川」大尉だった。

草川大尉は、ただちに連隊本部に脱走兵の帰還を報告した。連隊副官が、押取《おっと》り刀できて、北原の身柄を本部に連行した。報《しら》せによって、武藤中隊長も飛んで来たが、中隊長は北原の顔を見るなり、何ともいえぬ複雑な表情をした。この厄介な荷物は、怖れていたことを遂にやったのである。中隊長の眼は恨んでいた。

連隊副官によって北原の訊問がはじまった。

「どこから脱営したのか？」

「歩哨や不寝番の責任にならないように、消燈前、酒保の裏から出て行った」

「どこへ行ったのだ？」

「いろいろ歩いた」

「第一日目は、どこに行ったのだ？」

「岐阜の市内に出て食糧を仕込み、金華山に登った。山に登ると、丁度、うまい具合に洞窟のような穴が見つかったから、そこに入り込んで、一週間ばかり隠れた。その間、坐禅を組んでいた」

知人の家に逃げ込んだとなると、そこが隠匿《いんとく》罪に問われる。北原は、最初から終りまで洞窟内から一歩も出なかったと主張した。

北原は、重営倉二十九日間に処せられた。

同じ営倉処分でも軽営倉となると、内務班と同じ食事を支給され、毛布も貸与される。重営倉となると、握り飯にただ食塩が添えてあるだけで、毛布も与えられない。夜は着のみ着のまま板の間に横たわるだけだ。昼間は正座していなければならない。営倉の前には、衛兵司令から出された衛兵が絶えずうろうろしている。丁度、四月の八日ごろで、営庭は桜の花のさかりだった。その花びらが風に乗って営倉の窓から舞いこんで板の間の上に落ちた。北原の、軍隊に対する憎しみが増した。

この処分に対し、どういうふうに対抗したらよいか。ただ、ほかの兵隊と同じように、おとなしく営倉に入れられているだけでは相手にこっちの根性を見せることができない。北原は、考えた末に、断食をもって応ずることにした。

以来、彼は水も一切受付けなかった。

はじめは連隊でも、また始まったくらいに思っていた。北原はこの意地はぜひ貫きたかった。断食で一ばん辛いのは二日目あたりだった。鼻の先に握り飯や水が置いてあるので眼がまわりそうだった。小森班長が何度もやって来て説得した。北原は一言も口を利かなかった。

四日目ともなると、中隊長が心配そうに様子を窺《うかが》いにきた。

「北原、どうして飯を食わないんだ？　身体のためによくないぞ。我慢もいいかげんにしろ」

北原は一言も吐かなかった。

五日目になった。意外なことに、下の妹の顔がのぞいた。中隊長がこっそり呼んで来たらしい。北原は、泣くように頼む妹も追い返した。

六日目。母親が来た。中隊長が横に付いていて、

「北原、おっかさんがおまえの好物の揚げ饅頭を持って来てくれたんだから、さあ、ここで遠慮なく食べろ」

と親切そうに言った。

「泰作、この饅頭を食べておくれ。可哀相に、おまえは痩せこけて真蒼な顔をしている。このままじゃ死んでしまうぞ。一つでもいいから、これを食べておくれ。おまえが何も食べないと聞いたので、わしは今朝早くから起きて、これを作って持って来たのだ」

母親は暗いところに屈《かが》んでいる息子を見て泪を流した。

北原は眼をつむって答えた。

「いいよ。食べるから、おっかさん、そこに置いていてくれ」

「ほんとに食べてくれるんだろうね？」

「あとで食べるよ。早く帰ってくれ」

母親は、おろおろしていた。

七日目。父親がやって来た。相変らず武藤中隊長が横に付いていた。

「泰作、おまえ、何も食べないで死んでしまったら、これから闘うことも出来ないじゃないか。飯を食って頑張ったらどうだ？」

父親は繰返して言い、着物の懐ろから牛乳瓶を二本取出して、格子の間から差入れた。瓶はまだ温かかった。

「これはな、ここにくる間、おれが身体で温めてきたんだ。さあ、これを飲んで元気を出すのだ」

北原は父親の言葉に一理あると思った。たしかに、ここで斃《たお》れてしまったら、自分の主張は貫けない。あとで連隊側に嗤《わら》われるだけだ。

もっとも、ハンストをして餓死すれば、問題は大きくなる。全国的な水平社運動に発展するだろうから、事態は重大化する。連隊長もそれを考えて中隊長に交る替る家族を呼び寄せさせては、彼の絶食を中止させようとしたのだ。北原一個の身を案じたからではない。

してみれば、ここで死んでも犬死とはいえないが、今後の運動のためには、生きていたほうがずっと有利である。軍隊内だけが水平社運動の闘争の場ではなかった。部落民を差別する支配階級との対決は残されている。

北原は考え直すと、牛乳瓶を口に入れた。その白い液体は、頭の先から足の先まで血管のすみずみを流れ伝わった。その感覚がよく分った。

中隊長は、それを見て、

「北原、おまえには負けたよ」

と、一口言った。

その頃、外部では、全国水平社東海連盟の組織を中心に、第六十八連隊内の差別事件を取上げた運動が展開されていた。東海連盟の応援を得て、連隊長に面会を申込んだ。福連事件の場合と同様、このような差別のある軍隊にわれわれの子弟を安心して預けることは出来ないと談じこんだ。

連隊長は会見の席で答えた。

「北原を軍隊でたたき直すつもりだったが、とうてい直せないことが分った。北原は帰します」

水平社連盟では、連隊主催による差別撤廃の講習会の開催を要求したら、という説も出たが、福連事件における官憲の挑発をみても、組織の戦闘力を減殺される怖れがあるので「差別撤廃の徹底的な教育」を要求しただけで一応引きあげた。

連隊長は、北原をすぐに帰す、と言ったが、北原本人には、告げられなかった。

北原は、重営倉を出ると班内には帰されず、痔の治療という名目で、まっすぐに陸軍病院の外科に送られた。前から痔疾はあった。しかし、その手術も一日遅れに遅らされ、実際、行われたのは一カ月のちで、それも手術が済むと、今度は内科にまわされた。つまり、入院を口実に彼を隊から隔離したのだった。

だが、その入院中に北原は兵役免除を企て、同室の肺病患者の血痰を自分のものとしたことが病院側にばれ、懲罰として中隊復帰の処置がとられた。連隊では厄介者の北原を病院に追っ払ったのだが、病院もまた彼を厄介視して原隊に追い返したのである。

北原が陸軍病院に入っているとき知り合った人間に、矢持軍医少尉というのがいた。矢持は貧家に育ち、学資がないために、医学校に進む方便として陸軍依託学生となっていた。やむなく軍医の職に就いてはいたが、それは一時の手段で、彼の本心は、一日も早く軍医を辞めて開業医になりたいのだった。

矢持は、北原の前歴に興味を持ち、思想問題などで話しかけて来たりした。

或るとき、矢持軍医は北原に、クロポトキンやマルクスの著書があれば貸してくれないか、と言った。

「どうするのです？」

「わざと軍医正の眼に止まるように、その辺に置いておくのだ。クロポトキンやマルクスの本を持っているとなると、軍医正はあわてて自分を処分するだろう。そしたら、民間人となって、晴れて開業ができる」

と、矢持は答えたという。だが、北原に外出の機会はなかったので、それが出来ないままに彼は中隊に差戻された。

彼が病院から隊に戻ったのは十月の末で、このときは彼も長い髪を短く刈っていた。夏は頭がむれるので長い髪を剪ったのである。彼は病院で暮したため血色もよくなり、肥えていた。

班では彼を特別扱いだった。班長も古兵もなるべく彼を無視しようとした。同年兵たちも一期の検閲をうけたあとは一等卒になったり、成績のいい者はすでに上等兵になっている者さえあったが、北原だけは相変らず星一つの二等卒だった。秋にはじまる大演習に備えて毎日猛訓練をしている中隊の兵からも離れ、彼だけは、昼間でも寝台の上にひっくりかえっていた。誰も彼を相手にしなかった。

北原は、舎前に整列して演習に出かけてゆく隊列を窓から眺めたり、彼らが戻って大演習の話をしているのを無関心に聞いたりした。

大演習が終れば、名古屋の北練兵場で天皇陛下の観兵式がある。その儀式を最後に兵隊には二泊三日の外泊外出が許可される。彼らは愉しそうに話していた。

天皇が馬に乗って隊列の前を閲兵して過ぎる——。北原に一つの着想が浮んだのは、そのときである。

彼は、これまで軍隊に抵抗した。それもある程度の効果はあったが、予期したようにはゆかなかった。結局、軍隊内は一人の力だけでは駄目だと分った。しかし、外部の同志と連絡して運動を起せば福連事件にみるような憲兵隊と警察の謀略にひっかかる。結果は支配階級の逆宣伝によって世間に水平社運動の誤解を起させるだけだ。犠牲だけが大きく、効果は少ない。逆に、ようやく世間の理解を得つつある水平社運動の後退にもなりかねない。

北原は、整列している兵の前を通過する天皇に直訴することを考えついた。これだと世間に衝動を与えて新聞も書き立てる。真に軍隊内の差別問題を知らせるには、これが最善の方法だと思った。

だが、天皇へ直訴となると、ことは簡単に済まない。あるいは銃殺刑に処せられるかもしれない。しかし、この影響は大きい。

北原は、陸軍病院に行く許可を班長に求めた。病院を下番したばかりなので、さすがの班長も怪しまないで許してくれた。病院に行くと、北原は矢持軍医少尉を訪ね、その個室で自分の計画をうち明けた。

矢持もはじめはおどろいたが、銃殺を免れるためには不敬罪にならぬようにしたほうがいい、と忠告した。不敬罪なら死刑だが、そのほかの罪だと死は免れる。北原と矢持とは、六法全書を繰って、結局、直訴の場合は請願令違反にしか該当しないことが分った。

「不敬罪にひっかからないためには、直訴文はできるだけ敬称を用い、丁寧に書くことだ」

矢持軍医はそう言った。

次は、その直訴文を書く紙の入手方法である。矢持軍医は北原を外出させるために、歯の治療の必要ありとして営外治療の証明書を書いた。北原が中隊にそれを差出すと、軍医の証明なので、中隊側もその外出を許した。彼は岐阜の町に出て紙屋から奉書を買い、こっそり隊に持ち帰って手箱の中にかくした。

次は、彼自身が大演習に参加することである。これまでは、誰も北原を大演習に加えるつもりはなく、彼自身もまったくその意志がなかったが、こうなれば、ぜひとも観兵式に出る資格を取らねばならぬ。

「なに、おまえが大演習に出たいと？」

武藤中隊長は胡散臭《うさんくさ》そうな面持で北原の顔を見た。

「自分は今まで信念のために行動したとはいえ、いろいろ軍人として矛盾した措置をとり、連隊や中隊にずいぶん迷惑をかけました。だが、自分も帝国の軍人となった以上、その本分を尽したいと思います。今度の大演習に自分だけが洩れたとなると、まことに残念であります。ぜひ、ほかの者と一緒に自分も演習にお加え下さい」

北原は「赤誠」を面に現わして頼んだ。

案の定、中隊長は、

「その気持は分るが、おまえは病院を下番したばかりで、身体もまだ十分ではない。演習の参加は不適当だから、次の機会まで休養せよ」

と、体《てい》よく斥けた。

しかし、北原は食い下がった。もし、自分の身体に心配があるなら、軍医から診断書を取ってもよい。その上で身体に支障がなかったら、参加させるか。故障も無いのに、自分だけを除外するのは、すなわち、差別意識がまだ隊に残っている証拠ではないか。彼は両面から中隊長を攻めた。

武藤中尉も相手が面倒な北原なので、ともかく大隊長まで相談に行った。だが、むろん大隊長も中隊長も北原の直訴の企図までは見抜けなかった。

「やむを得ないだろう。ただし、演習中は、彼の傍にずっと班長を付き添わせ厳重に監視させせよ」

大隊長の意見で、武藤中隊長も北原の演習参加を危ぶみながらも認めた。しかし、中隊長は悪い予感を拭うことができなかった。

準備ができたのは北原二等卒の側である。最後の仕上げは、奉書に直訴文を書くことだった。

彼は、自分に理解を持ってくれている大学出の下士官のところに行き、硯と筆とを借りた。事情は明かさなかったが、その下士官もうすうすは推察しているようだった。

北原は、その人に下士官室から出てもらい、練り上げた文案通りに筆を走らせた。

「訴状。乍恐及訴候。……」

6

昭和二年十一月十九日、名古屋練兵場で、大演習終了後の閲兵式が午前八時三十分から行われた。この日は朝から快晴だった。

当時の新聞記事。

「聖上陛下初めての御閲兵として皇国の史上を彩《いろど》るべき特別大演習観兵式は、晩秋の空に金の鯱《しゃち》の輝く十九日午前八時三十分から、金城の下、北練兵場にいとも厳粛に行われた。この式場に参列した兵卒約四万、陪観《ばいかん》の文武官約六千。式前七時半、まさに陪観者一同入場を終って定めの位置に着けば、つづいて第一、第三、第四の各師団、三島野戦重砲兵隊、戦車隊、後備歩兵第百一旅団の各団体は、それぞれ本町、榎田、田幡、土居下の各御門から陸続として入場し、厳粛な空気を場内に漲らせ、ひとしく大元帥陛下の臨御をお待ち申し上げる。

同八時三十分、御愛馬初緑に召され、大本営を御出門になった陛下には、御陪観各宮殿下、奈良侍従武官長、鈴木参謀総長以下統監部幕僚、外国武官など約百騎を従えさせられて式場に成らせられた。御着後ただちに、諸兵指揮官たる梨本大将宮殿下を御先導に、午前の陽光に燦《さん》として翻《ひるがえ》る天皇旗と共に御馬上の天顔も麗しく閲兵の御事を終了。この間、赤線鮮かな戸山学校軍楽隊は嚠喨《りゅうりょう》の音を伝えた……」(朝日新聞　昭和二年十一月二十日付)

――北原二等卒の耳には、第一師団の位置している方面から捧げ銃《つつ》の号令が聞えてきていた。それは、天皇の一行が近づくにつれて次第に大きくなってくる。まだ馬蹄の音は聞えなかった。

北原は、着剣した銃を右手にもち、銃床は地面につけていつでも捧げ銃ができる姿勢でいた。顎紐をかけ、背嚢を背負っての通常礼装だった。昨夜までは、その背嚢の中に入れていた美濃紙は、いま右の物入れ（ポケット）の中におさめてある。

隣は小森班長だった。万一を慮《おもんぱか》った中隊長が、北原の傍から班長を離さない。その武藤中尉は、右端に佇んで、抜刀を構えている。むろん、この中隊だけではない、四万の兵は、声をのんで硬直していた。

天皇の馬が第一師団の中央を過ぎた。このころになると、ようやく群がった馬蹄の音が地面から響いてきた。号令が次々と波になってくる。

北原二等卒は、さすがに膝に慄えが起っていた。あと数分で、自分の運命を決する場面が起るのだ。彼は、数十丈の断崖の上によろよろしている白殺者の心理になっていた。眼をつぶって一気に、その断崖に身を躍らせるのと、十五歩の前に駈け出すのとの違いである。

直訴文は不敬にわたらぬように練上げてあるが、これが絶対に安全とはいえない。帝国の一兵卒が武装のまま大元帥陛下の馬前に直訴をしようというのである。軍法会議は北原の予想を裏切るかもしれない。絶対主義の裁判は、どんな罪名でも自由につくる。

断罪は、これまでの軍隊内における彼の過激な行動を糾弾して最悪に決定するかもしれない。彼は「危険思想」の持主であった。その思想上の信念から、絶えず軍隊の秩序に抵抗してきた。入隊時の宣誓を拒否し、上官を侮辱し、抗命した。脱走により、重営倉二十九日の処分を受けた。

北原は、いま、死を考えていた。肉親や同志の顔が浮んでくる。突然、間近に号令が起った。彼の眼の端に、夥《おびただ》しい馬の行列が整列した兵隊の帽子の上を流れてきた。どれが天皇だか、まだ、さだかには分らない。とにかく、大そうな人数である。その一行は第三師団の端にかかっている。

隊列の一歩前に出ている連隊長が、指揮刀を振った。武藤中尉も刀を斜めに下げた。北原は銃を顔の中央に上げ、頭《かしら》右をした。

今度は馬の行列が視界の正面に入った。抜刀して先頭に馬をうたせている髭《ひげ》の将軍は、諸兵指揮官梨本宮に違いなかった。一馬身遅れて、やや背中を前かがみにまるめた人が立派な馬をゆっくりとすすませていた。あとは、乗馬会のようにむやみと騎馬がつづいているだけであった。

空には爆音が鳴り渡っていた。立川と各務ケ原の飛行連隊が空中分列式参加のために到着したのである。この爆音が、奇妙に北原の身体を軽いものにした。

彼の眼は、移動するその人と馬とを固定して捉え、背後の風景をゆるやかに流した。ねじ向けた自分の顔も対象に密着したままゆっくりと正面に戻りかける。

目測約十五歩。――真前を諸兵指揮官宮が通過した。一馬身間の空隙《くうげき》の向うには整列した他師団の兵隊の背嚢が線になって見える。すでに左翼からも号令がかかっていた。北原は、その一馬身間の空隙に向って行動を起した。想ったより第一歩は軽かった。彼は前列の間をすり抜けた。

眼前の空隙は、次に進んでくる品《ひん》のいい馬によって埋められようとしている。北原は、付剣《つけけん》の銃を左手に提げ、物入れから取出した奉書を右手に高く捧げ、その華奢《きやしや》な馬を打たせている高貴な人に向って、確実に進んでいた。

先頭の諸兵指揮官が不思議そうな顔をしてこちらを眺めた。天皇は、まだ、横顔を向けたままである。陽をうけて白い眼鏡が大きかった。そのうしろに従う騎馬の軍人団が彼を見下ろした。怪訝《けげん》な面持だが、動揺はなかった。乗馬の列は少しも混乱を起すことなく、平静そのものに進んだ。

北原は、自分の抜け出た隊列がぐんぐんうしろに引離れてゆくのを覚えた。当初彼の予想にあったのは、その隊列から二、三人が駈け出して襟首が押えられ、引倒されることだった。しかし、何も起らなかった。兵士の巨大な整列は、北原の行動をあたかも当然のことのように見成《みまも》って、不動のまま捧げ銃をつづけていた。

なぜ、飛び出して行った北原をすぐに追う者がなかったのか、というのはあとからの常識的な疑問である。

軍楽隊の鳴る中で、号令がかけられた途端、歩兵第六十八連隊の全員が呪術にかけられたように石になっていたのである。たしかに彼らは、銃を左手に提げ、何か白い紙を右手に捧げて天皇の馬前に歩み出している北原二等卒の姿を見ていた。が、大元帥陛下の御前が彼らを金縛りにしていた。奇態にうつろになった眼は、二等卒の行動を何でもない通行人のように眺めさせ、痺《しび》れた舌は一声も吐かせなかった。刀《とう》をもった将校も、捧げ銃の兵士たちも神経を痙攣《けいれん》させていた。武藤中隊長も、小森班長もその例外ではなかった。彼らは、尊厳な騎馬群の通過に圧倒されていた。

このことを不思議に思う人のために例を出そう。

のちのことになるが、昭和九年十一月、天皇が群馬県下の陸軍特別大演習統監を終って各地をまわったことがある。桐生市では、数日前から奉迎の予行演習を何度もやっていた。予定によれば、天皇が前橋から桐生駅に着くと、すぐに桐生市立西小学校に行き、次に桐生高等工業学校に向うことになっていた。お召自動車の前には先駆車が走るが、これを桐生署の群馬県警察部の見城・本多両警部が務めることになった。むろん、土地の警察の者だから地理には詳しい。どう考えてもコースを間違えるはずはなかった。予行演習もたびたび入念におこなったことである。

しかるに、本番になって、見城・本多両警部は先導の順路を間違えてしまったのだ。あり得べからざることが起った。最初の西小学校には行かずに、二番目にまわるはずの桐生高工にいきなり先導車を乗りつけてしまった。むろん、お召車も、うしろに従《つ》く五十四台の供奉車《ぐぶ》もぞろぞろと数珠つなぎにひっぱられてきた。おどろいたのは桐生高工に待っていた市の名士連中で、御到着にはまだ時間があると思って煙草を喫《の》みながら雑談をしていたところを不意打ちである。周章狼狽《しゅうしょうろうばい》し、内ケ崎作三郎政務次官などは、モーニングを脱いで、ステテコ姿だったので色を失ったという。

これがあとで問題となり、知事は進退伺を出し、警察部長は左遷させられ、署長は馘《くび》になった。誤導の不敬を冒《おか》した本多警部は、天皇が県下を離れるの日、日本刀で割腹して果てた。

なぜ、このような誤りが起きたか。多分、先導の警部は緊張のあまりに、眼が晦《くら》んだのであろう。予行演習ではさほどのことはなかったが、いざ当日になって自分の背後にお召自動車がつづいているとなると、その威圧感で警部の神経が瞬間に破壊されたのかもしれない。予行演習では覚えなかったことである。沿道には夥しい市民が堵列《とれつ》して迎えている。この異常さも警部を惑乱《わくらん》に陥れただろう。一説によると、張りめぐらされた紅白の幔幕が西小学校に曲るべき道の目標を塞《ふさ》いだため、迷いを起させたといわれているが、いずれにしても、天皇陛下を案内しているという意識が警部の判断力を混乱させたといえる。

いま、第六十八連隊の将兵が呪術にかかった状態で凝固しているのも、陛下の尊厳に打たれているからだ。また、事実あまりにも信じられない事態が眼の前に展開していたので気をのまれてしまったともいえる。二等卒がひょこひょこと陛下の馬前に進んでいるのだ。右手に高く白い紙を差上げて歩いているのも理解を絶していた。

静止した風景の中で動いているのは、百騎にある一列の騎馬の一群と、その先頭に向って歩いている一人の兵士の姿だけだった。兵士は左手に銃を提げていたが、陛下の馬前一メートル前のところにくると、突然、片膝を折り、地面に坐った。折敷《おりしき》の姿勢である。紙をもった右手だけは、突き出すように高く伸びていた。

このとき、高貴なお方ははじめて顔を兵士のほうに向けられたが、何のことか分らないような怪訝な表情だった。どうしたのかと、うしろの供奉の誰かに物問いたそうでもあった。しかし、馬の歩みに停滞はなかった。

このとき、陛下のすぐうしろから、いかめしい顔つきの軍人が列を離れて兵士の傍に来た。彼は馬上から忙しく手を振って、あっちに行け、というような素振りを示した。これが今までの威厳ある騎馬の行進を初めて乱した動作だった。

この動作は第六十八連隊を不動金縛りの呪術から解かせた。小隊長が列伍から離れて北原二等卒のうしろに走ったのは、このときである。彼は北原の背中を抱きかかえるようにしてうしろに引きずった。つづいて小森班長が駈けよって小隊長に手伝った。兵士は隊列の中に引戻された。武藤中隊長代理は呆然としていた。

……ただそれだけのことである。時間にして五分間とは経つまい。汗を流している連隊長の前を、将官たちが睨みつけて通った。外国武官は馬を寄せ合って私語していた。

あとは元のままである。騎馬の一行の通ったあとは黄色い埃《ほこり》が立舞い、馬蹄の音の行く手に当る第四師団の先頭のあたりから号令が鳴っていた。まるで白昼に夢でも見ていたような出来事である。そんなことは無かった、と言われれば、それも信じられそうなくらいだった。

その日から四日後、全国の新聞は、解禁になった記事を掲載した。

「濃尾の陸軍特別大演習は去る十八日をもって終了し、聖上陛下には十九日午前名古屋の東練兵場において御登極《とうきょく》後最初の観兵式を行わせられたが、その際、列中の一兵卒が突如列を飛び出して畏れ多くも陛下に直訴を企てたという重大事件あり、陸軍および内務省ではただちに記事の掲載を差止めて諸般の調査中であったが、今日解禁となったので、左にその詳細を報道する。

午前八時三十五分頃、第三師団前を御通過の際、岐阜歩兵第六十八連隊が分列隊形に整列せる間から、一兵卒が突然着剣したる銃をひっさげて駆け出し、陛下の御前近く進み、右膝を地にして折敷の姿勢をとり、訴状のごとき美濃紙三つ折大の紙片を左に高く差上げ、何ごとか口早に上奏せんとするを、陛下の御前を進む鈴木参謀総長はおどろいて急に御列中を脱して、整列せる手近の将校に命を下した。軍隊側と相対し整列する名古屋市内の各青年団員らは、この一兵卒の奇怪な挙動に一大事と斉《ひと》しく色を失ったが、ただちに命によって列中の小隊長が後方より急ぎ駆けつけ、その兵卒の右腕を捉えて、……後方へ連れ出された。陛下の御列は、そのままお静かにお進みになった。

この不敬兵は、ただちに名古屋憲兵分隊長以下数名の憲兵によって同隊に引致され、厳重取調べの結果、原籍岐阜県稲葉郡黒野村字黒野作造の長男北原泰作(二二)といい、現在歩兵第六十八連隊第五中隊二等卒であることが判った。憲兵隊ではただちに各門前に二名ずつの武装憲兵を立たせ、警戒を厳重にし、外来者の出入りを一切厳禁して取調べを進めたが、大観兵式場において武装せる兵卒の直訴は前代未聞の事件だというので、閣僚を始め各方面ではことの重大なのに恐懼《きょうく》措くところを知らなかった」(朝日新聞)

新聞には北原の直訴文の内容が掲載されているが、それは彼の書いた文句が別段「不敬」に亙っていないと判断されたからであろう。

陸軍省ではこと重大とみて、法務局の見解なるものをいち早く発表している。

「北原が直訴を企てた当時の状況だけから察すれば、不敬罪に相当するような行為とはいえぬようである。ただ、整列している兵列の中から無断で離れたという行為は軍律に反しているが、これをただちに軍刑法の『抗命の罪』に当てはめるのは少し無理ではないかと思われる。どこまでも法律的にみるならば、付剣をし、武装したまま陛下の御巡路に跪《ひざまず》いたとしても、もともとが軍人で、あの際全部の者が武装している際だから、このことだけを取立てるわけにもゆくまい。したがって、今回の場合は、一般刑法の請願令違反第十六条の『行幸ノ際沿道又ハ行幸地ニ於イテ直願ヲナサムトシタル者ハ一年以下ノ懲役ニ処ス』という条文以外に該当する法規がない。思想的軍規軍律の上にはかなり大きな問題で、非常に憂慮すべきことであるが、陸軍には今度のような振舞をなす者は絶対にないものとの前提からで、陸軍法規は出来ている。審理は軍法会議で行うのであるが、今のところ特別にどう審理するという議もないから、名古屋第三師団の軍法会議で審理することになるだろう」

つづいて二十三日午後一時には、早くも陸軍省の正式な発表があった。

「北原の所持せし訴状なるものの内容は毫末《ごうまつ》も皇室に対して不敬の意味を有せず、単に軍隊内において今なお差別待遇行わるとなし、当局の態度を非難するの辞をもって聖察を乞う旨を記述しあるものなり。

北原泰作は岐阜県稲葉郡黒野村に本籍を有し、入隊前より水平運動に従事しありし者にして、本年一月歩兵第六十八連隊に入営した際、すでに反軍隊的言動を弄せしことありしが、入営後も勤務の成績良好ならず、遅刻、離隊等のため処罰二回に及べる者なり。

本人は即時憲兵分隊に収容し、調査のうえ請願令違反として軍法会議に付することとなれり」

田中義一首相の談話。

「今回のことはまことに恐懼にたえない次第である。直訴文は一応読んでみたが、別に不敬とか過激とかに亙るものはないが、いかに謹厳な文字を使い、敬虔《けいけん》な態度をもってしたとはいえ、請願令のあるに拘らず、これによらないで直訴するということは困ったことである。ことに、これが現役の軍人だから、問題はさらに面倒になる。仮りに札つき者であっても、軍隊内にある間に、その性質が改まってこなければ本当でない。この意味から、厳密にいえば、軍紀が弛緩している﹅﹅﹅﹅﹅とも言い得るだろう。本問題の責任については、最も慎重に考慮せねばならぬと思っている。陸相も考えているだろうが、責任者の範囲を誤ると、将来上官を陥《おとしい》るるために、この種の暴挙を敢てする不届者が出ぬとも限らぬから、この点はとくに考慮を払う必要があると思う次第だ」

以上、いずれも「不敬」に亙っていないことが強調されている。

二十八日には関係者の処分が決定した。第六十八連隊第五中隊長桜井鐐三大尉は、軽謹慎三十日、罰俸二カ月。第五旅団長三宅光治少将、第六十八連隊長石坂弘貴大佐、同連隊第二大隊長小黒重徳少佐らは、それぞれ謹慎又は譴責《けんせき》。進退伺を提出中の第三師団長安満欽一中将は、その儀に及ばずとして却下された。

この意外に軽い処分は、全部過失によるものとして判定されたからで、前記、田中首相の「責任者の範囲を誤ると、将来上官を陥るるために、この種の暴挙を敢てする不届者が出ぬとも限らぬ」との考慮が反映したものと思える。

田中首相は、事件発生直後、白川陸相や水野文相と、今後の水平社対策問題について協議を重ねている。

北原泰作に対する軍法会議は、二十五日から第三師団軍法会議室で開かれた。六十人に制限された傍聴者は、水平社同人が多く、軍法会議は憲兵の厳重な警戒で開始された。

小林法務官は論告した。

「被告は入営前から水平運動そのほか不穏なる運動に加わり、思想穏健を欠いていた。

入営後もなお危険なる思想をもっていた。私は差別問題には非常に同情する。しかし、軍隊内でも、この問題にはとくに留意して、兵卒に失言のあったときは、必ずそのたびごとに戒めているにも拘らず、被告は勤務に勉励せず、演習に加わらず、宣誓は拒み、脱営するなど、その態度は傲慢《ごうまん》にして兵卒のとるべき態度にあらず。軍人の本分を尽さず、軍紀を害すること甚しい。天皇陛下に対しては請願令が設けられている。被告は、これを知らないはずはない。まったく売名行為といわれてもやむを得まい。あの光栄の場所において、しかも最敬礼の最中に、ああした行為に出たのは、罪決して軽くなく、懲役一年を至当と認む」（以上・傍点筆者）

二十六日の判決言渡しは、被告北原泰作に対して懲役一年であった。北原泰作はただちに控訴した。

7

第三師団軍法会議で懲役一年の判決を受けた北原二等卒は、すぐに控訴したが、翌昭和三年一月、第一審と同じ判決を言い渡された。北原泰作は、ただちに姫路陸軍刑務所に収容された。

泰作の父親は、息子が天皇の馬前に直訴したと聞いて卒倒したが、ほどなく首を括《くく》ろうとしたところ、人に発見されて自殺未遂に終った。

軍では事件後、すぐに「軍隊内における同和教育」の徹底を通達している。

北原が天皇に直訴したのは、もとより、天皇によって部落問題の解決が計られると思ったからではない。彼は、その前例のない行動で、軍隊内にはびこっている身分差別を世間に報らせるのが目的だった。彼が「右の情状御聖察の上御聖示を度賜及訴願候」と、不敬に亙らないような文章を作ったのも「不逞《ふてい》の兵士」という逆宣伝に乗せられないように配慮したからだ。すでに福連事件の教訓がある。福連事件の関係者は非国民という当局のデマによって、水平社運動の破壊が企てられた。

しかし、一兵卒が天皇の前に隊列を離れて直訴したのは、前代未聞のことで、陸軍に異常な衝撃を与えた。

「陸軍には今度のような振舞をなす者は絶対にないものとの前提から陸軍法規は出来ている」という陸軍省法務局の見解は、絶対秩序の中でそんな不心得者が出ることを夢想もしてなかった自信の現われであった。それが北原の行動で崩壊したのだから、ショックだったに違いない。

ただ、北原が純然たるアカの思想をもっていなかったことに僅かな安心を見つけた。むろん、部落解放運動は、現在の権力機構を破壊しなければ目的が達成できないとの建前をとっている点、極左思想につながることになるが、部落差別の撤廃という「念願」から北原の直訴が行われたことに一縷《いちる》の安堵を覚えた。だが、一個の兵士北原の行動の背後には、折から澎湃《ほうはい》として起っている全国水平社運動がある。これは当時の権力層の中では重大な関心をもたれてきていた。

しかし、その問題に対する権力層の観念は、はしなくも、小林法務官の「私は差別問題には非常に同情する」という論告の字句に現われている。一見、人道主義的にみえるこの考えは、実は上から見下ろした同情論であり、その考えはやはり差別意識の上に立っている。当時のいわゆる融和団体が、政治家、官僚、学者、宗教家、地方の有力者、部落の富裕層によって構成されていたことは、その実体を端的に物語っている。

部落解放運動者は、この本質を鋭く嗅ぎ分け、われわれは同情されるものではない、部落解放は同情者の手によってではなく、われわれ自身の闘争によってかち取るものだ、と自覚した。

また、北原の行動を、田中義一首相が、「軍紀の弛緩《しかん》」というふうに公式談詁の中で述べている。北原泰作の行動は、その動機の上で「非常に同情」されるが、軍隊の秩序を破った一人の兵士の出現としてみるなら、軍紀の弛緩となるのである。これは、今度のような振舞を為す者は絶対に無いものとの前提から出来ている陸軍法規と照応するものだ。

田中内閣による第一次山東出兵がこの年五月、東方会議が開かれたのが六月である。この東方会議によって満州侵略の基礎はほとんど決定した。世に「田中メモランダム」といわれる上奏文がなされたのは、この七月だ。とすれば、「軍紀の厳正」は出兵上最も必要なものであり、軍紀の弛緩は最も憂慮される事態なのである。軍紀は、すなわち絶対命令服従であり、人間性意志の封殺である。

「服従ハ軍紀ヲ維持スルノ要道タリ。故ニ至誠上官ニ服従シ、ソノ命令ハ絶対ニ之を励行シ、習性トナルニ至ラシムルヲ要ス」(軍隊内務令)

人間の意志、思考、性格を殺し、ただ命令に服従するの習い性が要求されるのである。満州侵略の意図を持ち、その直前の体制を固めつつあった軍部が、以後、この「直訴事件」に鑑み、一層積極的に兵士をこの「習性」化へと進めたのはいうまでもない。

軍隊内における同和教育もそれまで通達の中に形式的に記載されてないではなかった。しかし、軍隊の身分差別のきびしさが同和教育を単なる空文にした。いや、かえって、それは軍隊という非人間的な秩序の中では部落民に対する差別観念を強めるばかりだった。

「(軍隊は)天皇を最高身分として、それより新兵にいたるまでの整然たる身分制秩序が支配している。そういう社会では、人間を社会的身分によって尊敬し、あるいは差別するという感情は必然的に強められる。また日本軍隊は非人間的な軍紀によってのみ維持されているので、そこではすべてのものが上級者に圧迫され迫害されている。そのつぐないを下級者への圧迫にもとめる。したがって隊外の社会において最下層身分におしこめられているものは軍隊の中ではもっともみじめにあつかわれる。

しかし、そのことは一面では軍隊の秩序を破壊する要素ともなる。差別された兵士は反抗心を燃やし、部落の青年たちは徴兵を忌避するおそれがある。だから、軍隊の差別撤廃は、早くから融和主義者も熱心に主張してきたことであった。にもかかわらず天皇制軍隊は、本質的に差別なくしては存立できないものであった。その差別をやわらげるのは、融和家の嘆願ではなく、ただ部落民の自主的闘争が軍隊秩序をおびやかす時と所においてのみである」（井上清『部落問題の研究』）

だから、軍隊内の「同和教育」は、軍隊自身のもつ厳重な身分制度と矛盾するので、ただの口先念仏にすぎなかった。これは私的制裁をやめよという通達にもかかわらず、内務班における上級兵の下級兵に対するリンチが相変らず継続された以上に、部落民兵士に対する蔑視観念は熄《や》むところがなかった。

北原の直訴は、その意味で軍部には寝耳に水であった。しかし、彼を過酷な刑罰に処すことは、ますます差別された兵士の反抗心を煽《あお》り、部落の青年たちによる徴兵忌避にも導くので、その「大それた行動」にもかかわらず懲役一年という意外に軽い刑に処した。いち早く不敬罪の適用を否認した当局談が発表されたのも、その意味である。

彼の場合と、軍隊の差別待遇を攻撃した「外部」の松本治一郎などの福連事件の場合とは、当局の態度も違っている。松本らは大審院まで上告したが、結局、懲役三年六カ月に処せられた。松本は下獄に際し、同志に送った挨拶の中で、

「兵卒の自覚は、彼らにとって最も怖るべきことである。無産階級の子弟をもって占められている兵卒の間に、今の軍隊がブルジョアジーの利益を守る以外の何ものでもないことを知らしめることは、お伽話《とぎばなし》の王様が奴隷に墓穴を掘られると同じ程度の恐怖に値

するに違いない。……何びとにも肯定しがたい理由でしゃにむに有罪の判決が下されたこともすべてこれ、われわれが資本家、地主の政府を倒すことを差別撤廃の第一条件として闘っている以上、必然的な彼らの計画であったのだ」

と述べている。

連隊を爆破するというでっち上げまでして福岡水平社の幹部を牢獄に送ったのは、軍隊内に輸入される危険思想の組織を徹底的に破壊したいからで、北原をわりと軽微な処分にしたのは、すでに軍隊に入った部落出身兵を宥撫《ゆうぶ》するためだ。目的は同じだが、方法は自ら違っている。

さて、北原の反抗はかなり徹底したものだが、むろん、それを軍隊の「無法者」と同一視すべきではない。だが、軍隊では、徹底的に反抗するか、あるいは徹底的に自己を没して服従をするかでなければ自己維持ができない。その中間がいけないのだ。そこにも軍隊という飯場的な前時代的要素がある。

姫路陸軍刑務所に入れられた北原泰作は、受刑者として過酷な待遇を受けた。それは、これほど地球上で非人間的に扱われる所はないくらいだった。同囚と絶対に言葉を通じてはいけないという規律のほか、寝て居てさえも不動の姿勢のままとか、少しでも獄則に違反すると水風呂に入れるとかいう規定もあった。

昭和三年の末、天皇即位によって恩赦が行われることになった。

所長は、北原を恩赦に入れようとして、「北原はなかなかよく務めている」という意味の上申書を提出した。これにもとづいて、軍法会議で論告をした小林法務官が北原と面接に刑務所を訪ねてきた。

「北原、おまえは自分のやったことを改悛《かいしゅん》しているか？」

と、法務官は質問した。

北原は、法務官の言葉が恩赦を暗示していると思ったが、どうせ刑期はあと二カ月で、まるまる務めてもそれくらいで出られる。法務官の質問は、北原に改悛の情を要求している。すると、その談話が今後彼の言葉として当局に宣伝の道具として使われるだろう。こう読み取った北原は答えた。

「自分のしたことを悪いとは思っていない。したがって改悛の必要はない」

恩赦は、その一言で沙汰やみとなった。

なお、直訴事件の直後、官憲が北原の周囲を調査したが、なかには後難を怖れて逃口上を言う者もあった。しかし、彼の居た六十八連隊第五中隊の班の同年兵は、北原はいい男だった、われわれのために古年兵に抵抗してくれた、彼は酒保に行っては餅を買い、われわれに食べさしてくれた、と証言した。北原は、それが一番うれしかった、と述懐している。貧困な農村出身の兵士が、同じ被圧迫階級の北原に一種の親近感をもっていたといえなくもない。

若槻内閣のもとに始まった金融恐慌は、田中義一内閣によって収拾策が講じられた。しかし世界にも前例のない平時におけるモラトリアムが施行された。

台湾銀行の倒産は、やがて国内の中小銀行の倒産となって波及し、これらから融資を受けていた地方の関係事業は没落を招いた。中小銀行と密接な関係にある地方の中小企業は、銀行の倒産やモラトリアムのために休業したり、操業短縮をおこなったりした。

さらに、銀行貸出しの引締めによって最も影響を受けたのはこれらの中小企業で、その困窮は次第に不況を起させ、社会問題となった。

この工場閉鎖や休業などによって大量解雇が出たため失業者が増加した。

こうした影響は、ただちに農村に反映し、自作農を没落させ、土地を失う者も出た。農村出身の兵士が、その故郷の生活に心が奪われて、いわゆる軍務に精励することもとかく身が入らぬようになった。この状況が、のちの五・一五事件における青年将校たちの蹶起《けっき》理由の一つとなり、政治の貧困が取上げられるのである。

一般農民が不況になれば、いわゆる部落大衆の生活はもっとひどくなる。

翌昭和三年六月、ときの内務大臣望月圭介が各地方長官宛に出した融和運動方針の内務省訓令によれば、「差別ノ言動ハ厳ニ之ヲ為サシメザルヲ期スルコト」と同時に「社会生活ニ於テ機会均等ノ実ヲ挙グルコト」の一項目がある。

これは、前年度に中央融和事業協会から答申された「融和促進に関する施設要綱」の中にある「祭礼、婚儀、葬礼、社交、または借家、借地、小作、金融団体の組織において、社会生活上の機会均等を防ぐるが如き弊風の打破に努むること」に合わせたものだ。

部落大衆に対する一般民の差別は根強いものがある。就職も出来ず、結婚も閉鎖されている。身もとが分って離縁となり、自殺した妻もいる。いかに徳川時代の政策が牢固な因習を作りあげたかが分る。

「機会均等」を唱えにも、それが上からのものである以上、解決できるものではない。ましてや、水平社運動の急激な盛上がりにおどろいた当局が、あわてて取りつくろって作ったものではなおさらである。官庁通達式の「同和教育」が成功しないのも当然だ。やはり部落解放は内部自身からの手によって行わなければ目的を達成することは出来ない。「上からの同情」は、いたずらに部落大衆の反感をそそるだけとなった。

旧軍隊内の部落出身者に対する差別は、そのまま現在の自衛隊にも、まだ残されている部分がある。

このことは、しばしば自衛隊内で問題になっている。

たとえば、陸上自衛隊第三十七普通科連隊（大阪府和泉市信太山駐在）管理中隊所属の某二曹は、昭和三十八年三月同隊に転属以来、自己の出身について身分的差別を受けたと、第三師団司令部に苦情を申立て国会の問題になっている。

未解放部落に対するいわれのない差別観念は、今日でも払い切れていない。いわんや昭和二年の当時である。北原二等卒の行動はそれに対する激しい抗議であった。

――田中内閣の「危険思想」に対する弾圧がはじまったのは、このすぐ後からである。

（第二巻に続く）

＊本作品には今日からすると差別的表現ないしは差別的表現ととられかねない箇所があります。しかし、お読みいただければわかるように、作者は差別に対して強い憤りを持ち、それが創作の原動力にもなっています。その時代の抱えた問題を理解するためにも、こうした表現は安易に変えることはできないと考えます。また、作者は故人でもあります。読者諸賢が本作品を注意深い態度でお読み下さるよう、お願いする次第です。

また、文中の役職、組織名その他の表記は、執筆当時のものとなっています。

文春文庫編集部

初出　週刊文春
陸軍機密費問題　一九六四年七月六日〜八月十日号
石田検事の怪死　〃　八月十七日〜九月二十一日号
朴烈大逆事件　〃　九月二十八日〜十一月二日号
芥川龍之介の死　〃　十一月九日〜六五年一月十一日号
北原二等卒の直訴　一九六五年一月十八日〜三月一日号

単行本　一九六五年一月・九月刊
この本は、一九七八年に刊行された文庫の新装版であり、当時の第一巻に加え、第二巻の一部を所収しています。（「芥川龍之介の死」より旧文庫第二巻）

扉デザイン・上楽藍

文春文庫

昭《しょう》和《わ》史《し》発《はつ》掘《くつ》　1

定価はカバーに
表示してあります

2005年3月10日　新装版第1刷
2023年4月5日　　　　第16刷

著　者　松《まつ》本《もと》清《せい》張《ちょう》
発行者　大沼貴之
発行所　株式会社　文藝春秋

東京都千代田区紀尾井町3-23　〒102-8008
TEL　03・3265・1211㈹
文藝春秋ホームページ　http://www.bunshun.co.jp

落丁、乱丁本は、お手数ですが小社製作部宛お送り下さい。送料小社負担でお取替致します。

印刷・凸版印刷　製本・加藤製本　　Printed in Japan
ISBN978-4-16-710699-7

（　）内は解説者。品切の節はご容赦下さい。

松本清張
無宿人別帳
罪を犯し、人別帳から除外された無宿者。自由を渇望する男達の逃亡と復讐を鮮やかに描いた連作時代短篇。「町の島帰り」「海嘯《つなみ》」「おのれの顔」「逃亡」「左の腕」他、全十篇収録。（中島　誠）
ま-1-83

松本清張
神々の乱心（上下）
昭和八年、「月辰会研究所」から出てきた女官が自殺した。不審の念を強める特高係長と、遺品の謎を追う華族の次男坊。やがて遊水池から、二つの死体が……。渾身の未完の大作千七百枚。
ま-1-85

松本清張
かげろう絵図（上下）
徳川家斉の寵愛を受けるお美代の方と背後の黒幕、石翁。腐敗する大奥・奸臣に立ち向かう脇坂淡路守。密偵、誘拐、殺人……。両者の罠のかけ合いを推理手法で描く時代長篇。（島内景二）
ま-1-92

松本清張
宮部みゆき　責任編集
松本清張傑作短篇コレクション（全三冊）
松本清張の大ファンを自認する宮部みゆきが、清張の傑作短篇を腕によりをかけてセレクション。究極の清張ワールドを堪能できる決定版。「地方紙を買う女」など全二十六作品を掲載。
ま-1-94

松本清張
日本の黒い霧（上下）
占領下の日本で次々に起きた怪事件。権力による圧迫で真相は封印されたが、その裏には米国・GHQによる恐るべき謀略があった。一大論議を呼んだ衝撃のノンフィクション。（半藤一利）
ま-1-97

松本清張
昭和史発掘　全九巻
厖大な未発表資料と綿密な取材で、昭和の日本を揺るがした諸事件の真相を明らかにした記念碑的作品。「芥川龍之介の死」「五・一五事件」「天皇機関説」から、「二・二六事件」の全貌まで。
ま-1-99

松本清張
事故　別冊黒い画集(1)
村の断崖で発見された血まみれの死体。五日前の東京のトラック事故。事件と事故をつなぐものは？　併録の「熱い空気」はTVドラマ「家政婦は見た！」第一回の原作。（酒井順子）
ま-1-109

（　）内は解説者。品切の節はご容赦下さい。

松本清張
陸行水行
別冊黒い画集(2)

あの男の正体が分らなくなりました——。古代史のロマンと推理の面白さが結晶した名作「陸行水行」。清張古代史の原点である。他に「形」「寝敷き」「断線」全四篇を収録。（郷原　宏）

ま-1-110

松本清張
危険な斜面

男というものは絶えず急な斜面に立っている。爪を立てて上に登っていくか、下に転落するかだ——。「危険な斜面」「二階」「巻頭句の女」「失敗」「拐帯行」「投影」収録。（小瀬隼介）

ま-1-111

松本清張
風間完　画
点と線
長篇ミステリー傑作選

〈東京駅ホームの空白の四分間〉が謎を呼ぶ鉄道ミステリの金字塔を、風間完のカラー挿絵を多数入れた決定版で刊行。清張生誕百年を記念する長篇ミステリー傑作選第一弾。（有栖川有栖）

ま-1-113

松本清張
火の路
長篇ミステリー傑作選（上下）

女性古代史学者・通子は、飛鳥で殺傷事件に巻きこまれる。考古学会に渦巻く対立と怨念を背景に、飛鳥文化とペルシャ文明との繋がりを推理する壮大な古代史ミステリー。（森　浩一）

ま-1-117

松本清張
波の塔
長篇ミステリー傑作選（上下）

中央省庁の汚職事件を捜査する若き検事は一人の女性と恋に落ちる。だが捜査の中で、彼女が被疑者の妻であることを知る。現代社会の悪に阻まれる悲恋を描くサスペンス。（西木正明）

ま-1-121

松本清張
十万分の一の偶然
長篇ミステリー傑作選

婚約者を奪った交通事故の凄惨な写真でニュース写真賞を受賞した奴がいる。シャッターチャンスは十万分の一。これは果たして偶然なのか。真実への執念を描く長篇推理。（宮部みゆき）

ま-1-126

松本清張
球形の荒野
長篇ミステリー傑作選（上下）

第二次大戦の停戦工作で日本人外交官が〝生〟を奪われた。その娘は美しく成長し、平和にすごしている。戦争の亡霊が帰還したとき、二人を結ぶ線上に殺人事件が発生した。（平藤一利）

ま-1-127

（　）内は解説者。品切の節はご容赦下さい。

松本清張
馬を売る女
高速道路の非常駐車帯で独身ＯＬが殺された。彼女が競馬情報で得た金を狙う男の完全犯罪は成功したかに見えたが。妙味のある表題作ほか「駆ける男」「山峡の湯村」収録。（中西　進）
ま-1-129

松本清張
不安な演奏
心ときめかせて聞いたエロテープは死の演奏の序曲だった！　意外な事件へ発展し、柏崎、甲府、尾鷲、九州……日本全国にわたって謎を追う、社会派推理傑作長篇。（みうらじゅん）
ま-1-131

松本清張
強き蟻
三十歳年上の夫の遺産を狙う沢田伊佐子のまわりには、欲望にとりつかれ蟻のようにうごめきまわる人物たちがいる。男女入り乱れ欲望が犯罪を生み出すスリラー長篇。（似鳥　鶏）
ま-1-132

松本清張
疑惑
海中に転落した車から妻は脱出し、夫は死んだ。妻・鬼塚球磨子が殺ったと事件を扇情的に書き立てる記者と、国選弁護人の闘いをスリリングに描く。「不運な名前」収録。（白井佳夫）
ま-1-133

松本清張
遠い接近
赤紙一枚で家族と自分の人生を狂わされた山尾信治。その裏に隠されたカラクリを知った彼は、復員後、召集令状を作成した兵事係を見つけ出し、ある計画に着手した。（藤井康榮）
ま-1-135

松本清張
火と汐
京都・送り火の夜に、姿を消した人妻の行方は？　鉄壁のアリバイ崩しに挑む本格推理の表題作他、「証言の森」「種族同盟」（映像化作品「黒の奔流」原作）「山」の計四篇収録。（大矢博子）
ま-1-136

松本清張
絢爛たる流離
3カラットのダイヤの指輪は戦前から戦後、次々と持ち主を変えながら事件を起こす。激動の昭和史を背景に、ダイヤの流離の裏にひそむ人間の不幸を描く12の連作推理小説集。（佐野　洋）
ま-1-137

（　）内は解説者。品切の節はご容赦下さい。

江藤　淳
閉された言語空間
占領軍の検閲と戦後日本
アメリカは日本の検閲をいかに準備し実行したか。眼に見える戦争は終ったが、アメリカの眼に見えない戦争、日本の思想と文化の殲滅戦が始った。一次史料による秘匿された検閲の全貌。
え-2-8

加藤陽子
とめられなかった戦争
なぜ戦争の拡大をとめることができなかったのか、なぜ一年早く戦争をやめることができなかったのか——繰り返された問いを、当代随一の歴史学者がわかりやすく読み解く。
か-74-1

小泉信三
海軍主計大尉小泉信吉
一九四二年南方洋上で戦死した長男を偲んで、戦時下とは思えぬ精神の自由さと強い愛国心とによって執筆された感動的な記録。ここに温かい家庭の父としての小泉信三の姿が見える。
こ-10-1

高木俊朗
インパール
太平洋戦争で最も無謀だったインパール作戦の実相とは。徒に死んでいった人間の無念。本書が、敗戦後、部下に責任転嫁、事実を歪曲した軍司令官・牟田口廉也批判の口火を切った。
た-2-11

高木俊朗
抗命
インパール2
コヒマ攻略を命じられた烈第三十一師団長・佐藤幸徳中将は、将兵の生命こそ至上であるとして、軍上層部の無謀な命令に従わず、師団長を解任される。「インパール」第二弾。
た-2-12

高木俊朗
全滅・憤死
インパール3
インパール盆地の湿地帯に投入された戦車支隊の悲劇を描く「全滅」。"祭"第十五師団長と参謀長の痛憤を描く「憤死」。戦記文学の名著、新装版刊行にあたり、二作を一冊に。
た-2-13

「特攻　最後のインタビュー」制作委員会
特攻　最後のインタビュー
多くの"神話"と"誤解"を生んだ特攻。特攻に生き残った者たちが証言するその真実とは。航空特攻から人間機雷、海上挺進特攻まで網羅する貴重な証言集。写真・図版多数。
と-27-2

（　）内は解説者。品切の節はご容赦下さい。

半藤一利
指揮官と参謀
コンビの研究
陸海軍の統率者と補佐役の組み合わせ十三例の功罪を分析し、個人に重きを置く英雄史観から離れて、現代の組織における真のリーダーシップ像を探り、新しい経営者の条件を洗い出す。
は-8-2

半藤一利
ノモンハンの夏
参謀本部作戦課、関東軍作戦課。このエリート集団が己を見失ったとき、悲劇は始まった。司馬遼太郎氏が果たせなかったテーマに、共に取材した歴史探偵が渾身の筆を揮う。（土門周平）
は-8-10

半藤一利
ソ連が満洲に侵攻した夏
日露戦争の復讐に燃えるスターリン、早くも戦後政略を画策する米英、中立条約にすがってソ満国境の危機に無策の日本軍首脳――百万邦人が見棄てられた悲劇の真相とは。（辺見じゅん）
は-8-11

半藤一利
日本のいちばん長い日　決定版
昭和二十年八月十五日。あの日何が起き、何が起こらなかったのか？　十五日正午の終戦放送までの一日、日本政府のポツダム宣言受諾の動きと、反対する陸軍を活写するノンフィクション。
は-8-15

半藤一利
あの戦争と日本人
日露戦争が変えてしまったものとは何か。戦艦大和、特攻隊などを通して見据える日本人の本質。「昭和史」「幕末史」に続き、日本の大転換期を語りおろした〈戦争史〉決定版。
は-8-21

半藤一利・加藤陽子
昭和史裁判
太平洋戦争開戦から七十余年。広田弘毅、近衛文麿ら当時のリーダーたちはなにをどう判断し、どこで間違ったのか。半藤〝検事〟と加藤〝弁護人〟が失敗の本質を徹底討論！
は-8-22

半藤一利
聯合艦隊司令長官　山本五十六
昭和史の語り部半藤さんが郷里・長岡の先人であり、あの戦争の最大の英雄にして悲劇の人の真実について熱をこめて語り下ろした一冊。役所広司さんが五十六役となり、映画化された。
は-8-23

（　）内は解説者。品切の節はご容赦下さい。

辺見じゅん
収容所《ラーゲリ》から来た遺書
戦後十二年目にシベリア帰還者から遺族に届いた六通の遺書。その背後に驚くべき事実が隠されていた！　大宅賞と講談社ノンフィクション賞のダブル受賞に輝いた感動の書。（吉岡　忍）
へ-1-1

保阪正康
瀬島龍三
参謀の昭和史
太平洋戦争中は大本営作戦参謀、戦後は総合商社のビジネス参謀、中曾根行革では総理の政治参謀。激動の昭和時代を常に背後からリードしてきた実力者の六十数年の軌跡を検証する。
ほ-4-3

堀　栄三
大本営参謀の情報戦記
情報なき国家の悲劇
太平洋戦争中は大本営情報参謀として米軍の作戦を次々と予測的中させて名を馳せ、戦後は自衛隊情報室長を務めた著者が稀有な体験を回顧し、情報に疎い組織の欠陥を衝く。（保阪正康）
ほ-7-1

松本清張
日本の黒い霧
（上下）
占領下の日本で次々に起きた怪事件。権力による圧迫で真相は封印されたが、その裏には米国・GHQによる恐るべき謀略があった。一大論議を呼んだ衝撃のノンフィクション。（半藤一利）
ま-1-97

松本清張
昭和史発掘　全九巻
厖大な未発表資料と綿密な取材で、昭和の日本を揺るがした諸事件の真相を明らかにした記念碑的作品。「芥川龍之介の死」「五・一五事件」「天皇機関説」から、「二・二六事件」の全貌まで。

ま-1-99

山本七平
一下級将校の見た帝国陸軍
「帝国陸軍」とは何だったのか。すべてが規則ずくめで大官僚機構ともいえる日本軍隊を、北部ルソンで野砲連隊本部の少尉として惨烈な体験をした著者が、徹底的に分析追究した力作。

や-9-5

吉村　昭
海軍乙事件
昭和十九年、フィリピン海域で連合艦隊司令長官、参謀長らの乗った飛行艇が遭難した。敵ゲリラの捕虜となった参謀長が所持していた機密書類の行方は？　戦史の謎に挑む。（森　史朗）
よ-1-45

（　）内は解説者。品切の節はご容赦下さい。

吉村　昭
殉国
陸軍二等兵比嘉真一
「郷土を渡すな。全員死ぬのだ」太平洋戦争末期、陸軍二等兵として祖国の防衛戦に参加した比嘉真一。十四歳の少年兵の体験を通し、沖縄戦の凄まじい実相を描いた長篇。（森　史朗）
よ-1-56

半藤一利・宮崎　駿
半藤一利と宮崎駿の腰ぬけ愛国談義
最後の長編作品『風立ちぬ』を作り終え、引退を決めた宮崎駿が敬愛する半藤一利にだけ語った7時間強。ふたりの昭和史観や漱石愛、日本のこれから……。完全収録した文庫オリジナル。
G-3-2

イアン・トール（村上和久　訳）
太平洋の試練
真珠湾からミッドウェイまで（上下）
ミッドウェイで日本空母四隻が沈み、太平洋戦争の風向きは変わった――。米国の若き海軍史家が、〝日本が戦争に勝っていた百八十日間〟を、日米双方の視点から描く。米主要紙絶賛！
ト-5-1

イアン・トール（村上和久　訳）
太平洋の試練
ガダルカナルからサイパン陥落まで（上下）
海軍と海兵隊の縄張り争い。キングとマッカーサーの足の引っ張りあい。ミッドウェイ後のガダルカナルからサイパン陥落まで。米国側から初めて描かれる日米両軍の激闘とは――。
ト-5-3

アンネ・フランク（深町眞理子　訳）
アンネの日記
増補新訂版
オリジナル、発表用の二つの日記に父親が削った部分を再現した〝完全版〟に、一九九八年に新たに発見された親への思いを綴った五ページを追加。アンネをより身近に感じる〝決定版〟。
フ-1-4

アンネ・フランク（中川李枝子　訳）
酒井駒子　絵
アンネの童話
アンネは童話とエッセイを隠れ家で書き遺していた。「パウラの飛行機旅行」など、どの話にも胸の奥から噴出したキラリと光るものがある。新装版では酒井駒子の絵を追加。（小川洋子）
フ-1-5

高木俊朗
陸軍特別攻撃隊
（全三冊）
陸軍特別攻撃隊の真実の姿を、隊員・指導者らへの膨大な取材と、手紙・日記等を通じて描き尽くした記念碑的作品。特攻隊を知るために必読の決定版。菊池寛賞受賞作。（鴻上尚史）
歴-2-31

（　）内は解説者。品切の節はご容赦下さい。

青木直己
江戸 うまいもの歳時記
春は潮干狩りに浅蜊汁、夏は江戸前穴子に素麺、秋は梨柿葡萄と果物三昧、冬の葱鮪鍋・鯨汁は風物詩――江戸の豊かな食材八十五と驚きの食文化を紹介。時代劇を見るときのお供に最適。

あ-88-1

磯田道史
龍馬史
龍馬を斬ったのは誰か？　史料の読解と巧みな推理でついに謎が解かれた。新撰組、紀州藩、土佐藩、薩摩藩……。諸説を論破し、論争に終止符を打った画期的論考。（長宗我部友親）
い-87-1

磯田道史
江戸の備忘録
信長、秀吉、家康はいかにして乱世を終わらせ、江戸の泰平を築いたのか？　気鋭の歴史家が江戸時代の成り立ちを平易な語り口で解き明かす。日本史の勘どころがわかる歴史随筆集。

い-87-2

磯田道史
徳川がつくった先進国日本
この国の素地はなぜ江戸時代に出来上がったのか？　島原の乱、宝永地震、天明の大飢饉、露寇事件の4つの歴史的事件によって、徳川幕府が日本を先進国家へと導いていく過程を紐解く！

い-87-4

磯田道史
日本史の探偵手帳
歴史を動かす日本人、国を滅ぼす日本人とはどんな人間なのか？　戦国武将から戦前エリートまでの武士と官僚たちの軌跡を古文書から解き明かす。歴史に学ぶサバイバルガイド。

い-87-5

沖浦和光《かずてる》
幻の漂泊民・サンカ
近代文明社会に背をむけ〈管理〉〈所有〉〈定住〉とは無縁の「山の民・サンカ」はいかに発生し、日本史の地底に消えていったか。積年の虚構を解体し実像に迫る白熱の民俗誌！（佐藤健二）
お-34-1

大森洋平
考証要集
秘伝！　ＮＨＫ時代考証資料
ＮＨＫ番組の時代考証を手がける著者が、制作現場のエピソードをひきながら、史実の勘違い、思い込み、単なる誤解を一刀両断。あなたの歴史力がぐーんとアップします。
お-64-1

（　）内は解説者。品切の節はご容赦下さい。

「特攻　最後のインタビュー」制作委員会
特攻　最後のインタビュー
多くの〝神話〟と〝誤解〟を生んだ特攻。特攻に生き残った者たちが証言するその真実とは。航空特攻から人間機雷、海上挺進特攻まで網羅する貴重な証言集。写真・図版多数。
と-27-2

西尾幹二
決定版　国民の歴史（上下）
歴史とはこれほどエキサイティングなものだったのか。従来の常識に率直な疑問をぶつけ、世界史的視野で日本の歴史を見直した国民的ベストセラー。書き下ろし論文を加えた決定版。
に-11-2

半藤一利　編著
日本史はこんなに面白い
聖徳太子から昭和天皇まで、その道の碩学16名がとっておきの話を披露。蝦夷は出雲出身？　ハル・ノートの解釈に誤解？　大胆仮説から面白エピソードまで縦横無尽に語り合う対談集。
は-8-18

菅原文太・半藤一利
仁義なき幕末維新　われら賊軍の子孫
薩長がナンボのもんじゃい！　菅原文太氏急逝でお蔵入りしていた幻の対談。西郷隆盛、赤報隊の相楽総三、幕末の人斬り、歴史のアウトローの哀しみを語り、明治維新の虚妄を暴く！
は-8-34

原　武史
松本清張の「遺言」　『昭和史発掘』『神々の乱心』を読み解く
厖大な未発表資料と綿密な取材を基に、昭和初期の埋もれた事実に光を当てた代表作『昭和史発掘』と、宮中と新興宗教に斬り込む未完の遺作『神々の乱心』を読み解く。
は-53-1

藤原正彦・藤原美子
藤原正彦、美子のぶらり歴史散歩
藤原正彦・美子夫妻と多磨霊園、番町、本郷、皇居周辺、護国寺、鎌倉、諏訪を散歩すると、普段は忙しく通り過ぎてしまう街角に近代日本の出来事や歴史上の人物が顔をのぞかせる。
ふ-26-4

本郷和人
さかのぼり日本史
なぜ武士は生まれたのか
「武士」はいかにして「朝廷」と決別し、真の統治者となったのか。歴史を決定づけた四つのターニングポイントから、約六百五十年間続く武家政権の始まりをやさしく解説。
ほ-25-1